KB123530

고전 서사문학에 나타난

삶
과
죽음

고전 서사문학에 나타난 삶과 죽음

2010년 10월 12일 초판 1쇄 펴냄

집필진 정하영·신선희·김경미·조혜란·정선희
　　　　　전진아·탁원정·김수연·서경희·허순우·최수현
발행인 김흥국
발행처 도서출판 보고사

책임편집 박현정
표지디자인 오동준

등록 1990년 12월 13일 제6-0429호
주소 서울특별시 성북구 보문동7가 11번지 2층
전화 922-5120~1(편집), 922-2246(영업)
팩스 922-6990
메일 kanapub3@chol.com
http://www.bogosabooks.co.kr

ISBN 978-89-8433-848-7　93810

정가 18,000원

고전 서사문학에 나타난

삶과 죽음

정하영
신선희
김경미
조혜란
정선희
전진아
탁원정
김수연
서경희
허순우
최수현

보고사

머리말

　이 책은 한국 고전서사가 죽음을 어떻게 이야기하고 있는가를 다룬 책이다. 죽음은 신체의 절대적 한계이며 삶으로부터의 절대적 단절이다. 이 때문에 죽음은 권력이 개인에 가하는 극단적인 횡포가 되기도 하고 개인의 가장 극적인 표현 수단이 되기도 한다. 또 인간의 사고는 죽음에 대한 사유로부터 출발해서 삶에 대한 사고로 나아간 것이라 할 수 있다. 그것이 한편으로는 철학이 되고, 문학이 되고, 종교가 되었다. 한국의 고전서사 역시 죽음의 문제를 그냥 넘기지 않았다. 비극적 죽음이 너무 절절해서 환생을 꿈꾸고, 죽음 뒤가 너무 궁금해서 사후 세계를 상상했으며, 그리고 죽음의 두려움이 있기에 먹고 마시고 사랑하는 삶의 즐거움을 언어로 풀어냈다.

　그럼에도 고전서사에서 죽음이 어떻게 재현되고 있는가를 다룬 연구 결과는 드물다. 그것은 지금까지 고전서사 연구가 문헌학적 연구나 유형적 연구에서 크게 벗어나지 못했기 때문일 것이다. 이는 문헌학적 연구나 유형적 연구가 중요하지 않다는 의미가 아니다. 그보다는 고전서사가 어떤 가치를 문제 삼고 있으며, 어떤 이념을 고착화시키고 있으며, 어떤 미학으로 독자의 감성을 건드렸는가에 대한 연구가 상대적으로 드물었다는 의미이다. 또한 이런 연구가 고전 서사를 그 중심에 놓게 될 때 오늘날의 관점과 고전이 교차하는 지점이 넓어질 것으로 생각한다. 이 책의 기획의도도 바로 여기에 있다.

　이 책의 기획과 집필은 이화여대에서 30년 가까이 고전문학을 강의하신 정하영 선생님과 선생님의 연구실을 드나들며 함께 공부했던 고전소설연구모임에 의해 이루어졌다. 고전소설연구모임에서 내는 책은 이번이 처음이지만 공부의 역사는 1980년대 중반으로 거슬러 올라간다. 매주 한차례 연구실에 모여 『계서야담』, 『청구야담』, 『동야휘집』 등 야담집을 비롯해서 한문단편, 장편소설, 고전산문, 중국의 신선전, 『요재지이』, 사마천의 『사기』 등을 강독했고, 논문을 쓰는 사람이 있으면 논문 주제를 놓고 함께 토론한 것이 벌써 20년이 넘은 것이다. 중간에 번역서나 저서를 내자는 제안이 나오기도 했지만, 책을 내는 일에 매여서 하던 공부의 맥이 끊어질 수 있다고 해서 번역을 하거나 글을 쓰는 일은 개인의 몫으로 돌렸다.

고전소설연구모임은 이번 책 삶과 죽음에 대한 책을 필두로 해서 몇 권의 책을 시리즈로 간행할 예정이다. 이 시리즈의 첫 책을 정하영 선생님의 은퇴를 기념하여 출간한다. 이 책의 출간을 위해 2008년 출간모임을 만들었고, 김경미, 전진아, 탁원정이 편집과 출간의 일을 맡았다. 여기에 실린 글들은 고전소설연구모임에서 발표하고 토론하는 과정을 거쳤다. 그럼에도 죽음이라는 큰 주제를 다루기에 미흡한 면이 많다. 하지만 여기서 일단 이 주제에 대한 연구를 갈무리하고 앞으로는 이번에 참여하지 못한 분들과 더불어 정하영 선생님 문하에서 함께 공부했던 공부의 기록을 이제부터 시작하고자 한다.

2010. 9. 편집위원회

목차

머리말 / 3

한국 고소설에 나타난 죽음의 인식 ························ 정하영 … 11
 1. 왜 죽음의 문학을 이야기하는가? ···························· 11
 2. 죽음 : 외면할 수 없는 문학의 주제 ······················· 14
 3. 한국문학 전통 속의 죽음 ····································· 18
 4. 고소설(古小說)에 나타난 죽음의 인식 ···················· 22

삶과 죽음의 경계에 대한 인식, 『금오신화』
  -〈만복사저포기〉·〈이생규장전〉을 중심으로 ····· 탁원정 … 33
 1. 삶과 죽음, 그리고 그 넘나듦 ······························· 33
 2. 삶과 죽음의 경계 시공간 ····································· 35
 3. 삶과 죽음의 경계 존재 ······································· 48
 4. 삶의 한 경계로서의 죽음 ····································· 54

현세적 삶에 대한 애착이 드러나는 귀신 이야기, 〈설공찬전〉
  ··· 허순우 … 63
 1. 원귀와 한에 대한 탈이념적, 현실적 이해 ················ 66
 2. 삶과 죽음 간의 심리적 거리 좁히기 ····················· 71
 3. 부조리한 현실 전복의 상상력과 저승의 질서 ············ 76
 4. 죽음을 통해 확인하는 현세 중심적 사생관(死生觀) ······· 79

죽음을 극복하는 신선 이야기, 〈남궁선생전〉 ············· 전진아 ··· 85
　1. 신선과 불사관념 ······································· 85
　2. 유가적 입신에 대한 욕망과 좌절 ···················· 89
　3. 도가적 행세에 대한 욕망과 좌절 ···················· 94
　4. 죽지 않는다는 것의 의미 ··························· 98

죽음으로 가시화되는 여성의 기록, 열녀전 ············· 김경미 ··· 109
　1. 죽음의 논리 : 정절 ······························· 110
　2. '죽음'을 선택한 여성들에 대한 남성 사대부의 시각 ··········· 114
　3. 죽음을 앞둔 열녀의 목소리 ························· 119
　4. 열녀의 죽음, 자살 같은 타살, 타살 같은 자살 ············ 128

극단적 절망감에 의한 자살, 〈운영전〉 ····················· 김수연 ··· 131
　1. 운영의 죽음에 관한 이야기 ························· 131
　2. 운영은 왜 자살하게 되었는가? ····················· 133
　3. 우울과 극단적 절망감에 의한 자살 ··················· 150
　4. 우리의 마음을 치유하는 이야기 ···················· 156

삶과 가문 내 위상의 척도, 죽음 - 국문장편 고전소설
　·· 정선희 ··· 165
　1. 국문장편 고전소설에서의 죽음 ······················ 165
　2. 서모의 검소함 부각과 지기(知己)로서의 아내 잃은 슬픔 토로
　·· 168
　3. 아우의 빼어난 자질과 우애로움 찬탄 ················· 177
　4. 추모되는 덕목으로 기억되는 삶 ···················· 186

어느 기생의 죽음, 〈협창기문〉 ···························· 조혜란 ··· 189

　1. 이옥(李鈺)이 보고한 조선시대의 동반자살 사건,

　　〈협창기문(俠娼奇聞)〉 ··· 189

　2. 〈협창기문〉과 비슷하게 읽히는 또 다른 두 편의 이야기

　　: 〈협창기문〉, 과연 실화(實話)일까? ························· 191

　3. 퇴폐적이고도 적극적인 죽음의 서사 ······················· 202

　4. 욕망으로서의 죽음 ··· 214

심청의 죽음, 그 양면적 성격 ······························ 정하영 ··· 219

　1. 효녀 심청 : 가련한 심청 ··· 219

　2. 어머니의 죽음 : 딸의 죽음을 부르는 전주곡 ············ 223

　3. 심청의 죽음 : 보은(報恩)의 희생 ··························· 227

　4. 죽음의 양면성 : 참혹한 비극, 거룩한 희생 ············· 234

삶 곳곳에 도사린 죽음의 공포, 〈토끼전〉 ············· 신선희 ··· 243

　1. 득병과 불사약 : 소망과 실현의 간극 ····················· 246

　2. 수륙노정기 : 교차된 욕망의 허와 실 ····················· 253

　3. 모족사회와 어족사회 : 다르고도 같은 삶의 양상 ······ 261

　4. 욕망의 거울, 삶의 그림자로서의 죽음 ···················· 267

가문 복원 표식으로서의 망모(亡母) 추모, 〈보은기우록〉

··· 최수현 ··· 273

1. 어머니의 죽음에 대하여 ·································· 273
2. 가문 부침(浮沈)에 따른 망모 추모 양상 ·············· 275
3. 추모를 통해 산 자와 소통하는 연속적 존재로서의 망모 ······ 286
4. 가문 복원의 구심점으로서의 망모 ······················ 290

가정소설 속의 친자 살해, 〈장화홍련전〉·〈장씨정렬록〉

··· 서경희 ··· 299

1. 잔혹한 죽음, 친자 살해와 가족의 문제 ················ 299
2. 가정소설에 나타난 친자 살해의 두 경우 ·············· 301
3. 친자 살해와 살인의 설계 ···························· 310
4. 잔혹한 죽음의 설계자, 그에 대한 시선의 변화 ·············· 323

참고문헌 / 334
찾아보기 / 345
집 필 진 / 357

한국 고소설에 나타난 죽음의 인식

정하영

1. 왜 죽음의 문학을 이야기하는가?

문학은 사람의 삶에 관한 기록이다. 살아가는 모습을 이야기하고 또 노래하는 것이 문학이다. 죽음은 삶의 끝이고 생각이 멈추는 지점이다. 사람은 누구나 죽음을 싫어하고 죽음에 대해 말하기를 꺼려한다. 그럼에도 우리는 죽음을 화두(話頭)로 삼아 문학을 이야기하고자 한다. 문학 속에 나타난 죽음을 살펴보고, 그 죽음을 통해서 삶의 모습과 의미를 찾아보려는 것이다. 이러한 역설(逆說)을 감행하려 하는 데는 까닭이 있다.

죽음은 출생과 함께 인생의 가장 중대한 사건이다. 사람의 일생은 출생으로부터 시작하지만 그것을 마무리하고 완성하는 것은 죽음이다. 출생으로 시작되는 인간의 삶은 죽음을 향해 나아가는 여정(旅程)이다. 그 여정은 일단 죽음으로 끝난다. 그러나 그것으로 삶의 모든 흔적이 지워지는 것은 아니다. 죽음 이후에도 삶의 끈은 이어지면서 살아남은 이들에게 많은 영향을 끼친다. 죽음은 현실적 삶의 연속선상에 있는 또 다른 삶의 시작이다. 굳이 사후의 세계를 말하는 종교의 교리를 빌리지 않더라도 죽음 이후에도 현실 속에서 지속되는 삶의 모습을 볼 수 있다.

죽음 이전의 삶이 현실적 시공(時空) 속에서 이루어지는 것이라면, 죽음 이후의 삶은 기억과 재현(再現)을 통해서 이루어진다. 우리는 현실 속에서 이미 세상을 떠난 사람들과의 만남을 끊임없이 경험하고 있다. 죽은 이들이 남긴 삶의 흔적들은 말과 글 또는 유적과 유물들을 통해서 살아 있는 우리를 대한다. 죽음은 삶과 별개의 것이 아니라 삶의 일부임을 확인하게 된다. 죽음은 현실의 삶을 마무리하는 종착점이면서 동시에 새로운 삶이 시작되는 전환점이다. 죽음은 삶의 미래이고 삶은 죽음의 과거이다. 죽음 속에는 지나온 삶의 자취가 농축되어 있다. 죽음을 녹여 보면 그 안에 삶의 모습이 온전하게 드러난다. 인류의 역사는 죽음을 통해 본 삶의 기록이며, 문학도 이에서 다르지 않다.

죽음은 객관적이고 단순한 사건처럼 보인다. 그러나 죽음에 대한 인식이 결코 단순하고 평면적인 것은 아니다. 어떤 언어든지 죽음을 가리키는 단어나 표현 방식은 상당히 다양하고 복잡하다. 우리말에는 '죽음'을 가리키는 단어가 수십 개가 있으며, 은유적 표현까지 합하면 그 수는 엄청나게 늘어난다. 이것은 죽음이 얼마나 복잡하고 다양한 의미를 가지는지를 단적으로 말해주는 증거이다.

죽음을 보는 입장과 시각은 실로 다양하다. 죽음을 하나의 사건(event)이며, 상태(state)나 은유(analogy)가 되기도 한다. 죽음은 생물학적 측면, 사회학적 측면, 문화·예술적 측면, 종교적 측면 등 보는 입장과 이해하는 층위에 따라 그 성격이나 의미가 달라진다. 죽음이라는 사실 자체를 중시하는 입장이 있고, 죽음의 원인이나 배경을 중시하는 입장이 있으며, 죽음의 목적이나 의미를 중시하는 입장도 있다. 죽음은 자연현상의 하나이지만, 사건·사고의 결과일 수도 있고, 때로는 당사자의 결단으로 감행되는 경우도 있다.

죽음은 개인적인 일이지만 결코 개인적인 일로 끝나지 않는다. 그것은 가정의 문제이고, 집단이나 사회의 문제이며, 때로는 국가의 문제, 세계의 문제가 되기도 한다. 죽음이 미치는 파장은 다양하다. 한 사람의 죽음이 국가 간의 분쟁을 낳기도 하고, 세계대전의 도화선이 되기도 한다. 죽음은 갈등을 낳기도 하고 화해를 이루기도 한다. 한 사람의 죽음이 세계대전을 종식시키는 계기가 되기도 하고, 오랜 독재정치를 마감하는 길을 열기도 한다. 한 사람의 죽음을 통해서 새로운 가치가 창출되기도 하며 그와 반대의 경우도 있다.

죽음은 인간의 중대 관심사이며, 학문의 중요 과제이다. 인문과학, 사회과학, 자연과학은 각기 죽음의 문제를 주요 연구 대상으로 다룬다. 종교는 죽음의 문제에 관심을 가지고 근원적으로 접근한다. 학문과 종교의 세계에서는 각기 다른 방식을 통해서 죽음의 본질과 연원을 밝히고, 죽음에 대처하는 방안을 마련하며, 궁극적으로 죽음을 극복하고 초월하는 길을 모색하고자 한다.

죽음은 삶을 바라볼 수 있는 거울이다. 죽음은 삶의 결산이며 삶의 모습을 들여다보는 창(窓)이다. 종교는 삶과 죽음을 하나의 흐름으로 규정하고, 현실적 삶이 죽음 이후의 삶을 결정짓는 바탕이 된다고 가르친다. 문학은 죽음을 통해서 삶의 모습을 풀어내고자 한다. 죽음은 누구나 말하기 싫어하는 금기(禁忌)이다. 그럼에도 이를 피하거나 외면할 수 없는 것이 사실이다. 삶이 있는 곳에 죽음이 있게 마련이다. 죽음은 삶의 그림자이며 삶의 한 자락이다. 삶을 이야기하는 문학에서 죽음의 문제를 외면할 수 없는 이유가 여기에 있다.

2. 죽음 : 외면할 수 없는 문학의 주제

죽음은 인간의 삶에서 가장 충격적이고 극적인 사건이다. 죽음은 시대와 지역, 계층을 넘어서, 그리고 장르에 구분 없이 작가의 관심 대상이 되어 왔다. 문학은 인간의 죽음을 다양한 측면에서 조명하고 형상화한다. 죽음에 대한 문학적 관심은 죽음에 대한 체험에서 출발한다. 인간은 전 생애를 통해서 숱하게 많은 죽음을 만나고 체험한다. 죽음에 대한 경험은 작가의 삶에 적지 않은 영향을 끼치고, 그것은 문학 속에서 여러 가지 모습으로 반영된다. 죽음은 인간의 비극적 운명을 상징하는 현상이다. 죽음에 대한 공포, 죽음을 벗어나고자 하는 욕망, 죽음에 맞서 싸우는 투쟁, 그럼에도 끝내 죽음에 이르는 인간의 운명 등은 작가의 관심 대상이 되었다.

고대신화는 생명의 근원과 함께 죽음의 유래와 실체에 대해서 깊은 관심을 보인다. 대부분의 창세신화(創世神話)는 생명의 기원을 밝히면서 아울러 죽음의 유래를 이야기한다. 〈창세기〉에는 세상과 인간의 창조 기사를 수록하고 곧이어 죽음의 유래를 밝히는 이야기를 싣고 있다. 삶과 죽음의 근원이 같은 신(神)에게서 나온 것으로 설명한다. 신은 인간을 창조하고 축복을 내렸지만 금령(禁令)을 어긴 벌로 죽음을 내렸다. 불교의 사생관 역시 삶과 죽음을 같은 원리로 설명한다. 인과론에 따르면 죽음은 불완전한 삶의 결과이며, 죽음의 원인을 제거하면 되풀이되는 생사의 윤회를 벗어나게 된다고 한다.

중국의 고대신화는 죽음의 실체와 유래에 대해 관심이 많았다. 그러나 유교적 합리주의에 밀려 죽음에 관한 신화적 이해는 제대로 전승되지 못했다. 죽음과 관련한 삼시충(三尸蟲) 설화 등이 있어 죽음의 유래와 의미를 더듬어볼 수 있을 뿐이다. 중국신화의 전통을 계승·발전시킨 것으로 보이는 도교에서도 죽음의 유래에 대해서는 관심을 보이지 않는다. 도교에서는 죽음에 대해 두 가지 상반된 입장을 보인다. 하나는 죽음을 자연 질서의 하나로 보고 그것을 담담하게 받아들이는 입장이고, 다른 하나는 생명을 연장함으로써 죽음을 피하려는 입장이다. 유교에서는 죽음을 현실로 인정하는 선에서 그것을 받아들이는 자세와 입장에 주된 관심을 가진다. 역대 제왕들은 유교를 통치이념으로 받아들이면서도 죽음에 관해서는 도교적 입장을 취한다. 그들은 죽음을 극복하고 초월하는 문제에 지대한 관심을 보였다. 불로초·불사약을 구하기 위한 노력, 영원히 살기 위한 연단술(煉丹術)의 개발, 사후 세계의 삶에 대한 집착 등이 그것이다.

그리스신화에는 인간의 죽음에 대한 기록이 모호하게 되어 있다. 〈신통기(神統記)〉에 따르면 인간은 신의 피조물로서 애초부터 죽어야 할 운명을 타고 난 존재이다. 이와 반면에 신은 영원히 죽지 않는다. 죽음은 신과 인간을 구분하는 특징이다.

고대신화에서 관심을 두었던 죽음의 실체와 근원은 종교의 영역으로 넘겨져 지속적으로 다루어진다. 반면에 문학은 죽음에 대해 합리적이고 이성적인 접근을 시도한다. 죽음의 근원을 밝히고 죽음의 운명을 극복하는 문제보다는 죽음의 실체를 인정하고 그 기능과 의미에 대해 관심을 가진다.

신화의 전통을 잇는 영웅서사시는 등장인물의 죽음과 그 의미에 관심을 가진다. 서구 영웅서사시를 대표하는 〈일리아스〉, 〈베어울프〉, 〈니벨룽겐의 노래〉, 〈롤랑의 노래〉 등에서 주인공은 장렬한 죽음을 맞는다. 작품에서는 그들의 죽음이 불러일으키는 사건이나 의미에 초점을 맞추어 이야기를 전개해 나간다.

중국문학의 전통에서 죽음에 관한 내용은 『시경』에서부터 나타나기 시작한다. 여기서 죽음은 사람의 일상적 사건으로 노래된다. 태어나고 죽는 것이 사람의 삶이고, 죽음을 겪으면서 인생의 의미를 깨닫게 된다고 한다. 죽음은 이별의 한 모습이며 자연의 한 현상으로 받아들여진다.

죽음과 문학의 관계를 우회적으로 다룬 것은 사마천의 『사기(史記)』이다. 그는 「열전(列傳)」 첫머리에서 죽음과 윤리적 행위의 상관성에 회의적 견해를 밝힌다. 백이·숙제는 고결한 삶을 살았으나 굶어 죽었고, 공자의 제자 안연은 학덕을 갖추고도 안타깝게 요절하고 말았다. 천하의 악인인 도척은 갖은 악행을 저지르고도 천수를 누리고 죽었다. 사마천은 죽음은 죄의 벌이라고 하는 종교적 교리나 윤리적 교훈에 비판을 가하고 있다. 논리적으로 설명되지 않는 불합리한 죽음은 엄연한 현실이었고, 이에 대한 의혹이 사마천으로 하여금 『사기』를 저술하게 했다. 그의 역사기록은 죽은 이들의 삶에 대한 객관적 평가였으며, 죽은 이들에 대한 포상과 징벌이었다.

죽음에 대한 사마천의 생각은 후대의 문학에 일정 부분 영향을 끼쳤다. 억울하고 원통한 죽음을 기억하고 신원(伸冤)하는 일은 역사의 과제일 뿐 아니라 문학의 사명이기도 하다. 굴원의 〈어부사〉는 작가 자신이 죽음을 결행하기 전에 지은 작품이다. 자신을 알아주지 않는 세상을 원망하며 굴원은 이 작품을 남기고 멱라수에 몸을 던졌다. 그의 죽음은 단오제의 기원이 되었고, 그의 죽음을 애도하고 기리는 많은 작품들이 나왔다. 백락천의 〈장한가〉는 죽음을 문학의 주제로 한 작품이다. 여기서는 당태종과 양귀비의 사랑을 노래했는데 양귀비의 비극적 죽음이 핵심 주제로 다루어지고 있다.

서구문학에서 죽음은 문학의 친근한 소재로 다루어진다. 셰익스피어의 많은 작품에서 죽음은 작품의 중요 요소로 활용된다. 〈햄릿〉은 왕실의 죽음에 얽힌 복수극을 다루었고, 〈맥베스〉는 왕위 찬탈에 얽힌 죽음을 다루었다. 〈로미오와 줄리엣〉에서 남녀 주인공의 죽음은 작품의 절정을 이루며 작품의 의미를 함축한다. 두 사람의 죽음은 오랜 원수 관계에 있는 두 가문의 갈등에서 비롯되었지만 죽음을 통해서 그들 사이의 화해를 이끌어낸다. 〈젊은 베르테르의 슬픔〉은 '죽음의 미학', '베르테르 증후군'이란 말을 만들어낼 정도의 영향력을 발휘한 작품이다. 도스토예프스키의 〈죄와 벌〉이나 까뮈의 〈이방인〉 등에서도 주인공의 살인 사건이 작품의 실마리가 되어 이야기를 이끌어 나간다.

문학에서 빈번하게 등장하는 죽음은 인간사회에서 일어나는 일상사의 하나이다. 천수를 누리고 떠나는 죽음, 전쟁으로 인한 죽음, 사건·사고로 인한 죽음, 스스로 목숨을 끊는 죽음 등등 각종의 죽음이 작품의 주제로, 또는 삽화로 다루어진다. 그 중에는 안타깝고 애절한 죽음도 있고, 장엄하고 감동적인 죽음도 있으며, 당연하고 통쾌한 죽음도 있다.

문학에서 이야기하는 죽음은 객관적 사실이나 사건으로서의 죽음이 아니다. 운명으로서의 죽음 또는 자연 현상으로서의 죽음을 이야기하려는 것도 아니다. 남다르고 의미 있는 죽음을 통해서 그 의미를 찾고, 죽음이 끼치는 영향, 죽음을 통해서 깨닫게 되는 진리, 죽음을 넘어서는 새로운 삶 등을 이야기하려는 것이다. 문학에서 이야기하는 죽음은 생물학적 의미를 넘어서 사회적 의미, 종교적 의미를 갖는다. 그것은 죽은 사람의 몫이 아니라 산 사람의 몫이다. 문학 속에서 죽음을 다루는 것은 죽음을 통해서 삶을 바라보기 위해서이다. 죽은 사람의 삶을 새롭게 조명하고 다시 살려내어, 살아 있는 사람에게 각성과 자성의 기회를 주는 작업이기도 하다.

3. 한국문학 전통 속의 죽음

죽음은 한국문학사를 관통하는 하나의 주제(主題)이다. 죽음을 다루
는 방식은 시대에 따라, 작품에 따라 각각 다르게 나타난다. 한국문학
의 여명기를 장식하는 신화의 세계에서 주인공들의 생애는 출생과 죽
음이 중요한 요소를 이룬다. 그들은 신비스럽게 태어났고 신비스러운
죽음을 맞는다. 단군은 1900여 세의 장수를 누리고 아사달 산신(山神)
이 되었고, 주몽은 세상의 인연이 끝나자 기린말(麒馬)을 타고 하늘로
올라갔다. 혁거세는 하늘로 올라가면서 토막 난 시신을 땅에 떨어뜨렸
으며, 탈해는 죽을 때 특이한 시신을 남겨 자신의 소상(塑像)을 만들게
했다. 그들은 모두 인간적 죽음을 맞지 않고 신비로운 죽음을 맞는다.
그들의 죽음은 자신들이 내려오기 전에 살았던 본래의 자리로 돌아가
는 '귀환'이었다. 그들은 신비로운 죽음을 통해서 자신의 신성성을 드
러내 보였고, 백성들로부터 신으로 숭앙받을 수 있었다.

신화시대와 맞닿아 있는 고대가요에서 죽음은 인간적 면모를 보이기
시작한다. 여기서는 죽음의 신비성을 걷어내고 인간적 측면을 드러낸
다. 〈공무도하가(公無渡河歌)〉는 백수광부와 그 아내의 죽음을 주제로
한 노래이다. 이른 아침에 강가로 나와서 만류하는 아내의 손을 뿌리치
고 강을 건너던 백수광부가 강물에 빠져 죽자, 아내도 그 뒤를 따라 물
에 뛰어든다. 그들의 죽음을 목격한 사람에 의해 이 이야기가 전파되고
또 노래로 만들어졌다. 〈공무도하가〉는 무슨 사연인가를 안고 강물에
빠져 죽은 부부의 죽음을 애도하는 노래이다.

향가(鄕歌)에서는 사랑하는 사람의 죽음을 불교적 신앙으로 승화시키
는 모습을 볼 수 있다. 〈제망매가〉는 죽은 누이를 추모하여 제를 올리
면서 불렀던 노래이다. 죽음으로 인한 이별을 슬퍼하며 극락에서의 재

회를 기원하는 심경을 절실하게 표현하고 있다. 〈찬기파랑가〉와 〈모죽지랑가〉는 세상을 떠난 친지의 죽음을 애도하며 생전의 모습을 회상하는 내용을 담고 있다. 〈원왕생가〉는 수도자 광덕의 죽음을 배경설화로 한 작품이다. 광덕은 죽음을 통해서 친구 엄장과 이별을 고하지만, 그 죽음은 극락세계로 들어가는 과정으로 해석된다.

삼국시대의 설화문학에서는 죽음을 공리적(功利的) 측면에서 바라보기 시작한다. 죽음에 대한 인간적 슬픔을 표현하기보다는 죽음이 가진 목적이나 효용성에 초점을 맞춘다. 〈이차돈설화〉는 불교의 공인을 위해 목숨을 바친 순교자 이차돈의 죽음을 전하는 이야기이다. 이차돈의 죽음은 불교적 의미와 정치적 의미를 동시에 지니고 있다. 법흥왕은 불교의 공인(公認)을 반대하는 신하들을 제압하기 위해 이차돈을 희생양으로 삼았다. 공포 분위기 속에서 시행된 이차돈의 처형을 계기로 왕은 신하들의 반대를 잠재우고 불교를 공인할 수 있었다. 그의 죽음에서 드러난 이적을 통해서 불교의 신비성이 증명되었고 불교가 급속도로 전파될 수 있었다. 이리하여 이차돈은 법흥왕의 충신이 되었고 동시에 불교의 순교자로 받들어졌다.

〈박제상설화〉는 적국에 인질로 잡혀간 왕자를 구해낸 박제상의 죽음에 관한 이야기이다. 설화에서는 그가 목숨을 걸고 왜왕의 회유에 굴복하지 않았다는 내용이 덧붙여지면서 죽음의 의미를 애국 행위로 승화시킨다. 또 그의 아내는 돌아오지 않는 남편을 그리다가 죽어 망부석(望夫石)이 되고 치술령 신모(神母)가 되었다. 박재상은 죽음을 통해 충신의 표상이 되었으며, 그의 아내는 죽음을 통해 열녀의 표상으로 받들어졌다.

국내외적으로 빈번한 전쟁을 치렀던 삼국시대에는 전쟁으로 인한 죽음이 많았고, 그에 관한 설화도 적지 않게 보인다. 온달, 계백, 관창

등은 각각 자기 나라를 위해 싸우다 목숨을 잃었고, 그들에 관한 설화는 죽음의 장면을 감동적으로 전한다.

> 계백이 관창을 사로잡아 머리를 베고는 그의 말안장에 매어 돌려보냈다. 품일은 아들의 머리를 잡고 소매로 피를 씻으며 말했다.
> "내 아들의 얼굴이 살아있는 것 같구나. 나라를 위해 죽었으니 후회할 것이 없다."
> 온 군대가 그 모습을 보고 비분강개하여 의지를 다지고 북을 울리고 고함을 치면서 공격하니 백제가 크게 패하였다. 대왕이 관창에게 급찬의 직위를 추증하고 예를 갖추어 장사지냈다. 또 그 가족들에게는 비단 30필, 베 30필, 곡식 1백 섬을 부의로 주었다.
> －『삼국사기』 열전 7권, 관창

삼국유사에 실려 있는 〈김현감호(金現感虎)〉는 죽음의 의미를 동물의 세계에까지 확장한 이야기이다. 여기에 나오는 호랑이처녀는 자신이 사랑했던 김현의 출세를 위해 스스로 죽음을 택한다. 또한 그녀의 죽음은 갖은 악행을 저지른 오라비들의 죄를 속죄하기 위한 희생이 되기도 한다. 죽음의 복합적 기능을 보여주는 하나의 사례이다. 이것은 후대에 자주 보게 되는 '동물보은설화'의 한 원형이 된다.

고려시대 문학에서 죽음을 정서적 관점에서 조명한 작품은 그리 많지 않다. 죽은 어머니를 그리워하는 딸의 심경을 절실하게 표현한 〈사모곡〉 정도를 들 수 있다. 반면에 죽음을 공리적 측면에서 다룬 작품은 상당수를 차지한다. 〈도이장가(悼二將歌)〉는 태조 왕건을 구하기 위해 목숨을 바친 두 장수의 죽음을 애도하고 기리는 작품이다. 정몽주의 단심가(丹心歌)는 죽음의 의미를 유교적 시각에서 풀어낸 작품이다. 『고려사 열전』의 '충의(忠義), 효우(孝友), 열녀(烈女)' 부분에서는 목숨을 바쳐 충·효·열을 실천한 인물들의 사적을 싣고 있다. 죽음의 기능과 의미가 국가적 차원에서 가문과 가정의 차원에까지 폭넓게 확산된 모습을 볼 수 있다.

조선시대의 문학에서 죽음은 매우 빈번하게 등장한다. 국가의 통치 이념으로 채택된 유교적 실용주의는 죽음을 윤리적이고 실용적 측면에서 바라보고 평가한다. 유교 윤리는 충·효·열을 최상의 덕목으로 삼았으며, 그것을 실천하는 최상의 방법은 죽음이었다. 역대 군왕들은 이념의 실천을 위해 목숨을 바친 이들을 기리고 추모하는 것을 통치의 중요 과제로 삼았으며, 그러한 풍조는 문학에 고스란히 반영되었다. 조선시대의 문인은 대부분 유교 이념의 신봉자들이었고, 현실 정치에 깊숙이 참여한 인물들이었다. 그들의 작품에서 충신·효자·열녀의 죽음을 기리는 내용이 여러 형태로 나타나는 것은 당연한 일이다. 시조, 가사는 절의를 위해 목숨을 바친 '명분 있는 죽음'을 칭송한다. 단심가(丹心歌)의 정신을 잇는 사육신의 시조나 연군(戀君)의 정을 노래한 가사 작품에서 그 모습을 볼 수 있다.

죽은 이들을 기리는 제문, 축문, 행장, 묘지명 등은 죽음의 의미를 부각시키고 이를 미화하는 데 초점을 맞추었다. 죽은 사람에 대한 인간적 정서가 드러나 있기는 하지만 그보다는 죽은 사람이 이룩한 공적이나 윤리적 덕행을 드러내는 데 많은 비중을 두고 있다. 조선시대의 설화와 전설에는 유형화된 충신, 효자, 열녀의 이야기가 산재해 있다. 이들 설화에서 윤리적 덕행의 실천은 목숨을 바치는 데서 절정을 이룬다. 이런 설화는 상전을 위해 목숨을 바친 의로운 종의 이야기로 확대되었고, 심지어는 주인을 위해 목숨을 바친 짐승의 이야기로 이어지기까지

한다. 주인을 구하고 죽은 개를 소재로 한 〈의견설화〉, 전쟁터에서 죽
은 주인의 유품을 가져다 주인댁에 전해 주고 죽은 말을 소재로 한 〈의
마총설화〉, 주인을 위해 충실히 일하다가 죽은 소를 소재로 한 〈소무덤
설화〉 등이 그것이다.

4. 고소설(古小說)에 나타난 죽음의 인식

고소설에서 죽음은 다양한 모습으로 수용되고 형상화되어 있다. 고
소설 가운데 죽음의 문제를 핵심 주제로 다룬 작품은 그리 많지 않다.
그러나 죽음의 문제를 다루지 않은 작품은 별로 없다. 고소설은 대부분
주인공의 일생을 다루는 전기(傳記) 형식을 띠고 있다. 따라서 작품의
첫 부분에는 출생담이 나오고 마지막 부분에는 죽음에 관한 내용이 나
온다. 여기에 나오는 죽음의 서술은 의례적이고 간략하게 되어 있다.
천수(天壽)를 다하고 세상을 떠난다거나, 부부가 일시에 구름을 타고 하
늘로 올라간다는 등의 도식적 내용으로 되어 있다. 작품의 서두를 장식
하는 장황한 출생담에 비해 죽음의 서술은 너무나 소략하다. 고소설은
작중인물의 활약상을 부각시키는 데 초점을 맞추고 있기 때문에 죽음
에 관한 내용은 의례적으로 간단하게 언급하고 있는 것이다.

고소설 가운데 죽음의 문제를 비중 있게 다룬 작품으로『금오신화』
를 들 수 있다. 〈만복사저포기〉에서 양생은 왜구의 침임으로 목숨을 잃
은 처녀의 혼령을 만나 인연을 맺는다. 작품 속에서 양생과 처녀는 죽
음을 사이에 두고 만남을 이룬다. 〈이생규장전〉의 주인공 이생과 최랑
은 우여곡절 끝에 만나서 사랑을 나누고 혼인을 하지만 홍건적의 난을
만나 서로 이별하게 된다. 최랑은 적병의 위협 속에서 정조를 지키려다

참혹한 죽임을 당한다. 억울하게 죽은 최랑의 혼령은 이승을 떠나지 못하고 이생을 찾아가 미진한 회포를 푼다. 최랑의 혼령이 사라진 뒤에 이생도 최랑에 대한 그리움을 이기지 못하여 슬퍼하다가 오래지 않아 세상을 떠나고 만다. 〈남염부주지〉의 박생은 저승을 다녀온 뒤에 죽음을 맞고, 〈취유부벽정기〉의 홍생은 오랜 옛날에 세상을 떠난 기씨녀의 혼령을 만나고 나서 연모의 정을 불태우다 죽음을 맞는다. 『금오신화』에서는 죽음의 문제가 작품의 주요 내용을 이루고, 작품의 주제와도 긴밀하게 결부되어 있다. 작중인물들의 죽음에 대한 이해가 〈금오신화〉를 이해하는 데 중요한 전제가 된다.

　허균의 한문단편은 실존 인물의 죽음과 관련된 이야기를 다루고 있다. 〈남궁선생전〉은 남궁두의 살인 사건을 작품의 실마리로 삼는다. 그가 서울에 가서 벼슬을 사는 동안 그의 첩이 당질과 간통을 저지른다. 이 사실을 알게 된 남궁두는 두 남녀를 죽이고 달아난다. 오래지 않아 살인을 저지른 사실이 발각되어 남궁두는 서울에서 체포된다. 고향으로 압송되어 오는 도중에 그의 아내는 간수에게 술을 먹여 취하게 하고 남편을 풀어 도망치게 한다. 관가에서는 아내와 아이를 옥에 가두어 죽게 한다. 남궁두는 그 길로 산에 들어가 세상을 등지고 죽음을 초월하는 술법을 배운다. 〈장산인전〉과 〈장생전〉은 이인(異人)의 예사롭지 않은 죽음을 다루고 있다. 장산인은 임진왜란 때 왜병의 칼에 찔려 죽었으나 흰 기름 같은 피를 흘려 적병을 놀라게 했고, 장생은 생전에 갖가지 이적(異蹟)을 행하다가 동해에 있는 이상향을 찾아간다. 그는 스스로 목숨을 끊었는데 시신이 벌레로 변해서 날아가는 이적을 행했다.

　죽음의 문제는 몽유록·몽환소설, 가정소설, 군담소설 및 판소리계 소설에 이르기까지 끊임없이 이어져 나온다. 〈구운몽〉에서 사람의 일생은 꿈으로 처리된다. 출생은 꿈을 꾸는 것이고 죽음은 꿈을 깨는 것이다. 성진이 연화도량을 떠나 양소유로 태어나는 것은 꿈의 시작이었으며, 양소유가 세상살이를 마치고 죽음을 맞는 것은 꿈을 깨는 것이었다. 죽음의 실체와 의미를 불교적 세계관에 따라 풀이한 것이다.

몽유록계 작품은 죽음에 대해 유교적 시각을 보여준다. 절의를 지키다 죽은 혼령들이 나타나 죽음의 배경을 이야기하고 죽음의 의미를 되새기게 한다. 단종과 사육신의 죽음을 다룬 〈원생몽유록〉과 〈내성지〉에서 단종과 사육신은 자신들의 억울한 죽음을 원통해 하며 생전의 일을 되새긴다. 〈피생명몽록〉, 〈강도몽유록〉, 〈달천몽유록〉 등에서는 임진왜란과 병자호란에서 죽은 사람의 혼령이 나타나 자신들의 죽음에 얽힌 이야기를 풀어 나간다. 그들은 자신의 죽음이 절의를 위한 것이었음을 밝히고, 그 죽음이 제대로 평가받지 못하고 있음을 원통해 한다. 정작 죽어야 할 사람은 죽지 않고 세상에 남아 불의를 저지르고 있다는 점을 지적하기도 한다.

〈유연전〉, 〈열녀함양박씨전〉, 〈유광억전〉 등은 죽음에 얽힌 실제 사건을 소재로 한 작품이다. 〈유연전〉에서 유연은 형을 죽였다는 혐의를 쓰고 사형을 당한다. 복잡한 가정 사정으로 가출했던 형이 나타나면서 유연의 죽음은 친지들의 모함으로 인한 것임이 밝혀진다. 이 사건을 계기로 재판의 공정성 여부에 대한 논란이 일어나기도 했다. 〈열녀함양박씨전〉은 죽은 남편의 장례 절차를 마치고 뒤따라 목숨을 끊은 함양과부의 죽음을 이야기한다. 작자는 이 사건을 계기로 절의를 위해 목숨을 끊는 풍조를 비판한다. 〈유광억전〉은 불우한 시골 선비 유광억의 자살을 다룬 작품이다. 그는 돈을 받고 과거 시험 답안을 대작(代作)해 주다 발각되자 스스로 강물에 투신하였다. 그는 가난하고 미천한 신분 때문에 과거에 응시하지 못하고 자신의 재주를 파는 것으로 호구지책을 삼았다. 그의 죽음을 통해서 작가는 사회의 모순과 부조리를 드러낸다.

〈한중록(閑中錄)〉과 〈계축일기(癸丑日記)〉는 궁중에서 일어난 죽음을 소재로 하고 있다. 〈한중록〉은 혜경궁 홍씨가 남편인 사도세자의 죽음에 얽힌 일화들을 회고록 형식으로 서술한 작품이다. 〈계축일기〉는 인목대비의 폐비 사건을 다루고 있지만 내용상의 핵심을 이루는 것은 영창대군의 참혹한 죽음이다. 이들 두 작품에서 다루어진 왕자(王子)의 죽음은 오해와 갈등을 낳았고, 이로 인해 정치적 혼란이 일어났다. 이 사건들은 당시 조정의 중대 관심사가 되었고, 후대 문학의 소재로 다루어지고 있다.

가정소설이나 애정소설에서 죽음은 문제 해결의 방안으로 제시된다. 〈운영전〉에서 두 주인공인 운영과 김 진사는 금지된 사랑의 결과로 죽음을 택한다. 안평대군의 궁녀 운영은 외부인과의 만남을 금하는 금기를 깨고 김 진사와 은밀한 사랑을 나누다 발각되어 감옥에 유폐되자 스스로 목숨을 끊었다. 김 진사도 그 뒤를 이어 스스로 목숨을 끊었다. 그 후 그들은 천상에서 다시 만나 못 이룬 사랑을 이어간다. 〈숙영낭자전〉은 가족간의 갈등으로 인한 죽음을 다루었다. 숙영은 시아버지로부터 외간 남자와 사통했다는 의심을 받고 수치심을 이기지 못하여 스스로 목숨을 끊었다. 그 뒤에 오해가 풀리고 숙영은 다시 살아나 행복하게 산다. 〈적성의전〉은 형제간의 갈등으로 인한 죽음을 다룬 작품이다. 안남국 왕자인 향의와 성의는 형제간이다. 동생인 성의는 지극한 효성으로 온갖 고난을 겪으며 어머니의 약을 구해 오지만 형인 향의가 이를 가로채고 동생을 죽이려 한다. 그러나 결국에는 형이 죽임을 당하고 동생이 왕권을 이어받는다. 〈소현성록〉에서 죽음은 윤리적 타락에 대한 벌이며 동시에 가문의 명예를 지키기 위한 수단으로 이용된다. 소처사의 딸인 교영은 시가가 역모에 몰려 남편을 잃고 유배를 당한다. 유배지에서 그녀는 외간 남자를 사귀어 동거하는데, 이 사실을 알게 된 어머니 양 부인은 사약을 주어 교영을 자살하게 함으로써 가문의 명예를 지킨다.

판소리계 소설에서 죽음의 문제를 비중 있게 다룬 작품은 〈심청전〉과 〈변강쇠전〉이다. 〈심청전〉에서 심청은 아버지의 눈을 뜨게 하려고 죽을 곳에 몸을 팔아 바다에 제물로 바쳐진다. 심청의 불행은 앞을 보지 못하는 심봉사 때문이었지만, 그보다 더 근본적인 원인은 일찍 세상을 떠난 어머니의 죽음 때문이었다. 어머니의 죽음은 심봉사의 불행을 가중시켰고 마침내 심청의 죽음으로 이어지게 된 것이다. 〈변강쇠전〉은 변강쇠의 부도덕한 행동이 죽음을 불러 왔다. 그는 아내의 만류를 듣지 않고 장승을 훼손한 벌로 장승신들의 노여움을 사서 죽임을 당한다. 그의 죽음은 그것으로 끝나지 않고 수많은 죽음을 불러들인다. 그의 시신을 수습하는 과정에서 옹녀에게 음심(淫心)을 품고 접근하는 사내들은 강쇠의 저주를 받아 죽음에 이른다. 변강쇠는 사회적 범죄에 대한 벌로, 옹녀에게 음심을 품고 접근한 인물들은 윤리적 범죄에 대한 벌로 각각 죽임을 당한다.

동물우화소설 〈장끼전〉은 가정 내의 대화 부재가 죽음을 부른 이야기이다. 까투리의 충고를 듣지 않고 수상한 콩을 주워 먹은 장끼는 결국 사람들이 쳐 놓은 덫에 걸려 죽음을 맞는다. 장끼의 죽음을 통해서 가부장제와 여성 차별을 비판했다.

죽음을 소재로 한 작품은 신소설을 거쳐 현대소설까지 이어진다. 신소설 〈귀의 성〉은 처첩의 갈등에 얽힌 살인을 다룬 작품이다. 김동인의 〈감자〉, 〈배따라기〉, 〈광화사〉 등도 죽음이 주요 모티프로 작용한다.

나도향의 〈벙어리 삼룡이〉, 현진건의 〈운수좋은 날〉 그리고 신경향파 소설 가운데 상당수가 죽음을 소재로 다룬다. 역사소설로는 이광수의 〈단종애사〉, 박종화의 〈금삼의 피〉 등이 죽음을 소재로 한 문학의 흐름을 잇는다.

고소설에서는 각계각층의 다양한 죽음을 다양한 방식으로 형상화하고 있다. 시대와 지역 그리고 향유계층에 따라 다르게 나타나는 고소설의 죽음 인식을 짧은 글로 간단히 정리하기는 힘들다. 고소설에 나타난 죽음의 양상과 의미는 앞으로 전개될 개별 작품론을 통해서 구체적으로 드러날 것이지만, 고소설에 두루 보이는 죽음의 양상과 의미는 다음 몇 가지로 요약해 볼 수 있다.

피할 수 없는 인간의 운명, 또는 축복

고소설에서는 죽음 자체를 비관(悲觀)하거나 거부하지 않는다. 죽음에 대한 원천적 고민은 신화에서 볼 수 있고, 그것을 초탈하는 문제는 종교의 영역으로 넘겨진다. 고소설에서는 태어나고 죽는 것은 인간의 운명이며, 그것은 하늘의 뜻(死生有命)으로 받아들인다. 이러한 인식은 유교적 천명사상(天命思想)과도 통한다. 옛사람들은 죽음에 대해 좀더 적극적으로 생각하여 '사는 것은 이 세상에 잠시 머무는 것이고 죽는 것은 고향으로 돌아가는 것(生寄死歸)'이라고 했다.

고소설의 결말 부분은 대부분 주인공이 천수를 누리고 죽는 '행복한 결말'로 되어 있다. 그들은 평소에 뜻한 바를 다 이루고 가업(家業)을 자손에게 물려준 다음 평온한 모습으로 세상을 떠난다. 그들의 죽음은 백일승천(白日昇天)이나 우화등선(羽化登仙)으로 표현되곤 한다. 고통이나 원한을 남기지 않고 세상을 떠난다는 것이다. 남아 있는 가족이나 친지는 이별의 슬픔과 아쉬움을 느끼면서도 죽음 자체를 부정하거나 원망하지 않는다.

이상과 신념을 실현하기 위한 방법

세상에 태어나 천수를 누리는 것은 인간의 권리이며 의무이다. 비명(非命)의 죽음은 불행이다. 그것은 하늘의 뜻을 어기는 일이고 인륜을 저버리는 일이다. 신체의 일부라도 훼손하는 것을 불효라고 했다. 목숨을 버리는 것은 더할 수 없는 불효가 된다. 그러나 목숨보다 소중한 가치를 실현하기 위하여 죽음을 택할 수도 있다. 공자는 목숨을 걸고라도 바른 도를 지키라 했고(守死善道), 맹자는 '죽음보다 더 싫어하는 것이 있다(所惡有甚於死者).'고 했다. 목숨보다 소중한 가치는 '의(義)', 또는 '도(道)'이다. 고소설에서는 의를 위하여 목숨을 바친 이들의 이야기를 즐겨 다룬다. 외적의 침입에 맞서 싸우다 죽은 장수, 국왕이나 간신의 실정을 비판하다가 목숨을 잃은 관료, 정조를 지키려고 스스로 목숨을 버린 열녀 등의 이야기를 여러 작품에서 만날 수 있다. 그들의 죽음은 비명횡사라 해도 천수를 누린 것이나 마찬가지이고 때로는 그보다 더 값진 일로 받아들여진다.

의로운 죽음을 다룬 고소설은 억울하고 원통하게 죽은 이들에 대한 문학적 신원(伸冤)이며 포상(褒賞)이다. 작가의 창작활동은 '하늘도 살피지 못하고, 나라에서도 외면하고, 자식도 챙기지 않는' 그들의 장한 죽음을 알리고 드높이는 과제를 수행하는 것이다. 〈원생몽유록〉은 단종 복위를 도모하다가 처참하게 희생된 사육신의 넋을 기리고, 〈강도몽유록〉은 병자호란의 와중에서 정절을 지키려고 자결한 여인들의 억울하고 원통한 죽음을 세상에 알리는 역할을 한다. 연암은 〈열녀함양박씨전〉을 통해서 결코 주목받을 수 없었던 함양 박씨의 안타까운 죽음을 세상에 알리고 이를 함께 생각하도록 했다.

죄인에 대한 징벌

어느 사회에서나 죽음이 징벌의 일종으로 사용되어 왔다. 선인(善人)과 악인(惡人)의 갈등과 대립이 자주 등장하는 고소설에서 죽음이 빈번하게 나오는 것은 그리 이상한 일이 아니다. 현실세계에서는 상선벌악(賞善罰惡)의 천도(天道)가 실현되지 않지만, 고소설 속에서는 그것이 완벽하게 실현되는 모습을 보여준다. 선인은 죽을 위험에 처해도 죽지 않고, 죽었다가도 다시 살아난다. 악인은 반드시 그에 해당하는 벌을 받아 죽는다.

〈심청전〉에서 심봉사를 버리고 달아났던 뺑덕어미는 능지처참을 당해 죽는다. 〈숙영낭자전〉에서 숙영을 모함하여 억울한 누명을 씌운 여종 매월은 목이 잘리는 참혹한 죽임을 당한다. 〈홍길동전〉에서 길동을 모해하여 죽이려 한 무녀와 자객은 길동의 손에 죽고, 〈사씨남정기〉에서 사씨를 모함하고 온갖 악행을 일삼던 교녀는 목이 잘리는 벌을 받는다. 〈숙향전〉에서 숙향을 모해한 여종 사향은 천벌을 받아 죽고, 〈장화홍련전〉의 계모 허씨는 장화·홍련을 죽인 벌로 능지처참되어 효수된다. 〈변강쇠전〉에서 변강쇠는 장승을 훼손한 벌로 장승신의 동티를 받아 죽임을 당한다. 이런 예는 이루 헤아릴 수 없이 많이 나온다.

고소설에 나타난 죽음의 인식은 비교적 단순한 편이다. 그러나 몇몇 작품에서는 죽음의 문제에 대해 진지하게 고민하는 모습을 보인다. 죽음에 대해 단선적 사고를 지양하고 다양한 측면에서 복합적으로 생각한다. 인간의 행위에는 절대선이나 절대악이 있을 수 없다는 입장에 따라 죽음에 대해 선과 악의 판단을 유보한다. 한 사람의 죽음에 대해 공적(公的) 평가와 사적(私的) 평가가 다를 수 있는 점도 작가는 놓치지 않는다.

〈유광억전〉의 작가 이옥은 유광억의 죽음을 다루면서 도덕적 판단을 유보한다. 과거(科擧)에 얽힌 부정을 저지르고 스스로 목숨을 끊은 유광억의 죽음은 당연한 죗값이라 하면서도, 그로 하여금 이런 일에 빠져들게 한 당시의 시대 상황을 아울러 문제 삼는다. 〈운영전〉에서 운영과 김 진사는 금지된 사랑이 탄로 나자 스스로 목숨을 끊었다. 이들의 행위는 법적으로나 윤리적으로 처벌받아 마땅한 일이지만, 작가는 운영의 입장에 서서 두 사람의 사랑을 옹호하고 있다. 죽음을 죄에 대한 벌로 보지 않고 권력에 의한 희생으로 이해한다.

고소설에서는 하나의 죽음을 놓고 각기 다른 입장을 보이는 작품들이 나오기도 한다. 〈달천몽유록〉이 그런 경우이다. 임진왜란 때 신립의 죽음을 다른 작품은 두 가지가 있는데, 하나는 윤계선의 〈달천몽유록〉이고, 다른 하나는 황중윤의 〈달천몽유록〉이다. 윤계선은 신립의 독단과 무능이 병사들을 죽음으로 몰아넣고 전쟁을 그르쳤다고 비난하는 데 반해, 황중윤은 당시 상황으로서는 신립의 처사가 옳았다고 주장한다.

고소설에서 죽음을 다루면서 죽음을 통해서 인간과 사회의 근본적 문제를 성찰하게 하는 경우도 있다. 이옥의 〈심생전〉과 신광수의 〈검승전〉이 그런 경우이다. 〈심생전〉에서 주인공 처녀는 심생과의 사랑을 이룰 수 없게 되자 중병을 얻어 죽음을 맞는다. 처녀는 심생에게 보낸 유서를 통해서 자신의 죽음이 얼마나 처참한지를 절절하게 토로한다. 작가는 처녀의 죽음을 통해서 신분 차별 및 남녀평등의 문제를 심각하게 제기하고 있다. 〈검승전〉에서 주인공 검승(劍僧)은 임진왜란 때 일본 침략군의 일원으로 왔다가 친구와 함께 조선 검객에게 포로로 잡힌다. 그는 친구와 함께 자신을 살려준 조선 검객에게 검술을 익혔다. 10년이 지났을 때, 친구는 자기 동족을 죽인 조선인 스승을 죽였고, 검승을 스승을 죽인 친구를 죽였다. 작가는 이들의 죽음을 통해서 인간성을 파멸시키는 전쟁의 참상을 말하고자 한다.

  고소설에 나타난 죽음 인식은 다양하고 복합적이다. 이것은 몇몇 작품을 대상으로 해서 파악될 수 있는 것이 아니다. 문학적 가치를 지닌 개별 작품을 통해서 그 구체적 모습을 살펴보는 것이 필요하다. 이 책에서는 소설사의 흐름 속에서 각 시기를 대표하는 작품들과, 다양한 소설 유형 가운데 각각의 유형을 대표하는 작품을 골라 그 안에서 다루어지는 죽음의 양상을 살펴보고자 했다. 이를 통해서 한국고소설에 나타난 죽음의 양상과 의미가 좀더 구체적으로 밝혀질 수 있기를 기대한다.

삶과 죽음의 경계에 대한 인식, 『금오신화』
-〈만복사저포기〉·〈이생규장전〉을 중심으로-

1. 삶과 죽음, 그리고 그 넘나듦

『금오신화』는 최초의 소설이자 전기소설로서, 인귀교환, 저승이나 용궁의 이계 체험과 같은 기이한 사건이 환상적으로 결구되어 있다. 이 기이한 사건들에는 삶과 죽음, 삶의 세계와 그 너머의 다른 세계 간의 교묘한 넘나듦이 공통적으로 전제되어 있다. 〈만복사저포기〉와 〈이생규장전〉에서는 전쟁이나 난리통에 죽은 여인들이 나타나 살아 있는 남성들과 사랑을 나눈 후에 떠나가고, 〈취유부벽정기〉에서는 기자의 후예인 기씨녀가 신선이 되어 나타나 남성과 시로 교감을 나눈 후에 사라지며, 〈남염부주지〉와 〈용궁부연록〉에서는 꿈속에서 염부주와 용궁이라는 다른 세계를 체험한 후 꿈에서 깨어난다. 이런 사건들이 마무리된 후 남성주인공들은 부지소종하거나 죽음을 맞이한다. 부지소종은 죽음으로 언표화되지는 않았지만 삶의 현장으로부터 떠나감을 내포한다고 볼 수 있다. '삶과 죽음, 삶의 세계와 그 너머의 다른 세계 간의 교묘한 넘나듦'이 '죽음, 그리고 이 세상 너머의 다른 세계로 옮겨감'으로 귀결되고 있는 것이다. 특히 이런 귀결이 인생 만년에 이루어지는 자연스러운 것이 아니라 인생의 한창 시기에 이루어진 부자연스러운 것이라는 점은『금오신화』의 비감을 자극하는 주된 요소가 된다.

이렇게 볼 때, 최초의 소설인『금오신화』관련 화두는 '죽음'이라고 할 수 있을 것이고, 고소설사는 이런 '죽음의 문제'와 함께 시작되었다고 할 수 있을 것이다.『금오신화』의 특별한 위상은 '진지한 존재론적 모색을 죽음의 문제에 대한 집요한 추구를 통해 실현한 소설이라는 점'[1]이라는 지적도 바로 이런 맥락에서 이루어진 것이라 할 수 있다. 그러므로 이 '죽음'의 실체를 규명하는 것은『금오신화』의 본질에 접근하는 데 중요한 작업이 될 뿐 아니라,『금오신화』가 매개하는 전대의 서사문학과 후대의 소설들에 나타난 '죽음'을 이해하는 데 중요한 작업이 될 것이다.

『금오신화』관련 화두가 '죽음'이라 한 만큼, 사실『금오신화』에 대한 기존 연구는 '죽음'을 거론하지 않은 것이 없다고 해도 과언이 아니다. 그 중에서도 '죽음'의 문제와 관련하여 중요한 시사를 주는 연구를 선별적으로 살펴보면, 크게 김시습의 사상 중 귀신론과 작품을 연계한 논의[2]와 개별 작품의 죽음에 대한 논의[3]로 나누어 볼 수 있는데, 이들 또한 전반적으로, 작품 전반의 삶과 죽음, 삶의 공간과 죽음의 공간, 산 자와 죽은 자의 문제에 천착된 논의이며, 죽음이 지니는 의미는 물론 죽음에 대한 인식과 관련하여 많은 시사를 주고 있다.

이에 기대어 본고에서는 〈만복사저포기〉와 〈이생규장전〉[4]을 중심으로 이 작품들에 나타난 '죽음의 실체'를 규명하고자 한다. 무엇보다 이 '죽음의 실체'가 죽었으되 죽지 못한 존재인 여성 인물들의 등장과 밀접한 관련이 있으며, 이런 존재가 결국 '삶과 죽음의 경계를 넘나드는 존재'라는 전제 하에, 삶과 죽음의 경계에 대한 인식에 초점을 맞추고자 한다. 이를 위해 먼저 이들 경계 존재를 가능하게 하는 경계의 시공간 형상과 특징을 살펴보고, 이들을 매개하는 남성 인물들과의 관계 맺는 방식을 통해 경계적 존재의 성향과 그 존재화 양상의 특징을 살펴보고자 한다. 마지막 지점에서는 작자 김시습의 생사관과 연결지어 이 작품에서 남성 주인공들의 '부자연스러운 마침'이라는 귀결이 지니는 의미가 무엇인지를 밝혀 보고자 한다.

2. 삶과 죽음의 경계 시공간

1) 삶과 죽음의 경계 시간

〈만복사저포기〉와 〈이생규장전〉에서 나타나는 삶과 죽음의 경계 시간은 경계 존재인 두 여인들이 등장해서 활동한 시간대와 이 여인들이 경계 존재로서 부여받은 허용시간, 즉 경계가 지속될 수 있는 연한의 시간으로 나눠볼 수 있다.

> 날이 저물어 법회가 끝나자 사람들이 몇 남지 않게 되었다. …… 잠시 후 한 미인이 나타났다. ─〈만복사저포기〉, 21쪽
> 한밤중이 되니 동산에 달이 떠올라 달빛이 창가로 비쳐들었다. 그때 갑자기 발자국 소리가 나자 여인이 말하였다. ─〈만복사저포기〉, 23쪽
> 시녀가 분부대로 집에 다녀와 뜰에 술자리를 차리기 시작하니, 시간은 벌써 사경이 되어가고 있었다. ─〈만복사저포기〉, 24쪽
> 시간이 이경쯤 되어 달빛이 희미하게 지붕과 대들보를 비추었다. 이때 멀리 행랑 쪽에서 발소리가 들리더니 점점 이생이 있는 곳으로 가까이 다가와 멈췄다. 바라보니 바로 최 낭자였다. ─〈이생규장전〉, 85쪽

위의 인용문에서 나타나듯이, 두 작품에서 모두 경계 존재인 두 여인
이 등장한 시간은 〈만복사저포기〉의 경우, '날이 저물어'로 모호하게 처
리되기는 했지만, 어둠을 동반하는 저녁 시간대이고, 〈이생규장전〉의
경우 이경, 즉 밤 9시부터 11시로 밤 시간대이다. 이런 시간대는 기본적
으로 낮, 밝음, 현실, 이승, 삶과는 대비되는 밤, 어둠, 비현실, 저승,
죽음의 의미를 함축하면서, 어둠 속 달빛을 배경으로 이루어지는 죽은
여인들의 등장과, 남성 인물들과의 만남을 가능하게 하는 시간 배경이
라 할 수 있다. 주인공이 아니기는 하지만, 〈만복사저포기〉에서 여인의
시녀가 한밤중에 여인을 찾아 만복사에 이르렀다는 정황도 같은 맥락이
다. 또한 만복사의 뜰에서 여인이 주도적으로 술자리를 연 시간도 사경,
즉 밤 1시에서 3시 사이이다.

그런데 만복사의 뜰에서 술자리를 열었던 여인은 '달이 서쪽 봉우리
에 걸리고 마을에서 닭 울음소리가 들려왔으며, 절의 첫 종이 울리면서
어둠이 어슴푸레 걷히기 시작하자' 시녀에게 "얘야, 술자리를 거둬 돌
아가도록 해라."라고 명한다. 이 시간은 밤이 끝나고 새벽이 시작되는
시간으로 다시 낮, 밝음, 현실, 이승, 삶의 시간으로 돌아가는 시간이
다. 만복사라는 현실 공간에서의 활동을 접을 시간이 온 것이다. 물론
이 시간 이후에 여인이 완전히 활동을 접은 것은 아니다. 이후 실제 양
생의 손을 잡고 마을을 지나고 날이 샐 무렵에도 개령동을 향한 행보를
계속하기 때문이다. 단, 만복사를 빠져나와 마을을 지나는 시간대, 즉
밤이 끝나고 새벽이 시작되는 시간대, 완전히 어둡지도 그렇다고 완전
히 밝지도 않은 어슴푸레한 시간대에서 여인은 마을 사람들의 눈에 보
이지 않는다. 또한 날이 새기 시작한 시간대에서부터 여인은 임시무덤
인 개령동으로 들어서기 시작했기에, 현실의 밝음의 시간대에 활동했

다고 보기는 어렵다.

이후 개령동, 즉 여인이 임시로 묻힌 무덤에서의 사흘은 특별히 낮이나 밤이 구분되고 있지 않다. 현실의 낮이나 밤 시간의 적용, 구분이 불필요한 시간, 곧 낮이나 밤 구분 없이 활동할 수 있는 시간인 것이다.

이처럼 〈만복사저포기〉에서는 죽은 여인의 등장과 활동이, 현실의 시간 그리고 시간에 대한 관념과 밀접하다. 이에 비해 〈이생규장전〉은 비록 죽은 최씨가 이생 앞에 나타나는 시간은 위의 인용문에서처럼 〈만복사저포기〉의 그것과 유사하지만, 이후의 활동 시간에서는 차이를 보인다.

> 다음날 최 낭자는 이생과 함께 재산을 묻은 곳으로 가서 금과 은 몇 덩어리와 약간의 재물을 찾고 양가 부모님의 유골을 수습하였다. …… 그 후 이생은 더 이상 벼슬을 하려고 하지 않고 최 낭자와 함께 살았다. 달아났던 종들도 하나둘 돌아왔다. 이생은 이때부터 사람들과의 일에 소홀해져서 친척 간의 경조사에도 가지 않고 집안에서만 지냈다. 늘 최 낭자와 술을 마시고 시를 화답하며 금슬 좋고 화목하게 지냈다. 이렇게 몇 년이 지났다.
> 　　　　　　　　　　　　　　　　　　　　　　　　－〈이생규장전〉, 86~87쪽

인용문에서 알 수 있듯이, 최씨는 〈만복사저포기〉에서 여인이 만복사에서의 술자리를 접고 무덤으로 돌아가야 했던 시간대, 즉 낮, 밝음, 현실, 삶의 시간대에도 그대로 활동하면서 일상적인 시간을 보내고 있다. 그렇기에 사실 이 지점에서 최씨는 죽은 사람으로 인식되기 어렵다.

이런 차이는 〈만복사저포기〉의 여인과 양생의 관계, 〈이생규장전〉의 최씨와 이생의 관계와 밀접하다고 볼 수 있다. 즉, 〈만복사저포기〉의 경우 만복사에서 법회가 있는 날, 이미 죽어 3년을 임시무덤에 묻혀 있던 여인과 양생이 그야말로 하룻밤의 만남을 가지면서 인연을 맺게 되

었지만, 〈이생규장전〉의 경우는 이미 정식 혼인을 한 부부 사이였던 것
이다. 따라서 이런 부부라는 관계, 그래서 생시에 현실의 일상적 삶을
함께 했던 관계였다는 것이 죽은 이후의 여인의 활동 시간에 영향을
미치고 있다고 할 수 있다.

　이처럼 두 작품에서 여인들의 활동 시간은 유사한 듯하면서도 남성
인물과의 관계에 따라 다른 양상을 보이지만, 이들이 죽은 존재이면서
도 삶의 영역을 넘나드는 경계 존재로서 머물 수 있는 시간이 한정되어
있다는 점에서는 공통적이다.

　　부모님께서는 저의 수절을 지켜주기 위해 한적한 곳으로 옮겨 초야에
　임시로 머물러 살게 하였는데, 이미 3년이 되었습니다.
　　　　　　　　　　　　　　　　　　　　　　　　－〈만복사저포기〉, 22쪽
　　"여기에서의 사흘은 바깥세상에서의 3년에 못지않습니다. 낭군께서는 이
　제 집으로 돌아가 생업을 돌보셔야 할 것입니다." 그러고는 이별의 술자리
　를 마련하였다. 양생은 슬프게 말하였다. "어찌 이리 갑자기 이별해야 한
　단 말입니까?"　　　　　　　　　　　　　　　　　－〈만복사저포기〉, 28쪽
　　오늘 3주기를 맞아 잠시 공양하는 자리를 벌여 저승길을 추도하려 한다네.
　　　　　　　　　　　　　　　　　　　　　　　　－〈만복사저포기〉, 36쪽
　　그러나 한스럽게도 업보는 피할 수 없어서 이제는 저승길로 가야만 합니
　다. 기쁨과 즐거움을 미처 다 누리지도 못했는데 슬픈 이별이 닥쳐왔습니
　다. …… 이제 한 번 이별하면 훗날 다시 만남을 기약하기는 어려울 것입니다."
　　　　　　　　　　　　　　　　　　　　　　　　－〈만복사저포기〉, 37쪽

　위에서 알 수 있듯이, 서술상으로 개령동에서의 시간은 만복사에서
와 달리 사흘이 현실, 바깥세상의 3년에 해당하는 것으로, 공간에 따라
시간도 다르게 적용되고 있다고 할 수 있다. 그러나 이미 죽은 지 3년이

되었고 개령동에서 양생과 사흘을 보냈는데도 결과적으로 3주기를 치른다는 데서 실제 다시 3년이 지났다고 볼 수는 없다. 그렇기에 양생을 만나 개령동에서 보낸 사흘은 여인이 죽어 개령동에서 보내야 했던 3년이 재생된 시간이며, 재생 전의 시간을 보상하는 시간이라고 볼 수 있다. 새로운 사흘이나 3년이 아니라, 재생된 사흘 혹은 3년이라고 할 수 있는 것이다. 또한 이를 통해 경계의 지속 시간, 허용 시간은 3주기, 3년이라는 것이 강조되어 드러난다. 마지막 여인의 말에서 나타나듯이, 이 시간 이후는 더 이상 경계를 넘나들 수 없고 경계 너머로 넘어가야 하는 것이다.

이는 〈이생규장전〉도 마찬가지이다.

> 이렇게 몇 년이 지났다. 어느 날 저녁 최 낭자가 이생에게 말했다. "세 번이나 당신과 헤어졌다 만났으나 세상일이란 어그러지기 쉬워서 즐거움이 다하기도 전에 슬픈 이별이 찾아오는군요." 그러고는 목 놓아 울었다. 이생이 놀라 물었다. "무엇 때문에 이러십니까?" "죽고 사는 운명은 피할 수가 없습니다. 다만 저와 그대의 연분이 다하지 않았고 또 쌓인 죄가 없어서, 천제께서 저를 환생시켜 그대와의 애틋한 마음을 잠시 덜게 해주신 것입니다. 그렇다 해도 이승에 오래 머물러 살아있는 사람을 어지럽게 해서는 안 됩니다."   ─〈이생규장전〉, 87쪽
>
> 최 낭자가 말하였다. "당신의 목숨은 아직 많이 남아 있고 저는 이미 명부에 이름이 올라 있어 같이 오래 지낼 수 없습니다. 만약 인간 세상에 미련을 둔다면 이것은 저승 법령을 어기는 것이 되며, 저뿐만 아니라 당신에게도 누가 될 것입니다."   ─〈이생규장전〉, 88쪽

〈만복사저포기〉에서처럼 3년이라는 구체적인 시한이 명시되지는 않지만, 이 또한 이별의 기한이 정해져 있어 이를 넘기거나 어기면 안 된

다는 것, 즉 경계 상태에 허용되는 시간이 유한하다는 것이 강조되고 있다. 두 여인의 말 속에서 '해야만 한다', '해서는 안 된다'라는 당위의 표현이 반복되는 것은 이런 유한성이 엄중하다는 것을 잘 드러내며, 최 씨 또한 이 시간 이후는 경계 너머로 완전히 넘어가야 한다.

2) 삶과 죽음의 경계 공간

〈만복사저포기〉와 〈이생규장전〉에서 나타나는 삶과 죽음의 경계 공 간은 특정 공간이 어떻게 형상화되고 있는가와 경계 공간의 성격을 드 러내는 행위지표는 무엇인가의 두 가지로 나눠볼 수 있다.

먼저, 이런 경계 공간이 두 작품에서 어떻게 형상화되고 있는지 살펴 보자. 〈만복사저포기〉의 경우 경계 공간은 크게 죽은 여인과의 첫 만남 이 이루어졌던 '만복사'와 사흘간 살았던 '개령동의 임시무덤' 그리고 여인을 떠나보낸 '보련사'로 나뉜다.

만복사는 다시 여인과 양생의 첫 만남이 이루어진 불상 모신 방과, 두 사람이 잠자리에 들었던 판자방, 그리고 이후 술자리를 벌여 즐겼던 뜰로 나뉘는데, 그 중에서 형상화가 구체적으로 이루어진 곳은 판자방이다.

> 이때 절은 이미 퇴락하여 스님들은 절 한쪽 구석진 곳에 기거하고 있 었다. 법당 앞에는 행랑채만 덩그마니 남아있고, 행랑이 끝난 곳에 아주 좁은 판자방이 있었다. ―〈만복사저포기〉, 23쪽

결혼하지 않은 젊은 남녀가 잠자리를 하기 위해 찾아들어가는 공간 이기에 남의 눈을 피해 가능한 구석진 곳을 찾아가는 것은 어찌 보면 지극히 당연하고 자연스럽다. 그러면서도 이들이 찾은 판자방만이 아 니라, 만복사 자체가 퇴락한 상태라는 것, 그리고 그런 퇴락한 공간에

서도 가장 궁벽한 공간에 이들이 찾아들었다는 것은, 죽은 여인과의 하룻밤이 가능한 공간이란 현실 혹은 세속에서 소외된 공간, 주변적 공간일 수밖에 없음을 암시하는 듯하다.

여인이 임시로 묻힌 개령동 골짜기는 여인과 양생이 이곳을 찾아가는 일종의 여정이 드러나면서 비교적 구체적으로 형상화되고 있다.

> 날이 샐 무렵, 여인이 양생을 이끌고 수풀이 우거진 곳으로 갔는데 이슬이 흠뻑 내려 있고 따라갈 만한 좁은 길도 없었다. 양생이 말하였다. "무슨 거처가 이렇단 말입니까?" 여인이 말하였다. "혼자 사는 여인의 거처가 본래 이렇답니다."
> ─⟨만복사저포기⟩, 27쪽
> 마침내 함께 개령동에 도착하였다. 쑥 덩굴이 들을 뒤덮고 가시나무가 하늘을 가리고 있었다.
> ─⟨만복사저포기⟩, 28쪽

개령동의 형상을 보면, 제대로 찾아들어가 보지 못할 정도로 좁은 길도 없는 우거진 수풀을 지나야 하고, 아무도 들여다보지 않아 쑥 덩굴이 뒤덮인 깊은 골짜기로, 난리통에 아무렇게나 시신을 매장해 놓은 골짜기의 형상을 사실적으로 드러내고 있다. 하지만, 이런 사실적 형상과는 별도로 개령동을 찾아가는 길은 혼자 살던 여인의 집에 하룻밤을 보낸 남성을 데려오는 길이고, 그렇기에 이들에게는 즐거운 그리고 감정이 고조된 그런 길이다. 그래서 이들은 개령동을 향하는 그 험한 여정에서도 『시경』의 시구를 주거니 받거니 희롱하며 "즐겁게 웃고 놀다 보니" 집에 도착하게 된다.

또한 그곳에는 여인의 거처가 있는데 작지만 아름답고 잘 정돈된 곳이며, 그래서 그곳에서의 생활이 별다른 것이 없는 그런 곳이다. 물론 이런 골짜기에 이런 집과 사람들이 있다는 것이 의아스러웠던 양생이

"인간세상이 아닌가 하는 생각"을 하게 하기도 하고, 그 속에 사는 인물들의 발화를 통해 바깥세상 혹은 인간세상과 구별되는 다른 세계라는 것이 명시되고 있기도 하다. 하지만, 이런 구분에 인간세상, 바깥세상이 우위라는 인식은 드러나지 않는다. 또한 이 역시 외적인 형상에서는 분명 만복사에 비해 더 주변적이고 소외된 공간임에도 불구하고, 오히려 만복사에 비해 암울하거나 비극적인 분위기는 걷혀 있다. 현실의 정황과 뒤틀린 바로 이런 분위기가 개령동의 경계적 성격을 단적으로 드러낸다고 할 수 있다.

마지막 공간인 보련사는 여인의 부모가 여인의 3주기를 맞아 대상(大祥)을 올리기 위해 찾은 곳이고, 그 때문에 여인과 양생 또한 이별해야 하는 공간이다.

> 여인은 절 문을 들어서자 부처께 예를 드리고는 곧 흰 휘장 안으로 들어갔는데, 친척과 절의 중들에게는 보이지 않고 오직 양생에게만 보였다. 여인이 양생에게 말하였다. "함께 음식을 드시지요?" 양생이 이 말을 부모에게 전하였다. 그러자 부모는 그 사실을 확인하기 위해 함께 음식을 먹으라 했다. 수저 소리만 들렸는데 살아있는 사람이 밥 먹는 소리와 마찬가지였다.
> ─〈만복사저포기〉, 36쪽
> 이윽고 여인의 혼을 보낼 때가 되자 울음소리가 끊이지 않았다. 혼이 문 밖으로 나가자 목소리만 은은하게 들려왔다.
> ─〈만복사저포기〉, 37쪽

인용문에서 나타나듯이, 보련사의 대상을 올리는 공간은 불상이 있고, 그 뒤로 흰 휘장이 쳐 있으며, 휘장 안에는 여인의 부모가 차려 놓은 음식이 있다. 이곳에서 여인의 부모나 친척들이 대상 제사를 치르는 과정은 동시에 여인과 양생은 마지막으로 밥을 함께 먹고 밤을 보내는 이별 의식을 치르는 과정이 된다.

이렇게 볼 때 보련사는 작품 서두의 만복사와 마찬가지로 절이면서도, 만복사에서처럼 부처와의 저포 내기를 통해 죽은 자와의 만남이라는 환상적 상상이 이루어지는 공간이 아니라, 재를 올리는 공간으로서 죽은 자로서의 존재를 인정하고 죽은 자를 보내주는 현실적 상상이 이루어지는 공간이라 할 수 있다.

〈이생규장전〉의 경우 경계 공간은 홍건적의 난 이후 죽은 최씨와 이생이 재회하는 최씨의 옛집이라 할 수 있다.

> 이번에는 최 낭자의 집에 가 보았더니 적막하고 쓸쓸한 행랑에 쥐와 새들의 소리만 들릴 뿐이었다. 그 모습을 보자 이생은 슬픔을 참지 못해 최 낭자와 처음 만난 작은 누각에 앉아 눈물을 흘리며 길게 한숨만 쉬었다. 날이 저물도록 혼자 멍하니 앉아서 옛날의 즐거웠던 일을 생각했다. 모두 꿈만 같았다. 시간이 이경쯤 되어 달빛이 희미하게 지붕과 대들보를 비추었다. 이때 멀리 행랑 쪽에서 발소리가 들리더니 점점 이생이 있는 곳으로 가까이 다가와 멈췄다. 바라보니 바로 최 낭자였다.
>
> -〈이생규장전〉, 84~85쪽

이생의 집이 이미 불타 없어졌다는 데서 최씨의 집 또한 예전의 성대하고 화려했던 모습을 그대로 간직하고 있지는 않으리라는 것을 알 수 있고, 그런 퇴락한 분위기는 쥐와 새들의 소리만 들릴 정도로 적막하다는 데서 잘 나타난다. 이런 분위기에서 나타난 최씨와 이생은 그간의 사정을 묻고 대답한 후에 잠자리에 드는데, 이런 정황은 〈만복사저포기〉에서 만복사 판자방에서의 여인과 양생의 하룻밤과 유사하다.

하지만, 이 공간이 다음 날부터는 다른 분위기를 띤다.

> 다음날 최 낭자는 이생과 함께 재산을 묻은 곳으로 가서 금과 은 몇
> 덩어리와 약간의 재물을 찾고 양가 부모님의 유골을 수습하였다... 그
> 후 이생은 더 이상 벼슬을 하려고 하지 않고 최 낭자와 함께 살았다. 달
> 아났던 종들도 하나둘 돌아왔다. 이생은 이때부터 사람들과의 일에 소홀
> 해져서 친척 간의 경조사에도 가지 않고 집안에서만 지냈다. 늘 최 낭자
> 와 술을 마시고 시를 화답하며 금슬 좋고 화목하게 지냈다.
>
> ─〈이생규장전〉, 86~87쪽

최씨가 잘 묻어두었다는 집안의 금은을 찾아 내 부모님 유골을 거둬
합장한 이후 이생이 최씨와 보내는 공간은, 최씨와 재회했던 바로 그
공간이지만, 더 이상 만복사의 좁고 구석진 판자방의 분위기를 띠지 않
는다. 재산을 되찾았다는 데서나 달아났던 종들도 돌아왔다는 것, 그리
고 술을 마시고 시를 화답하며 보냈다는 데서 옛날의 번성을 되찾았다
는 것, 즉 복원된 옛집이라는 것을 알 수 있다.

이런 점에서 〈만복사저포기〉의 만복사 판자방과는 분명 달라 보이지
만, 최씨의 달라진 옛집은 이번에는 〈만복사저포기〉의 개령동 여인의
집과 유사한 분위기를 띤다. 최씨의 경우 죽어 살과 뼈가 들판에 아무
렇게나 흩어진 상태에서 바로 나타나면서, 경계 존재로서 일정한 거처,
일정하게 머무는 공간이 없기에 처녀적의 옛집에 나타난 것이고, 두 사
람이 재회한 공간이 이처럼 이생의 집이 아니라, 최씨의 옛집이라는 데
서 개령동과 마찬가지로 죽은 최씨의 공간에 이생이 초대되어 온 것
같은 인상을 주는 것이다. 이생이 이후 '집 안에서만 지냈다'는 데서 알
수 있듯이, 바깥세상과 단절되고 격리된 내부 공간의 양상을 띠는 것도

이와 관련된 설정이라 할 수 있다. 또한 이 옛집에서 최씨를 떠나보내는 의식까지 치러진다는 데서, 이 옛집은 〈만복사저포기〉의 보련사 기능도 하고 있음을 알 수 있다. 즉, 〈이생규장전〉에서는 최씨의 옛집이 〈만복사저포기〉의 만복사 판자방, 개령동 여인의 집, 보련사 세 공간의 기능과 성격을 다 갖추고 있다고 볼 수 있는 것이다.

물론 최씨의 옛집은, 〈만복사저포기〉의 만복사 판자방이나 개령동이 이 세상의 주변이나 끝, 이 세상과 저 세상의 경계에 위치한 것과는 다르게, 세상과 세속 한가운데 있는 공간이다. 이는, 〈이생규장전〉의 경우 현재 난리를 막 겪은 상황으로 세속, 세상 그 자체가 임시무덤 격이기 때문이 아닐까. 또 그럴 때 난리와 그 결과로 나타난 죽음의 시기와 관련하여 경계 공간의 위치가 달라지고 있다고 할 수 있다.

그렇다면 이런 경계 공간은 어떤 특징적인 행위지표를 보이고 있을까? 이는 무엇보다 비현실적인 공간 이동과, 모호한 등장과 퇴장 속에서 찾아볼 수 있다.

"그러니 너는 집에 가서 깔개 자리와 술과 과일 등을 가져 오너라."
시녀가 **분부대로** 집에 다녀와 뜰에 술자리를 차리기 시작하니 시간은 벌써 사경이 되어가고 있었다.   −〈만복사저포기〉, 24쪽

만복사의 뜰에서 술자리를 열면서 여인은 시녀에게 집에 가서 술자리에 필요한 것들을 챙겨오라고 하고 이에 시녀는 분부대로 집에 다녀와 술자리를 차린다. 물론 이 당시에는 여인의 집이 어디인지 드러나지 않은 상황이므로 집을 다녀온다는 행위, 정황상 그리 오래 걸리지 않아 다녀왔을 거라는 것 등이 자연스러운 상황이다. 하지만 이 술자리 이후

두 사람이 개령동을 향하는 여정이 구체적으로 드러난 바에 의하면 개
령동, 즉 여인의 집은 만복사에서 잠시 다녀와 술자리를 차릴 만한 거
리가 아니다. 따라서 이런 설정은 만복사와 개령동과의 현실적 거리가
무시되는 비현실적 이동을 보여주고 있다.

> 여인은 즉시 시녀에게 명하여 이웃의 친척들에게 알려 모이라고 하였
> 다. 정씨, 오씨, 김씨, 유씨 네 명이 왔는데 모두 문벌 높은 귀한 집 출신이
> 었다. 여인과 한 마을에 사는 친척들로, 다들 시집 안 간 처녀들이었다.
> ─〈만복사저포기〉, 28~29쪽

여인은 개령동에서 사흘을 보낸 후 양생을 돌려보내고자 하면서 전
별의 술자리를 연다. 그러면서 자신의 친척 여인들을 초대하는데, 이때
초대받아온 여인과 한 마을에 산다는 네 명의 친척 여인들은 다름 아니
라 여인과 마찬가지로 개령동에 임시로 묻힌 시체들이다. 따라서 친척
여인들이 초대되어 여인의 집에 모인다는 것은 곧 다른 임시무덤에 묻
힌 여인들이 여인의 무덤으로 모인다는 것을 의미한다. 이 역시 각기
다른 곳에 묻힌 시체들이 한 무덤으로 모인다는 비현실적인 이동을 드
러내고 있다.

> 양생이 말하였다. "그렇게 하지요." 다음 날 양생이 여인의 말대로 보
> 련사 가는 길에서 은주발을 들고 기다리고 있었다.
> ─〈만복사저포기〉, 34쪽
> 양생은 우두커니 서서 기다리고 있었다. 약속한 시간이 되자 과연 한 여
> 자가 시녀를 데리고 걸어왔는데 바로 그 여인이었다.
> ─〈만복사저포기〉, 36쪽

또한 여인의 전별 술자리 이후 여인은 양생을 보내며 다음 날 보련사 가는 길에서 만나자고 한다. 그런데 이때 양생이 개령동에서 어떤 경로로 나왔고 어디로 갔는지 등이 구체적이지 않고 모호하게 처리되고 있다. 마찬가지로 다음날 보련사 가는 길에서 기다릴 때 여인의 등장도 어디서 어떻게 왔는지 구체적이지 않다.

> 시녀가 그 말대로 자리를 거두고 사라졌는데 어디로 갔는지 알 수 없었다.
> -〈만복사저포기〉, 27쪽
> 최 낭자는 "당신은 부디 건강하게 지내십시오."라는 말을 남기고 점점 사라져 마침내 자취가 없어졌다.   -〈이생규장전〉, 88쪽

인물들의 등장이나 퇴장이 구체적이지 않고 모호하게 처리되는 것은 죽은 존재인 여성 인물들의 경우에 특히 두드러진다. 위의 인용문들은 단순히 모호하게 처리되는 것을 넘어 '사라지다', '자취가 없어졌다'는 진술들을 통해 가시적인 존재에서 비가시적인 존재로 변환하고 있음을 분명하게 드러내고 있다. 눈앞에서 존재가 사라지는 것은 분명 비현실적인 이동이다.

> 양생은 밭과 집을 모두 팔아 다시 사흘 저녁 내내 재를 올렸다. 그러자 공중에서 여인의 목소리가 들렸다.   -〈만복사저포기〉, 39쪽

결국 이렇게 사라져간 존재는 '공중'에서 '목소리'만 들려주기에 이른다.

3. 삶과 죽음의 경계 존재

〈만복사저포기〉와 〈이생규장전〉에서 삶과 죽음의 경계를 넘나드는 존재는 여성 인물들로, 차례로 왜구의 난 때 죽어 3년 된 혼령과 홍건적에 의해 난자당한 갓 죽은 혼령이다. 이들은 죽어도 죽지 못한 존재이자, 물리적으로는 죽었으나 관념적으로 죽지 못한 존재들로, 이런 이들이 남성주인공에게 물리적으로 인식되면서 죽은 여인과의 살아있는 나날이 시작된다.

> 여인이 바친 글을 집어 들고 보더니 얼굴에 가득 기쁜 빛을 띠며 여인에게 말하였다. "그대는 누구신지요? 어떻게 홀로 이 곳에 오셨습니까?" 여인이 말하였다. "저도 사람인데, 뭐가 그리 의심스러우신지요? 그대는 아름다운 배필만 얻으면 되니 굳이 이름을 물을 필요는 없을 것입니다. 이름을 아는 것이 뭐가 그리 급합니까?"   －〈만복사저포기〉, 23쪽

사실, 〈만복사저포기〉에서 만복사의 불당에 홀연히 나타난 아름다운 여인이 3년 전에 죽은 혼령이라는 것이 처음부터 드러나는 것은 아니다. 인용문에서 나타나듯 남주인공인 양생이 어떤 사람인지 물었을 때 여인은 이름은 알아서 무엇하냐며 얼버무리고 있다.

이후에 "양생이 여인을 부추겨 들어가려 하니 여인은 어려워하지 않고 따라 들어갔다. 두 사람은 남녀 간의 즐거움을 나누었는데 여느 사람들과 다를 것이 없었다."라는 대목에서도 후자의 '다를 것이 없었다'는 진술을 통해 정체를 모호하게 하고 있는데, 사실 이 대목에서 여인의 정체에 대한 단서는 남녀 간의 정사에서 여느 사람과 다를 것이 없다는 것보다는 이전의 여인의 행동에 있다. 처음 본 남성이 이끄는 대

로 어려워하지 않고 잠자리를 하러 들어가는 행동은 현실에서 일반 처자가 할 수 있는 행동이 아닌 것이다. 이는 이후 절의 뜰에서 주도적으로 술자리를 마련해 즐기는 것이나, 양생에게 먼저 그리고 적극적으로 함께 할 것을 요구하는 모습들에서 계속해서 나타난다.

　이후 여인의 말대로 개령동에 가게 되는 과정에서 다시 여인의 정체와 관련된 단서가 나타난다.

> 　양생은 여인의 손을 잡고 마을을 지나가는데, 개들은 울타리에서 짖었지만 길 가던 행인들은 그와 함께 오는 여인을 보지 못하고 다만 이렇게 말하였다. "생은 이렇게 일찍 어디를 가십니까?" 양생이 대답하였다. "만복사에서 취해 누웠다가 옛 친구가 사는 동네에 들르러 가는 길입니다."
> 　　　　　　　　　　　　　　　　　　　　　　－〈만복사저포기〉, 27쪽

　이 지점에서 여인의 경계적 존재가 처음으로 분명하게 가시화되고 있다. 작품 속의 어떤 인물에게는 인지되는 존재가 다른 인물에게는 인지되지 않는 상황이 그것인데, 이는 무엇보다 이전까지의 여인 대 양생 일 대 일의 관계에서 여인 대 양생, 여인 대 마을 사람들, 여인 대 개 등의 다발적 관계가 생성되었기 때문이다. 이후 개령동의 형상, 개령동 여인 집에서 양생이 품은 의심, 친척 여인들의 시 속에 언급된 무덤, 여인이 전별물로 준 은주발이 3주기를 맞은 여인의 순장물이었다는 점 등을 거쳐 보련사에서의 대상 제사를 통해 여인이 3년 전에 죽은 혼령이라는 것이 분명하게 밝혀진다.

　이런 과정들 속에서 〈만복사저포기〉의 서사가 의심스럽고 모호한 여성의 정체 밝히기에 초점이 맞추어진 것처럼 보이는 것과 달리, 〈이생규장전〉에서는 여인이 등장한 순간부터 그녀가 죽은 존재라는 것이 분명

하게 확인된다.

> 이때 멀리 행랑 쪽에서 발소리가 들리더니 점점 이생이 있는 곳으로 가
> 까이 다가와 멈췄다. 바라보니 바로 최 낭자였다. 이생은 그녀가 죽었다는
> 것을 알았지만 너무나 사랑했기에 더 이상 생각하지 않고 급하게 물었다.
>
> —〈이생규장전〉, 85쪽

이처럼 죽은 여인의 정체 드러내기는 두 작품이 차이를 보이지만, 죽
은 여인들의 성향은 크게 다르지 않다. 특히 죽은 몸임에도 불구하고
의식지향이 죽음 이후의 세계가 아니라 현실의 세계에 있는, 그 경계적
성향이 공통적이다.

> 그러나 외진 골짜기에서 한 번 이별한 뒤 끝내 짝을 잃고 외로이 날아
> 가는 새의 처지가 된 것이 한스러웠습니다. 집은 없어지고 부모님도 돌아
> 가셔서 의지할 곳 없이 떠도는 넋이 된 신세가 처량합니다.
>
> —〈이생규장전〉, 85~86쪽

〈이생규장전〉에서 홍건적에게 도륙당한 후 자신의 옛 집에 나타난
최씨는 남편인 이생에게 위와 같이 하소연하는데, 특히 그 중 '의지할
곳 없이 떠도는 넋'이라는 표현은 최씨가 자신이 죽었다는 것을 인지하
면서도 삶의 세계, 이승에서 자신의 존재를 규정하고 있다는 것을 단적
으로 보여준다.

> 부처님께 비오니 이런 저를 가엾게 여겨주십시오. 인생은 앞날이 이미
> 정해져 있어 그 운명을 피하기 어려울 것입니다. 그러니 제게도 인연이
> 있다면 하루 빨리 만나 즐거움을 누리게 해주십시오. 부디 제 간곡한 기

도를 저버리지 마십시오.　　　　　　　　　－〈만복사저포기〉, 22쪽

지금 다시 한 번 인연을 맺어 전날 사랑의 맹세를 저버리지 않고자 합
니다. 만약 잊지 않으셨다면 끝까지 좋은 인연이 되기를 원합니다. 당신
은 어떠세요?　　　　　　　　　　　　　　　　　－〈이생규장전〉, 86쪽

또한 그녀들은 현세에 미련을 두고 있고 특히 못다 한 인연을 이어가
고자 한다. 그러나 그녀들은 죽은 몸이라는 한정된 존재로서 이승, 삶
의 세계에서 주어진 시간에 만족할 수밖에 없었고, 다시 미련과 아쉬
움, 원망을 남긴 채 이번에는 완전히 떠나가야 했다.

이윽고 여인의 혼을 보낼 때가 되자 울음소리가 끊이지 않았다. 혼이
문 밖으로 나가자 목소리만 은은하게 들려왔다……. 소리가 점점 가늘어
지면서 울음소리와 구분할 수 없게 되었다.　　－〈만복사저포기〉, 37쪽

두 사람은 서로 바라보며 눈물을 줄줄 흘릴 뿐이었다. 최 낭자는 "당신
은 부디 건강하게 지내십시오."라는 말을 남기고 점점 사라져 마침내 자
취가 없어졌다.　　　　　　　　　　　　　　　－〈이생규장전〉, 88쪽

여인들은 슬프고 두려운 이별을 못내 원망스러워하며 사라지는데,
이때의 '끊이지 않는 울음소리'나 '줄줄 흘리는 눈물'에는 그녀들의 원
망과 미련과 슬픔이 집약되어 있다.

그런데 두 작품에서 이 여인들이 존재할 수 있었던 것은 이 여인들을
인지함으로써 존재할 수 있도록 만들어준 매개 인물, 즉 남성 인물들이
있기에 가능했다.

먼저, 〈만복사저포기〉에서 양생이 여인을 인지함으로써 존재하도록
만드는 과정은 여인의 정체 드러내기 과정과 밀접하다. 앞서 살펴봤듯

이, 〈만복사저포기〉에서는 여인이 처음 등장했을 때 죽은 존재임이 명확히 드러나지 않았다. 그만큼 양생에게 여인이 물리적으로 온전히 인지되었다는 것을 의미하기도 하지만, 이는 무엇보다 그때까지 여인과 양생의 일 대 일 관계만 성립한 상태였기에 가능한 것이었다. 그런데 마을을 지나면서 이 관계는 다발적 관계로 변화되었고, 이 과정에서 양생은 여인을 새롭게 인지하게 된다. 양생은 자신과 손을 잡고 가는 여인, 즉 자신에게는 보이고 느껴지는 바로 그 여인이 마을 사람들에게는 안 보인다는 것을 알게 된 것이다. 처음 여인이 나타났을 때보다 이 시점에서 여인을 인지한 것이 진정한 인지라고 할 수 있다. 특히 여인이 마을 사람들에게 안 보인다는 것을 알게 되었음에도 양생의 태도가 전혀 달라지지 않았다는 것은 본인에게 보이고 느껴지는 존재로서의 여인을 인정한다는 것이기 때문이다. 또 그렇게 본다면 이때까지는 양생의 삶, 세계로만 매개되었다고 할 수 있는데, 이런 상황은 이후의 다발적 관계에서 반복되어 나타난다.

그런데 보련사에서 대상을 올리는 상황부터는 다발적 관계의 인물들에게도 인지되기 시작한다.

> 양생이 이 말을 부모에게 전하였다. 그러자 부모는 그 사실을 확인하기 위해 함께 음식을 먹으라 했다. 수저 소리만 들렸는데 살아있는 사람이 밥 먹는 소리와 마찬가지였다. 그제야 부모가 놀라 감탄하고는 양생에게 휘장 곁에서 함께 잘 것을 권하였다. 밤이 깊자 말소리가 낭랑하게 들려왔는데, 사람들이 자세히 들으려 하면 말이 끊어졌다. 그 말은 이러했다.
> 　　　　　　　　　　　　　－〈만복사저포기〉, 36~37쪽

인용문에서처럼 양생을 제외한 인물들에게 보이지는 않지만 밥 먹는

소리나 말하는 소리는 들리는 것으로 되어 있다. 시각적으로는 노출되지 않지만 청각이나 촉각 등은 노출되고 있는 것이다. 이는 이전까지 여인에 대한 시점이 양생에게 있었던 데 비해, 휘장에서 두 사람이 함께 보내는 그 순간부터는 부모를 비롯한 다른 사람들의 시점으로 옮아가게 되었음을 보여준다. 보련사에 함께 오르고 휘장 안에 함께 들어가 음식 먹는 순간까지 양생의 시점에서 여인의 존재가 현실과의 경계가 모호한 존재로서 묘사되었다면, 부모를 비롯한 다른 사람들의 시점으로 변환되면서 여인은 보이지 않고 들리는 존재, 즉 혼령에 가깝게 묘사되고 있는 것이다. 또 그러면서 자연스럽게 현실 혹은 이 세상보다 비현실 혹은 저 세상에 가까운 존재로 인식되고, 대상이 끝나는 지점에서 완전히 저 세상으로 사라지게 되는 것이다.[5]

이렇게 볼 때, 〈만복사저포기〉은 양생이라는 매개 인물의 시각적 인지에서 다른 인물들의 청각적 인지로의 변화를 통해 경계적 존재의 감각적 존재화라는 상상력을 드러내고 있다고 할 수 있다.

〈이생규장전〉에서는 최씨가 등장한 순간부터 이생이 죽은 존재라는 것을 분명하게 인지하고 있음이 드러나는데[6], 사실 이때 인지는 좀 더 엄밀히 말하면 죽은 존재에 대한 부정, 부인에 가깝다. '너무나 사랑했기에 더 이상 생각하지 않고'는 죽음을 초월하는 사랑으로 보일 수도 있지만, 죽었다는 사실을 부인하고 거부하는 것으로 보이기도 하는 것이다. 또 실제 그렇기 때문에 이후 이생이 최씨를 대하는 태도나 최씨와 함께 하는 시간에서 최씨가 죽은 존재라는 것이 거의 드러나지 않으며, 죽기 이전과 전혀 다름없는 모습을 보여준다.[7]

하지만 처음의 부정, 부인에도 불구하고 이생은 최씨의 죽음이 부정, 부인할 수 없는 현실임을, 그래서 최씨가 죽은 존재로서 한시적으로 머물 수밖에 없는 존재임을 인정하게 된다. 그렇기 때문에 최씨에 대한 태도는 죽기 이전과 변함이 없으면서 대신 자신의 삶에 변화를 가하게 된다. 집 밖에서의 사회적인 삶을 접고 집 안에서의 개인적 삶에만 골몰하게 된 것이다.

그런데 〈만복사저포기〉에서, 양생에서 다른 인물들로 여인에 대한 시점이 변화된 것과 달리, 〈이생규장전〉에서는 누가 보고 있는가가 뚜렷이 드러나지 않는다. 서술상 이생만 그녀를 볼 수 있는지, 집안사람들이 모두 그녀를 볼 수 있는지가 분명하지 않은 것이다. 이 때문에 〈만복사저포기〉의 여인이, 현실과의 경계에서 더 모호하고 후반부로 가면서 경계 저쪽에 더 가까운 존재로 인지되는 데 비해, 최씨는 현실과의 경계에서 경계 이쪽에 좀 더 가까운 존재로 인지된다. 이는 〈만복사저포기〉에서 양생과 여인이 함께 한 나날이 일시적이고 일탈적인 분위기를 풍기는 것과 대조적으로, 이생과 최씨의 나날이 지속적이고 일상적인 양상을 띠는 것과도 연결된다.

이렇게 볼 때, 〈이생규장전〉은 이생이라는 매개 인물의 부정과 인정이라는 인지 변화 과정에서 경계적 존재의 일상적 존재화라는 상상력을 드러내고 있다고 할 수 있다.

4. 삶의 한 경계로서의 죽음

『금오신화』의 작자인 김시습은 〈생사설(生死說)〉에서 다음과 같이 말하였다.

> 기가 모이면 태어나 사람이 된다. 사람은 理가 나타나 드러난 것이기에 거기

에 마음이 있다. 마음이란 신명의 집으로, 임금에게 충성을 하려는 마음이 있고 부모에게 효도를 하려는 마음이 있다. 기가 흩어지면 죽어서 귀신이 되니, 귀신은 理가 돌아가 사라진 것이다.[8]

氣之聚者 生而爲人, 人者理之見而著者也. 故有心焉. 心者神明之舍, 向君有忠底意思, 向親有孝底意思. 氣之散者 死而爲鬼, 鬼者 理之歸而滅也.

이에 의하면 결국 사람이 태어나고 죽는 것은 기의 일관된 작용이며, 모이면 태어나 사람이 되고 흩어지면 죽어서 귀신이 되므로, 사람이나 귀신의 근본은 결국 기로 귀결된다. 하나의 기가 모이느냐 흩어지느냐에 따라 사람이냐 귀신이냐 혹은 살아있느냐 죽었느냐가 결정된다는 것이다.

또한 이 기를 정기(正氣)와 사기(邪氣)로 구분하여 논하고 있는데, 〈신귀설(神鬼說)〉에서는 '사기(邪氣)'에 대해 다음과 같이 말하였다.

"사악하고 어그러진 기는, 때로는 사람 마음의 미혹함이 감응되어 부른 것이 그렇게 하도록 한 것이다. 또 때로는 氣가 아직 미진한 상태로 뜻밖의 죽음을 맞아 오히려 형체가 없는 가운데 체류하니, 마치 거울에 입김을 불면 안개가 낀 것처럼 부예지고 추위가 심하면 얼음이 되는 것과 같다. 하지만 오래 지나면 자연히 사라져가니, 돌아갈 곳이 있는데도 돌아가지 않은 것은 없었다."[9]

邪戾之氣, 則或爲人心之惑, 惑召之使然. 或有氣未盡强死, 尙滯無形之中, 如呵鏡成翳, 寒甚化冰, 久久自然消散去了, 未有歸而不歸者也.

이에 의하면 자연스럽게 흩어져야 할 기가 흩어지지 못하고 일시적으로 체류하게 되는 경우가 있는데, 이는 기 스스로가 미진한 것이 있거나 미혹됨이 있는 사람에게 감응되어 나타나며, 일정 기간 동안 머물기는 하지만 언젠가는 자연히 사라지게 된다.

본격적인 논은 아니지만 이런 귀신관과 관련하여 참조할 수 있는 것으로『금오신화』의 다른 작품인 〈남염부주지〉 중 염왕과 박생의 문답 중에 다음과 같은 내용이 있다.

> "사람이 죽으면 정신과 기운이 모두 흩어져 하늘로 오르거나 땅으로 꺼져 그 근원으로 돌아가니 어찌 어두운 저승세계에 머물러 있을 수 있겠소? 또 원한을 품은 영혼이나 비명횡사한 귀신들이 제대로 죽지 못해 그 기를 펴지 못하여, 아무렇게나 묻힌 전쟁터나 모래밭에서 시끄럽게 울어대거나 목숨을 잃거나 원한 맺힌 집에서 구슬프게 우는 일이 간혹 있기도 하다네. 이들은 무당에게 부탁하여 사정을 알리기도 하고 사람에게 의지하여 원한을 분명히 밝히고자 한다오. 그러나 비록 당시에는 아직 정신이 흩어지지 않았다 할지라도 결국은 아무 것도 없는 곳으로 돌아갈 것이니, 어찌 임시로 형체를 빌어 저승의 감옥에 갇혀 있겠소? 이는 이치를 연구하는 군자라면 마땅히 헤아릴 수 있는 것이오."   -〈남염부주지〉, 176쪽

소설 속 문답이기 때문에 미진함의 정체나 체류의 양상이 좀 더 극화되고 있기는 하지만, 그 근간은 〈신귀설〉의 '사기(邪氣)'에 대한 언급과 맥을 같이한다. 억울하게 죽어 기가 자연스럽게 흩어지지 못하고 아직 이 세계에 머무르면서 원한을 풀고자 하며, 이 과정에서 살아있는 사람에 의지하기도 하지만 결국은 흩어지고 사라지게 된다는 것이다. 특히 〈남염부주지〉 속의 귀신론은 사람이 죽으면 혼(魂)과 귀(鬼)와 백(魄)으로 나뉘어, 혼은 하늘로 올라가고 백은 땅에 머물며 귀는 공중에 존재하는데, 귀와 백은 지상의 살아 있는 인간과 끊임없이 관계를 맺다가 제사를 받고 흩어진다는 귀신에 대한 일반적 인식[10]과 근접해 있다고

할 수 있다.

이런 김시습의 귀신관은 앞서 다루었던 두 작품 속 여인의 정체나 존재 양상과 일맥한다. 두 여인들도 왜구의 난 때 죽어 3년 된 혼령과 홍건적에 의해 난자당한 갓 죽은 혼령으로, 억울하게 비명횡사한 인물들이기 때문이다. 곧 미진한 기를 지닌 인물들이며, 그렇기에 3년 된 혼령마저도 아직 기가 흩어지지 못한 채 여인의 형체를 빌어 머무르고 있으며, 미진함을 풀기 위해 현세에 미련을 두고 있고 특히 못다 한 인연을 이어가고자 하는 것이다.

또한 이들 여성들을 일시적으로나마 현실, 삶으로 매개한 남성 인물들은 모두 현실, 삶에 불만을 품고 있던 인물들로 그만큼 미혹되기 쉬운 상황에 있었다. 곧 두 여성 인물들은 미혹함이 있던 남성 인물들의 삶에 일시적으로 감응되었던 것이라 할 수 있다. 바로 이런 감응이 가능한 것은 아직 죽음으로 완전히 넘어가지 않은 경계적 존재이기 때문이며, 이들이 존재하는 시공간 또한 경계성을 띠는 것도 그 때문이다. 시간적으로는 현실적 시간관념과 비현실적 시간관념의 혼재와 무한한 듯 보이다가 어느 순간 다가오는 시간의 유한성이, 공간적으로는 현실과 비현실 공간의 공존, 그리고 비현실적이고 모호한 공간 이동이 그 지표가 된다. 또한 이런 경계적 시공과 존재의 모호하고 이중적인 설정을 통해 혼백과의 만남과 이별이 현실인 듯 아닌 듯, 꿈인 듯 아닌 듯, 있을 수 있는 이야기인 듯 아닌 듯한 교묘한 넘나듦의 미감이 조성되고 있다고 할 수 있다.

그러나 결국 그녀들은 죽은 몸이라는 한정된 존재로서 이승, 삶의 세계에서 주어진 시간에 만족할 수밖에 없었고, 다시 미련과 아쉬움, 원망을 남긴 채 결국은 사라지게 되면서 비감이 조성된다. 이때 비감을 자극하는, 소리가 점점 가늘어지면서 울음소리와 구분할 수 없게 되었다거나 말을 남기고 점점 사라져 마침내 자취가 없어졌다와 같은, 여인들이 사라지는 장면은 귀신관에서 기가 흩어지고 사라지게 된다는 부분과 맞닿아 있다.

이처럼 김시습의 귀신관의 핵심적인 요소들과 작품 속 귀신 여인들의 존재 양상은 분명 일맥하는 측면이 있고, 이를 통해 생과 사 혹은 삶과 죽음의 경계와 경계 존재에 대한 작가의 인식은 물론 그것을 배태한 당시의 전반적인 귀신관을 엿볼 수 있다.

그런데 두 작품은 귀신의 존재 혹은 그들이 존재하는 지점인 삶과 죽음의 경계에 대한 모색에서 그치지 않는다. 귀신이라는 경계적 존재를 매개해서 그 원한을 해소시켜 주는 영매적 존재인 남성 인물들의 삶에 대한 관심 또한 부각되고 있는 것이다. 이는 전통적으로 이상사(異常死)한 원혼을 달래 주는 오구굿에서 그 의례를 통과해야 하는 주체가 곧 죽은 자이며[11], 결국 이런 굿이나 제사에서 원혼 혹은 죽은 자에 대한 관심이 부각되는 것과는 차별화된 지점이며, 바로 여기에서 김시습의 삶과 죽음에 대한 인식의 독자성이 나타난다고 할 수 있다.

앞 장에서 살펴보았듯이 두 작품에서 매개 인물들의 인지 양상이나 그 과정에서 경계 존재인 여성 인물들의 존재화 양상은 다소 차이를 보인다. 그러나 여성 인물들이 거쳐 간 이후 매개 인물들이 보이는 태도는 유사하다.

> 양생은 이후 다시 장가들지 않고 지리산으로 들어가 약초를 캐며 살았는데, 그가 어떻게 세상을 마쳤는지는 아무도 모른다.
>
> -〈만복사저포기〉, 40쪽

장례를 마친 후 이생은 끝없는 그리움으로 인해 병이 나 몇 달 뒤에
세상을 떠났다.   −〈이생규장전〉, 88쪽

한 명은 산 속으로 사라졌고, 한 명은 죽음으로써 사라졌는데, 살아
있음의 유무를 기준으로 한다면 분명 차이가 있다고 할 수 있다. 하지
만 이들이 남성 인물들로서, 공적이고 사회적인 영역에서의 실존이 살
아있음의 실존과 맞먹을 만큼 중요하다는 점에서, 두 사람의 사라짐은
결국 같은 의미망으로 포섭된다고 할 수 있다. 그렇다면 여인들이 사라
진 이후 이들이 존재론적인 실종이라는 같은 모습을 보여주게 된 것은
무엇 때문일까.

그들 또한 언젠가는 죽을 운명인 남성 인물들에게 죽음을 미리 엿보
는 것, 죽은 사람과 미리 만나는 경험이 그토록 있을 수 없거나 충격적
인 경험은 아니었을 것이다. 사실 작품 속의 주인공들에게만이 아니라
전통 속에서 죽음은 삶의 일부나 연장으로 인식되어 왔다.[12] 그런 점에
서 남성 인물들이 경험하는 충격은 죽음에서 오는 것이 아니라 삶에
가해지는 것이라 할 수 있다. 즉, 소외된 변두리 인생이거나 전란에 사
랑하는 가족을 모두 잃은 상처투성이의 현실이라는 두 남성 인물의 삶
에 죽은 사람이 매개되는 과정에서 삶을 더 충격적으로 인지하게 되었
다는 것이다. 그렇기에 죽은 자와의 만남은 당혹스럽고 두려운 경험이
아니라 삶에서 중요한 계기적 경험이 된다. 삶의 현실을 충격적으로 인
지할 수 있게 하는 동시에 삶의 세계에 대한 욕심, 집착에서 한 걸음
물러설 수 있는 계기로 작용하는 것이다. 남성인물들이 보여준 마지막
모습은 이런 경험의 의미가 행위로 그대로 구체화된 것이다. 즉, 죽은
여인과의 살아있는 나날이라는 경험, 귀신 여인과의 감응이 남성인물

들 삶의 한 중요한 경계로서 작용하고 있는 것이다.

　이는 작자인 김시습의 현실과도 다르지 않아 보인다. 물론 김시습의 경험은 남성 인물들의 경험과 그 양상은 다르다. 하지만 김시습 또한 여러 혼란스러운 정치적 격동기 속에서 삶과 현실에 몸담고 있었고, 삶과 현실에 적극적으로 참여하고자 하는 의지나 욕망을 유지하거나 그 것이 좌절되어 현실로부터 은둔하기를 반복하는 과정에서, 현실과 삶을 충격적으로 인식했던 인물이라고 할 수 있다.

> 　그러므로 『주역』에서 말하기를, "정기(精氣)는 사물을 생성하고 유혼 (游魂)은 변이를 일으키므로 귀신의 정상(情狀)을 있는 그대로 알게 하였 다"라고 하였다. 또한 지극히 잘 다스려진 세상과 지극한 덕을 이룬 사람 의 분수에는 이런 일이 없었다.[13]
> 　故易曰, "精氣爲物, 遊魂爲變, 故知鬼神之情狀." 且至治之世, 至人之 分, 無這箇物事.

　앞서 다루었던 〈신귀설〉의 '사기(邪氣)'에 대한 언급 마무리 부분이 다. 여기에서도 김시습은 『주역』에 근간하여 사기 혹은 변이를 일으키 는 유혼 등을 규정하고 있지만, 이런 기 자체를 부정시하기보다는 이런 기를 만들어낸 혼란한 현실, 세상을 꼬집고 있다고 할 수 있다. 그런 점에서 그의 생사관이나 귀신관도 결국은 죽음 이후의 세계나 그 존재 에 대한 관심과 인식보다는, 죽음이나 죽은 존재가 삶과 살아있는 존재 에 끼어듦으로써 현실에 충격을 가하는 계기로 작용하도록 하는 데 더 관심이 있다고 할 수 있다.

　이렇게 볼 때, 결국 이 작품들은 삶과 죽음의 경계가 어떤 양상인가 를 시간과 공간 그리고 여성 인물들의 존재화 양상을 통해 섬세하게 상상해 내는 동시에, 죽음 혹은 죽은 존재의 개입이 살아 있는 사람들의 삶에 중요한 경계로서 작용할 수 있다는 것, 즉 삶의 한 경계로서의 죽음에 대한 인식을 보여주고 있다.

1) 윤채근은 바로 이 점이 『금오신화』를 다른 한문소설들과 구별해주는 지점이라 하면서 '죽음과 존재'의 문제를 중세의 문예적 지평에서 정면 거론한 경우는 『금오신화』가 처음이라고 하였다. 덧붙여 이 죽음으로 향한 소설적 탐구는 근본적으로 삶의 의미에 관한 존재 탐구이며, 아울러 죽음과 삶의 일회성이라는 문제를 사적 경험이 아닌 인류 보편의 경험으로 객관화하여 이해함으로써 뿌리 깊은 설화적 感傷性의 遺制마저 상당하게 극복할 수 있었다고 하였다. 윤채근, 「〈금오신화〉의 미적 원리와 반성적 주체」, 『고전문학연구』 14, 194~195쪽.

2) 설중환, 「〈금오신화〉의 鬼神」, 『어문논집』 23, 1982./ 조동일, 「15세기 귀신론과 귀신 이야기의 변모」, 『문학사와 철학사의 관련 양상』, 한샘출판사, 1992./ 윤승준, 「김시습의 귀신론과 『금오신화』-「남영부주지」의 분석을 중심으로」, 『국문학논집』 14, 1994. / 김순자, 「〈금오신화〉에 나타난 귀신관과 전기성의 상호연계성 연구」, 성신여대 교육대학원, 2002. 8.

3) 설중환, 『금오신화 연구』, 고려대 민족문화연구소, 1989./ 윤호진, 「〈취유부벽정기〉의 공간구조와 작가의식」, 『중국어문학』 18, 1990/ 박희병, 「『금오신화』의 소설미학」, 『한국 전기소설의 미학』, 돌베개, 1997/ 윤경희, 「〈만복사저포기〉의 환상성」, 『한국고전연구』 4, 한국고전연구학회, 1998/ 신재홍, 「『금오신화』의 환상성에 대한 주제론적 접근」, 『고전문학과 교육』 1, 1999/ 진경환, 「남염부주지의 반어」, 『고전문학연구』 13/ 윤채근, 「〈금오신화〉의 미적 원리와 반성적 주체」, 『고전문학연구』 14/ 박일용, 「〈만복사저포기〉의 형상화 방식과 그 현실적 의미」, 『고소설연구』 18, 한국고소설학회, 2004. 12/ 임수진, 「〈금오신화〉에 나타난 죽음의 의미와 내세관: 〈만복사저포기〉와 〈이생규장전〉을 중심으로」, 성균관대 교육대학원, 2004. 8.

4) 본고의 대상 텍스트는 김수연 외 편역의 『금오신화 전등신화』(2010. 2. 미다스북스)로, 이후의 인용문은 모두 이 번역문을 텍스트로 하며, 인용할 경우 작품명과 수록 페이지만 기재하도록 한다.

5) 이런 측면에서, 정체의 모호함에서 오는 양생의 머뭇거림이나 의아해하는 태도가 곧 환상성의 지표가 된다고 보는 기존의 시각에 대해 재고할 필요가 있다. 보련사로 가는 길에서 부모의 입을 통해 여인의 정체가 분명하게 드러난 후, 즉 양생이 여인의 정체를 분명하게 인식하게 된 후에도 여인은 이전과 마찬가지 모습으로 나타나고 행동하며, 양생

또한 그 이전과 다를 것 없이 여인을 맞아 손까지 잡고 보련사로 향한다. 즉 여인의 정체에 대한 확인 전후로 두 사람의 관계나 서로를 대하는 태도는 달라지지 않은 것이다. 따라서 양생의 의식적 모호함이 죽은 여인과의 만남이라는 환상을 빚어낸 것이라고 볼 수 없다. 오히려 대상 과정에서 여인이 다른 인물들에게 청각적으로나마 인지되기 시작하고, 귀신이 나타나 제삿밥을 먹는 익숙한 상황에서 환상감이 잦아드는 것은, 그 이전의 환상이 양생이 아닌, 죽은 자와의 결연에 낯선 독자와 연결된 것임을 드러낸다고 볼 수 있다.

6) "이생은 그녀가 죽었다는 것을 알았지만 너무나 사랑했기에 더 이상 생각하지 않고 급하게 물었다."〈이생규장전〉, 85쪽.

7) 이는 무속의 죽음에 대한 의식구조와 매우 유사한 것으로, 무속에서는 죽더라도 생전의 경험 가운데 일부는 그대로 남아 죽은 사람의 영혼이 실제적으로 산 자와 관계를 유지한다고 보고 있다. 이은봉, 『여러 종교에 나타난 죽음관과 사후의 문제』, 광장, 1988, 참조.

8) 『매월당집』 권20, 說, 「生死說」

9) 『매월당집』 권20, 說, 「神鬼說」

10) 김홍철, 「신명계로 통하는 사후세계」, 『죽음이란 무엇인가』, 도서출판 창, 1990. 21~29쪽.

11) 최길용, 『한국무속의 연구』, 아세아문화사, 1978, 184~198쪽.

12) 민영현, 『선과 혼』, 세종출판사, 1994, 81~82쪽.

13) 『매월당집』 권20, 說, 「神鬼說」

현세적 삶에 대한
애착이 드러나는 귀신 이야기, 〈설공찬전〉

허순우

16세기 초, 문인 채수(蔡壽)가 지은 〈설공찬전〉은 조선왕조 최대의 필화(筆禍) 사건을 일으킨 소설이며, 창작된 이후 오래지 않아 국문으로 번역 향유됨으로써 〈홍길동전〉보다 이른 시기에 국문으로 읽힌 작품이라는 점에서 소설사적으로 의의를 인정받는 작품이다. 그간 실물은 확인할 수 없었고, 『조선왕조실록』이나 어숙권의 『패관잡기』기록을 근거로 '윤회화복(輪廻禍福)'을 다룬 소설이라고 개략적으로 이해할 뿐이었다. 그러던 중 묵재공파 문중 소장 『묵재일기』를 정리하다가 일기 이면에 쓰인 국문 번역본 〈설공찬이〉를 발견, 구체적인 작품을 접하게 되었다.

〈설공찬전〉은 조선전기 소설사에 관한 기존의 논의를 보완 가능하게 하는 자료라는 점에서 무엇보다 중요하다. 〈금오신화〉가 창작된 15세기와 소설 장르가 융성했다고 보는 17세기 사이의 소설사적 공백을 채워주는 자료로서 가치가 있으며, 소설 작품에 대한 평가가 정치적, 사상적 배경에 따라 어떠한 양태로 드러나는 지를 보여주는 자료로서도 의미가 있는 것이다. 그렇기에 기존의 연구도 〈설공찬전〉이 실화를 기반으로 창작되었지만 소설적 특성을 지니고 있다는 점, 늦어도 17세기 이전에는 국문으로 필사되었다는 점 등을 통해 16세기 소설사에서 이 작품이 점하는 위치를 확인하려 했고, 유가적 이념성을 강화하기 위한 사림파의 의도적 필화사건이라는 점을 통해서는 정치적, 사상적 이념에 의해 문학의 성격이 변모되는 양상을 확인하려 했다.

그러나 〈설공찬전〉의 필화 사건과 사림파의 정치적 목적을 연결 짓는 분석은 〈설공찬전〉 국문 번역본인 〈설공찬이〉의 실물이 없어도 가능한 것이다. 〈설공찬전〉에 '윤회화복'에 관한 이야기가 있고, 그렇기 때문에 채수를 교수(絞首)해야 한다는 의견이 오고갔던 『조선왕조실록』중종(中宗)조의 기록을 더욱 강력하게 뒷받침할 만한 새로운 정보들이 현전하는 〈설공찬이〉에 담겨있지 않기 때문이다. 그런데 〈설공찬전〉에 관한 연구는 〈설공찬이〉가 발굴된 이후에도 이 작품이 신이(神異)를 향한 15세기의 문학적 충동을 약화시키고 사림적 지향인 입신양명이라는 행복한 결말을 끌어오게 한 점, 즉 15세기까지의 신이에 관한 문학사적 유산을 약화시키는 기제가 되었다는 점에만 주목하여 이루어지고 있는 상황이다. 그러나 이는 필화사건 자체가 '신이' 담론의 약화를 가져왔다고 할 수는 있지만 실제 〈설공찬이〉의 내용을 보면 여전히 신이의 측면에서 이야기할 수 있는 내용을 담고 있기 때문에 작품 외적인 상황에만 주목하다보니 작품 자체에 대한 논의에는 소홀함이 있다는 점을 다시 한 번 보여주는 지점기도 하다.

물론 이런 상황이 초래된 원인으로 현재 발굴된 작품이 원작과는 거리가 있는 국문본이고 게다가 작품의 일부만이 남아있다는 점을 생각해 볼 수 있다. 그러나 비록 원작과는 거리가 있는 국문본이고 또 작품전체가 남아있지 않은 상황이라 하더라도 국문으로 된 이본 〈설공찬이〉가 발굴된 만큼 〈설공찬전〉에 대한 고른 이해를 위해서는 문학사적 의미 찾기에 편중되어있는 연구의 시각을 작품 자체에 대한 이해하기로도 넓힐 필요가 있다고 생각한다.

16세기 초에 창작된 〈설공찬전〉과 17세기 말(1685년 전후)에 필사된 〈설공찬이〉 사이에는 약 160년의 간극이 있다. 이 시간적 간극은 '요서(妖書)'로 지목된 〈설공찬전〉이 국가적 규제를 피해 오랜 기간 남아 전해질 만큼 흥미로운 내용을 지닌 작품이었다는 사실을 간접적으로 말해준다. 동시에 원작과의 시간적 거리는 〈설공찬이〉가 16세기의 〈설공찬전〉과 구별되는 한 편의 독립적 작품임을 의미하는 것이기도 하다.

그러므로 이 글에서는 정치적, 역사적 정황보다 작품의 내용에 좀 더 주목하여 '빙의(憑依)'라는 기이한 사건에서 비롯된 〈설공찬이〉를 죽음에 관한 당대인들의 두려움과 호기심, 그리고 현세적 삶의 행복이라는 바람이 녹아있는 한 편의 문학 작품으로 읽어보려 한다. 〈설공찬이〉는 죽은 영혼의 귀환과 그 영혼이 전해주는 저승에 관한 이야기가 서사의 중심을 이룬다. 영혼의 귀환이나 저승에 대한 관심은 당대인들이 삶과 죽음을 어떻게 받아들이고 있었는가의 문제와도 관련된 것이므로, 이 글은 〈설공찬이〉에 반영된 작품 향유층의 사생관(死生觀)을 살펴보는 작업이기도 하다. 사생관은 '죽음에 대한 태도', '삶과 죽음에 대한 태도' 등의 용어로 대체되기도 하며, 죽음에 대한 공포, 죽음의 수용도, 내세관, 죽음의 의미 등 다양한 구성성분이 선택적으로 혼합되어 정립되는 관점이다. 그 중에서 이 글은 죽음에 대한 공포와 호기심, 내세관 등에 주목하여 〈설공찬이〉에 반영된 '죽음과의 관계에서 바라본 삶의 문제'를 이해해 볼 것이다.

1. 원귀와 한에 대한 탈이념적, 현실적 이해

〈설공찬이〉는 설충란의 아들 설공찬이 사촌 동생 설공침의 몸에 빙의(憑依)된 채 지상에 머무르면서 자신을 쫓아내려는 공침의 아버지 설충수에 맞서 공침을 괴롭히기도 하고 또 주변인들에게 저승에 관한 다양한 이야기를 전달해주는 내용으로 되어 있다. 작품의 서두에서 밝히고 있듯이 설공찬은 "나히 스믈히로듸 댱가 아니 드럿더니 병ᄒ야 죽"은 인물이다. 스무 살이 될 때까지 장가들지 못하였고 20대의 젊은 나이에 사망했다는 점은 설공찬이 죽음 이후에도 현실에 미련을 두고 한을 품어 원귀의 형태로 나타날 수 있는 조건이 된다. 설공침의 몸에 설공찬보다 먼저 빙의되었던 공찬의 누나 역시 혼인은 했으나 자식을 낳지 못하고 요절하였으니 원귀가 되었다는 점이 설득력 있게 받아들여졌을 듯하다. 이 작품이 선행 연구에서 주장하는 것처럼 설공찬, 설공침 형제와 관련된 실화를 바탕으로 한 것이냐 아니냐를 떠나 설씨 남매의 잇따른 요절은 지상으로 귀환한 원귀 이야기의 기본 조건을 충족시켜주는 것이다. 그리고 이렇게 설공찬 남매가 원귀가 되어 사촌동생의 몸에 빙의하는 이야기를 구체화시킨 상상력은 죽음을 한스러운 것으로 보는 무교에 기반한 현실적 이해에서 비롯된 것이라고 할 수 있다.

기본적으로 무교에서는 죽음을 한스러운 것으로 본다. 한을 품고 죽은 영혼은 저승에 곧장 들어가지 못하고 헤매면서 살아있는 가족이나 친지를 괴롭히는 방법을 통해 자신의 순탄한 천도를 위해 의례를 가져줄 것을 부탁한다. 무당의 천도 과정을 통해 원령은 마음을 달래고 저승에 안착하게 되는 것이다. 〈설공찬이〉의 공찬 역시 자신의 한에는 관심이 없고 축귀(逐鬼)의식을 벌이려고만 하는 작은 아버지 설충수에 맞서 공침과 노복에게 해를 가한다. 또 '원귀 설화'나 원귀가 등장하는 가정소설을 살펴보면, 겁탈을 피하기 위해 자결을 한 인물 혹은 계모에 의해 누명을 쓰고 죽은 인물들은 원귀의 형태로 등장하여 고을에 흉년 이 들게 하거나 신임 부사를 죽이는 등의 행위를 통해 자신의 존재를 알리고 한을 풀게 된다. 이처럼 죽은 원혼들이 살아있는 자들에게 해를 가하여 자신들의 존재와 억울함을 알리고 한을 푸는 이야기 구조는 죽 은 자의 원한은 반드시 한 풀림을 이뤄야 한다는 민속 신앙적 사고나 무교적 사고가 반영된 것이며 죽음을 현실적으로 이해하는 관점에서 비롯된 것이라고 할 수 있다.

그런데 〈설공찬이〉와 여타의 가정소설을 비교해보면 죽은 영혼 즉 원귀에 대한 이야기를 하는 태도와 목적에 차이가 있음을 알 수 있다. 〈설공찬이〉와 가정소설 등의 귀신이 모두 한이 있는 원귀라는 점에서 는 무교에서 말하는 원령에 해당한다. 그러나 가정소설에 등장하는 원 귀의 경우 정절을 지키기 위해, 혹은 계모의 모해에 의해 억울한 죽음 을 맞이하는 경우가 대부분이고 이들 작품은 유교적으로 이념화 된 죽 음의 양상을 다루거나 가정 내의 비극이 사회적 비극으로 확산되는 모 습을 고발하는 데 관심이 있다. 그러므로 죽음에 이르게 되기까지의 과 정을 서술하는 데 작품의 많은 부분을 할애하여 '죽음' 자체보다는 죽음 을 유발한 사회적 원인을 드러내려 한다. 때문에 작품 속에 묘사되는 원귀의 형상 역시 비현실적이면서도 전형적인 모습을 띠게 된다.

1 홀연이 찬바름이 이러나며 정신이 아득ᄒᆞ여 아모란줄모르더니 홀연 난듸업ᄂᆞᆫ 일위미인이 녹의홍상으로 문을열고 완연이 드러와 절 ᄒᆞ거늘 부ᄉᆡ정신을 가다듬어 문왈   -〈장화홍련전〉, 19쪽
2 부ᄉᆡ즉일에 친이 관속을거ᄂᆞ리고 쟝화형뎨죽은 못에나아가 물치고

본즉양쇼졔시신이 옥평상에 자는듯이 누엇스되 얼골이조곰도 변치아니
ᄒ여 산사름갓흔지라 부식보고 긔이 녁여 관곽을갓초아 명산을틱ᄒ여
안장ᄒ고   ―〈장화홍련전〉, 27쪽

    1은 홍련이 자신과 장화의 원한을 풀기 위해 귀신의 모습으로 신임
철산부사 정동호 앞에 나타나는 장면이다. 이 장면 이전까지 소설은 장
화와 홍련이 한을 품고 죽을 수밖에 없었던 억울한 상황을 제시하는
데 집중한다. 계모의 박대와 정절 모해로 인해 죽음에 이르는 과정을
상세하게 그리는 것이다. 그리고 자신들의 억울함을 알리기 위해 홍련
이 부사 앞에 나타나는 장면에서부터 장화와 홍련의 죽음은 유교적 정
절 이념에 희생된 여인의 억울한 죽음이라는 측면이 부각되며, 가정내
의 비극을 사회적 차원으로 확대하여 문제를 짚어보고 해결하는 과정
을 거치게 된다. 이때부터 장화와 홍련의 죽음은 현실적 이해에서 비롯
된 일반적인 죽음이 아니라 강한 이념성을 띤 비현실적 차원의 죽음이
된다. 그래서 장화와 홍련은 공포를 유발하는 무서운 원귀의 형상이 아
니라 천상의 존재와 같이 완벽하고 흠 없는 모습으로 묘사된다. 귀신을
묘사하는 데 '일위미인', '녹의홍상'과 같은 표현을 사용하고 있는 1의
예나 물에 빠져 죽었음에도 불구하고 옥평상에 누워 자는 듯이 조금도
훼손되지 않은 모습으로 장화와 홍련의 모습을 그리고 있는 예문 2의
내용을 통해 그러한 점을 확인할 수 있다.
    반면 설공찬의 죽음과 그에 결부된 억울함은 사회적 차원으로 확산
되거나 이념화 된 죽음으로 설명될 만한 성질의 것이 아니다. 그러므로
작품은 이들이 귀신의 형태로 이승에 귀환하게 된 그럴 듯한 이유를
말하기 위해 '요절'이라는 조건을 제시하기는 하지만 죽음의 원인 자체

를 탐구하는 데 집중하지는 않는다. 설공찬 남매의 죽음은 생물학적 죽음이자 개인적 차원의 죽음이며 비 균질적인 성질의 것으로서 어느 하나의 가치나 원인으로 통합될 수 없는 개별적 체험인 것이다. 전쟁이나 돌림병과 같은 특수한 상황에 처하지 않는 한 대부분의 인간은 각기 다른 이유로 설공찬과 같이 개별적인, 그러면서도 일상적인 죽음을 맞이하게 된다. 그렇기 때문에 〈설공찬이〉에서 설공찬 남매는 소복을 입고 피를 흘리거나 혹은 조금도 훼손되지 않은, 오히려 매우 고결한 모습으로 그려지는 비일상적이고도 전형적인 귀신의 형상 대신 모습을 구체적으로 알 수 없는 귀신의 양상으로, 즉 빙의(憑依)라는 방식으로 처리되어 있는 것이다.

> ③ 튱쉬 집이올졔 인ᄂᆞᆫ 아희 힝금가지 닙흘 혀더니 고은 겨집이 공듕으로셔 ᄂᆞ려와 춤추거늘 기동이 ᄀᆞ장 놀라 졔 지집의 계유 드려가니
> — 〈설공찬이〉, 2~3쪽
> ④ 공찬의 넉시 듯고 대로ᄒᆞ야 닐오ᄃᆡ 이러ᄐᆞ시 나를 ᄡᆞ로시면 아ᄌᆞ바님 혜용을 변화호링이다 ᄒᆞ고 공팀의 ᄉᆞ시를 왜혀고 눈을 ᄢᅵ니 ᄌᆞ의 ᄌᆞ야지고 또 혀도 ᄑᆞ 배여내니 고 우희 오르며 귓뒷겨틔도 나갓더니 늘근 죵이 겨틔셔 병 구의ᄒᆞ다가 씌온대 그 죵조차 주것다가 오라개야 기니라
> — 〈설공찬이〉, 6쪽

설공찬과 그의 누이는 설공침의 몸을 빌어 나타나기 때문에 귀신의 형상이 작품에 거의 드러나지 않는데 ③은 짧게나마 원귀가 된 설공찬 누이의 모습을 추측해볼 수 있는 내용을 담고 있다. 이때 공찬의 누이는 여성임에도 불구하고 녹의홍상이나 소복을 입고 단정히 서있는 귀신의 형상으로 묘사되지 않는다. 하늘로부터 내려와 춤을 추는 낯설고

공포스러운 모습으로 묘사되어 있는 것이다. 또 ④를 보면 공찬은 자신이 빙의한 공침의 외형을 괴상한 모습으로 변화시켜 그것을 보는 사람들이 공포에 떨게 하는 등, 직접적인 해를 가함으로써 자신의 권위를 확인한다. 그런데 공찬의 누이나 공찬이 이승 사람들에게 해를 가하고 자신들의 존재를 드러내는 이야기는 특별한 설명 없이 작품 초반부에 바로 등장하며 그 후로는 저승에 대한 이야기가 대부분을 차지한다. 이는 앞서 살펴본 〈장화홍련전〉이 죽음에 이르게 되는 과정이나 해원의 과정을 구체적으로 서술하되 죽음 그 자체 혹은 죽음 이후의 세계에 대해서는 호기심을 가지지 않는 것과 대조된다.

저승체험을 다루고 있는 조선 전기의 다양한 설화들이나 필기 자료들, 그리고 〈금오신화〉나 〈기재기이〉 등 개별적인 죽음을 경험한 인물들이 등장하는 작품들을 보더라도 왜 죽었는가의 문제보다는 그들이 원하는 것이 무엇인가 혹은 죽음을 경험하는 동안 무엇을 하였는가에 집중한다. 그리고 이러한 작품에 등장하는 귀신의 모습은 평범한 사람의 모습과 다를 바 없거나 아예 형체를 알아볼 수 없는 어떤 기운의 형태로 묘사되곤 한다. 그러므로 이념보다 감정에 충실한 원한을 다루고 이성적으로 설명되기 보다는 괴이한 이야기로 이해되는 죽음을 다루고 있는 〈설공찬이〉와 이념화 된 죽음이나 신원을 다루고 있는 작품들은 죽음은 한스러운 것이라는 무교적 이해를 공유하고 그것에서부터 이야기를 이끌어내고 있지만 그 이후 죽음의 문제를 어떤 방식으로 그려내느냐에 따라 〈장화홍련〉과 같이 유가적 이념이 결부되어 죽음 자체보다는 외부 사건에 주목하는 계열과, 〈설공찬이〉처럼 계속 죽음의 문제에 관심을 갖고 원귀를 쫓는 의식을 행하는 것에 주목하거나 저승 세계 등에 관한 호기심을 풀어내는 이야기로 나뉜다고 할 수 있다.

이때 〈설공찬이〉에서 원귀를 공포의 대상으로 느껴 굿과 같은 방법을 통해 물리치려 하고, 원령을 순탄한 천도의 길로 이끌려 하거나 죽음 이후의 세계에 대해 관심을 갖는 것은 결국 망자중심의 사고이기보다는 생자중심의 사고이며 저승보다 이승에 초점을 맞춘 것이라는 면에서 현재와 삶을 더 중시하는 무교적 사생관과 통하는 면이 있음을 확인할 수 있다. 현재의 삶을 더 중시하는 입장에서 죽음에 대한 두려움을 사후세계에 대한 호기심으로 풀어내고 있는 〈설공찬이〉의 면모는 다음 장에서 살펴보도록 하겠다.

2. 삶과 죽음 간의 심리적 거리 좁히기

이념화된 작품 속 망자들은 개인이 경험한 비극적 사건 때문에 이승에 나타났더라도 결국은 사회적 비극으로 전이, 확산될 가능성이 있는 문제들을 이야기하는 역할을 담당함을 앞서 살펴보았다. 또 죽음 이후의 세계에 대해서는 거의 언급을 하지 않고, 죽음이 불러온 비극성이나 원한 자체에만 초점을 맞춰 문제 해결을 요구하는 양상을 보인다는 점도 앞서 이야기 하였다. 그래서인지 이들 원귀와 만난 살아있는 인물들 역시 죽음 이후의 세계나 삶과 죽음의 분리와 같은 문제 보다는 원귀들이 요구하는 신원에 초점을 맞춰 문제를 바라보게 된다. 그렇기 때문에 유교적으로 이념화 된 사건을 다루는 '원귀 설화'나 가정소설의 원귀담에 등장하는 '죽음'은 유교적 이념을 말하기 위한 하나의 장치에 해당할 뿐 관심의 직접적 대상이 되지 못한다.

그러나 〈설공찬이〉에는 살아있는 사람은 경험할 수 없는 죽음 그 자체, 혹은 죽음 이후의 상황에 대한 호기심이 반영되어 있다. 설충란은 아들의 몸에 빙의된 공찬의 원귀를 두려워하여 귀신 쫓는 사람 김석산을 불러 방법을 행한다. 그러면서도 동시에 영혼으로 돌아온 공찬과 대화를 시도하고 죽음 이후의 변화에 대해 질문을 한다. 오른손잡이였던 공찬이 공침의 몸에 들어와 왼손으로 식사하는 모습을 보고 왜 그러한 변화가 생겼는지 묻는 장면은 아주 사소한 것이지만 죽음 이전과 이후의 차이에 대해 갖고 있는 보통 사람의 자연스러운 호기심을 보여준다. 공찬의 영혼을 접한 사촌 설원과 윤자신은 "내 너희와 닐별ᄒ연 디 다ᄉᆞᆺ ᄒ니 ᄒ마 머리조쳐시니 ᄀ장 슬픈 ᄠ디 잇다"라는 공찬의 말에 "하 긔특이 너겨 뎌싱 긔별"을 묻는다. 원귀를 두려워하면서도 죽음 이후의 세계에 대해 호기심을 내보이는 설충란이나 설원 등의 태도야 말로 영혼의 형태로 돌아온 죽은 자를 대하는 사실적인 모습일 것이다. 이때 이들 인물이 공찬의 영혼과 주고받는 대화는 유한한 목숨을 지닌 인간이 미지의 세계에 대해 가질 수 있는 일상적인 호기심과 두려움에서 비롯된 것이기에 더욱 현실성이 있다.

> 뎌싱 말을 닐오듸 뎌싱은 바다ᄉᆞ이로듸 하 머러 에셔 게 가미 스십 니로듸 우리 둔로믄 하 셜라 예셔 슐시예 나셔 ᄌ시예 드려가 튝시예 셩문 여러든 드러가노라 ᄒ고 쏘 닐오듸 우리나라 일홈은 단월국이라 ᄒ니라 듕국과 제국의 주근 사름이라 이 ᄶᅢ해 모든니 하 만ᄒ야 수를 혜디 몯ᄒ니라 쏘 우리 님금 일홈은 비사문현왕이라 므릣 사름이 주거는 졍녕이 이싱을 무로듸 네 부모 동싱 족친돌 니르라 ᄒ고 쇠채로 티거든 하 맛디 셜워 니르면 칙 샹고ᄒ야 명이 진듸 아녀시면 두고 진ᄒ야시면 즉시 년좌로 자바가더라 　　　　　　　　　　　　　　　　　　　　　－〈설공찬이〉, 8~9쪽

인용문은 저승에 대한 설원과 윤자신의 질문에 공찬이 하는 답변 내

용이다. 이를 통해서도 당시 사람들의 죽음 이후 세계에 대한 인식의 일단을 읽을 수 있다. 공찬은 저승에서도 이승처럼 식사를 하고, 저승과 이승의 거리는 단지 40리에 불과하다고 말한다. 또 '비사문천왕'이 다스리는 '단월국'엔 중국인 조선인 할 것 없이 죽은 영혼들이 모여 살고 있으며 살아서 중국인이었던 사람은 죽어서도 중국인으로 살고, 살아서 가족이었던 사람들은 죽어서도 가족의 개념으로 묶여 있다는 사실도 알려준다. 식사 습관, 가족 관계, 세금, 벼슬 등 일상생활에서도 쉽게 이야기 될 수 있는 예들을 통해 죽음 이후의 세계가 현실이나 일상과 아주 동떨어진 것이 아님을 이야기 하고 있는 것이다.

다시 말하면 삶과 죽음의 경계를 마음대로 넘나들지 못하는 일반 사람들이 갖고 있는 죽음이나 죽음 이후의 세계에 대한 보편적인 두려움과 궁금증을 일상적인 삶의 방식과 연관 지어 이야기로 풀어내는 것이다. 이를 통해 독자는 두려운 것으로만 여겨지던 죽음이 삶과 아주 동떨어진 방식으로 존재하는 것이 아닐지도 모른다는 생각을 할 수 있고 작가 스스로는 삶과 죽음의 관계에 대해 다시 한 번 성찰하는 기회를 얻을 수 있다. 실제 채수는 언관으로서 황탄 괴이한 '귀신'에 관한 이야기를 믿지 않는다고 하였다. 하지만 족인의 이야기인 이 사건을 기록하면서 귀신과 저승을 말하였고, 또 실록의 기록에 따르자면 윤회화복에 관한 이야기를 한 것이다. 만약 채수가 삶과 죽음의 관계를 새롭게 생각해보지 않았다면 작품의 끝 부분에 이러한 이야기가 갖는 허황됨을 기록했어야 할 것이다. 그러나 어숙권의 『패관잡기』 기록에 따르면 채수는 오히려 "설공찬이 남의 몸을 빌려 몇 달 동안을 머물러 있으면서 자기의 원한과 저승에서 들은 일들을 아주 자세히 말하고, 또 말하고 쓴 것을 그대로 써 보게 하여 한 자도 틀리지 않게 한 것은 그것을 전하여 믿게 하고자(公瓚借人之身 淹留數月 能言己怨及冥聞事甚詳 令一從所言及所書書之 不易一字 欲其傳信耳)"했던 것으로 보인다. 이를 통해 볼 때 채수도 죽음 이후의 세계에 대해 윤리적 차원에서가 아니라 언젠가 죽음을 경험해야 하는 한 인간으로서 '빙의' 사건에 관심을 드러내고 기록했던 것이라고 할 수 있겠다.

그런데 〈설공찬이〉에서 저승의 모습을 구체적으로 묘사했다는 점은 이미 〈설공찬이〉가 기반으로 하고 있는 사생관이 유교적 사생관과는 거리가 있는 것임을 알 수 있다. 유교에서는 죽음에 대하여 "사람은 기의 응취 과정에서 생겨나는 정기신(精氣神)이나 그 결합체인 혼백(魂魄)으로 이루어져 일정기간 존속하다가 그 기운이 다하게 되면 양의 기운인 혼은 하늘로 돌아가고 음의 기운인 백은 땅으로 돌아가게 되는 죽음을 맞이한다."고 보므로 구체적인 저승의 모습을 묘사하는 것은 이론상 불가능하기 때문이다.

대신 〈설공찬이〉에서 묘사하고 있는 저승의 모습은 무교나 무가에서 이야기 하고 있는 저승의 모습과 닮아 있으며 이러한 저승 묘사는 세시의식요와 같은 민요나 장제(葬祭)의식의 전통적 과정에서도 찾아볼 수 있다. 사람이 죽었을 때 한국인은 전래적으로 가장 먼저 고복(皐復)을 한다. 망자의 이름이나 관직명을 부르면서 '복(復)'을 세 번 외치는 의식인데, 이 의식의 배면에는 영혼이 자의적으로 육신을 떠난 것이 아니라 저승사자가 와서 강제로 와서 데려가는 것이라는 믿음이 깔려 있다. 또 영혼을 데리고 저승으로 가는 저승사자를 대접하기 위해 마련하는 사자상에 간장을 놓는 풍습이 있는데, 이는 사자들이 간장을 먹으면 갈증이 나서 자꾸 물을 마시게 되고 그렇게 되면 저승 가는 길이 늦어지거나 물을 마시러 아예 이승으로 돌아올지도 모른다는 바람이 그 기저에 있다. 이렇게 산 자가 삶의 길을 지나 죽음의 문턱에 들어서는 순간을 최대한 지연하려 하거나 그 길을 걷는 죽은 자의 모습을 흩어진 혼(魂)의 모습이 아닌 살아있을 때의 모습 그대로 인식하고, 또 삶의 방식 또한 이승에서의 것을 그대로 계승하는 태도는 〈설공찬이〉에서도 찾을 수 있다. 앞서 인용했듯이 "므릿 사름이 주거는 정녕이 이싱을 무로딕 네 부모 동싱 족친들 니르라 ᄒᆞ고 쇠채로 티거든 하 맛디 셜워 니르면 칙 샹고ᄒᆞ야 명이 진딕 아녀시면 두고 진ᄒᆞ야시면 즉시 년좌로 자바가더라"라는 서술이 그 예이다.

그런데 〈설공찬이〉는 삶과 죽음에 대한 심리적 거리를 대변하는 저승과 이승의 물리적 거리 인식의 측면에서 전통적 장제의식이나 민요에서 보이는 의식과 차이를 보이기도 한다. 전통적 장제의식에서는 죽음 이후의 삶이 이승과 유사하다고 믿으면서도 죽어서 가는 저승이라는 곳을 매우 막연하게 여겨 입관을 하면서 오열을 한다. 또 민요에서는 수륙으로 뚫린 공간, 수평적 거리 저 쪽 어디라고 가시적 표현은 하면서도 볼 수 없는 먼 길로 묘사하여 삶과 죽음의 심리적 거리를 드러낸다. 그런데 〈설공찬이〉에서는 "뎌싱은 바다ᄉ이로딕 하 머러 에셔 게 가미 스십 니로딕 우리 ᄃ론로모 하 쎨라 예셔 슐시예 나셔 ᄌ시예 드러가 튝시예 셩문 여러든 드러가노라"라고 하여 하루 안에 갈 수 있는 거리인 40리 안에 저승을 둠으로써 더욱 적극적으로 삶과 죽음의 거리를 좁혀보려 하는 것이다. 물론 이때 삶과 죽음의 거리를 좁혀보려는 이유는 죽음 자체에 대해 긍정하는 것이 아니라, 현세에서 느끼고 있는 삶의 고난과 무게를 저승이라는 내세 공간에서 수월하게 극복하는 전복적 상상을 통해 위안을 받으려는 의식에서 찾을 수 있다.

이는 곧 죽음과 사후세계를 유교와 같은 철리(哲理)적 관점에서 이해하는 것이 아니라 지극히 현실적인 관점에서 공포의 감정으로 받아들이면서도 현실의 고난을 덜어줄 수 있는 대안적 공간으로 보는 내세관과 호기심이 있기에 가능한 것이라고 생각한다. 저승이 현실의 고통을 덜어주고 현세의 부조리를 바로잡아 줄 수 있는 공간이 될 것이라는 이러한 기대감은 설공찬이 묘사하는 저승 운영의 원리를 통해 간접적으로 읽어볼 수 있다.

3. 부조리한 현실 전복의 상상력과 저승의 질서

저승이 현실의 고통을 덜어주고 현세의 부조리를 바로잡아줄 수 있는 공간이 될 것이라는 이러한 기대감은 당대에 만연해 있었던 사후세계를 강조하는 내세신앙, 곧 불교적 인과응보론의 영향에서 비롯된 것으로 보인다.

> "예셔 님금이라도 쥬젼튱 ᄀᆞ튼 사ᄅᆞᆷ이면 다 디옥의 드럿더라 쥬젼튱 님금이 이ᄂᆞᆫ 당나라 사ᄅᆞᆷ이라 젹션 곳 만히 ᄒᆞᆫ 사ᄅᆞᆷ이면 예셔 비록 쳔히 ᄃᆞ니다가도 ᄀᆞ장 품노피 ᄃᆞ니더라 (중략) 이싱애셔 사오나이 ᄃᆞ니고 각별이 공덕 곳 업ᄉᆞ면 뎌싱의 가도 그 가지도 사오나이 ᄃᆞ니더라"
>
> ─〈설공찬이〉, 10~11쪽

인용문은 저승이 얼마나 합당하고 공평한 원리에 의해 운영되고 있는지를 보여준 설공찬의 발언이다. 그런데 설공찬의 이와 같은 발언은 반대로 현실에서는 주전충 같은 사람도 부귀영화를 누리고, 선을 행하지 않는 사람의 자손들도 대대로 행복하게 사는 경우가 있음을 말하는 것이다. 다시 말해 선한 사람은 지속적으로 복을 받고 악한 사람은 벌을 받으며, 고난을 겪던 사람도 저승에서는 행복을 누릴 수 있다는 공찬의 말은 '인과응보'나 '권선징악'과 같은 원칙이 철저하게 지켜지는 저승의 이상적 면모를 보여주는 동시에 현실에 존재하는 부조리를 꼬집는 기능을 하고 있다. 이는 단지 문제 제기에서 그치는 것이 아니라 현실의 부조리가 저승에서는 반복되지 않기를 바라는 당대인들의 강렬한 소망의 반영이기도 한 것이다.

죽음을 기점으로 현세의 삶은 끝나지만 대신 저승이라는 새로운 공간에서 새로운 지위를 부여받아 삶을 영위할 수도 있을 것이라는 상상력은, 현세에서 어떠한 삶을 살았느냐에 따라 죽음 이후의 삶이 또 다른 양상으로 전개될 수 있다는 가능성을 열어주었다는 점에서 선한 삶, 가치 있는 삶에 의미를 부여해주는 것이다. 설공찬이 설원과 윤자신 등의 사촌을 부른 후 이들을 앉혀놓고 일방적으로 쭉 풀어내는 저승의 질서에 대한 이야기는, 내세 혹은 저승의 실존을 확신하고 그것을 사실적으로 묘사하는 기능 보다는 현실의 고난이나 부조리를 경험하는 사람들에게 현실의 어려움을 이기고 긍정적으로 살아갈 수 있는 희망을 제시하는 기능이 더 크다고 할 수 있다. 예를 들어 "이싱애셔 비록 녀편네 몸이라도 잠간이나 글 곳 잘ᄒ면 뎌싱의 아ᄆ란 소임이나 맛ᄃ면 굴실이 혈ᄒ고 됴히 인나니라"와 같은 내용은 현실에서는 인정될 수 없는 여성의 지위와 독자적 권한에 대해 인정하고 있는데, 이는 지식이 있고 능력이 있음에도 불구하고 사회적 통념 때문에 능력을 인정받지 못하고 억압받는 여성들의 현실에 대한 안타까움과 함께 현재를 살아갈 힘이 되는 낙관적 희망과 상상이 반영된 것이라 하겠다.

물론 이러한 상상력 역시 또 하나의 새로운 이념을 추구하고 있는 것 아닌가 의문이 들 수 있다. 그러나 이러한 상상력이 유교적 이념과 같이 국가, 사회, 가문을 운영하는 체계를 마련하려는 의도에서 비롯된 것이 아니라 일상적인 고난과 그것을 극복하고 위로를 받아보려는 지극히 현실적인 소망에서 비롯된 것이기 때문에 또 하나의 체계적인 이념으로까지 나아간 것은 아니라고 하겠다. 괴로움이 없는 극락에 가려면 닦아야 하는 효, 적선 등의 공덕은 사회적인 것이기보다는 개인적, 가정적인 것이며 그러한 것을 통해 추구하는 궁극적인 행복도 사회적 존재로서의 가치 획득에 있는 것이 아니라 개인적 기복에 있기 때문이다.

이렇게 현실적 상상력에 기반 한 저승 운영 원리를 이야기 한 뒷부분에는 성화황제가 신하 애박이를 염라대왕(비사문천왕)에게 보내 자신이 사랑하는 사람의 수명 연장을 부탁하는 이야기가 이어진다. 염라대왕은 황제의 청을 받아들여 처음에는 1개월의 수명 연장을 제시한다. 그러나 성화황제가 반복하여 1년을 요구하자 거꾸로 보란 듯이 황제가 사랑하는 이의 몸에 해를 가한다. 이처럼 현세의 권력이 저승의 권위 앞에서 굴복할 수밖에 없는 이야기는 〈효도하여 왕이 된 아들〉과 같은 '저승설화'에도 나타난다. 성화황제와 신하 애박이에 관한 삽화는 "국내로 전입되며 〈당태종전〉 등의 작품을 낳기도 한, 중국 소설 〈서유기〉의 10~12회 부분에 나오는 당태종고사류(唐太宗故事類)의 변이형태"이다. 악을 행하면 벌을 받고 선을 행하면 복을 받는다는 보편적 인과응보론 혹은 권선징악론에 이어지는 이 이야기는 신분 고하를 막론하고 '죽음'이라는 것은 누구에게나 공평한 것이라는 믿음을 보여준다. 또한 현세의 궁극은 누구나 죽음으로 마무리 할 수밖에 없다는 사실을 통해 죽음의 권위에 순응하는 겸허함을 드러내는 것이기도 하다.

그러나 작품 속에서 상상하는 저승이 불교적 인과응보론과 같은 타당한 원리에 따라 삶의 모순들을 해결하고 부조리를 바로잡는 공간이라고 해서 〈설공찬이〉가 내세를 전적으로 긍정하고 현세의 삶보다 우위에 두고 있는 것은 아니다. 사후세계의 존재를 믿는 내세신앙이 있다고 하더라도 그 사람의 내세관에 따라 궁극적으로 그곳을 지향하는 가 아닌가에는 차이가 있을 수 있기 때문이다. 사람은 자기가 소멸할까봐 느끼는 불안이 있는데, 이를 '개인 내적 귀결로 인한 공포'라고 한다. 만약 내세를 강력하게 믿는 사람이 있다면 그 사람은 자기 소멸의 공포 감은 덜할 것이다. 그러나 '개인초월적 귀결로 인한' 공포 가운데 죽음의 불가지성에 대한 공포나 사후세계의 불가지성에 대한 공포, 혹은 내세에서의 처벌에 대한 공포 등의 문제는 내세를 믿는 사람도 쉽게 해결하기 어려운 두려움이다. 자신의 상상 범위를 뛰어넘는 일이 내세에서 발생할 수도 있고, 자신의 상상이 그대로 실현될 수 있을지 그 자체에 대해서도 두려움과 의문이 생길 수 있기 때문이다. 따라서 〈설공찬이〉에서 저승의 질서를 말할 때 배경이 된 불교적 인과응보론이나 내세관은 이 작품의 일부를 대변하는 사생관은 될 수 있지만 작품 전체를 포괄하는 것은 아니라고 보는 것이 타당하겠다. 오히려 내세의 존재를 긍정하고, 내세의 운영원리인 인과응보론을 긍정하는 이 모든 상상이 궁극에는 현세의 삶에 대한 욕망으로 향하고 있기 때문이다.

4. 죽음을 통해 확인하는 현세 중심적 사생관(死生觀)

앞서 살펴본 것처럼 〈설공찬이〉에는 죽음 이후의 삶이나 저승의 운영 원리가 현실과 아주 동떨어지지는 않았다는 인식이 반영되어 있다. 저승은 현실의 부조리가 교정되는 공간이라는 점에서, 두렵지만 긍정적인 측면도 있는 미지의 공간으로 당대 사람들에게 이해되고 있는 것이다. 또 채수가 〈설공찬전〉을 지은 후 얼마 되지 않아 한문 뿐 아니라 국문으로까지 번역되어 이 이야기가 널리 퍼졌음을 볼 때, 이러한 이야기를 즐기는 사람들의 심리에는 '일상'으로 불리는 제도권에서의 일탈이나 신기한 이야기에 대한 일차적 호기심이 있었을 것이다.

그러나 공찬이 즉시 연화대로 끌려가는 것을 면하기 위해 증조부 설위(薛緯)에게 청탁을 한다든지, 성화황제가 자신이 사랑하는 사람의 저승 행을 1년만 연기해달라고 염라대왕에게 청을 넣는 이야기는 아무리 염라대왕이 바른 법으로 저승 세계를 다스린다 해도 또 현세의 노력에 따라 저승에서 다른 삶을 살게 된다고 해도, 저승이 지금 내가 살고 있는 이 세상만은 못할 것이라는 현세 중심적 생사관이 〈설공찬이〉의 중심에 있음을 보여주는 것이다. 또한 '경험하지 못한 것'이 유발하는 두려움이 이성적 혹은 윤리적 사고에 앞서는 상황을 보여주는 것으로서, 죽음이라는 것을 이념으로서가 아니라 현실로서 바라보았던 당대인들의 죽음에 대한 인식을 보여주는 것이다. 이는 이념화된 서사물에서 주인공들이 죽음을 맞이하는 순간, 인간적인 두려움보다 이념적 당위성을 찾고 담담히 죽음을 맞이하는 것과 비교되는 태도라 할 수 있다.

그러므로 저승이나 죽음을 다룬 이야기들은 실제 죽음이나 사후 세계에 대한 인식을 완전히 긍정적인 것으로 바꾸려는 것보다 사후 세계에 대한 불안감을 조금이나마 덜어주는 완충제로서의 기능했다고 할 수 있겠다. 〈설공찬이〉에서도 망자인 설공찬을 주인공으로 삼았지만 죽음의 미덕보다는 죽음을 통해 지속적으로 '삶'을 이야기하고 있다. 이는 곧 삶과 죽음을 동떨어진 것으로 보지 않으면서도 죽음이라는 미지의 세계에 대해 불안을 느낄 수밖에 없는 유한한 인간의 한계로 이해해야 할 것이다.

〈설공찬이〉는 환생, 재생과는 또 다른 '빙의'라는 방식으로 죽음과 삶이 만나는 계기를 마련했다. 죽은 영혼이 누군가의 몸에 들어와 그 사람을 조종한다는 점만 보면 이 작품은 매우 기괴한 이야기이다. 그러나 작품에서는 빙의 현상의 괴이함을 묘사하다가 어느 순간 이를 담담하게 받아들이고 죽음 이후의 문제를 이야기 한다. 그런데 작품에서 이야기 되고 있는 죽음 이후의 이야기들은 궁극적으로 언젠가 한 번은 죽을 수밖에 없는 인간으로서의 두려움, 삶 속에서 느끼는 고난과 어려움에 대한 이야기들이다. 작품에서는 이러한 두려움과 어려움을 낙관적 상상을 통해 극복해보려 하고 있기 때문에, 이러한 관심이나 상상이 삶의 맥락과 관련 있는 범위 내에서 이루어지고 있기 때문에 현세적 삶의 가치를 재확인하는 의미가 있다고 하겠다.

임진왜란과, 병자호란을 겪은 이후 전쟁의 상흔을 품고 있는 사람들은 손과 발이 잘리고, 누린내가 나는 그로테스크한 형상의 귀신이나 요괴를 이야기 했다. 전란 이후 황폐와 혼란 속에서 수많은 죽음이 양산되지만 수습이 제대로 되지 못하는 현실, 무패하고 무능한 관리가 판을 치는 부정적인 현실에 대한 비판적 인식이 있었기 때문이다. 그러나 일정한 시간이 지나자 조령(祖靈)의 강조와 함께 자살한 여성 원귀에 대한 이야기가 많이 등장하게 된다. 조선 후기 가부장적 이념이 강화되면서 여성에 대한 가중된 폭압이 원귀를 양산한 것이다. 이처럼 죽음이나 사후 세계에 대한 이야기는 이야기를 즐기는 사람들이 살고 있는 현실의 반영이자 현실에 대한 반성, 재확인의 성격을 띠는 경우가 많다. 다만 전쟁의 상흔이나 이념의 강화에서 파생된 죽음에 관한 이야기들이 아주 독특한 국가적 경험이나 이념이라는 사회적 성격의 문제와 관련된 것이라면, 〈설공찬이〉에서는 특정한 사건이나 시기를 떠나 인간이면 보편적으로 느낄 수 있는 죽음을 이야기 하고 있다는 차이가 있다. 〈설공찬이〉의 내용이 실제 족인의 경험을 바탕으로 했든 안 했든, 설공찬의 죽음과 설공침의 귀신들림을 통해 이 작품은 죽음과 사후 세계에 대한 고민과 상상을 그리고, 이를 통해 삶에 대한 성찰을 이끌어 내고 또 현세적 삶에 대한 애착을 보여준다. 처음 이야기는 불행한 죽음을 맞이한 설공찬 남매, 그리고 귀신 들린 설공침이라는 특정한 개인에 얽힌 기이한 사건에서 시작되지만, 〈설공찬전〉에서 〈설공찬이〉로 오는 동안 유지될 것은 유지되고, 혹 첨가되거나 변형될 것은 수정되며 전파되었을 것이다. 이러한 변형과 전파 선상에 위치한 작품인 〈설공찬이〉를 통해 우리는 이 작품에 반영된 당대인의 이념화 되지 않은 '현세 중심적 사생관'을 재확인할 수 있는 것이다.

실제로 충이나 열과 같은 유가적 이념을 극단적으로 강조하는 작품을 제외하면 삶과 죽음을 이야기 하는 문학작품들이 궁극적으로는 현세 중심적 사생관을 기반으로 하여 '삶'을 긍정하고 있다는 점에서 〈설공찬이〉의 사생관과 다른 문학 작품들의 그것이 크게 다르지 않다고 할 수 있다. 앞서 살펴 본 〈장화홍련〉의 경우만 해도 사후세계에 대한 관심이나 서술은 없지만, 원한을 푼 장화와 홍련이 다시 배좌수의 딸로 환생하여 현세에서 행복한 삶을 살았다는 결말을 그리고 있고 유교적 이념성이 강하게 드러나는 가문소설에서도 삶의 연장을 위해 하늘에 제를 올리는 등 삶과 죽음을 진인사대천명(盡人事待天命)으로 담담하게 받아들이지만은 않고 있다. 현재의 난제를 해결하기 위해, 또 사랑이라는 열망을 포기할 수 없어서 죽음을 택하는 〈협창기문〉의 결말 역시 현재 살아있는 내가 느끼는 감정, 즉 살고 있기 때문에 느낄 수 있는 감정이 주는 쾌락이 알 수 없는 미지의 세계에 대한 두려움 보다 크다는 것을 의미하는 것이므로, 결국은 살아서 무언가를 느끼고 안다는 것이 갖는 힘이 얼마나 큰 것인지, 또 삶에 대한 애착이 얼마나 강하게 문학 속에 근본적으로 녹아있는지를 보여준다고 하겠다. 다만 〈설공찬이〉는 삶에 대한 강한 애착을 매우 현실적인 차원에서 진솔하고 소박하게 풀어내고 있다는 차이가 있을 뿐이고 그러한 태도의 바탕에 '현세 중심적 사생관'이 자리하고 있는 것이다.

---

* 이 글은 『한국고전연구』 21집(2010) 「국문 번역본 〈설공찬전〉에 반영된 사생관(死生觀) 고찰」이라는 제목으로 실린 논문을 약간의 수정을 거쳐 수록한 것임.

죽음을 극복하는 신선 이야기, 〈남궁선생전〉

전진아

1. 신선과 불사관념

세계는 생명으로 가득 차 있고 생명 개체들의 부단한 움직임이 세계를 유지해 가고 있는 것처럼 보인다. 그런가 하면 우리가 살아가는 이 세계는 죽음으로 가득 차 있기도 하다. 우주의 모든 물질과 에너지는 질서화된 것으로부터 무질서화된 것으로만, 또 사용할 수 있는 것으로부터 사용할 수 없는 것으로만 변화하는 엔트로피의 법칙에 따르고 있기 때문이다. 이 세상의 살아있는 만물 중에 죽지 않는 것은 아무 것도 없으며, 이 세상 사람들 중에서 죽음을 피할 수 있는 자는 아무도 없는 것이다. 이렇게 우주는 생명과 죽음의 길항 작용을 통해 굴러가고 있으며 생명을 가진 모든 것이 죽음으로부터 예외가 아님에도 불구하고 죽음은 유독 인간에게만 한정된 문제이기도 하다. 인간만이 죽음에 대해 생각할 줄 알고, 더 나아가서 죽음을 준비하기도 하고, 생명을 연장하려는 노력도 한다. 인간만이 자기가 죽을 것을 알며, 따라서 진정한 의미에서 죽음의 문제는 인간에게만 제기되는 문제인 것이다.[1)]

생명을 가진 유기체로서 피할 수 없는 귀결임에도 불구하고 인류에게 죽음은 극도의 불안과 공포로 각인되어 있다. 그래서 죽음은 여러 가지 방법에 의해 극복의 대상이 되기도 하였고, 인간은 생명 존재의 유한성을 초월하기 위하여 부단히 새로운 생존 영역을 창조하기도 하였다. 서양의 경우, 세속 생활과 멀리 떨어진 곳에 절대신을 정신적 상징으로 하는 궁극적 가치의 근원을 설립하고, 이를 핵심으로 신앙 체계를 구축하였는가 하면, 그와 달리 중국을 중심으로 한 동북아시아의 종교나 사상 체계들은 현세를 떠난 궁극적 가치가 죽음이라는 유한성이 가져오는 공포나 불안을 위로할 수 있다고 여기지 않았다.[2] 동양의 대표적인 사상체계인 유교가 현세주의적 성격을 강하게 보이고 있는 것은 말할 것도 없고, 유교에 비해 종교적 성격이 강한 도교 역시 죽음 이후의 또 다른 세계를 설정하고 있지는 않은 것이다. 그렇기에 동북아시아에서는 생명체로서 갖는 죽음에 대한 본능적 공포를 현세계 안에서 해결해야 했고, 그런 관념 가운데 하나가 '신선사상'이라고 할 수 있을 것이다.

신선은 낯설지 않은 개념인 듯하면서도 명확하게 정의하기도 쉽지 않은 개념이다. 논하는 이마다 자의적으로 다루기도 하지만 신선의 부류도 한두 가지가 아니기 때문에 어쩌면 당연한 일일지도 모른다. 선행 연구에 의하면 신선과 관련한 사상이란 "실제적, 육체적으로 죽음을 초월하고자 소망하는 의식형태 및 그 달성에 수반되는 다양한 방법적, 기술적 체계를 총칭하는 개념"[3]으로 정의된다. 즉 신선은 신이 아닌 인간이지만 불사(不死)를 특징으로 하는 신적인 인간인 것이다. 실제적으로 육체의 갱신을 통하여 현세의 개체가 영속되기를 추구한다는 이 점이 다른 어떠한 종교, 사상과도 구분되는 신선사상의 특이한 점인 것이다.

육체적인 수련이나 특정한 약을 복용함으로써 육체적인 죽음을 초월

할 수 있다는 이런 생각은 현대를 살아가는 우리들에게 있어 비현실적
이거나 초현실적인 관념으로 다가오는 것이 사실이다. 그렇지만 이 죽
음 초월 방식은 중국을 중심으로 한 동북아시아 일대에서 오랫동안 실
현 가능한 사실로 받아들여져 왔고 그와 관련된 방대한 이야기 체계를
형성하였다. 그리고 이런 신선 설화들은 문학사에 있어서 소설이 태동
하기 위한 중요한 문학적 자양분으로 취급되고 있다.

  신선들의 이야기를 전(傳)이라는 형식으로 구성한 것이 신선전이라고
할 때, 이 신선전의 시초는 중국의 경우 유향(劉向 : B.C.9C~8C)의 『열선
전(列仙傳)』이나 갈홍(葛洪 : 283~343?)의 『신선전(神仙傳)』으로 보고 있
다. 그러나 한국 문학사의 경우 이 신선전의 범주에 포함시킬 수 있는
작품이 언제부터, 그리고 얼마나 창작되었는지는 아직까지 확실하게
밝혀지지 않았다. 다만 최치원(崔致遠 : 857~?)의 『선사(仙史)』를 최초의
신선전으로 추정하고 있을 뿐이다.[4] 게다가 구체적인 작품을 확인할
수 있는 17세기 초에 이르기까지 무려 8세기의 간극이 있는 것이다. 17
세기에 이르면 허균(許筠 : 1669~1618)이나 홍만종(洪萬宗 : 1643~1725) 등
에 의해 본격적으로 신선전이 창작되었다고 할 수 있고, 이후 18・9세
기에 걸쳐 상당수의 신선전이 창작되었다. 선행연구에 의하면 17세기
허균과 홍만종에 의해 성립된 신선전은 신선 동경이 그 주조를 이루고
있는데, 이에 반해 18・9세기에 전개되는 신선전은 그 양상이 그리 단
순하지 않다고 한다. 즉, 신선을 동경하고 긍정하는 작품이 있는가 하
면, 그보다는 은일지사(隱逸之士)로서의 처지에 동정과 연민을 느껴 입
전하였거나 작자의 호기취향(好奇趣向) 때문에 쓰인 작품도 있었으며,
여항의 세태를 보이기 위해 저작된 것도 있고, 이 몇 가지 성격이 서로
결합되어 있는 작품도 많았다는 것이다. 그럼에도 불구하고 17세기의

신선전과 비교했을 때, 18·9세기의 신선전은 신선 동경은 퇴조하고, 기재이절(奇才異節)을 지닌 여항인의 불우에 대한 연민과 기이한 여항사(閭巷事)에의 희기취향(喜奇趣向)이 작품의 전면에 대두되는 특성을 보인다고 정리할 수 있다.[5] 이에 의하면 18·9세기의 신선전은 신선이 갖는 여러 가지 의미층위 가운데 방외인적 이인으로서의 면모에 주목하고 있다고 할 수 있다. 그러므로 육체적인 죽음을 초월할 수 있다는 신선 관념이 드러나는 쪽은 18·9세기의 신선전보다는 17세기의 신선전이라고 할 수 있다.

17세기의 신선전으로는 허균의 문집인 『성소부부고(惺所覆瓿稿)』 문부(文部)에 실려 있는 〈장산인전(張山人傳)〉, 〈남궁선생전(南宮先生傳)〉, 〈장생전(蔣生傳)〉 등 세 편과 홍만종이 1666년에 저술한 『해동이적(海東異蹟)』에 실려 있는 단군 이하 선인(仙人)으로 일컬어져 온 40명의 인물을 다루고 있는 32편의 전을 들 수 있다. 홍만종의 『해동이적』은 여러 문헌에 전하는 이야기를 집록하고 자신이 들은 이야기 및 생각을 첨부해 놓은 것인데, 그 중에 중국의 『속열선전(續列仙傳)』이나 허균의 신선전을 그대로 전재해 놓은 것도 있다.

허균이 남긴 3편의 신선전 가운데서도 〈남궁선생전〉은 단연 선학들에 의해 작품성과 소설적 성취를 인정받았으며, 장르적 성격이나 관련 사상, 서사구조, 작가 의식 등 여러 방면에서 연구가 축적된 상태다. 이 글에서는 축적된 선행 연구를 바탕으로 〈남궁선생전〉이 특히 신선 수련의 일종인 내단수련을 구체적으로 다루고 있다는 점과 '육체의 갱신을 통하여 현세의 개체가 영속되기를 추구'한다는 신선관념에 가장 가까운 주인공을 입전대상으로 하고 있다는 점에 착안하여 신선관념 또는 도선사상의 사생관이 작품을 통해 어떻게 드러나고 있는지 살펴보기로 한다.

2. 유가적 입신에 대한 욕망과 좌절

남궁두는 전라도 임피현 사람이다. 나이 서른에 을묘년(1555) 사마시에 합격하였고, 성균관 시험에 '대신불약부(大信不約賦)'로 장원급제하였다. 그는 벼슬길에 나아가려는 계획을 세우고 집을 한양으로 옮겼는데 고향에는 총애하는 첩을 두고 한양과 고향을 왕래하며 지냈다. 그런데 그가 한양에 머무르고 있는 사이에 그의 첩이 남궁두의 이성당질과 정을 통하게 된다. 무오년(1558) 가을 남궁두는 급한 볼일로 고향에 내려왔다가 그들이 정을 통하는 현장을 목격하고 두 사람을 활로 쏘아 죽이게 된다.

무오년(1558, 명종13) 가을에 두는 일이 있어 급히 고향으로 가게 되었다. 30리를 못 미쳐 날이 저물자 겸종들은 그곳에 머물게 하고 홀로 말을 달려 집으로 갔다. 집에 이르니 이미 등불이 밝혀져 있고 노복들은 모두 잠들었는데 중문이 활짝 열려 있어 첩이 아름답게 단장하고 고운 옷을 입은 채 섬돌에 서있는 것이 보였다. 그런데 두의 당질놈이 동쪽의 낮은 담을 넘으며 발이 땅에 닿을락말락하는 것이었다. 그러자 첩이 급히 달려가 그를 끌어안아 내려주었다. 두가 화를 참으며 짐짓 그 일의 끝을 보아야겠다고 생각하여 말을 바깥문 기둥에 매어 두고 몸을 숨긴 채 틈으로 그들을 엿보았다. 그 두 사람이 서로 심하게 희롱하더니 옷을 벗고 잠자리에 들려고 하였다. 두가 이제는 그 실상을 모두 밝히려고 어둠 속에서 벽을 더듬으며 나갔는데 화살을 넣는 통에 화살 두 개와 활이 하나 있었다. 그래서 활을 당겨 그들을 향해 쏘았는데 먼저 여자의 가슴과 배를 꿰뚫어 그 자리에서 거꾸러뜨리고, 남자가 놀라 일어나 북쪽 창을 넘어 나가니 또 그를 쏘아 늑골을 맞추어 죽였다. 두가 관에 알릴까 생각해 보았지만 집안을 더럽히는 일이고 고을의 원이나 아전들의 마음을 알 수 없었기 때문에 그만두기로 하였다. 그래서 시체 두 구를 끌어다 논에 묻어버리고 즉시 말을 달려 서울로 돌아갔다.

戊午秋, 斗以事急還鄉, 未及一舍所日曛, 留傔從, 獨一騎馳至墅, 則已燃燈矣. 僕隷咸休, 中門洞啓, 見妾艷粧麗服, 竚於階, 而堂姪者, 踰東短垣, 足未及地者半咫, 妾遽前摟抱. 斗忍怒, 而姑徐竢其終, 繫馬於外門柱, 潛身蔽於隙中以窺之. 二人者諧謔極褻, 將解衣幷寢, 斗方窮其實, 就暗裏摸壁, 則掛箙有二矢一瓠, 遂關而注射, 先貫女胸腹立潰, 其男驚起, 跳北窓出, 又射之, 中脇斃. 斗欲告官, 以點汚門戶, 且難保長吏心, 卽牽二屍, 埋於稻田內, 卽疾驅回洛.   －『허균전집』, 102쪽[6]

본격적인 서사의 시작을 알리는 이 살인 사건은 핍진한 묘사에 의해 충격적으로 제시되는데 이 사건을 계기로 남궁두의 인생 행로는 수정이 불가피하게 되었다. 그렇다면 수정이 불가피하게 된 남궁두의 인생 행로라는 것은 무엇인가? 그는 전라도 곡창지대에서도 대대로 재산이 넉넉한 집안의 자제로서 지방의 부호에 머물지 않고 중앙정계에 진출하려는 야망을 키우고 있었다.

선생의 이름은 두이다. 대대로 임피에 살았는데 집안이 본디 부유해서 그 지역에서 재산으로 떵떵거렸다. 그럼에도 불구하고 그의 조부와 부친은 모두 관리가 되는 것을 좋아하지 않았는데 유독 두만 박사제자가 되어 집안을 일으키고자 하였다.

先生名斗, 世居臨陂, 家故饒, 財雄於鄉. 自其祖父二世, 皆不肯推擇爲吏, 斗獨以博士弟子業起家.   －『허균전집』, 101~102쪽

경제적인 여유는 학문에 눈을 돌릴 여유를 가져왔을 것이다. 그리고 어느 정도 글솜씨가 있고 기개가 있는 사람이라면 과거에 도전하고 중앙정계에 진출해 보려는 마음을 먹는 것은 그리 특별할 것이 없어 보인다. 다만 남궁두의 생각이 그의 조부나 부친과 달랐던 것은 문제적이라고 할 수 있다. 그의 조부나 부친은 집안이 부유하여 지역에서 행세하는 것으로 만족했는데 남궁두는 그러지 않았던 것이다. 그가 중앙 정계에 진출하려고 했던 것이 수신제가 이후에 치국평천하해야 하는 유교적 이념을 실천에 옮기고자 하는 유가적 의식의 발로일 수도 있고, 자존심 강하고 굽힐 줄 모르는 강인한 그의 성격에 의한 선택일 수도 있지만 반역의 땅으로 낙인찍힌 전라도에 태어나 지방의 유지로 만족하며 살았던 조상과 자신의 운명에 맞서는 행위였다는 점에서 문제적이라는 것이다. 그런데 남궁두의 이러한 시도는 현재에 만족하는 조부와 부친의 반대에 부딪혀서도 아니고, 전라도 출신을 배척하는 중앙정계의 편견에 부딪혀서도 아니고, 뜻하지 않게 살인을 저지르면서 좌절된다. 남궁두가 저지른 살인은 오쟁이 진 남자들이 가장 쉽게 선택하는 행동 양식일 것 같지만 실은 가장 선택하고 싶은 행동 양식일 뿐이다. 아내의 간통 현장을 목격하고 두 당사자를 현장에서 죽여 버리는 것은 신라시대 처용 이래로 행동에 옮기는 이가 드물었던 것이다. 그것이 관용이든 무능력이든 말이다.

남궁두는 현재의 처지에 만족하지 않고 유가적 입신에 대한 욕망을 가지고 있었고 당대의 주류사회가 요구하는 방식으로 자신의 욕망을 펼쳐보려 하였다. 그러나 그의 욕망 실현에 장애가 된 것은 다름 아닌 그의 성격적 결함이었던 것이다. 남궁두의 성격에 대해서는 작품의 서두에서 다음과 같이 서술자가 단언하여 제시한다.

두는 거만하고 고집이 세며 자신만만하여 차마 하지 못할 일이 없었는데 자신의 재주를 믿고 고을에서 멋대로 지내고 있었다. 그는 오만하여 고을의 원이나 아전들에게 예를 차리지 않았기 때문에 관아의 위아래 사람들이 모두 그를 못마땅해 했으나 불만을 품고서도 드러내지는 못했다.

斗亢倨自矜懷, 剛忍敢爲, 恃才豪橫於閭里, 倨不爲禮於長吏, 縣上下俱側目於斗, 而積不敢發. ─『허균전집』, 102쪽

〈남궁선생전〉서두에서 벌어지는 충격적인 살인사건은 바로 문제적 인간 남궁두의 성격이 서사적으로 형상화된 사건인 것이다. 남궁두의 성격은 한마디로 남의 눈치 보지 않고 자신이 옳다고 여기는 바라면 또는 하고 싶은 바라면 꿋꿋이 행동에 옮기는 성격이라고 할 수 있다. 서로서로 눈치 보고 눈 감아 주며 적당히 원칙을 수정해서 적용해 가는 공동체 사회의 일원으로 적절히 처신하기는 힘든 성격인 것이다.

남궁두의 이러한 성격은 여러 욕망이 얽히고설키는 가운데 비극적 결말로 귀결된다. 남궁두는 자신이 속한 지역사회를 벗어나 더 큰 세상에서 입신의 욕망을 실현해 보려 했고, 그래서 첩을 사랑했지만 고향집에 남겨두었다. 더 큰 세상에서 행세하기 위해서는 고향에서의 지원이 반드시 필요했기 때문이다. 첩은 예쁘고 영리했지만 바로 그 뛰어난 자질 때문에 지아비의 재산 관리인으로 전락하고 외로움을 달래기 위해 다른 사람을 찾게 된다. 당대에 용납될 수 없는 욕망일지언정 첩의 입장에서 보면 정당한 욕망이다. 간통 사실을 현장에서 들킨 첩은 그 자리에서 죽음을 맞이하지만 그녀의 죽음은 정조를 잃고 지아비에게 죽임을 당해도 아무 소리할 수 없는 사건으로 묻히지 않고 세상에 알려진다. 거기에는 주인의 재산을 빼돌리는 어느 시대 어느 곳에나 있음직한 아랫사람이 자신의 잘못을 은폐하고 싶어하는 욕망이 개입한다. 그 종

은 주인의 치부를 들추기 위해 그녀의 죽음을 이용한 것이다. 그러자 평소 남궁두를 못마땅해 하던 사람들이 드러내지 못하고 쌓아두었던 불만을 해소하는 계기로 이 사건을 이용한다.

넓은 세상에서 뜻을 펼쳐보고자 하는 사나이의 욕망, 젊은 남녀의 애정에 대한 욕망, 상대적으로 결핍된 계층이 갖는 재물에 대한 욕망, 평소 못마땅해 하던 사람에 대한 적개심. 이 모든 욕망과 마음들은 당대 사회에서 공공연하게 용납되지는 않았지만 표면 아래서 늘 들끓고 있던 욕망들이며 하나의 사건을 통해 뒤얽히며 남궁두를 파멸로 몰아간 것이다. 그것은 아마도 이 모든 용납될 수 없는 욕망들 가운데서도 남궁두의 욕망이 가장 반사회적 또는 반체제적인 것이었기 때문이 아닐까 한다.

결국 유가적 입신에 대한 남궁두의 욕망은 좌절되고 집안의 재산이 모두 몰수되었을 뿐만 아니라 평소에 사이가 좋지 않았던 아전들의 계책으로 남궁두는 목숨을 장담할 수 없는 지경에까지 이르게 된다. 이러한 상황에서 남궁두를 구해주는 것은 그의 아내이다.

두는 서울 근처에서 구속되어 갖은 악형을 당하고 이산으로 옮겨졌다. 두의 처가 어린 딸을 업고 따라갔는데 간수를 취하게 한 뒤 밤에 두가 달아나게 하였다. 날이 밝자 간수가 그것을 알고 쫓아갔지만 잡지 못했다. 그래서 두의 처를 잡아 현에 바쳤는데 그 처는 딸과 함께 감옥에서 주림과 추위로 죽었다. 임피에 있던 그의 논밭과 재산은 몰수되어 두 원수 집안에 분배되었다.

械斗於都下, 五毒備慘. 檻至尼山. 斗之妻負幼女追至, 醉守者, 夜脫械逸去. 天亮, 守者覺之, 跡不獲, 以其妻致縣, 并女痩死獄中. 陂池園田臧獲, 狼籍分析於二仇家.　　　　　　　　　　　　−『허균전집』, 102쪽

이렇게 남궁두의 유가적 입신에 대한 욕망의 좌절은 육체적인 죽음과 사회적인 죽음으로 귀결되지만 아내와 딸의 죽음으로써 육체적인 죽음을 모면한다. 그렇지만 전도양양한 선비가 중의 신분으로 산속을 떠도는 사회적 죽음을 경험하게 된다.

3. 도가적 행세에 대한 욕망과 좌절

남궁두는 금대산으로 들어가 머리를 깎고 중이 되어 법명을 총지라고 한다. 그를 쫓는 자들을 피해 이산 저산을 떠돌다 잘생긴 나이 어린 스님을 만나게 되는데, 그는 남궁두의 관상을 보고 남궁두가 사족이었던 사실, 유학에서 이름을 얻었던 사실, 그의 성격과 그가 살인을 저질렀던 사실까지를 모두 알아맞혔다. 이에 남궁두는 깜짝 놀라 어쩔 줄을 모르다가 그에게 가르침을 청하지만 그 젊은 스님은 무주 치상산에 있다는 자신의 스승을 소개해 주고 사라진다. 남궁두가 젊은 스님을 만나 '깜짝 놀라 어찌할 줄 몰랐던[錯愕失措]' 것은 그 동안 자신이 몸담고 있던 세계가 아닌 전혀 다른 세계를 접했기 때문일 것이다. 그래서 그는 피세의 방편으로만 여겼던 다른 세계에 대해 적극적이고 간절한 태도로 가르침을 청하고 새로운 스승을 소개받게 되는 것이다.

남궁두는 무주 치상산에서 젊은 중이 가르쳐 준 선사를 찾아 일 년이 넘게 헤맨다. 속았다 싶어 포기하기 직전에야 선사 권진인을 만나게 되지만 권진인은 가르침을 굳게 거절한다. 그러나 남궁두는 그런 권진인을 설득하여 체계적인 내단 수련을 받게 된다.

장로가 말하였다. "무릇 모든 방술은 먼저 정신을 집중한 뒤에라야 이룰 수 있네. 하물며 혼과 정신을 단련하여 높임으로써 신선의 경지를 구하려는 사람이야 말할 게 있겠나? 정신을 모으는 일은 자지 않는 것에서 시작하니, 자네는 먼저 자지 않도록 하게." 두가 도착한 지 4일이 되도록 장로는 음식을 먹지 않았는데 동자도 마찬가지였다. 그들은 하루에 한 번 검은콩 가루 한 홉을 먹었는데 전혀 주리거나 피곤한 기색이 없어서 두가 마음속으로 이미 이상하게 여기고 있었는데 이러한 가르침을 받자 지극한 정성으로 이를 꼭 이루어야겠다고 생각했다.

첫날밤에는 앉아서 사경이 되었는데 눈이 저절로 감겼으나 참고 새벽이 되었다. 두 번째 밤에는 저녁에 노곤하여 깨어 있을 수가 없었으나 애를 써서 꾹 참았다. 세 번째, 네 번째 밤에는 피곤하여 똑바로 앉아있을 수가 없어서 머리를 벽이나 문설주에 부딪쳤는데 그래도 참고 넘겼다. 그러다 일곱 번째 밤에는 홀가분하니 또렷하고 분명하게 정신이 저절로 상쾌해졌다. 장로가 기뻐하며 말했다. "그대가 이처럼 큰 인내력을 가졌으니 무슨 일인들 못 이루겠는가?"

長老曰, "凡諸方術, 先聚精神, 而後乃可成, 矧鍊魄飛神, 欲求仙蛻者乎? 聚精神, 自不睡始, 你先不睡." 斗到此四日, 而長老不食飮, 猶童, 日一食黑豆末一合, 了無飢疲色, 心已異之, 及承此誨, 至誠發大願. 初夜坐, 到四更, 眼自合, 忍而至曙, 第二夜, 昏倦不省事, 刻意堅忍, 三夜四夜, 倦困不能植坐, 頭或撞於壁楣, 猶忍過. 第七夜, 脫然朗悟, 精神自覺醒爽, 長老喜曰, "君有許大忍力, 何事不可做乎?"　　　　－『허균전집』, 103쪽

잠을 자지 않고 정신을 집중하는 것으로 시작하여, 도가의 경전을 읽고, 황정과 흑두말을 복용하며 벽곡을 하고, 호흡법과 운기법을 익히고, 단전을 수련하는 자세한 수련의 과정이 실제 따라 할 수도 있을 정도로 작품에 묘사된다. 하지만 스승으로부터 큰 인내심을 인정받아 신선의 경지를 이룰 것처럼 보였으며 모든 과정을 성실히 수행해 가던

남궁두도 끝내 득선의 경지에 이르는 데는 실패하고 만다.

두는 단전이 가득 차올라 마치 배꼽 밑에서 금빛이 나는 것 같았다. 두는 장차 도가 이루어질 것 같아 기쁜 나머지 빨리 이루고자 하는 마음이 싹텄다. 그 마음을 제어하지 못하자 배꼽 아래 단전에 불이 붙어 위로 정수리의 상단전(上丹田)까지 타올랐다. 두는 부르짖으며 뛰쳐나왔는데 장로가 지팡이로 두의 머리를 두드리며 말했다. "아, 이루지 못했구나!" 장로는 빨리 두를 앉히고 기를 가라앉혔다. 그러자 기는 비록 가라앉았으나 마음은 계속 두근거려 종일 안정되지 않았다. 장로가 탄식하며 말하였다. "세상에 드문 사람을 만나 가르치지 않은 것이 없었건만 업장을 없애지 못해 일을 그르쳤구나. 너의 운명이다. 내가 무슨 힘이 있겠느냐?" 그리고 나서 소차를 마시게 하였는데 칠 일이 지나자 마음이 비로소 편안해지고 기가 더 이상 타오르지 않았다.

丹田充溢, 若有金彩, 發於臍下, 斗喜其將成, 欲速之心遽萌芽, 不能制. 姹女禹火, 上燒泥丸, 絶叫趨出, 長老以杖擊其頭曰, "噫, 其不成也!" 亟令斗, 安坐降氣, 氣雖制伏, 而心沖沖, 終日不定. 長老嘆曰, "曠世逢人, 敎非不盡, 而業障未除, 遂致顚沛, 君之命也, 吾何力焉?" 因以蘇茶飮之. 至七日, 心方恬而氣不上炎.　　　　　　　-『허균전집』, 103쪽

모든 과정을 착실히 수행하며 스승을 기쁘게 하던 남궁두는 권진인을 만나 수련을 시작한 지 7년째가 되자 마지막 단계라고 할 수 있는 참선 수련에 들어간다. 그러나 수련 7개월에 이르러 성공을 눈앞에 두는 듯했으나 결국 실패하고 만다. 남궁두의 스승 권진인은 남궁두를 세상에 드문 사람으로 신선이 되기 위한 타고난 자질을 갖추고 있다고 인정했지만 그럼에도 불구하고 그가 마침내 실패하게 되자 그 원인을 '업장'이라고 분석한다. 이 업장이란 곧 남궁두의 '빨리 이루고자 하는

마음[欲速之心]'이며, 이 마음이야말로 그가 권진인을 만나던 그때부터 그 안에 내재되어 있던 마음이다.

　　두가 꿇어앉아 말하였다. "저는 어리석어 아무런 재주가 없는데 선사께서 재주가 많다는 것을 듣고 한 가지 재주라도 배워 세상에 나가고자 천릿길을 찾아왔습니다. 일 년 동안 찾아다니다 이제야 스승님을 뵙게 되었으니 가르쳐주십시오." 장로가 말하였다. "산야의 죽을 날이 다 된 늙은이일 뿐이오. 무슨 재주가 있겠소?" 두가 백 번 절하며 간절히 빌었으나 장로는 굳게 거절하고 문을 닫고 나오지 않았다. 두가 낭하에 엎드려 새벽이 되도록 애걸하며 날이 밝아도 그치지 않았다. 장로가 사람이 없는 것처럼 가부좌를 하고 앉아서 선정에 들어 돌아보지 않은 것이 3일이 되었다. 그럼에도 불구하고 두가 더욱 해이해지지 않자 장로가 드디어 그 정성을 보고 문을 열어 방으로 들어오라고 하였다. 그 방은 사방이 한 길 정도 되었고 단지 목침 하나가 있을 뿐이었다. 북쪽 벽을 파서 여섯 개의 감실을 만들었는데 자물쇠로 잠겨 있고 열쇠가 감실 기둥에 걸려 있었다. 남쪽 창가에는 널빤지를 걸어 두었는데 대여섯 권의 책이 보일 뿐이었다. 장로가 두를 한참 보더니 웃으며 말하였다. "그대는 참을성이 있는 사람이로군. 성정이 투박하니 다른 재주를 가르칠 수는 없겠고 죽지 않는 법이나 가르칠 수 있겠네." 두가 일어나 절하고 말하였다. "그것이면 충분합니다. 다른 것이 무슨 소용이 있겠습니까?"

　　斗跪曰, "愚魯無他技, 聞老師多秋, 欲得一方技以行世, 千里求師而來, 週一歲, 方得摳衣, 幸進而敎之." 長老曰, "山野濱死之夫耳, 安有秋耶?" 斗百拜懇乞, 固拒之, 闔戶不出. 斗伏於廡下, 達曉哀訴, 至朝不休. 長老視若無人, 趺坐入定, 不顧者三日. 斗愈不懈, 長老方鑒其誠, 闢戶令入室. 室大方丈, 只安一木枕, 鑿北龕爲六谷, 鑰閉而掛一匕於龕柱, 南窓上懸板, 見有五六卷書而已. 長老熟視之, 笑曰, "君忍人也. 椎朴不可訓他技, 唯可以不死敎之." 斗起拜曰, "是足矣. 奚用他爲?"　　　-『허균전집』, 102~103쪽

남궁두가 권진인을 찾은 것은 한 가지라도 재주를 배워 행세를 하고
싶었기 때문임이 드러난다. 그래서 권진인이 다른 재주는 가르칠 수 없
고 죽지 않는 불사의 방술이나 가르쳐 주겠다고 했을 때 그것이면 충분
하다며 다른 것이 무슨 소용이 있겠느냐고 반문하는 것이다. 즉 그의
신선 수련은 신선 사상 고유의 불사에 대한 추구가 아니라 행세하기
위한 수단에 대한 추구였고 이것은 앞선 유가적 입신과 같은 맥락의
욕망이 작동하고 있는 상태임을 말해주는 것이다. 이 욕망의 작동이야
말로 남궁두의 업장이요, 천선(天仙)인 권진인이 제거하고 싶었으나 제
거할 수 없었던 남궁두의 운명인 것이다. 이것은 또한 스승 권진인이
생각하는 불사의 경지, 천상선과 남궁두가 행세의 방편으로 생각했던
불사의 경지는 그 함의가 다른 것이었다는 것을 의미한다. 그러므로 남
궁두의 실패는 다시 한 번 시도할 수 있는 여지를 남기지 않는 것이다.

4. 죽지 않는다는 것의 의미

남궁두는 최선을 다해 노력했음에도 불구하고 목표한 바 천상선의
경지를 이루지는 못했다. 그러나 권진인으로부터 수련을 게을리 하지
만 않는다면 800년은 살 수 있는 지상선의 경지에는 이를 수 있다는
말을 듣는다. 그리고 더 이상 득선을 위한 수련을 할 필요가 없으므로
하산할 것도 함께 명받는다. 남궁두는 그때에야 스승의 내력을 물어보
고 스승의 능력과 스승이 보여주는 신선의 세계를 목도하고 그 세계를
떠나온다. 이제 남궁두가 떠나온 세계는 돌아가고 싶어도 돌아갈 수 없
는 세계, 과연 있기나 했던가 싶은 과거의 세계가 되어 버렸다. 이제부
터 시작되는 치상산에서 내려온 뒤의 남궁두의 삶은 유가적 입신에 대

한 욕망이 좌절되고 도가적 행세에 대한 욕망도 좌절된 뒤에 도달하는 삶의 방식으로서 일종의 변증법적 결론에 해당하는 삶이 될 것이다.

치상산에서 내려온 남궁두는 전에 자신이 살던 고향 임피로 가보지만 옛집은 이미 흔적도 없고 논밭은 주인이 여러 번 바뀌었다. 서울로도 가보지만 옛집은 터만 남아 있어서 눈물을 참고 돌아와 결국 해남에 살고 있는 옛 종을 찾아가 의탁한다. 그리고 민가의 여자와 혼인하여 아들과 딸을 두고 살아가게 된다. 이제 남궁두는 매우 평범하다고 할 수 있는 범부의 삶을 살아가게 된 것이다. 그래도 보통 사람과 다른 점이 있다면 가정을 이룬 뒤에도 스승의 가르침을 지켜 해이해지지 않았으며 나이에 비해 젊음을 유지한 채 살고 있다는 점 정도이다.

만력(萬曆) 무신(戊申)년(1608, 선조41) 가을, 허균이 공주에서 파직당하고 부안에서 살고 있을 때 남궁두가 허균을 찾아오는데 그때 남궁두의 나이가 83세라고 하였다. 허균과 남궁두가 나눈 이야기를 통해 볼 때 남궁두는 어느 정도 가장으로서의 책무를 다한 뒤에 속세를 떠나 산으로 들어가 살았으나 허균을 만날 즈음에는 다시 보통사람과 다를 바 없는 생활을 하고 있었던 것으로 보인다.

그런데 남궁 선생이 먹고 마시며 호흡하는 것이 보통 사람과 같은 것이 그 말과 맞지 않아 보여서 이상하게 여겼더니, 선생이 말하였다.

"나는 처음에 천상선이 될 수 있을까 하였는데 빨리 이루려고 하다가 마침내 이루지 못했다네. 그러나 나의 스승께서 이미 지상선은 될 수 있을 것이라고 하셨으니 부지런히 수련하면 800세는 기약할 수 있을 것이네. 그러나 요즈음 산중에서 한적한 것이 자못 괴로워 속세로 내려왔는데 친지라곤 한 사람도 없고 가는 곳마다 나이 어린 것들이 늙고 추하다고 나를 가볍게 여기니 인간 세상에 흥미가 전혀 없네. 사람이 오래도록 보고자 하는 것은 원래 즐거움이 되는 일인데 전혀 즐거움이 없으니 내가 오래 살아 무슨 소용이겠나? 그래서 익힌 음식을 금하지 않고 자손을 안고 재롱도 보며 여생을 보내다 돌아가는 것이 하늘이 내게 부여한 운명에 따르는 것이라고 생각하네. 자네는 신선이 될 만한 바탕이 있으니 힘써 행하여 쉬지 않는다면 진실로 신선이 되는 일이 어찌 자네와 먼 일이겠는가? 나의 스승께서 일찍이 내가 참을성이 있다고 인정하셨는데도 내가 능히 참지 못해서 이리 되었네. 그러니 참는다는 인(忍)자 한 자가 선가의 묘결이라고 할 수 있네. 자네도 삼가 명심하여 어그러뜨리지 말게나."

남궁 선생은 얼마간 더 머무르다가 만류를 떨치고 떠났다.

不佞見先生飲啖食息如平人, 怪之. 先生曰, "吾初擬飛昇, 而欲速不果成. 吾師旣許以地上仙, 勤脩則八百歲可期矣. 近日山中, 頗苦閑寂, 下就人寰, 則無一個親知, 到處年少輩, 輕其老醜, 了無人間興味. 人之欲久視者, 原爲樂事, 而悄然無樂, 吾何用久爲? 以是不禁煙火, 抱子弄孫, 以度餘年. 乘化歸盡, 以順天所賦也. 君有仙才道骨, 力行不替, 眞仙去君何遠哉? 吾師嘗許我以忍, 不能忍而至是, 忍之一字, 仙家妙訣, 君亦愼持勿墜也." 留數句, 拂衣辭去. 　　　　　　　　　　　　　　　－『허균전집』, 106쪽

남궁두는 천상선의 경지는 아니더라도 800년은 살 수 있다는 지상선의 경지를 얻을 수 있을 것이라고 스승으로부터 인정받았지만 그것은 끊임없는 수련을 통해 유지되는 경지이다. 그래서 남궁두는 속세의 범부와 같이 가정을 이루고 살면서도 수련을 게을리 하지 않았던 것이다. 그러나 허균이 남궁두를 만날 즈음에는 화식을 하는 등 도가의 수련과는 거리가 있는 생활을 하고 있었던 것으로 보인다. 허균에게는 신선이 되기 위한 선가의 수련을 권유하면서 정작 자신은 그런 생활을 하지 않고 있으니 허균이 이상하게 생각한 것이다. 이에 대한 남궁두의 해명을 다시 한 번 요약하자면 수련을 계속하여 지상선의 경지를 유지하는

것, 즉 육체적 생명을 연장해 가는 것이 무의미하기 때문에 더 이상 생명연장을 위한 수련을 하지는 않는다는 것이다. 남궁두의 이 말은 득선의 현실적인 가치에 대한 회의가 드러나는 것으로 해석되어 왔다.[7] 즉 신선이 된다고 해도 현실적으로 의미가 없다는 뜻에서 남궁두가 이렇게 말한 것이라고 본 것이다. 그러나 이 말은 한편으로 도선사상이 보여주는 죽음의식의 일단과 관련하여 중요한 의미를 드러내고 있다.

일반적으로 사람들이 오래 살고자 하는 것은 생명에 대한 본능적 집착에서 비롯되는 것이지 즐거움을 위한 것이 아니다. 그러므로 오래 사는 것이 즐거움을 위해서라고 말하는 남궁두의 인식은 죽음에 대한 원초적인 두려움을 극복한 뒤 삶의 의미를 추구하고 있는 데서 나온 것이다. 즉 참된 의미에서 죽지 않고 사는 것이 어떤 것인지 깨닫고 나서 독선적인 생명연장의 무의미함에 대해 말한 것이지 득선 자체의 현실적 가치를 회의하는 것은 아니라는 것이다. 그래야 자신이 현재 화식을 하면서도 허균에게는 신선이 되는 수련을 하라고 권유할 수 있는 것이다. 사실 오래 살아봐야 소용없다고 하면서 다른 사람에게는 불사의 경지를 뜻하는 신선되기를 권한다는 것은 앞뒤가 맞지 않는 말이지 않겠는가? 죽음과 관련된 다양한 종교적 사유와 제의, 예술적 변주들은 모두 죽음 자체를 극복하려 했다기보다 죽음에 대한 이해를 통해 죽음에 대한 불안과 공포를 극복하려는 것이라고 할 수 있다. 그러므로 남궁두가 아는 사람들도 없이 혼자 살아남아 인간세상에 더 이상 흥미가 없으니 오래 살아봐야 소용이 없다고 한 말은 득선이 현실적으로 가치가 없다는 씁쓸한 어조의 회한이 담긴 토로가 아니라 죽음에 대한 본능적 두려움을 극복한 상태에서 참된 삶의 의미가 곧 "즐거움"이라는 깨달음을 담담한 어조로 전달하고 있는 것이다.

그렇다면 남궁두가 말하는 삶의 의미로서의 즐거움이란 무엇인가? 인간의 근원적인 문제, 죽음에 대한 공포를 도가는 신선관념을 통해 극복하려 하였는데 이는 육체적, 물리적 죽음에 맞서 개체의 영속을 꿈꾸는 것이라서 죽음에 대한 정면도전으로 보일 정도로 다른 종교나 철학 체계와 다른 발상을 보여준다. 그러나 일반적으로 알려져 있는 바와 달리 신선이 되기 위한 여러 수련들은 단지 육체적인 불멸만을 추구한 것이 아니다. 신선이 되기 위한 수련은 크게 정신적인 수련과 육체적인 수련으로 나눌 수 있다고 한다. 단약을 먹거나, 익힌 음식을 먹지 않고 소식을 하거나, 호흡을 조절하거나, 방중술을 익히는 등의 수련법은 육체적 수련법에 해당하며, 타인의 병을 고쳐주거나 위급함으로부터 구제해 주는 행위 등은 정신적 수련법에 해당한다. 〈남궁선생전〉은 남궁두가 신선이 되기 위해 행한 육체적 수련, 즉 내단 수련을 자세하게 묘사하고 있는 것으로 주목받아 왔으나 정신적인 수련에 대한 서술을 배제하고 있는 것은 아니다. 다음은 권진인이 남궁두를 하산시키며 당부하는 대목이다.

다음날, 장로가 남궁두를 불러 말하였다.
"자네는 인연이 엷으니 이곳에 오래 있지 못하게 되었네. 하산하여 머리를 기르고 황정을 먹으며 북두성에 절하고 **음탕한 자나 도둑놈이라도 죽이지 말며**, 맵거나 향이 강한 채소, 개고기, 소고기 등을 먹지 않으며, **다른 사람을 음해하지 않으면** 이것이 지상선이요, 그렇게 수련하기를 그치지 않으면 또한 천상선으로 상승할 수도 있을 것이네. 〈황정경〉과 〈참동계〉는 도가의 중요한 경전이니 외우기를 게을리 하지 말고, 〈도인경〉은 노자께서 도를 전한 책이요, 〈옥추경〉은 뇌부의 여러 신들이 존중하는 것이니 늘 지니고 있으면 귀신들이 두려워하고 흠숭할 것이네. 이 밖에 마음을 닦는 요체로는 남을 속이지 않는 것이 최상이네. 보통 사람이 좋은 일이나 나쁜 일을 한 번 생각만 해도 귀신들이 좌우에 벌여 있어 모두 먼저 알아내고, 상제께서 강림하실 날이 무척 가까우니 어떤 일이라도 하기만 하면 곧바로 하늘의 궁전에 그 일을 기록하여 잘잘못에 대한 보상과 응징이 그림자나 메아리보다 딱 들어맞을 것이네. 이치에 어두운 사람들이 이를 업신여기고 꽉 막힌 하늘이니 두려울 게 없다고 하지만, 그들이 어떻게 아득한 하늘 위에 참다운 주재자(主宰者)가 있어 세상을 조종하는 자루[柄]를 잡고 있다는 것을 알 수 있겠는가. 자네야 참아내는 마음이 강하긴 하지만 욕념이 제거되지 않았으니 혹시라도 삼가지 않아 한 번 이단에 떨어지면 오랫동안 고통을 받을 것이네. 어찌 삼가지 않을 수 있겠는가?"

두는 눈물을 뿌리고 울면서 그 가르침을 받들고 인사를 드린 뒤 산을 내려왔다.

翌日, 招斗謂曰, "你旣緣薄, 不合久于此, 其下山長髮, 餌黃精, 拜北斗, 不殺婬盜, 不茹葷狗牛肉, 不陰害人, 則此地上仙. 行脩之不息, 亦可上昇矣. 黃庭參同, 道家上乘, 誦之不懈, 而度人經乃老君傳道之書, 玉樞經乃雷府諸神所尊, 佩之則鬼畏神欽. 此於修心之要, 唯不欺爲上, 凡人一念之善惡, 鬼神布列於左右, 皆先知之. 上帝降臨孔邇, 作一事, 輒錄之於斗宮, 報應之效, 捷於影響, 昧者褻之, 以爲'茫昧不足畏'. 彼烏知蒼蒼之上, 有眞宰者, 操其柄耶. 你忍心雖剛, 而欲念不除, 徜或不愼, 則一墜異趣, 曠劫受苦, 可無愼哉." 斗涕泣而受其誨, 卽告辭下山. ―『허균전집』, 105쪽

위 인용문에서 굵은 활자로 된 부분의 내용이 정신적 수련과 관련된 것이라고 할 수 있는데, 이로써 보면 육체적 수련이 이기적 성격을 띤 수련인 데 비해 정신적 수련은 이타적 성격을 띤 수련이라고 할 수 있을 것이다. 즉 천상선의 경지이든 지상선의 경지이든 요체는 이타적 행

위를 통한 사회적 가치의 도모를 목적으로 하는 것이다. 천상선이 되는 것을 두고 '날아오르다[飛昇]'라는 표현을 자주 쓰는데, 이 표현이 표면적으로 풍기는 느낌처럼 신선이 되어 날아오르는 것이 세상을 초탈하여 신선들만의 세계로 들어가 버리고 마는 것이라면 어떤 의미를 찾기가 힘들다는 것이다. 단지 육체적인 생명이 연장되거나 죽지 않을 수 있게 되는 것은 결코 살아있는 생명체로서 인간이 가지고 있는 죽음에 대한 근원적인 고민을 해결해 줄 수 없다는 것이다. 〈남궁선생전〉에서는 남궁두가 하산하기 직전 스승에게 부탁하여 직접 신선들의 세계를 목도하는데 이 대목에서 묘사되는 신선계는 초월적 세계로서 인간들의 세계와 무관하게 존재하는 것이 아니라 현실 세계의 문제들과 긴밀하게 관계 맺고 있다. 가장 대표적인 것이 권진인이 여러 신들의 조회를 받으며 곧 일어나게 될 임진왜란에 대해 의견을 나누는 대목과 같은 것이다.

장로는 광하 등 세 진인을 불러서 앞에 세워 놓고 말하였다.

"경들이 삼방을 나누어 다스리면서 상제의 어진 덕을 실현하니 백성들이 경들의 은택을 입은 지 오래되었소. 그런데 지금 액운이 다가오고 있어 만백성이 재앙을 입게 되었는데 그들을 구제할 방법을 생각해보았소?"

세 진인이 모두 탄식하였다.

"정말로 말씀하신 바와 같습니다. 어제 봉래산의 치수대감이 자하원군을 뵙고 오다가 홍영산에 들러 이렇게 말하였습니다. 여러 진인들이 구광전에서 옥황상제를 모시고 있었는데, 삼도제군이 말하기를, 염부제에 살고 있는 삼한의 백성들이 지나치게 교묘하고 간사하여 속임수를 잘 쓰고 복을 아끼지 않으며, 하늘을 두려워하지 않고, 불효·불충하고, 귀신을 업신여기고 모독합니다. 그러므로 구림동에 사는 승냥이 얼굴을 한 큰 마귀를 빌리고 적토의 병사들을 몰고 가서 그들을 쓸어버리려고 합니다. 전쟁이 7년 동안 이어져 나라는 다행히 망하지 않아도 삼방의 백성들은 열에 대여섯이 놀라운 일을 당할 것입니다라고 말입니다. 저희들도 그 말을 듣고 모두 마음이 떨렸지만 대운의 소관이니 어찌 감히 힘을 쓸 수 있겠습니까?"

장로 역시 탄식해 마지않았다.

長老招廣霞三眞人至前, 謂曰, "卿輩分理三方, 體上帝好生之德, 黎庶受卿澤久矣. 今者, 厄會將至, 萬姓當罹其殃, 思所以捄之之策耶?" 三人者俱唏咨. "誠如所諭. 昨者, 蓬萊治水大監, 自紫霞元君所來, 過紅映山言, '衆眞在九光殿上, 侍上帝, 有三萬帝君道, "閻浮提, 三韓之民, 機巧姦騙, 誑惑暴殄, 不惜福, 不畏天, 不孝不忠, 嫚神瀆鬼, 故借句林洞狸面大魔, 捲赤土之兵往剿之. 連兵七年, 國幸不亡, 三方之民, 十集其五六以驚之.' 臣等聞之, 亦皆心怵, 而大運所關, 何敢容力乎?" 長老亦嗟吁不已.

－『허균전집』, 105쪽

중국의 신선전에 등장하는 주인공들은 득선한 이후에도 꾸준히 사회적 어울림을 통해 정신적 수련을 계속하는 모습을 보여주는데 득선을 하기 이전보다 득선을 한 이후에 가족이나 타인에 대한 자선행위가 더욱 두드러지게 나타난다고 한다.[8] Stephen Durant는 어떤 이가 불멸성을 획득했을 때, 그는 그 가족에게 훨씬 더 의미 있는 조력과 보호를 제공하는 위치에 있으며, 이 조력은 이전의 무관심에 대한 보상이라고 하였다. 즉 성선(成仙)을 이루기 위하여 적합한 스승을 찾아 외진 곳으로 떠나서 수행이나 노력을 한 뒤에 버려진 자기 가족을 보호하거나 도움을 주려는 것이라고 신선과 가족 간의 갈등에 대하여 언급하고 있다.[9]

남궁두의 이야기에도 조금 변형되기는 했지만 이러한 이야기 유형이 나타난다. 즉 남궁두가 신선 수련을 위해 가족을 버린 것은 아니지만 아내와 자식의 희생을 바탕으로 신선 수련을 할 수 있었고, 지상선의 경지를 얻은 뒤 자기를 위해 희생했던 바로 그 아내와 자식을 대상으로 보상적 행위를 한 것은 아니었지만 또 다른 가정을 이루어 가장으로서의 책임을 다한 모습을 보인 것이다. 강조하고 싶은 것은 남궁두가 속세에서 가정을 이루고 평범하게 살았던 것이 천상선 되기에 실패한 나머지 이미 자신이 부정했던 세계로 어쩔 수 없이 다시 돌아온 것은 아니었다는 점이다. 남궁두가 천상선 되기에 실패했기 때문에 그의 평범한 삶이 실의한 삶으로 읽히기 쉽지만 득선의 경지에 이른 신선전의 주인공들이 그전에 버려두었던 가족에게 돌아와 가족의 조력자가 됨으로써 가족과의 갈등을 해결하는 모습은 남궁두가 치상산에서 내려온 뒤의 삶과 유사하기 때문이다. 이는 또한 유가적 입신이 좌절되고 도가적 행세에 대한 욕망도 좌절된 끝에 속세의 평범한 삶을 영위하는 것을 두고 실의한 삶이라 하지 않고 변증법적 결론에 해당하는 삶이라고 한 이유이기도 하다.

남궁두가 약속받은 지상선의 경지는 현대 의학이 추구하는 생명연장의 꿈과도 같은 측면이 있다. 의학자와 미래학자들의 주장에 의하면 인간의 수명은 위생과 공중 보건의 개선, 진단 및 치료 기술의 발전, 장기 이식, 호르몬 보충, 유전자 치료 등에 의해 130~150세까지 연장될 것이라고 한다. 그래서 현대인이 가지고 있는 죽음에 대한 고민은 어떻게 하면 죽지 않고 영원히 살 것인가의 문제가 아니라 어떻게 하면 잘 죽을 것인가의 문제가 되었다. 이제 죽지 않기 위해 살아가는 것이 아니라 무엇을 하며 살 것인지 삶의 내용을 고민한다. 죽음을 두려워하다가도 막상 생명이 길어진 노년에 무엇을 하며 살 것인지를 고민하는 현대

인의 모습은 즐거움 없이 단지 오래 살기만 하는 것이 의미가 없다고
토로하는 남궁 선생의 모습과 유사하다.

1) 홍덕선, 박규현, 『몸과 문화』, 성균관대학교 출판부, 2009, 69쪽.

2) 하현명, 『죽음 앞에서 곡한 공자와 노래한 장자』, 현채련·리길산 옮김, 예문서원, 1999,
134~135쪽.

3) 정재서, 『불사의 신화와 사상』, 민음사, 1994, 34쪽.

4) 최치원이 쓴 「난랑비서(鸞郞碑序)」 중 "나라에 현묘한 도가 있으니 풍류라고 한다. 그
도의 근원에 대해서는 선사에 자세히 쓰여 있다. (國有玄妙之道, 曰風流. 設敎之源, 備詳仙
史.)"라는 구절을 근거로 한 추정인데, 이것으로 『선사(仙史)』를 최치원의 창작으로 볼 수
있을지는 의문이다.

5) 이상 신선전의 역사적 전개와 시기별 특징에 대해서는 김명호, 「신선전에 대하여」, 『한
국판소리·고전문학 연구』, 아세아문화사, 1983과 박희병, 「이인설화와 신선전(Ⅰ)-설화
·야담·소설과 傳 장르의 관련양상의 해명을 위해」, 『한국학보』 53, 1988, 25~28쪽의
내용을 요약한 것이다.

6) 원문 인용은 영인본인 이춘희 편, 『허균전집』, 성균관대학교 대동문화연구원, 1972에서
하였으며, 현대역은 필자. 이하 동일.

7) 문범두, 「〈남궁선생전〉의 기술태도와 작가의식」, 『영남어문학』 27, 1995, 140~141쪽.

8) 정선경, 「불사의 시간을 찾아서」, 『중국소설논총』 16, 2002, 16쪽.

9) Stephen Durant, 「The theme of family conflict in early Taoist Biography」,
『Selected Papers in Asian Studies』, Albuquerque, New Maxico, 1976. 정선경, 위의
글, 16쪽에서 재인용.

죽음으로 가시화되는 여성의 기록, 열녀전

김경미

조선시대의 부부는 배우자의 죽음을 계기로 그 행동 양상이 대비된다. 남편은 부인이 죽으면 새로 부인을 얻어서 가문을 유지할 수 있으나, 부인은 평생을 수절하거나 아니면 따라 죽기도 한다. 남성이 새로 장가드는 것을 끊어진 줄을 다시 잇는 '속현(續絃)'이라 부른 것에서도 볼 수 있듯 남성의 재혼은 예사로운 일이었던 반면, 여성의 재혼은 절개를 지키지 않는 것, 즉 '실절(失節)'이었다. 물론 조선시대 전 시기에 걸쳐, 모든 계층이 이에 속하지는 않았다. 그러나 조선 사회는 개가한 양반여성의 자식에게는 벼슬자리를 제한하는 제도를 만들어 여성의 일부종사(一夫從死)를 장려 혹은 강요하였다. 그리고 조선후기에 오면 하층여성들 가운데서도 열녀가 나왔다. 만약 오늘날 남편 혹은 아내를 따라죽었다고 하면 현대의 부부관계 또는 윤리로 볼 때 그것은 서로에 대한 사랑, 즉 부부애로 해석될 가능성이 높다. 그러나 조선시대에 그러한 죽음은 '열(烈)'로 해석되었다. 조선시대 특히 조선 후기에는 이성에 대한 육체적, 정신적 순결을 여성에게만 일방적으로 강조했으며, 죽음은 순결을 확인해주는 최상의 기제였다. 조선시대에는 이처럼 부부윤리가 부부 각각에 다르게 적용되었으며, 이는 자연스러운 일로 받아들여졌다. 조선 후기에 성행한 부인들의 '남편 따라 죽기'는 아마 가장 대표적인 예가 될 것이고, 이를 기록한 열녀전은 여성의 일부종사를 강조하고 미화하는 텍스트라 할 수 있겠다.

주로 남성 사대부 문사들에 의해 기록된 열녀전은 조선 사회의 가부장적 성격을 가장 잘 드러내주는 텍스트이다. 고전문학뿐만 아니라 여성학 연구에서도 열녀전은 일찍부터 관심의 대상이 되어 왔으며, 최근에 이르러는 열녀전뿐만 아니라 한시, 구비설화 등을 대상으로 광범위하게 여성의 열행 문제가 갖는 의미가 논의되었다. 또 누가 열녀를 필요로 하는가, 열녀가 만들어지는 메커니즘은 무엇인가에 주목하여 열녀 담론에 새롭게 접근하는 논의도 제출되어 열녀에 대한 시각은 보다 다양해지고 있다. 열녀담론에서 여전히 중요한 것은 여성들의 죽음을 오늘날 어떻게 평가해야 하는가 하는 점이다. 남편을 절대적으로 따라야 할 대상으로 여겨서 죽은 것인가, 열 이데올로기를 끊임없이 내면화한 결과 주저 없이 선택한 결과인가, 주위의 무언의 압력에 의해 죽은 것인가, 아니면 남편에 대한 사랑으로 따라 죽은 것인가, 그리고 여성은 과연 열의 수행을 통해 도덕적 주체로 설 수 있었는가 하는 점이다. 그리고 그렇게 완성된 도덕적 주체를 과연 주체라 부를 수 있겠는가 하는 점이다.

1. 죽음의 논리: 정절

유교적 부부 윤리의 정립과 강조는 맹자(孟子)에서 시작되었고, 순자(荀子)에 이르러 더욱 발전된 형태로 나타났다. 『맹자』에서 부부 윤리가 사회 윤리의 하나로 제출되기 이전에는 부부 윤리의 중요성이 거론되지 않았다. 그러나 맹자는 오륜을 내세우면서 그 중 부부 윤리의 기초를 '별(別)'에서 찾았다. 한편, 순자는 부자, 부부 관계의 분변(分辨)을 예 실천의 근거로 삼아 부자와 부부 관계에서 생물학적 관계를 넘어 사회적 관계에서 요구되는 도덕 관념의 정립을 주장했다. 이처럼 부부 윤리는 생물학적 관계를 넘어서서 사회적 의미로 정립되기 시작했고, 한나라 초에 이르러 사회 윤리의 핵심이 되었으며, 정치적으로도 중대한 의미를 가지게 되었다. 그 대표적인 예가 『중용』의 '부부조단설(夫婦造端說)'인데, 그것은 "군자의 도는 부부에서 출발하며, 그것이 지극한 데 이르게 되면 천지의 원리를 살펴볼 수 있다(君子之道, 造端乎夫婦, 及其至也, 察乎天地)"고 하여 군자의 도덕적 완성을 위해서는 부부의 역할과 의미가 무엇보다 중요하다는 인식을 드러내고 있다. 이처럼 부부의 역할과 의미가 중요하다는 것이 강조되었지만 이것이 부부 상호간의 인격적이고 동등한 관계를 확립하기 위해 요청된 것은 아니었다. 기존 연구에 의하면, '부부조단설'이 강조되었던 것은 부부 중심의 소농(小農) 가족이 경제적, 정치적 기초 단위였던 한나라 초기 사회에 적합한 부부 윤리였기 때문이다.

이렇게 해서 정립되어온 유교적 부부 윤리는 부부 각각의 역할이나 도덕적 의무 및 관계를 규정하였는데, 부부 관계에 있어서도 남편에 비해 부인의 도덕적 의무를 더 강조하였다. 유교의 실천 윤리를 정리해서 보여주는 『소학』에서 부부 관계를 다룬 부분을 보면 남성에게 해당하는 항목보다 여성에게 해당하는 항목이 많다는 것을 한눈에 알 수 있다. 유교 경전의 태도를 고스란히 받아들이고 있는 여성 규범서들 역시 부덕(婦德)을 강조하면서 부인의 도덕적 의무를 강조하고 있다.

부인의 도덕적 의무가 강조되고, 여성의 정절에 대한 가치가 정착되

는 것 역시 진한 시기에 와서였다. 선진 사회의 부부 관계에서는 부부
의 항상됨을 중시하였고 정조나 정절을 강조하지는 않았으며, 따라서
부정(不貞)에 대한 사회적 범죄의식이 형성되어 있지 않았다. 그러나 진
한 시기에 오면 "한 번 혼례를 올렸으면 다시는 고칠 수 없으며 남편이
죽더라도 개가할 수 없다"는 담론이 나오게 되고, 여성의 성(性)에 관한
정(貞)·부정(不貞)의 가치도 자리를 잡게 되었다.

청나라의 왕상(王相)이 묶고 주석한 『여사서』에는 한·당·명·청 네
시대에 걸쳐 여성에 의해 저술된 여성 규범서 네 편이 수록되어 있는
데, 이 책들은 수절, 청정(淸貞), 전심(專心), 정렬(貞烈) 등을 여성의 기
본 덕목으로 내세우고 있다. 다음은 「여범첩록(女範捷錄)」의 한 구절로
여성이 개가를 해서는 안 된다는 것을 확실히 하고, 정절과 열에 대해
이렇게 이야기하고 있다.

> 남자는 다시 혼인할 수 있으나 여자는 두 번 시집갈 수 없다. 이런 이
> 유로 힘들고 어려운 고비를 넘기며 고통스럽게 절개를 지키는 것을 貞이
> 라 하고, 애통해하고 슬퍼하여 목숨을 버리는 것을 烈이라 한다.
>
> ─정렬(貞烈), 「여범첩록」, 『여사서』

위 예문은 정(貞)이나 열(烈)을 이야기하면서 '힘들고 어려운 고비, 고
통스럽게 절개를 지킨다'고 하여 이러한 행위들이 매우 힘든 것임을 전
제로 하고 있다. 유향의 『열녀전(列女傳)』에 이어 이 책에도 열녀(烈女)
에 대한 기록들이 나오고 있고, 왕상은 주석에서 "여자의 도에서 수절
이 제일이고, 청정이 다음이다"(「여논어」, 12장 수절, 『여사서』)라고 하여
여자의 제일 도리로 여자의 정절을 강조하고 있다. 『여사서』의 각 편은
모두 여성들에 의해 쓰여진 것이지만, 왕상이라는 남성 학자의 시각으

로 정리된 것이다. 『여사서』는 이후 여성 교육의 제일과 제일장으로 여겨져 왔고, 한글로도 번역되는 등 조선시대의 여성 교육에도 깊은 영향을 미쳤다. 그런데 이 책에서 왕상은 수절을 여성이 지켜야 할 제일의 도리로 되풀이 제시하고 있고, 남성의 재혼은 종사를 지키고 제사를 지켜야 한다는 이유로 당연한 것으로 강조하고 있다. 이러한 양상은 시간이 지날수록 강화되는 경향을 지니며 여성의 수절이나 순절은 당연한 미덕이 되어갔다.

이처럼 열행이 부부 윤리의 중심으로 자리잡게 되면서 이 열행이 죽음과 깊은 연관을 맺고, 열녀의 죽음이 많이 나오게 되는 것은 중국의 경우 명청 시기이고, 한국의 경우는 조선후기이다. 중국 학자 전여강(田汝康)은 명말 이후 정숙한 여성의 수가 늘어나고 여성 자살자 수가 크게 늘어난 것을 통계적으로 제시하고, 좌절한 학자들의 영향, 종교적, 심리적 영향 등을 그 원인으로 들고 있다. 조선시대에 나온 열녀전은 남편을 따라 자살한 여성들뿐만이 아니라 정절을 모해당한 처녀들이나 도둑이나 왜적에 쫓기다 죽는 여성들도 포함되어 있다. 그런데 현재 남아 있는 열녀전의 대부분은 조선후기에 기록되었고, 이 중에서 많은 비중을 차지하는 것은 남편을 따라 죽은 열녀에 대한 기록이다. 다시 말해서 부인들의 '남편 따라 죽기'의 전통은 실상 조선후기에 와서 강화된 현상이라 할 수 있는 것이다. 열녀를 바라보는 시각은 시대에 따라 달라져 왔고, 열행을 평가하는 기준도 시대에 따라 차이를 드러내는데, 홍인숙은 조선후기에 오면 열행의 판단 기준은 남편 따라 죽기, 즉 여성인물의 자살 여부가 되고 있다고 밝혔다. 여기에 정려를 받음으로써 가문의 유지를 꾀하려 했던 몰락 사족들의 이해가 얽혀 있다는 것은 이미 알려진 사실이다. 예외적으로 다산 정약용이나 연암 박지원 같은 진보적 지식인이 이에 대한 비판적 견해를 드러내고 있을 뿐, 현재 남아 전하는 대다수의 열녀전은 열녀의 행동을 거의 같은 방법으로 칭송하고 있다. 그러면 이처럼 남편을 따라 죽기까지 한 열녀들은 어떻게 죽었으며, 왜 죽었을까? 그 구체적인 양상을 열녀전을 통해 살펴보기로 한다.

2. '죽음'을 선택한 여성들에 대한 남성 사대부의 시각

조선시대 사대부 문사들의 문집에는 열녀전이나 정려기(旌閭記)가 으레 한두 편씩 들어 있다. 열녀전이라는 제명을 쓰지 않았어도 여성 행장이나 여성 인물전 역시 열절을 지킨 여성들의 이야기가 주류를 이룬다. 그 중 열녀전은 여성의 열행을 미화하고 찬양함으로써 열녀를 대장부도 하기 어려운 일을 해낸 이상적인 인간으로 자리매김하고 있는 대표적인 양식이다. 조선시대에 나온 열녀전에는 남편을 따라 죽은 부인들뿐만이 아니라 정절을 모해당한 처녀들이나 도둑이나 왜적에 쫓기다 죽은 여성들도 다수 포함되어 있다. 그러나 이 글은 열녀의 죽음과 부부 윤리를 논의의 중심에 두고 있기 때문에 주로 남편을 따라 자살한 여성들을 입전한 열녀전을 중심으로 살펴보기로 한다.

보통 '부부 윤리'라고 할 때는 부부간의 관계를 전제로 한다. 그렇다면 조선시대에 부부 윤리의 교과서로 여겨졌을 열녀전에서 부부 관계는 어떻게 드러나고 있는가? 그 한 예로 퇴계의 후손인 이야순(1755~1831)이 쓴 〈신열부 이씨전(申烈婦李氏傳)〉을 들어본다.

(열부는) 계유년에 신철에게 시집갔다. 시어머니가 죽은 뒤여서 집안 일을 맡아 했는데 손이 닿는 곳마다 풍성했다. 시아버지가 손님을 좋아

했는데 손님 접대가 넉넉하고 극진했으며, 상을 차려서 대접하되 조용하
여 소리를 내지 않았다. …… 제사 때는 정성을 다하여 여종들에게도 옷을
깨끗이 입게 하고 떠들지 못하게 했다. 남은 물품은 또한 반드시 한 그릇
에 따로 갈무리하고, 제사를 지내기 전에는 감히 맛보지 못하게 했다.
                                            −『한국의 열녀전』, 233쪽

　이 부분은 이씨가 시집간 뒤 시집에서의 일상을 그린 것인데 남편과
의 일은 전혀 언급되지 않고 며느리로서, 안주인으로서의 기능적 역할
만 주로 부각되어 있다. 다음은 조유선(1731~1809)이 쓴 〈열녀 박씨전〉
의 일부로 박씨가 열네 살에 시집가서 시부모와 동서들에게 어떻게 했는
가를 쓴 뒤 남편과의 일은 남편을 병간호한 내용만을 쓰고 있을 뿐이다.

　　열네 살에 시집 와 시부모를 잘 섬기고 동서간에 잘 처신하여 종족들
　이 그를 칭찬하는 데에 다른 말이 없었다. 무진년 여름 그 남편이 역병에
　걸려 매우 위중해지자, 박씨는 지성으로 병을 돌보면서 밤에는 목욕하고
　하늘에 기도하여 자기 몸으로 대신할 것을 구했으나 남편은 스무 날이
　지나 끝내 세상을 떠나게 되었다.　　　　−『한국의 열녀전』, 296쪽

　열녀전에서 전형적으로 볼 수 있는 위와 같은 예문에서 공통적으로
찾아볼 수 있는 점은 '남편과의 관계'가 거의 드러나지 않고 있다는 사
실이다. 열녀전에서는 부인과 남편과의 관계가 관심의 대상이 되지 않
고 있는 것이다. 부인은 남편의 행동에 상관없이 자신의 열행을 수행하
는 것으로 그려진다. 그리고 위 내용들 다음에는 다양한 방법으로 남편
을 따라 자살하는 내용이 이어진다. 이처럼 열녀전의 여성 인물들은 결
국 남편을 '따라 죽음(從死)'으로써 열행의 정점을 이루게 되고 남편과
의 관계 윤리인 열(烈)을 완성하게 된다. 이 때 여성 인물들이 취하는

태도는 남편과의 관계가 어떠했는가에 상관없이 의연하고 장렬한 것으로 그려진다. 부부 사이의 관계가 어떠했는지는 전제하지 않고 단지 전폭적으로 윤리를 수행하는 양상만을 그리고 있는 것이다.

열녀전은 또한 아내가 남편에게 속한 존재라는 것을 확인해 주는 텍스트라고 할 수 있다. 녹문 임성주의 아우인 임경주(1718~1745)가 쓴 〈하씨녀전(何氏女傳)〉이 그러한 예를 잘 보여준다. 〈하씨녀전〉의 내용을 간단히 요약하면 이러하다. 하씨의 딸은 어려서 어머니를 여의고 어린 남동생이 있었다. 아버지가 세상을 떠나며 딸을 불러 아우를 부탁하자 하씨는 시집가서도 그 아우를 잘 키웠다. 아우가 장성한 뒤 하씨가 친정 재산을 모두 아우에게 돌려주려 하였다. 이를 안 하씨의 남편이 글을 읽으러 절에 간다고 하면서 처남을 데리고 가서는 처남을 죽이고 혼자서 집에 돌아왔다. 남편이 아우를 죽인 것을 안 하씨는 소복을 한 채 관청으로 달려가 청사의 뜰에서 스스로 목을 찔러 죽었다. 그의 남편은 일이 발각되어 옥에 갇혀 죽었다. 〈하씨녀전〉은 아내가 친정 동생을 죽인 남편의 잘못을 드러내서 결국 남편이 벌을 받게 된다는 내용이다. 이 이야기는 짤막한 내용이지만, 한 여성이 아내, 딸, 누이의 역할을 하게 될 때 어느 역할이 가장 우선적이어야 하는지에 대한 질문을 던지고 있다. 여러 연구자들이 지적하였듯이 아우에 대한 의리 뒤에는 아버지의 부탁이 있었으니 이는 결국 부부간의 의리와 부녀간의 의리 즉 효와 열 중 무엇이 우선인가를 문제삼은 것이라 할 수 있다. 이 문제에 대해 임경주는 이렇게 평하고 있다.

하씨가 죽음에 임해 비록 한 마디 남편의 일을 언급하지 않았으나 그가 반드시 관청 뜰에 나아가 죽어야 했음은 복수를 하기 위함이다. 대저

옹희(雍姬)는 아버지를 위해 남편을 죽였으나 군자가 오히려 그를 그르다고 하였거늘, 하물며 아우의 복수를 위해 남편을 죽임이 가하겠는가. 당시 만약 하씨가 그 남편에게 "내 아우를 아버지가 나에게 맡기셨는데 이제 그대가 그를 죽였으니 나는 끝내 당신을 섬길 수 없소"라고 알리고 그 앞에서 죽었다면, 죽은 아우의 원수를 갚고 부부의 윤리에 처한 것이니 어찌 좋지 않겠는가. 나는 따라서 말한다. "하씨의 죽음은 '열'이지만, 그러나 그 도를 다하지는 못한 것이다." ―『한국의 열녀전』, 463쪽

임경주는 하씨의 죽음에 대해 '열'이지만 그 '도'를 다하지는 못했다고 본다. 그는 하씨가 부부의 도리를 다하지 못했으며, 따라서 부부의 윤리에 충실하지 못했다고 평가하고 있다. 나아가 그는 하씨가 남편 앞에서 남편을 섬길 수 없다고 말하고 그 앞에서 죽었어야 한다고 말한다. 이는 부부의 도리가 부녀의 도리, 형제의 도리보다 앞서는 것임을 주장하는 것이다. 〈하씨녀전〉에서 부부의 도를 먼저 어긴 것은 남편이다. 그러나 임경주는 그에 대해서는 한 마디 비판도 하지 않고 아내에게만 부부의 윤리를 중시하라는 주문을 하고 있다. 이때 '부부의 윤리(夫婦之倫)'는 남성 중심적인 것이라 할 수 있다.

이용휴의 〈열부 이유인전〉 역시 부부의 윤리를 효보다 우선시하는 예를 보여준다. 이십일을 굶어서 죽은 열녀에 대한 기록인 이용휴의 〈열부 이유인전〉은 죽음이 임박한 것을 안 이유인이 답답하게 막힌 가슴 속을 풀고 싶다고 하고 하늘을 향해 곡을 했는데 그 소리가 애절해서 차마 들을 수가 없었다고 전하고 있다. 그러나 대부분의 열녀전은 이러한 부분을 생략하고 의연하고, 조용한 죽음으로 열녀의 죽음을 재현하고 있다. 〈열부 이유인전〉에서 열녀는 죽기를 만류하는 친정 부모의 간곡한 말을 물리치고 기어이 목숨을 끊는다. 이 열녀를 입전한 뒤

에 이용휴는 찬에서 이렇게 말하고 있다.

> 게다가 유인은 집에 있을 때부터 효성스러웠으니 또 옛날 역사책에 실
> 려 있는 사람들과 나란히 전할 만하다. 그러나 오늘날 열녀라고는 하되
> 효녀라고는 하지 않는 것은 여자의 삼종지도 가운데 남편을 따르는 것이
> 더욱 중하다고 여기기 때문이다.　　　　　－『한국의 열녀전』, 223쪽

　이용휴는 부모에 대한 효행보다 남편에 대한 열행을 더욱 중요하게
여기게 된 세태를 전해주고 있다. 이는 가족 관계 내에서 부부 관계가
중심적인 관계로 부각된 것을 의미한다고 볼 수도 있다. 그러나 설령
부부 관계가 중심적인 관계가 되었다 할지라도 그 관계는 상호적인 것
이 아니라 일방적인 것으로 그려진다. 여기에는 여성에게 일방적으로
강요되는 부부 윤리가 전제되어 있다고 할 것이다.

　따라서 열녀전의 여성 인물들은 시집가서의 일을 대사회적인 의무
사항을 수행하는 것처럼 다른 사람의 시선을 의식하면서 공적으로 행
동하고 기계적으로 열행을 수행하는 것으로 그려진다. 홍인숙이 지적
한 바와 같이, 이것은 거의 대부분의 열녀전에서 나타나는 현상으로 살
을 베어 피를 내거나 굶어 죽더라도 그것이 당위적인 행동이라는 것을
강조하기 위해 열녀전의 작가들은 열녀들의 감각과 고통에 대해서는
함구하고 있다.

> 목욕재계하고 하늘에 기도하며 밤새 자지 않다가 몰래 방안으로 들어
> 가 칼을 꺼내 오른쪽 허벅지 살을 베어 내서 남편에게 먹였다. 며칠 만에
> 남편의 고질병은 완전히 나았고, 부인의 상처 자국도 곧 아물었다.
> 　　　　　－전병순, 〈열부 상산 박씨전〉, 『한국의 열녀전』, 176쪽

부인이 힘을 다해 간호한 것이 또한 10여 년이었으나 병은 어찌 할 수 없는 지경에 이르렀다. 여종이 보니 부인이 왼쪽 다리를 내놓고 정강이부터 무릎까지 칼로 찢고 큰 대접을 당겨서 피를 받았는데 한 되 가량 되었다.
　　　　　－성해응, 〈절부 변부인전〉, 『한국의 열녀전』, 182쪽

　흔히 열행이라는 말로 대변되는 행동들, 즉 실제로 살을 베어 먹이고 손가락을 잘라 피를 짜서 먹이고 목을 매어 죽거나 약을 먹고 죽는 일들은 매우 고통스럽고 가혹한 것이다. 그러나 열녀전의 작가들은 이러한 장면을 객관적으로 서술하고 있어서 이러한 일이 마치 아무 것도 아닌 것처럼 여겨지게 만들고 있다. 이것은 죽음을 서술하는 데서도 마찬가지로 나타난다. 죽음을 선택한 여성들은 식구들이 잠든 틈을 타서 몰래 목을 매거나 약을 마시거나 칼로 목을 찔러 죽는다. 대부분의 사대부 문사들은 정성을 다해 남편을 간호하고, 남편이 죽으면 의연하고 장렬한 태도로 죽음을 맞이하는 형상으로 열녀를 재현한다. 남편의 죽음에 대해 몸이 상할 정도로 애도하지만 정작 자신의 죽음에는 의연하게 그려지는 것이 대부분인 것이다. 자신의 죽음에 대한 이 의연함, 열녀전에서 흔히 말하는 '조용한 죽음'이 가능한 것이었을까? 그리고 남편의 죽음에 대해서는 그토록 애도하면서 어떻게 자신의 죽음에는 그처럼 담담할 수 있을까?

3. 죽음을 앞둔 열녀의 목소리

　남성 사대부가 기록한 열녀전은 남편을 위해 죽음을 선택한 여성이 중심이 되어 있으며, 이 때 열녀는 의연하게 혹은 처연하게 죽음을 선택

하는 것으로 재현된다. 성해응은 "남편이 죽었는데 내 어찌 차마 혼자 살리오?(夫子死矣, 吾何忍獨生)"(성해응, 〈삼열부전〉, 『한국의 열녀전』, 242면) 라는 열녀의 말을 통해 죽음을 선택한 동기를 단적으로 제시하고 있다. 이외에도 열녀전에는 열녀가 쓴 제문이나 유서나 편지가 소개되고 있는데, 그 내용은 열녀전 작가의 논조와 동일하다. 다음은 임헌회의 〈열부 유인 이씨전〉에 나오는 유서의 내용이다.

> 이씨의 품 속에 유서가 있었는데 그 대략은 이러했다.
> "군자를 만난 지 7년이 되도록 서로를 함부로 대한 일이 없습니다. 우리 두 사람이 바란 것은 제사를 경건하게 모시고 부모님을 효성으로 봉양하며, 형제를 사랑하고 친척 간에 도탑고, 하인들에게 은혜롭고 마음을 부드럽게 하여 평생을 잘 보내는 것이었습니다. 그런데 이제 군자의 병이 깊어졌으니 어찌 애닯지 않으리이까! 저의 한결같은 마음은 언제나 군자와 함께 살고 함께 죽는 것입니다. 살게 된다면 이 종이는 제 손에 있겠지만, 죽게 되면 여러분들이 보시고 우리 두 사람을 가엾이 여겨주시기를! 전생에 죄가 무거워 죽으며 자취를 남기지 못하는 것이 한층 서글픕니다. 그를 위해 후사를 세워 주셔서 외로운 넋이 되지 않도록 해주십시오."
> 　　　　　　　　　　　　　　　　　　　　　　　　　　－『한국의 열녀전』, 188쪽

황윤석의 〈열부 이씨전〉에는 이씨가 남긴 제문, 편지, 유서 등이 실려 있는데 여기에도 자신을 하늘과 땅 사이의 박명한 몸, 삼종이 끊어진 몸으로 살아남기 어렵다는 것을 이야기하고 있다. 다음은 제문의 한 부분이다.

> 십일월 십일일 장사 지내고 상기가 되니 한글로 제문을 써서 그 남편

에게 가 아뢰었다.

"부모 형제를 멀리 떠나 이 수백 리 밖 이곳에 온 것은 낭군의 문장과 행실을 가히 우러러 볼 수 있어 백년해로를 하고자 한 것이었습니다. 옛 말에도 그러하지 않았습니까. 위로는 양친이 계시고 아래로는 아들 하나 도 없이 나이 겨우 서른에 갑자기 먼저 돌아가셨으니 하늘과 땅 사이의 박명한 몸이 죄가 가득 찼습니다. 바라보니 삼종이 끊어졌는데 어떤 의 리로 세상에 살아남겠습니까. 죽어 황천으로 따라가오니 서로 저버리지 않기를 바랍니다." ─황윤석, 『한국의 열녀전』, 282쪽

이처럼 열녀들이 죽으면서 남긴 유서나 편지는 따로 편찬되어 전하 기도 한 것으로 보이는데, 지금 볼 수 있는 것으로는 〈절명사(絶命辭)〉, 〈명도자탄사(命途自歎辭)〉 정도가 전한다. 이들 자료와는 달리 남편이 죽은 뒤 살아남은 여성이 쓴 〈자기록(自己錄)〉도 열녀전에서 드러나지 않았던 여성의 생각을 볼 수 있게 해주는 자료이다. 위에 언급한 유서 나 제문에서도 볼 수 있듯이 〈절명사〉나 〈명도자탄사〉는 남편을 따라 죽어야 한다는 것, 즉 열을 행해야 한다는 것에 회의를 갖지는 않는다. 그러나 이들 텍스트는 흔들림 없이 장렬하게 죽음을 선택한 것처럼 보 이는 열녀들이 자신의 죽음에 대해 어떤 의미를 부여하고 있는지, 또 죽음을 앞둔 심경이 어떠한지를 서술하고 있다는 점에서 열녀의 또 다 른 내면을 볼 수 있게 해 준다.

〈절명사〉는 곽내용의 아내인 전의 이씨(1723~1748)가 지은 유작 가사 이다. 전의 이씨는 어려서 어머니를 여의고 23살에 결혼했으나 남편 곽내용이 다음해 독질로 죽자 음식을 전폐하고 죽기로 결심한다. 친정 아버지의 만류로 마음을 달랬으나 친정아버지마저 죽자 25살의 나이로 자결한다. 전의 이씨의 죽음에 대해 곽씨 집안에서는 좀처럼 보기 드문

일로 효열(孝烈)을 겸한 본보기를 남겼다고 극찬했다.

"슬프다 추풍은 어느 곳으로 오나뇨, 외로운 마음은 더욱 슬프고 슬프도다"로 시작하는 〈절명사〉는 자신의 죽음을 굴원, 이백, 오자서의 죽음과 비기고, 천지가 나뉠 때 "이 몸을 만든 것은 명절을 내미로다"라고 하여 명절을 강조한다. 그리고 "살아 백 년이 한 풀끝 이슬이나, 죽어 전하기는 천추만세에 민멸치 아닐지라, 하늘이 나를 내고 명절을 밝히시미로다"라고 하여 삶을 '풀끝 이슬'에, 죽어 전하는 것을 '천추만세에 사라지지 않을 것'으로 대비하고 있다. 전의 이씨는 굴원, 오자서 등 충신들의 죽음과 자신의 죽음을 함께 놓음으로써 자신의 죽음을 역사적으로 의미 있는 죽음에 견주고, 이어 하늘이 자신을 낸 것을 명절을 밝히기 위한 것이었다고 의미를 부여한다. 이로써 전의 이씨의 죽음은 충신들의 죽음을 잇는다는 의미에서, 유교 이념을 밝힌다는 의미에서 명분을 갖게 되고 역사적 의미망 속에 포섭된다. 그 한편 전의 이씨에게 죽음은 남편을 다시 만나는 것이기도 하다. 〈절명사〉에서 전의 이씨는 남편을 잃은 자신을 창해의 외로운 배를 탄 것으로 비유하며, 홀로 배를 타고 죽은 남편을 찾아가 다시 만나는 것으로 그리고 있다. 배를 타고 가며 물가 두둑에서 시부모와 부모형제가 슬피 우는 것을 보기도 하고, 물가 마을의 다다미 소리도 들으며 수자리 간 남편의 옷을 마전하는 것이라고 생각하기도 한다. 그리고 남편을 다시 만나 둘이 함께 배를 타고 갈 것을 그리며 남편을 다시 만나는 장면을 상상한다.

> 내 마음과 내 기운이 옛적의 나가 완연하고
> 낭군의 낭랑한 언어와 화평한 얼굴이 의심이 없는지라
> 낭군이 다시 돌아오실 건가 첩이 낭군을 따른 것이냐

세상 이별을 못내 슬퍼하였더니 일세에 다시 만날 줄 뉘 알리요
소상이 저기니 우리 양인의 청명직절을 가히 알리로다.

-〈절명사〉

죽은 남편이 다시 돌아온 것인지, 자신이 남편을 따라간 것인지는 몰라도 두 사람은 다시 만나는데, 그들이 만나는 곳은 다른 곳이 아니라 아황과 여영이 순임금을 따라 죽은 소상강이다. 열녀담론이 성행했던 조선시대의 맥락에서 아황, 여영을 떠올리는 것은 열행과 관련된 것이다. 따라서 여기서 화자는 자신의 죽음을 통해 열행을 완성하고자 한다. 그러나 곧 다시 화자 앞에 떠오르는 것은 자신의 가족이다. 그리하여 자신이 죽은 뒤 슬퍼할 가족들의 모습을 "거리길 집 앞 뫼에서 우는 이는 시아버님이시고/흰 장막을 즈음껴 슬피 곡함은 어머님과 두 아우로다."라고 하며 시를 끝맺는다.

〈명도자탄사〉는 한씨 집안에 시집간 남원 윤씨가 1801년에 자결하면서 지은 유작 가사로 역시 죽음을 눈 앞에 둔 열부의 절절한 육성이 드러나 있다. 한씨 집안에서는 윤씨의 열행을 기리기 위해 윤씨의 행장과 한문으로 번역한 유서 9통, 가사 〈명도자탄사〉를 엮어서 편찬하여 『애종용(哀從容)』이라는 책자로 엮었다. 행장 속의 남원 윤씨는 개성적 인간으로 다가오기보다는 우리에게 각인된 조선조 사회의 "열녀" 일반과 다르지 않다. 그러나 남원 윤씨가 지은 가사 작품 〈명도자탄사〉는 다르다. 이 가사에서 남원 윤씨는 남편의 병과 죽음에 대한 고통과 설움, 그리움을 반복적으로 기술함으로써 그 인간적 통한(痛恨)을 절절하게 드러낸다. 화자는 "정성이 천박하여 천지를 감동시키지 못"해서 남편을 죽였는데도 "그때 어이 견디어서 지금까지 살았는가"라고 자책감을 토로하기도 하고, "신명이 살피지 않아 하늘이 재앙을 남김이 심하

다"고 원망도 하면서 결국 죽음을 결심하지만 그래도 마음은 갈피를 잡지 못한다. 다음 예문에는 그 어쩔 줄 모르는 심정이 드러나 있다.

> 빈 방안 혼잣말이 혀를 차며 '이상한 일'뿐이로다
> 옛 설움 새 설움과 있던 병 없던 병이
> 시시로 발작하여 마음에 불이 난다
> 어느 날에 돌아오며 어느 때에 만날고
> 어느 날을 기다리며 어느 때에 맞이할고
> 분하다 긴 노끈 긴 칼을 무엇에 쓰잔 말인가
> ……
> 죽은 뒤의 허튼 일을 생각하니 어이없다
> 모습이 초췌하고 마음은 갈 바를 모르겠다
> 화 끝에 설움 나고 웃음 끝에 눈물난다
> (남편) 무덤을 바라보니 정신이 내달아 방황한다
>
> −〈명도자탄사〉

화자는 죽음을 결심한 순간에도 온갖 설움이 몰려오고 온갖 병이 발작하며 마음에 불이 일어난다고 하고, 또 죽은 뒤의 일을 생각하면 어이가 없다고 쓰고 있다. 여기에는 화 끝에 설움이, 웃음 끝에 눈물이 교차되는 죽음을 앞둔 인간의 방황하는 심정이 여실하게 드러나 있다. 화를 냈다 웃었다 방황하는 화자의 모습은 위 〈절명사〉는 물론 남성 작가들이 쓴 열녀전에서 늘 그려지는 의연한 열부의 모습과는 사뭇 다르다.

〈자기록〉은 풍양 조씨(1772~1815)가 자신의 어린 시절부터 동갑인 남편이 병들어 죽기까지의 일을 기록한 산문이다. 풍양 조씨는 어려서 어머니를 잃고 15살에 청풍 김씨 김기화(金基和 : 1772~1791)에게 시집갔으나 20살에 남편을 잃은 뒤 청상으로 살면서 친정에서의 생활과 어머니와 남동생의 죽음, 남편의 죽음 등을 기록한 〈자기록〉을 남겼다. 〈자기록〉은 열녀전에서 종종 보는 내용들, 즉 남편이 병이 들어 부인이 정성껏 간호하였으나 결국 죽음을 맞게 되고 장례를 치른 뒤 따라죽는다는 내용을 당사자 여성이 직접 기록하고 있다는 점에서 여성의 목소리를 들을 수 있는 중요한 자료이다. 그런 면에서 〈자기록〉은 열녀전의 이면을 보여준다고 할 수 있다.

남편의 병이 심해졌을 때 풍양 조씨는 "설마 부자가 회복을 못하며 내 설마 천하 박명이 되랴" 하며 애써 희망을 갖는다. 그러나 남편의 증세가 갈수록 나빠지면서 말라가는 모습을 보자 "실로 바랄 것이 없어 다만 심신이 창망하고 거지가 황황하여 하늘만 우러러 입 속에서 나오는 말이 '차마 이 어찐 일인고' 할 따름이요" 사람의 소리도 귀에 들리지 않고 좌우의 물색도 눈에 들어오지 않는다고 기록하고 있다. 그러면서 마음 속으로는 죽음을 결심한다. "스스로 헤아리건대 차마 생각지 못할 때를 당하면 마땅히 한 번 급히 결행하여 시각을 늦추지 않고 좇을 따름이라"고 결심하고 작은 칼을 감추는 것이다. 이런 결심을 한 그녀이지만 그녀는 여느 열녀전의 주인공처럼 의연하게 죽음을 맞이하지 못한다. 그녀는 "손이 떨리고 마음이 놀라와 매양 하늘만 보며 차마 이 어찐 세상인가"만 되묻는다. 풍양 조씨가 자신의 결심을 친정언니에게 말하지만 친정언니는 동생의 죽음을 적극적으로 말리지 않는다. "이런 세상을 당하여 내 차마 어찌 동생더러 살라고 하리오"라고 하며 동생을 여의고 어떻게 살겠는가를 탄식할 뿐이다. 결국 풍양 조씨는 남편이 죽은 뒤에 자결하지 않고 수절하는 쪽을 택한다. 그 이유는 친정아버지 때문이다. 친정아버지를 보니 만약에 죽으면 참극한 설움에 눈이 멀어버릴 것 같아 차마 불효를 행할 수 없어서이다.

내 생목숨을 끊어 여러 곳 불효와 참경을 생각하니 차마 결할 의사가 없고 또 생각건대 내 평생은 이미 판단하였으니 불의완명을 감심할지언정 다시 양가 부모님께 참독을 더하지 말기로 금석같이 굳게 정하였던 마음을 문득 고쳐 스스로 살기를 정하였다.   -〈자기록〉

그러나 살기로 결심하는 순간 남편에게 미안한 마음이 몰려든다.

그러나 늘 곡진하던 마음과 허대하던 지우를 생각하니 망연이 저버리고 홀로 살기를 탐하니 스스로 불의무상함과 부자를 위하여 불쌍하고 원혹하미 간담이 미어지고 애 스러지니 경각의 더욱 천지가 망 〃하여 능히 시각을 견디지 못할 듯 입실함도 깨닫지 못하였더니……   -〈자기록〉

남편에게 불의하는 것 같아 그를 가없게 여기는 마음에 간담이 미어지는 듯한 심정을 쓴 것으로, 남편의 죽음을 목전에 둔 부인의 내면적 갈등이 드러나 있다. 그 역시 의연히 남편의 뒤를 따르는 열부상과는 다른 면모를 드러낸다. 이 외에도 풍양 조씨의 〈자기록〉은 열녀전에서 열녀들이 종종 하듯이 팔을 베어 남편에게 피를 마시게 하려고 하지만 그것 역시 두려워 실행하지 못하는 모습을 보여준다. 그는 남편이 정신을 잃자 남편을 따라 죽지는 못하지만 생혈(生血)로 목숨을 늘리고자 하여 감추었던 칼을 빼들고 왼쪽 팔꿈치를 찌르려 한다. 그러나 마음이 황황하고 손이 떨려서 제대로 하지 못하고 다시 시도하다가 친정아버지에게 들켜 이끌려 나온다. 풍양 조씨는 남편이 죽을 경우 부인들이 의당 해야 하는 것으로 여겨지던 일들을 하려고 시도하지만 모두 그대로 하지 못했다.

이상의 세 자료는 조선후기의 열녀전과는 계열이 다른 자료군이지

만, 남편이 죽은 부인들에게 요청되는 행동 양상이 거의 고정화되어 제
시되고 있음을 볼 수 있다. 그것은 남편이 위독할 경우 생혈이라도 내
서 목숨을 늘려야 한다는 것, 남편이 죽으면 따라죽어야 한다는 것이
다. 남편이 죽으면 따라 죽어야 열녀로 인정받았던 조선후기에 열녀전
에서 볼 수 있는 행동 양상들은 여성들에게 이미 하나의 부부 윤리로
내면화되어 있었음을 짐작하게 한다. 〈자기록〉을 보면 풍양 조씨가 팔
을 베려는 것을 보고 자결하는 줄로 안 남편이 손을 잡고 안부를 묻는
아내에게 "나는 그런 사람과 말을 아니하노라" 하며 손을 밀쳐내는 장
면이 나온다. 이에 대해 풍양 조씨는 새벽에 팔을 베려 한 것을 자결로
알고 그 경솔함에 놀라고 미욱하게 여긴 때문이라고 하였다. 이 장면을
보면 남편도 결코 아내가 따라죽거나 손을 베어 피를 내는 행동을 하기
를 원치 않고 있음을 알 수 있다. 그럼에도 남편의 죽음을 앞둔 여성들
이 흔히 취하는 행동 양상 즉 단지(斷指), 할고(割股), 종사(從死) 등의 행
동이 고정화되어 있었음을 보여준다. 여기에는 국가에서의 정려와 포
상도 있었지만, 조선후기 사대부 문인들에 의해 지속적으로 재생산되
어 여성에게만 일방적으로 강요되는 부부 윤리를 당연한 행위 규범으
로 받아들이도록 열행을 선전하고 미화한 열녀전의 자장, 또는 열녀 관
습이 작용하고 있었던 것이다. 열녀전의 여성 인물들이 열녀전을 즐겨
읽는 것으로 그려지고 있는 것도 그 한 예가 될 것이다. 이를 두고 남편
에 대한 사랑으로 죽음을 선택한 것이라 할 수 있을까? 사랑으로 죽음
을 선택한 경우라 할지라도, 열녀전에 표현되어 있는 행동 양상이 유형
적으로 반복되고 있다는 것은 "이럴 때는 이렇게"라는 관습화된, 유형
의 혹은 무형의 강요가 있었음을 짐작하게 한다. 설령 사랑 때문에 죽
는다 해도 그것 또한 이데올로기일 가능성이 높다.

4. 열녀의 죽음, 자살 같은 타살, 타살 같은 자살

열녀전의 여성들이 보이는 행동들은 극단적인 경우가 많다. 이십 일 가까이 굶어 죽는다든지, 목을 찔러 죽으려다가 금방 죽지 않아 세 군데나 찌르고도 며칠 지나서야 죽는다든지, 얼굴도 보지 못한 남편을 위해 죽는다든지 하는 것은 분명 극단적인 행동이라 할 수 있다. 그런데도 이러한 행동이 요청되었고, 그것이 사회적으로 수용되었던 것은 여성의 개가나 훼절에 대한 완강한 저항이 있었기 때문이다. 여기에는 여성의 섹슈얼리티를 규제하고자 했던 남성 사대부들의 의도가 깔려 있다. 그래서 남편의 죽음을 맞은 부인들은 또 다른 죽음, 즉 자신의 죽음을 예비하면서 불안과 두려움에 시달렸던 것으로 보인다.

〈절명사〉에서 화자는 아황, 여영의 죽음에 자신의 죽음을 견줌으로써 자신이 선택한 죽음의 의미를 분명하게 드러내고 있다. 〈명도자탄사〉나 〈자기록〉의 경우 이러한 이념을 내면화하고 있지만 죽음 앞에서 느끼는 불안과 두려움을 보여준다. 그러나 이 세 텍스트 모두 열녀전에 대한 메아리와도 같이 순절을 당연하게 여기는 사고를 보여주는 것도 사실이다. 조선시대 열녀들의 죽음이 계속될 수 있었던 것은 여성들이 스스로 열녀이데올로기를 내면화하고 실천하는 과정이 있었기 때문이다. 그렇다면 이들의 죽음을 어떻게 보아야 할 것인가? 조선시대의 사대부들은 이들의 죽음을 자발적 선택에 의한 것, 차마 하기 어려운 일을 조용히 행한 것, 무너진 도덕을 일으켜 세우는 것으로 의미를 부여하고 국가에 알려 상을 내리게 하곤 했다. 물론 다산 정약용이나 연암 박지원의 경우, 비판적인 견해를 피력했으나 이는 거의 예외적인 경우라 할 수 있다. 열녀이데올로기에 근본적인 문제 제기는 이루어지지 않았다.

열녀의 죽음을 어떻게 평가해야 하는가 하는 문제는 매우 어려운 문제이다. 조선시대의 맥락에서 볼 때 열녀의 죽음은 유교적 이데올로기를 수호하는 도덕적 행위였으므로 도덕적 주체로서의 완성이라 보기도 한다. 오늘날 열녀의 죽음은 이데올로기의 강요에 의한 것으로 다시 말해 이데올로기에 의한 죽음으로 평가되기도 한다. 이럴 때 열녀는 주체로서 죽음을 선택했다고 하기보다는 수동적으로 죽음을 선택한 것이 된다. 이 때 열녀는 국가 또는 가문, 이데올로기에 의해 만들어지는, 즉 구성되는 존재이다. 그렇기 때문에 열녀의 죽음은 자살인데 타살 같고, 타살 같은데 자살이다. 타살이라고 해버리면 죽음을 선택한 여성들의 주체적 의지가 사라져버리고, 자살이라고 하면 그 이면에 깊게 깔려 있는 이데올로기의 강요가 사라져 버리기 때문이다. 여기에 대해 남녀에 다르게 적용된 성이데올로기, 이데올로기의 강요로 인한 죽음, 가부장제의 횡포 등의 비판이 가능하다. 필자도 그런 입장을 견지해 왔다. 그런데 막상 죽음을 선택한 여성들, 즉 열녀라고 호명된 여성들에게 죽음이 무엇이었을까를 생각하면 문제는 간단치 않다. 거기에는 분명 죽음을 선택했다는 자발성이 있는 것처럼 보이기 때문이다. 하지만 열녀의 죽음은 결코 미화되거나, 열녀가 죽음을 선택할 수 있는 주체적 존재였다고 하기 어렵다. 열녀의 죽음은 남편이 죽었기 때문에 따라죽은 것이고, 열녀가 죽음을 선택하게 만든 이데올로기는 열녀 자신이 선택한 것이 아니라 남성 가부장에 의해 만들어지고 유지되는 이데올로기였기 때문이다. 그러므로 열녀의 죽음은 '자신의 삶은 자신의 것이라는 결단으로 죽는 것'과는 다르게 보인다. 따라서 그것은 주체로서의 죽음이라고 부르기 어려운 측면이 있다. 이는 조선시대 여성의 삶이 주체로서의 삶이라고 보기 어려운 것과 같은 맥락에 있다. 요컨대 정도의 차이는 있지만 남성에게 종속된 존재로서의 여성의 삶이 주체적이지 못했는데, 그 죽음이 주체적일 수 있을까? 그렇다고 이 여성들의 죽음을 완전히 무화시키기도 어렵다. 따라서 열녀의 죽음을 바라볼 때 중요한 것은 열녀의 죽음을 열행으로 부르며, 열녀가 재생산되게 한 조선후기 사회의 남성지배를 보는 것이다. 즉, 누구의 도덕, 누구의 이데올로기를 위해 상층양반여성뿐만 아니라 하층여성들까지 죽었으며, 그 죽음은 또 다시 누구에 의해 활용되었는가를 보는 것이다. 그리고 열녀전이나 열녀이데올로기를 담은 텍스트들이 이러한 담론을, 또한 이러한 죽음을 어떻게 재생산해 왔는가를 보는 일이다.

* 이 글은 『동양한문학연구』 16집(2002)에 『열녀전을 통해 본 전통 부부 윤리의 문제』라는 제목으로 실린 논문을 전면 수정하여 수록한 것임.

극단적 절망감에 의한 자살, 〈운영전〉

김수연

1. 운영의 죽음에 관한 이야기

〈운영전〉은 우리나라 고전 애정소설의 대표작이다. 애정소설이란 선남선녀의 사랑이야기이다. 일반적으로 사랑이야기는 행복한 결말을 추구하지만 수작으로 평가되는 문학작품의 경우 비극적인 내용이 적지 않다. 이러한 비극적 사랑은 이별 이상의 이별, 즉 죽음을 수반하는 경우가 많으며, 이러한 죽음은 대부분 주인공이 스스로 선택하는 자살 형태를 띤다. 〈운영전〉도 운영의 비극적 사랑을 다루었다. 특히 운영의 자살이 서사의 중심에 놓인다. 운영의 죽음은 그동안 김 진사와의 비극적 사랑과 관련하여 인간의 자유의지를 가로막는 중세 권력에 대한 저항으로 이해되어 왔다. 이러한 관점은 계급사회라는 특수한 역사적 배경 하에서 형성된 작품의 사회적 의미를 추출하는 데 의미가 있다. 그러나 운영이 죽음을 선택하게 된 과정과 심리적 추이를 살펴보면 현대를 사는 우리들과 무관하지 않음을 알게 된다. 어쩌면 그것은 현대인의 심리 상태를 설명하는 키워드 중 하나로 '자살'이 자리매김하게 된 오늘날에 더 많은 의미를 갖게 될지 모른다.

우리가 사는 시대는 어떠한가. 지금 한국에서는 매일 35명, 한 해 12,800여 명이 자살을 하며 그 수는 매년 증가하고 있다. 이것은 무엇을 의미하는가. 마음에 상처를 지닌 사람들이 점점 많아지고 있다는 뜻이다. 마음의 상처는 최첨단 로봇 수술로도 치유가 불가능하다. 그렇다면 우리의 마음은 왜 '죽고 싶을 정도로' 상처를 입는가. 우리는 살아가는 내내 왜 끊임없이 죽음을 생각하고 기획하는가. '죽고 싶음'이 남의 문제일 때는 너무나 예사롭다. 그러나 그것이 나의 문제가 될 때는 그 어떤 고통보다도 크다. 무엇보다 중요한 것은 그것의 원인이 하나로 귀결되지 않는다는 것이다. 심지어 내가 왜 죽고 싶은지 그 이유를 정확히 모르는 경우가 대부분이다. 그렇기에 결국은 원인도 알 수 없는, 알아도 해결하기에는 너무나 복잡하게 얽혀진 그 고통의 굴레에서 벗어나고자 죽음을 선택하게 되는 것이다. 〈운영전〉의 인물들은 지금을 사는 우리들과 매우 닮아있다. 작품은 다양한 사람들의 미묘한 심리를 섬세하게 포착하며 정확하게 보여준다. 작품 속 인물들은 대개 마음에 상처를 지닌 인물들이다. 인물들은 말로 표현하기 어려운 '느낌'을 누군가에게 전달하고 공유하고자 한다. 그것은 작품 속 다른 인물일 수도 있고, 작품을 읽는 독자일 수도 있다. 독자라면 체험적 독서를 통해 인물들의 감정을 이해하며 동시에 자신의 상황을 객관화할 수 있게 된다.

중심인물인 운영의 경우, 궁녀라는 신분과 자유연애가 금지된 상황은 전혀 다른 세상의 이야기인 듯 비현실적으로 느껴지지만, 그녀 내면의 '자살 심리'는 오늘날의 사회적 문제와 무관하지 않다. 자살이란 하나의 원인에 의해 촉발되는 것이 아니라 다양한 심리적 기제에 의해 발생한다. 그렇기에 자살에 대한 논의는 결과로서의 자살행위가 아닌 자살이 실행되기까지의 과정을 살피고 그 안에서 파악되는 감정의 문제들을 다루어야 한다. 이제 본격적으로 〈운영전〉을 운영의 죽음에 관한 이야기로 읽어보자. 왜 그녀는 죽을 수밖에 없었는지, 무엇이 그녀를 죽음으로 몰아갔는지를. 그것은 바로 내 안에 잠재하는 '죽고 싶음'을 해결하는 열쇠가 되어주리라.

2. 운영은 왜 자살하게 되었는가?

운영은 안평대군의 왕자궁인 수성궁의 궁녀이다. 그녀는 대군을 비롯하여 대군의 부인과 다른 궁인 등 궐내 모든 사람들에게 뛰어난 용모와 자질로 사랑을 받았다. 그러한 그녀가 자살을 했다.

> 그 밤에 첩이 나건(羅巾)으로써 스스로 목매어 죽었나이다.
> ─이재수 본 〈운영전〉, 92쪽

운영은 스스로 목매어 죽었다. 운영이 목을 맨 일차적 원인 제공자는 연인 김 진사의 노복인 특이다. 운영을 연모하는 마음으로 초췌해진 김 진사를 위해 특은 수성궁 높은 담을 넘을 수 있는 사다리와 소리 없이 오갈 수 있는 털버선을 만들어 준다. 월장하며 운영을 만나던 김 진사가 행여 대군에게 들킬까 노심초사하자 특은 운영과 도주하라 부추기고 자진해서 그 일을 돕겠다고 나서기도 한다. 김 진사는 그의 말을 믿고 운영과 도주할 계획을 세운 후 우선 운영의 궁중 재산을 내와 그에게 맡기지만, 사실 특은 김 진사를 죽이고 운영과 재물을 가로챌 속셈이었다. 그래서 스스로 자신의 몸에 상해를 입혀 강도를 만나 재물을 빼앗겼다고 거짓말을 하였다가, 후에 김 진사가 전말을 알게 되자 도망

갈 계획을 세우고는 김 진사와 운영의 일을 폭로하여 그들을 궁지로
몰아넣은 것이다.

> 내 향자(向者)에 일이 있어 새벽에 이 궁장 밖을 지나더니, 어떤 사람
> 이 궁중으로부터 서원(西園)을 넘어 나오는지라, 내 도적이라 하여 소리
> 를 지르고 쫓아가니 그 사람이 그 가진 바를 버리고 가거늘, 내 가지고
> 돌아가 감추어 두고 임자 찾기를 기다리더니, 우리 주인이 본대 염우(廉
> 隅) 없는지라, 나의 물건 얻음을 듣고 몸소 와서 찾거늘, 내 대답하되
> 다른 보배는 없고 다만 금천(金釧) 하나와 보경(寶鏡) 일 면뿐이라 한즉,
> 주인이 나이 젊고 글이 능한지라 조만(早晚)에 번번이 급제할지라, 탐도
> (貪饕)함이 여차하니 타일 입조(入朝)하매 용심(用心)을 가히 알리로다.
> —〈운영전〉, 87~88쪽

자신의 죄가 드러나자 도망을 계획한 특이 수성궁 담장 밖에 사는
맹인을 찾아가 전한 이야기이다. 누군가 수성궁 서궁에서 나오며 금채
와 보경을 흘리고 간 것과 그것을 김 진사가 탐내 가져갔다는 것이다.
이 말은 곧 퍼져 양평대군의 귀에 들어가게 된다. 양평대군은 남궁의
시녀 5인에게 운영을 비롯한 다섯 궁녀가 사는 서궁을 뒤지게 한다. 그
결과 운영의 의복과 보화가 없는 것을 알고 서궁의 시녀 다섯 사람에게
형장을 가하는데, 이 때 자란을 비롯한 서궁의 궁녀들은 남녀의 정욕은
인지상정이니 김 진사를 사랑한 운영은 무죄하다며 차라리 자기를 벌
주라 하는 초사(招辭)를 올린다. 이에 안평대군은 운영을 별당에 가두고
나머지는 방송하는 것으로 사건을 일단락 짓지만, 결국 그날 밤 운영은
스스로 목을 맨다.

운영이 자살하게 된 직접적 동기는 분명하지 않다. 김 진사와의 이루

어질 수 없는 사랑에 비관한 것으로 볼 수 있지만 그것은 이미 두 사람이 만날 때부터 알고 있던 사실이다. 또한 김 진사와 운영의 관계를 알게 된 양평대군의 문초가 운영을 죽음으로 몰아간 것으로 볼 수도 있겠으나 운영의 자결은 양평대군이 운영의 죄를 용서한 이후에 발생한 사건이다. 양평대군은 앞서도 몇 차례 운영과 김 진사의 관계를 감지하지만 "시녀 중 만일 하나라도 궁문 밖을 나간즉 그 죄 마땅히 죽을 것이요, 바깥 사람이 궁인의 이름을 알면 그 죄 또한 죽으리라.(19쪽)"던 자신의 규율을 스스로 어기며 운영을 번번이 용서해주었다. 이 때문에 궁중 사람들은 안평대군이 운영을 사사로운 마음으로 대한다고 여긴 것이다. 따라서 운영의 죽음을 단지 김 진사와의 일이 대군에게 발각된 것에 대한 두려움 때문이라고만 보기도 어렵다. 앞서 말한 특의 계략도 운영을 궁지로 몰아넣기는 했지만 거짓된 모함은 아니기에 운영의 죽음을 억울한 누명에 대한 항변으로 보기는 더욱 힘들다. 물론 운영의 죽음을 사회 역사적 맥락에서 인간 해방을 가로막는 시대의 압박을 죽음으로 표현했다고 보는 입장도 타당하다. 그러나 운영의 죽음 자체는 공익을 위한 희생이나 순교와는 다소 거리가 있다.

주군의 은혜 산 같고 바다 같거늘, 능히 그 절(節)을 지키지 못하오니 그 죄 하나요, 전일 지은 바 글에 의심됨을 주군께 뵈오나 마침내 직고(直告)ᄒ지 아니하오니 그 죄 둘이요, 서궁 무죄한 사람이 첩의 연고(緣故)로써 죄를 한 가지로 입게 하니 그 죄 셋이라. 이 세 가지 죄를 짓고 살아 무슨 면목으로 사람을 대하리이꼬. 만일 혹자 아니 죽이셔도 첩이 마땅히 자결(自決)하리이다. 다만 서궁지인(西宮之人)은 과연 무죄하오니 억울지탄(抑鬱之歎)이 없게 하소서.　　　　　－〈운영전〉, 91쪽 운영은 죽기 직전 초사(招辭)에서 자신의 죄를 세 가지로 꼽고 있다. 첫째는 안평대군의 은혜에 대한 절개를 지키지 못한 것이고, 둘째는 미리 자신의 일을 바로 아뢰지 않은 것이며, 셋째는 서궁의 동료 궁인들에게 피해를 끼친 점이다. 이 세 가지로 인해 운영은 사람을 대할 면목과 살아갈 염치를 잃게 되었으며, 양평대군이 죽이지 않는다 해도 스스로 자결하겠다고 말한 것이다. 그러나 운영은 자신이 죽어 마땅한 죄의 항목 어디에도 김 진사와의 사랑을 거론하고 있지 않다. 즉 그와의 사랑을 잘못이라고 인정하지 않는 것이다. 이것은 운영이 자결을 할 수밖에 없는 이유가 그들의 사랑에만 국한하지 않음을 보여준다.

운영은 어려서부터 부모 형제의 각별한 사랑을 받았고, 수성궁에 들어와서도 늘 특별한 애정의 대상이었다. 그녀는 미모는 말할 것도 없고 재덕이 당대 문사들을 압두했으며 재산 또한 넉넉했다. 이러한 사실을 스스로도 알고 자부했었다. 또한 궁중을 배경으로 삼고 있으니 당시로 보면 어느 것 하나 부러운 것이 없는 전문직 엘리트 여성이라 볼 수 있다. 그러나 김 진사를 만날 즈음 운영은 자신의 삶에 대해 새로운 자각을 하게 된다. 그동안 자신이 살아온 삶이 공허한 것이라는 생각이 싹트게 된 것이다.

나이 십 삼에 주군이 부르시매 부모를 이별하고 형제를 멀리하여 궁문에 들어오매 돌아가기를 생각하는 마음을 금ᄒ지 못하여 봉두구면(蓬頭垢面)과 남루의상(襤樓衣裳)으로써 보는 사람의 더럽게 여김을 삼고자 함이요, 뜰에 엎드려 우니 궁인들이 가로되 한 포기 연화꽃이 뜰 가운데 났도다 하며, 부인이 또한 사랑하심이 기출(己出)에 다름이 없사오며, 주군이 또한 심상(尋常)히 보지 않으시고, 궁중 사람들이 친애함을 골육같이 아니함이 없는지라. 그리저리하여 세월을 보내고 학문을 익히매 자못 의리(義理)를 알고 능히 음률(音律)을 살피는 고로 궁중인이 경복(敬服)지 않을 이 없더니 서궁에 옮은 후로 금서(琴書)를 전일(專一)히 하매 짓는 바 더욱 깊은지라. 무릇 빈객(賓客)의 지은 바 글이 하나도 눈에 들것이 없어 재조의 능통함이 이렇듯 한지라. 시러 남자가 되어 입신양명(立身揚名)ᄒ지 못함을 한탄하고 한갓 홍안박명(紅顔薄命)의 몸이 되어 한번 심궁(深宮)을 다다르매 마침내 고목과 같이 썩음을 원한(怨恨)할 따름이라. 인생이 한 번 죽은 후면 뉘 다시 알리요. 이러므로 한(恨)이 심곡(心曲)에 맺히고 원(怨)이 흉해(胸骸)에 메여 수를 놓다가도 버리고 마음을 등화(燈火)에 붙이며 비단을 짜다가도 북을 던지고 틀에서 내리며 나위를 찢어 버리고 옥잠(玉簪)을 꺾어 마음을 정ᄒ지 못하고, 적이 시흥(詩興)이 난즉 옷을 걷고 산보하여 꽃도 따며 풀도 꺾어 글을 외며 시를 읊어 여치여광(如癡如狂)하여 정을 스스로 억제ᄒ지 못하더니

　　　　　　　　　　　　　　　　　　　　　　　-〈운영전〉, 61~62쪽

　그녀는 열세 살에 자신을 극진히 사랑해주던 부모 형제를 떠나 낯선 궁에 들어온다. 그때 운영의 마음은 오로지 집으로 돌아가고 싶은 생각뿐이었다. 그래서 머리를 산발하고 용모를 더럽게 하여 사람들에게 밉보이려 했는데 뜻대로 되지 않고 오히려 아름다움이 돋보여 사랑을 받는다. 친부모를 떠나 낯선 곳에 홀로 버려진 느낌은 어린 운영이 처음 겪는 무서움이었을 것이다. 그래도 자식처럼 사랑해주는 대군의 부인과 특별한 관심을 보이는 대군, 그리고 가족 같은 궁궐 사람들의 애정 속에서 운영은 차차 수성궁의 생활에 적응한다. 그녀는 학문과 음률에 전일했는데, 아마도 이것이 그녀의 마음을 붙잡는 데 도움이 되었을 것이다. 그러나 학문이 점차 완성되고 재주가 통하지 않는 곳이 없는 수준에 이를 즈음 그녀는 이러한 재주로도 남자처럼 입신양명하지 못하고 궁에 갇혀 살아야 하는 자신의 운명을 자각하게 된다. 이렇게 그녀의

첫 번째 원한은 홍안박명으로 심궁에서 고목 같이 썩어 가야 하는 자신의 삶에 대한 각성에서 비롯된 감정이다. 세상 빈객들이 눈 아래로 보일만큼 자신의 재주에 자부심이 강하지만 세상 밖으로 재주를 펼칠 수 없는 신세가 마음에 우울함을 만들고 그 한은 뼈 속 깊숙이 새겨져 쉽사리 떨쳐지지 않는다. 그 때문에 비단을 짜다가도 북을 내팽개치며, 비단을 찢고 옥비녀를 부러뜨리는 등 답답함을 풀어보려고 하지만 되지 않는다. 그래서 정원을 배회하며 시흥으로나 우울한 심사를 달랬던 것이다.

상년(上年) 추월지야(秋月之夜)에 한번 군자의 옥용(玉容)을 보매 문득 천상선인(天上仙人)이 진토(塵土)에 적하(謫下)한가 여기고, 첩의 용색(容色)이 또한 아홉 사람에 지남이 있더니, 무슨 숙연(宿緣)이 있음을 어찌하여 붓 끝에 한 점 먹으로 마침내 흉중(胸中)에 원(怨)이 맺힐 줄 알았으며, 발 사이에 바라봄으로써 키 받드는 인연을 짓고, 꿈 가운데 봄으로써 장차 알지 못할 은혜를 입을 줄 알았으리요. 비록 한 번 금리(衾裏)에 즐김은 없으나 옥모수용(玉貌秀容)이 자못 안중(眼中)에 벌여 있어, 이화(梨花)에 두견의 울음과 오동에 밤비 소리를 차마 듣지 못하고, 뜰 앞에 고운 풀의 생(生)하는 것과 하늘 가의 외로운 구름 날리는 것을 차마 보지 못하는지라. 혹 병풍을 의지하여 앉으며 혹 난간을 지혀서서 가슴을 두드리고 발을 굴러 홀로 창천(蒼天)에 사를 뿐이라. 아지못게라. 낭군도 또한 첩을 생각함이 있나뇨? 다만 한하기를 이 몸이 군자를 보지 못하고 먼저 합연(溘然)한즉 지로천황(地老天荒)할지라도 차한(此恨)을 민멸(泯滅)ㅎ지 못할지라. 금일 완사하는 길에 양궁(兩宮) 시녀가 다 모였으매 이곳에 오래 머물지 못할지라. 눈물이 떨어져 종이를 적시고 혼이 깁실에 맺히는지라. 엎드려 바라건대 낭군은 한번 굽어보시고 또 졸(拙)한 글귀를 화답(和答)하시면 이로써 미사(美事)를 삼고 길이 좋은 뜻을 바치리이다.   -〈운영전〉, 62~63쪽

　우울한 나날을 보내던 운영은 어느 날 아름답고 재주가 뛰어난 김 진사를 만난다. 무언가 획기적인 인생의 전환을 꿈꾸던 시기였기에 운영은 그와의 만남을 더욱 특별한 운명으로 느끼게 된다. 그래서 궁중에서 가장 아름다운 자신과 천상의 선인 같은 김 진사가 만난 것을 운명이라 여기고 이에 더하여 붓 끝에서 튄 먹물 한 방울에 치명적으로 빠져드는 사랑의 의미를 부여한 것이다. 더구나 드러내놓고 만나볼 수도 없는 상황은 그들의 사랑을 더욱 자극하고 더욱 간절하게 만들어, 발 사이로 엿보고 벽 사이로 편지를 주고받음만으로도 부부의 연을 맺었다 생각하게 된 것이다. 이전의 운영이 자신의 재주로 추구할 인생의 목표가 없어 방황하고 우울해 했다면 이제는 김 진사를 추구할 대상으로 삼아 그것에 자신의 온 마음과 정신을 그것에 집중하고 것이다. 그렇기에 배꽃 핀 봄밤 두견새 울음소리나 오동잎에 빗방울 떨어지는 소리에 잠을 이루지 못하며, 난간에 기대어 가슴을 두드리고 발을 구르며 하늘에 호소하는 행위는 앞서 비단을 찢고 비녀를 부러뜨리며 이리저리 방황할 때의 마음과는 다른 것이다. 그때는 삶의 목표를 찾지 못하는 우울이라면 지금은 '낭군도 또한 첩을 생각함이 있'는지, 혹은 그도 날 이렇게 그리워하고 있을까? 혹은 '군자를 보지 못'하면 어쩌나 하는 그리움 때문인 것이다. 그렇기에 이때의 '죽고 싶음'은 좌절이라기보다 간절함으로 해석해야 한다.

　운영이 마음을 고백한 편지를 받아 본 김 진사는 그녀가 돌아올 때까지 무녀의 집에서 기다린다. 이것으로 김 진사도 운영과 같은 마음이라는 것을 보여준 것이다. 두 사람의 마음이 확인되자 운영은 1년 동안의 그리움을 한 데 쏟아내려는 듯 조금의 주저함이나 두려움 없이 자신의 금반지를 신물로 주며 목숨을 걸고 사랑을 맹세한다. 또한 자신은 서궁에 있으니 밤을 타 찾아오라 하고, 다른 사람의 불안함과는 상관없이 궁 안에서 김 진사와 밀회를 즐기기도 하며 심지어 그와 함께 궁을 빠져나가기 위해 재산을 미리 궁 밖으로 내보내는 등 적극적이고 과감한 모습을 보인다. 그렇다면 나약하지도 어리석지도 않은 운영이 왜 죽음을 선택할 수밖에 없었던 것일까.

> 첩이 대왈 "작석(昨夕)에 일몽(一夢)을 얻으니 한 사람이 상모(相貌)가 영악(獰惡)한데 목특선우라 하고 가로되 이미 숙약(宿約)이 있는 고로 장승(長丞) 아래서 기다린 지 오래노라 하거늘 놀라 깨달으니 몽조(夢兆)가 심히 불길한지라, 낭군은 또한 생각하라." 진사 왈, "몽리(夢裏) 허탄지사(虛誕之事)를 어찌 가히 믿으리요." 하거늘 첩이 가로되, "그 일은 장승자(長丞者)는 궁장야(宮墻也)요, 이 이른 목특자는 이 특(特)이라. 세상사(世上事)를 불가측(不可測)이니 낭군이 특의 마음을 익히 아나니이까?" 진사 왈, "이 놈이 본대 완흉(頑凶)함이 심한지라, 그러나 내게 구는 바는 충성을 다하고 정성이 극진한지라, 오늘날 낭자로 더불어 이렇듯 인연을 맺음이 다 이 놈의 계교라. 어찌 처음에 충성을 드리고 후에 악을 비롯할 바이리요." 하니 첩이 또한 반신반의(半信半疑)하나 거절할 길이 없는지라 이에 가로되, "낭군의 말이 어찌 감히 사양(辭讓)하리요마는 다만 자란으로 더불어 정약형제(情約兄弟)라 가히 이르지 아니ᄒ지 못할 것이니이다."
>
> -〈운영전〉, 76~77쪽

운영과의 도주를 계획 중이던 김 진사는 어느 날 안평대군의 명으로 비해당(匪懈堂)의 상량문을 짓게 된다. 그런데 그 가운데 '담을 넘어 풍류(風流)를 도적하리란 말'이 있어 안평대군의 의심을 사게 된다. 그러자 지레 겁을 먹은 김 진사는 운영에게 도주를 서두르자고 재촉한다. 이때 운영은 사태가 불길한 쪽으로 흐르고 있음을 감지한다. 그러나 그녀가 느낀 불길함은 김 진사가 안평대군에게 발각될 것을 두려워하는 것과 다르다. 그녀는 어렴풋이나마 특에게서 고심사단(故尋事端)의 가능성을 느낀 것이다. 그래서 꿈 이야기를 빌려 특에 대한 김 진사의 맹목적 믿음에 주의를 준다. 그러나 김 진사는 특의 완흉함을 안다고 하면서도 자기에게만은 충성을 다한다며 그를 두둔한다. 운영은 여전히 불안하지만 더 이상 반대하지 않는다. 운영이 김 진사의 말에 반대하는 것은 특을 의심하는 것이 아니라 김 진사의 사람 보는 안목에 대한 불신으로 보일 수 있으며 또한 특같이 완흉한 사람마저도 자신에게는 충성을 다한다고 믿는 김 진사의 자존심을 건드릴 수도 있기 때문일 것이다.

 위기의 순간에 드러나는 김 진사의 성급함과 나약함 그리고 인생을 건 중대사를 특 같은 무뢰배에게 맡기는 것 등은 운영에게 김 진사와의 일을 다시금 숙고하게 하는 계기가 된다. 그래서 운영은 형제의를 들어 평소 자신을 가장 잘 이해하고 조언과 조력을 아끼지 않는 자란에게 그들의 계획을 알리자고 한 것이다. 이것은 김 진사와의 도주를 통보하겠다는 뜻보다 자란의 입을 통해 다시금 김 진사에게 숙고하도록 조언하고 싶기 때문일 것이다. 이것은 자란의 말을 들은 후 송연(悚然)한 태도를 보이며 말없이 고개 숙이는 운영의 모습에서 알 수 있다.

 즉시 자란을 불러 이르매 첩이 진사의 계교로써 고(告)한대 자란이 듣고 크게 놀라 꾸짖어 왈,
 "서로 즐김이 날이 오래매 빨리 화(禍)를 부르고자 하느냐. 수삼 삭(數三朔) 즐김이 또한 가히 족(足)하거늘, 사람이 족한 줄을 알지 못하면 재앙(災殃)이 내리나니, 하물며 담을 넘어 도망함이 어찌 사람의 차마 할바리요. 또 차마 버리지 못할 바가 네 가지라. 주군이 뜻을 기울이신 지이미 오랜지라 그 가히 버리지 못할 것이 하나요, 부인의 사랑하심이 지극 간절하시니 그 가히 버리지 못할 것이 둘이요, 화가 양친께 미치리니

그 가히 버리지 못할 것이 셋이요, 죄가 서궁에 미치리니 그 가히 버리지 못할 것이 넷이라. 이 가히 가지 못할 것이요. 또 천지 사이가 한 그물 속이라, 승천입지(昇天入地)하기 전은 도망하여 어데로 가리요. 만일 잡히게 되면 그 화가 어찌 낭자의 일심에만 미치리요. 낭자는 익히 생각하여 보라. 몽조가 불길함은 이르지도 말고 설혹 길조(吉兆)라 하여도 낭자가 즐겨 갈 터이냐. 그런 생각과 저런 염려를 다시 말고 마음을 굽히고 뜻을 억제하여 분의(分義)를 지키고 고요히 있어 천명(天命)을 들을 따름이라. 낭자가 나이 차고 용모가 쇠사(衰謝)한즉 주군의 은권(恩眷)이 적이 풀릴 것이니 그 사세(事勢)를 보아 가며 칭병(稱病)하고 오래 누웠으면 주군이 반드시 고향으로 돌려보낼 것이니, 당차지시(當此之時)하여 쾌히 낭군으로 더불어 손을 이끌고 한 가지로 돌아가 마음대로 해로(偕老) 하리니 다행함이 이만큼이 없거늘 이런 일은 생각지 아니하고 망녕(妄靈)되이 감히 패악(悖惡)한 계교를 내어 되지 못할 일을 하려 하니, 네 눌을 속이며 또한 하늘을 속일소냐. 깊이 헤아리고 다시 생각하여 청춘이 아직 저물지 않았으니 일이 되어 감을 보라." 하거늘, 첩이 그 말을 들으매 송연(悚然)하여 고개를 숙이고 답할 말이 없는지라.   -〈운영전〉, 77~78쪽

운영은 자란을 불러 '진사의 계교'를 알려준다. 이에 자란은 주군과 부인, 부모와 동료들에 대한 도의(道義)를 들어 그 일이 부당함을 말한다. 그리고 현실적으로도 도망하는 것이 불가능하며, 현재의 즐거움에 만족하면서 기다리다 보면 절로 나이가 들고 그때 병을 핑계 삼으면 대군도 기꺼이 운영을 고향으로 보내 줄 테니 그때 가서 김 진사와 해로하면 된다는 제안을 한다. 이는 천명과 도의를 모두 지킬 수 있는 이성적이고 합리적인 판단이다. 그러면서 이런 생각에 미치지 못하고 패악한 계교를 내어 불가능한 일을 하려고 하는 어리석은 조급함을 탓한다. 모든 것을 고려할 때 사리에 타당한 자란의 말은 하나에 매몰돼 다

른 일을 살피지 못했던 운영에게 송연한 마음을 들게 한다.

　　낭군이 소년 표치(標致)로 문장조화(文章造化)가 세상에 독보(獨步)하
는지라, 사리(事理)에 통달(通達)하고 매사에 쾌활하실지라, 어찌 그 하
나만 알고 그 둘은 알지 못하며 그 앞만 보고 그 뒤는 살피지 못하시니이
까? 남녀의 정욕(情欲)이야 고금(古今)이 다르며 귀천(貴賤)이 있으리까?
운영의 사람되옴이 낭자 혜질(惠質)이 규합(閨閤)에 뛰어나고 빙정요라
(娉婷窈曜)함이 속태(俗態)를 머물지 않았으며, 서시가 재생(再生)하고
비연이 다시 돌아옴이라. 총명재예(聰明才藝)와 문장학행(文章學行)이
또한 대군자(大君子)를 압두(壓頭)할 것이어늘, 이같은 풍신(風身)으로
궁벽(窮僻)한 심궁에 잠겨 화조월석(花朝月夕)과 도요방년(桃夭芳年)을
덧없이 보내고 외로이 냉금(冷衾)에 길들여 고등(孤燈) 잔월(殘月)과 추월
춘풍을 헛되이 지내니, 단장소혼(斷腸消魂)이 몇 번이리요마는, 주군이 사
랑하시고 부인이 애휼(愛恤)하시며, 자매 십 인이 서로 위로하여 지내더니,

　자란이 운영에 이어 곁에 있던 김 진사에게 하는 말이다. 자란은 진
사처럼 총명하고 사리에 통달한 사람이 어찌하여 '하나는 알고 둘을 모
르며 앞만 보고 뒤를 살피지 않는' 경솔함을 보이냐는 것으로 이야기를
시작하고 있다. 그러고는 운영의 처지에 대해 이야기한다. 운영은 아름
다운 용모와 뛰어난 자질을 지녔으며, 학식 또한 훌륭한 군자들을 압두
할 만하다. 이런 재주로 심궁에 갇혀 인생의 한창 때를 외롭고 헛되이
보내야하는 것은 그 자체로 몇 번이나 '단장소혼'할 신세인 것이다. 그
나마 주군과 부인이 사랑으로 돌보고 같은 처지의 궁녀들이 서로 위로
하면서 그럭저럭 견뎌내고 있었다. 운영은 앞서 김 진사에게 보낸 편지
에서도 자신의 뛰어난 재주가 세상에 나서지 못하고 심궁에 갇혀 있어
야 하는 상황에 답답해하던 속내를 드러낸 적이 있었다. 이것은 단지

이성을 만나지 못하는 외로움만을 말하는 것이 아니다. 그들이 자부하
듯 '대군자를 압두하고' 빈객의 글을 내리 보는 학식을 지니고도 심궁에
갇혀 살아야 하는 처지에 대한 우울함이 깔려 있다. 그러던 차에 만난
김 진사를 인생의 돌파구라고 생각했던 것이다.

청소가기(請巢佳期)가 지중(至重)하므로 낭군을 한번 만나매 문득 초
월(楚越)의 사귐 같고 목란(木蘭)의 종군(從軍) 같은지라. 구차이 벽을
뚫고 발을 드리워 낭군의 뜻을 머무나, 다만 어안(魚雁)이 절핍(絶乏)하
고 표신(標信)이 무료(無聊)하여 거문고 줄을 이을 길이 없는지라. 첩이
저로 더불어 정(情)은 형제같고 의(誼)는 교칠(膠漆) 같아 사생고락(死生
苦樂)을 같이 하려 맹세한지라. 저의 정세(情勢)를 긍측(矜惻)이 여기고
애용(愛容)을 사랑하여 밥 먹기를 잊고 잠자기를 폐(廢)하여 다행히 진진
(秦晉)의 좋음을 믿고 그윽히 월옹(月翁)의 줄을 이은지라, 비록 왕래하
기 괴롭고 상봉(相逢)하기 어려우나 기간(其間) 삼사 삭(三四朔)에 비린
지회(鄙吝之懷)를 베푼지라 단회지기(團會之期)야 그리 바쁘리이까. 자
연 일구월심(日久月深)하여 수삼 년만 기다리면 좋은 모책(謀策)을 얻을
것이니, 당기시(當其時)하여는 첩도 또한 힘쓸지라 지자우귀(之子于歸)
에 이여동귀(異旅同歸)하리니, 대장부의 일이 물탄물벌(勿歎勿罰)할 것
이요, 여자로 하여금 반점(半點) 구차함이 없게 하리니, 이제 낭군은 어
찌하여 생각이 암매(暗昧)하고 헤아림이 바히 없어 무지한 노(奴)의 사나
운 꾀와 어지러운 말을 곧이 듣고 대사(大事)를 소홀히 하리요. 월장찬벽
(越牆鑽壁)에 절부이도(竊負而逃)는 무거패자(無據悖子)의 할 일이라 어
찌 군자의 행할 바이리요. 낭군은 그윽히 생각하여 보소서. 주군의 대접
하심이 어떠하시며 낭군의 재명(才名)이 또한 어떠하시니이꼬. 이만 일
을 부합(符合)지 못하게 하사 대군의 외오여기심을 받고 아녀자(兒女子)
로 하여금 그른 곳에 빠지게 하며 악한 추명(醜名)이 꾸짖음을 면ㅎ지

못하리니, 여차(如此)즉(卽) 비록 아무 염려 없이 편히 산다 한즉 하(何)
면목으로 세인(世人)을 대하리요. 하물며 대군의 높은 성이 발(發)하는
바에 어데 가 안신(安身)하며 무엇으로 더불어 즐기리꼬, 원ㅎ건대 낭
군은 모로미 첩의 말을 우직(愚直)다 마시고 채납(採納)하시기를 바라나
이다. 첩이 비록 용렬(庸劣)하나 어찌 낭군과 다못 운영의 일을 힘쓰지
않으리이꼬.   -〈운영전〉, 79~81쪽

　운영은 궁녀라는 특수 신분으로 인해 김 진사와 자유롭게 만날 수
없었지만 그 때문에 사랑은 더욱 간절해졌다. 그러한 간절함이 김 진사
로 하여금 궁을 넘어오도록 했고, 몇 달째 즐거움을 누릴 수 있도록 한
것이다. 물론 이 일은 운영과 김 진사 두 사람뿐 아니라 이를 지켜보는
모든 궁녀들에게도 조마조마한 일이다. 그럼에도 김 진사는 자신의 불
안이나 입장만 생각하여 수년을 기다리지 못하고 성급하게 '단회지기'
를 당기려 한 것이며, 또한 그것은 모든 조건을 충분하고 현명하게 고려
한 결정이 아니고 '생각 없이 무지한 노복의 사나운 꾀와 어지러운 말'
에 휘둘린 것이니 어떻게 대사를 소홀히 다룰 수 있냐는 질책이다. 이
것은 현실적으로 불가능한 것은 둘째 치고 김 진사에게 베푼 대군의
각별함을 저버리는 것이고 진사의 명예에도 손상이 되며 가장 중요한
것은 운영으로 하여금 그릇된 곳에 빠지게 하여 '추명'을 얻게 하는 점임
을 강조하고 있다. 자신이 사랑하는 여인을 세상에 손가락질 받는 처지
로 전락시키는 계책은 진정한 사랑이 아니라는 뜻이다. 어느 것 하나
부당한 부분이 없다고 생각한 김 진사는 참회의 눈물을 머금고 "복이 우
몽(愚蒙)하여 사세(事勢)를 깨닫지 못함이 많은지라, 바라건대 낭자도 복
의 황독(遑篤)함을 개념(改念)ㅎ지 말라."며 운영의 방을 나선다. 자란의
조언으로 인해 두 사람의 도주 계획은 사실상 백지화 되었다. 그렇다고

서로의 만남까지 그만 둔 것은 아니다. 자란이 말했듯 남녀 간 정은 고금 귀천에 다르지 않은 것으로 그 자체가 죄라는 생각은 없기 때문이다.

그러던 어느 날 안평대군이 철쭉을 보고 짓게 한 운영의 절구시에 사람을 생각하는 뜻이 또 다시 드러나 대군의 의심을 받게 된다. 이번에는 앞서와 달리 그냥 '사람을 생각하는 뜻'에서 멈추지 않고 '김생을 생각하는 뜻'이냐고 추궁을 했다. 이에 운영은 "주군이 한번 의심을 보심에 그 때 즉시 자진(自盡)코자 하오나 연(年) 미이순(未二旬)에 또한 부모의 얼굴을 보지 못하고 죽으면 마음이 심히 원통할지라, 이러므로 투생(鬪生)하와 이때까지 왔삽더니 이제 또 의심을 뵈온지라 한 번 죽음이 무엇이 아까우리까. 천지귀신이 삼벌 듯 벌어있고 시녀 오인이 경각(頃刻)을 떠나지 아니는지라. 음예(淫穢)한 이름을 홀로 첩신(妾身)에게 돌려 보내시니 첩이 이제 죽을 곳을 얻었나이다."라며 스스로 난간에 목을 맨다. 그러나 대군은 진짜로 죽일 의사가 있었던 것이 아니므로 자란에게 그녀를 구하게 하고 오히려 운영을 포함한 다섯 궁녀 모두에게 시를 잘 지었다며 포상한다.

안평대군은 이전에도 운영과 김 진사와의 일을 용서했었다. 안평대군이 운영을 죽이거나 운영에게 벌을 주려는 생각이 없다는 것은 궁녀들뿐 아니라 운영 자신도 잘 안다. 그럼에도 운영은 안평대군 앞에서 김 진사와의 일을 부정하고 목을 매는 행위로 그 결백을 호소하려 했다. 이것은 누구를 위해서인가. 자신의 목숨을 부지하려거나 김 진사를 구하기 위해서라기보다 안평대군의 믿음을 저버리고 싶지 않아서였던 것은 아닐까. 자란의 말을 통해 운영은 자신의 외롭고 힘들었던 어린 시절을 사랑으로 보살펴준 대군과 궁중사람들을 다시금 생각하게 되었다. 애정 하나에 매몰되어 도의를 저버리려 했던 자신의 잘못을 깨달은

운영은 대군과 주변 사람들을 배신하거나, 그들이 자기로 인해 상처받
는 것을 원하지 않았을 것이다. 그래서였을까. 운영은 이 일이 있은 후
찾아 온 김 진사에게 결별을 통보한다.

모년(某年) 월(月) 일(日)에 박명(薄命) 첩 운영은 재배하고 김생 휘하
(麾下)에 원(願)을 사뢰나이다. 첩이 비박지재(菲薄之才)로서 불행이 낭
군의 유의(留意)함이 되어 서로 생각함이 몇 날이며, 서로 바람이 몇 때
런고. 다행히 하루 밤 즐김을 이루매 바다같이 깊은 정과 태산같이 중한
뜻을 다하지 못하여 인간 호사(好事)를 조물(造物)이 다시(多猜)하매 궁
인이 다 알고 주군이 의심하매 화(禍)가 조석에 급함이 있어 죽은 후 말
리니, 첩이 청춘지년(靑春之年)에 부모의 얼굴을 다시 보지 못하고 함원
요사(含怨夭死)함을 생각하니 차한(此恨)이 면면부절(綿綿不絶)이라. 비
사고어(悲思苦語)를 사를 곳이 없고 천수만한(千愁萬恨)을 고(告)할 데
없는지라. 엎드려 바라건대 낭군은 이렇듯 이별한 후로 천첩(賤妾)을 회
포간(懷抱間)에 두어서 심회를 상하지 마소서. 합내(閤內)에 현숙(賢淑)
한 부인이 계시고 겸하여 남자라, 어찌 첩의 애원(哀怨)한 회포에 비기리
이꼬. 모로미 심사(心思)를 거두고 마음을 진정하여 학업을 힘써 하여
높이 갑제(甲第)에 뽑히고 청운(靑雲)에 올라 이름을 후세에 날려 부모를
현양(顯揚)하소서. 첩의 의복 보화(寶貨)를 모두 화매(和賣)하여 부처께
공양(供養)하시고 백반기축(百般祈祝)하여 지성발원(至誠發願)하사, 삼
생(三生)에 미진(未盡)한 연분(緣分)으로 하여금 다시 후생(後生)에 잇게
하소서. 붓을 들고 종이를 임하매 흉격이 억색(臆塞)하고 눈물이 앞을
가리워 고할 바를 알지 못하나이다.　　　　　　　　-〈운영전〉, 84쪽

드러난 말만 보면 사랑 때문에 죽을 위기에 처한 운영이 어쩔 수 없
는 이별을 고하는 듯하다. 그렇다면 조물이 시기하여 궁인과 대군이 알

게 된 것이 진정 '화'로써 그녀의 목숨을 위협하고 있단 말인가. 사실 수성궁 내 궁인들은 모두 그녀의 입장을 이해하고 동정하며 오히려 도움을 주고 있다. 대군도 마찬가지로 여러 차례 자신이 운영을 다치게 할 의도가 없음을 공개적으로 드러내었다. 그렇다면 운영 스스로 김 진사와의 사랑 때문에 당장이라도 죽을 각오를 한 것인가. 그녀는 오히려 부모를 다시 보지 못하고 죽는 것을 한으로 생각하고 있다. 이것은 앞서 안평대군에게 20도 안 되는 나이에 부모를 보지 못하고 죽을 수 없어서 목숨을 부지했다는 말과도 통한다. 그녀는 부모를 저버리면서 자살을 결심할 만큼 사리분별이 없지 않다. 또한 편지의 어디에서도 자신이 죽음을 결심했다는 단서를 남기지 않고 단지 헤어질 것만을 말하고 있다. 또한 김 진사는 아내도 있고 남자이니 자신만큼 슬프고 억울하지 않을 것이라는 말에는 다소 김 진사에 대한 원망도 담겨 있다. 그리고 자신의 재산은 부처께 공양하는 데 쓰라고 당부를 하고 있다.

　김 진사는 특에게 맡긴 운영의 재산을 거두려 하지만 특은 강도를 당했다 속이고 그 재물을 가로챈다. 후에 이 일이 발각되자 도망을 결심한 특은 김 진사와 운영의 일을 성 밖 맹인에게 말함으로써 이들의 일이 결국은 수성궁 밖으로 퍼지게 된 것은 앞에서 살폈다. 수성궁 내에서 두 사람의 밀회는 사실 공공연한 비밀이었다. 안평대군이 운영의 시구절로 인해 김 진사와의 일을 의심했다가 용서하기를 2번이나 하였지만, 드러나지 않은 용서와 묵인도 수없이 많았을 것이다. 겨우내 눈 위에 어지럽게 난 김 진사의 발자국을 궁중 사람들이 다 알고 조마조마했는데 안평대군만 몰랐을 리 없다. 그러나 안평은 그것을 묵과했다. 수성궁 내에서는 자신이 침묵하는 한 어느 누구도 그 일을 제기하거나 이의를 달 수 없기 때문이다. 그런데 문제가 밖으로 퍼졌고, 심지어 서궁의 재물이 외부로 유출된 사건은 성 밖에서 시작되어 안으로 퍼진 것이다. 이로 인해 안평대군은 어쩔 수 없이 남궁의 궁녀들로 하여금 서궁을 뒤지게 하였으며, 마침내 운영의 의복과 재물이 모두 없어졌음이 드러나고, 그녀가 밖으로 도주하려 했던 사실이 밝혀졌다. 이것은 안평에게 치명적 상처를 주었다. 그는 배신감과 분노로 형장을 갖추었지만, 궁녀들이 욕망을 가로막는 궁중생활의 비정함을 들어 운영의 정욕을 옹호하고 그 죄를 함께 받겠다고 나서자 차츰 마음을 풀고 운영을 용서했다.

　김 진사와의 이별 앞에서도 죽음을 말하지 않았던 운영은 이 과정에서 자살을 결심한다. 그녀가 걱정하던 일, 즉 자신으로 인해 대군이 상처받고 궁인들이 억울한 형장을 당하는 일이 벌어졌기 때문이다. 그럼에도 그들은 자신을 원망하지 않고 옹호하며 오히려 그들의 죄라 자처한다. 또한 안평대군도 자신에게 벌을 가하지 않고 별당에 가두는 것으로 사건을 마무리한다. 지적이고 자존감이 강한 운영에게 이것은 매우 치명적인 상처이다. 그래서 운영은 마지막 유언처럼 "주군의 은혜 산 같고 바다 같거늘, 능히 그 절(節)을 지키지 못하오니 그 죄 하나요, 전일 지은 바 글에 의심됨을 주군께 뵈오나 마침내 직고(直告)ㅎ지 아니하오니 그 죄 둘이요, 서궁 무죄한 사람이 첩의 연고(緣故)로써 죄를 한 가지로 입게 하니 그 죄 셋이라. 이 세 가지 죄를 짓고 살아 무슨 면목으로 사람을 대하리이꼬. 만일 혹자 아니 죽이셔도 첩이 마땅히 자결(自決)하리이다.(91쪽)"라는 말을 남기고 스스로 목을 맨 것이다. 이제 운영에게 이루어지지 않은 사랑은 죽음으로 호소할 대상이 아니다. 사랑의 좌절이 죽음을 결심하게 한 것이라면 그것을 밝히지 않을 이유가 없다. 곧 죽을 상황에서 사람은 자신의 진심을 드러내는 데 두려워할 필요가 없기 때문이다. 사랑은 죄도 아니지만 죽음의 진짜 원인도 아니다. 그녀는 자신이 추구하던 인간관계, 인간으로서의 도의 등이 한 순간에 무너지는 것을 경험하면서 자신의 존재 의의를 상실한 것이다.

3. 우울과 극단적 절망감에 의한 자살

운영의 일생을 다시 한 번 정리해보자. 운영은 13세 나이로 사랑하는 부모 곁을 떠나 층층시하의 낯설고 무서운 수성궁에 들어온다. 어떻게든 집으로 돌아가려 했지만 결국 뜻을 이루지 못하고 학업을 닦으며 외로움을 극복한다. 학문이 일정 정도 수준에 오르자 그녀는 대군자도 압도할 능력과 독보적인 미모로 세상에 쓰이지 못하고 심궁에 갇혀 사는 신세의 비참함을 깨닫는다. 재주가 있어도 삶의 목표를 지닐 수 없다는 상실감은 그녀를 배회하게 했고 그러던 차에 만난 김 진사는 그녀가 집중할 목표가 되어주었다. 더구나 자유롭지 않는 신분으로 인해 쉽게 만날 수 없는 상황은 김 진사에 대한 사랑을 간절한 운명처럼 생각하게 만들었다. 1년여 동안 홀로 애태우던 운영은 결국 무녀의 집에서 김 진사를 만나 마음을 확인하고 육체적 관계를 시작한다. 궁중사람들의 묵인과 도움 아래 김 진사는 궁을 오가며 운영을 만나다가, 상량문 사건으로 지레 겁을 먹고 간특한 노비 특의 말에 따라 운영에게 도망할 것을 제안한다. 운영은 특에 대한 우려를 드러내지만 김 진사는 그를 신뢰하는 어리석음을 보이고 결국 자란의 이성적 판단과 충고에 의해 도주 계획은 수포로 돌아간다. 자란의 말에서 운영은 자부할 만한 재주로 세상에 쓰이지 못한 것을 고민했었던 과거와 자신의 행동이 주위사람들에게 도의적인 배신이 된다는 사실을 환기한다. 그런 상황에서 김생에게 결별을 선언하였는데, 김생이 특에게 재산을 맡긴 것이 사단이 되어 이미 백지화된 도주 계획이 들통 나고 그로 인해 운영은 자신을 믿고 사랑하는 안평대군과 궁중사람들에게 배신감과 실망을 끼치게 된다. 그럼에도 그들이 자신을 옹호하고 용서하자 운영은 더욱 자존감에 상처를 입고 자살을 한 것이다.

이로 보면 운영의 자살은 단지 벽에 부딪힌 사랑 때문이 아니다. 궁극적으로는 훼손된 자존감 때문이다. 그러나 또한 자존감의 훼손만을 자살의 유일한 원인으로 지목할 수 없다. 자살은 하나의 원인으로 설명할 수 없는 복잡한 심리의 결과적 행동이기 때문이다. 운영은 어려서 부모에게서 버려지는 혹은 부모를 빼앗긴 상실의 경험이 있었다. 그것은 그녀의 내면에 원초적 외로움을 형성했다. 또한 홀로 감당해야 하는 층층시하의 궁궐 생활은 운영을 매사 어려워하고 조심스러워해야하는 성격으로 변하게 했을 것이다. 운영은 뛰어난 자질과 외모로 주위 사람들에게 사랑받으며 궁중 생활에 적응하고 안평대군의 가르침에 힘입어 학문적으로 발전한다. 학문의 진보는 그녀의 자부심이 되는 동시에 자신의 신세를 객관적으로 파악하게 하는 계기가 된다. 학문적 성취가 뛰어나다는 것은 그녀가 지닌 지적 능력이 우수하다는 것을 의미한다. 지적 능력이 뛰어나다는 것은 자신의 능력을 펼 수 없는 현실에 대해 불만을 갖게 한다. 이러한 불만은 울화를 만들고 그것은 비단을 찢거나 비녀를 부러뜨리는 공격적인 행동으로 돌출되기도 한다.

부모를 상실한 것에 기인한 고독과 새로운 궁중생활로 인한 두려움, 그리고 지적인 성숙과 더불어 야기된 삶에 대한 불만에서 오는 답답함은 어느 것 하나 해소되지 못한 채 지속적으로 누적된다. 단지 변화가 있다면 어린 시절 부모와의 결별로 인한 외로움과 그리움이 17세 꽃다운 나이가 되면서 이성을 그리는 마음으로 전이되었다는 사실이다. 김 진사는 다소 과격한 성향마저 보이며 돌파구를 찾아 배회하던 운영에게 지금의 삶을 변화시킬 것 같은 희망의 메시지처럼 다가왔다. 특히 다른 빈객들의 글은 눈에 들지도 않았던 운영에게 김 진사의 뛰어난 문장은 김 진사를 특별하고 위대한 사람으로 느끼게 하였다. 한번 감탄하고 존경하는 마음이 들자 그는 이 세상에서 유일한 의미가 되었고 운영은 먹물 한 방울에 운명을 걸기로 한 것이다.

김 진사와의 금지된 사랑은 금지된 만큼의 간절함을 불러온다. 운영이 김 진사와 재회하기 전 1년 동안의 생활은 애태움이지 좌절은 아니다. 그때의 '죽고 싶음'은 간절함의 표현인 것이다. 그것은 김 진사와의 재회 후 불처럼 번져가는 육체적 사랑으로 확인된다. 운영은 김 진사를 다시 만나 편지를 건네주는데, 그것은 자신이 얼마나 그리움의 시간을 보냈는가에 대한 이야기와 김 진사도 자신을 그리워했는가를 물어보는 전형적인 고백의 연서이다. 그녀는 김 진사도 자신을 그리워했음을 확인하자 그 자리에서 그에게 밤을 타 서궁의 담을 넘어 자신을 찾아오라는 과감한 제안을 한다. 이것은 일종의 도발로 간절함이 무모함과 손잡는 순간이다. 이때 운영은 김 진사와의 만남 외에 다른 것은 전혀 고려하지 않는다. 이것은 운영이 한껏 감정적으로 치달아 있음을 의미한다.

이러한 무모함은 결국 위기를 맞게 되고 그 과정에서 김 진사는 특이라는 무뢰배에게 일을 맡기는 어리석음을 보인다. 운영이 특에 대해 염려하는 마음을 표해도 김 진사는 운영의 말에 귀 기울이지 않고 오히려 완악한 특에 대한 신뢰를 드러낸다. 이것은 김 진사의 우활한 허세를 드러내는데, 운영은 '반신반의'하면서도 더 이상 반론을 제기하지 않는다. 대신 자란의 입을 통해 특이 제안하고 김 진사가 실행하려고 한 계책이 무모하다는 사실을 인식시킨다. 이때 자란의 말은 운영 자신에게도 상황을 객관적이고 합리적으로 자각하고 자신이 지켜야 할 도의를 깨닫게 하였다. 결국 운영은 사랑 자체가 죄는 아니지만 다소 무모했던 애정행각은 부끄러운 것임을 송연히 깨닫게 된다. 사실 운영은 자신의 인생이 더 넓고 큰 곳으로 나가지 못함을 한탄하던 중 김 진사를 만난 것이다. 그러나 자란의 충고에서 보듯이 위기 상황에서 드러난 김 진사의 나약함과 무모함은 오히려 자신을 더럽고 낮은 곳으로 이끌어 가려던 것이었다. 운영이 자란의 말에서 부끄러움을 느낀 것은 그 점을 깨달았기 때문이다. 결국 운영은 고독과 상실감 그리고 삶에 대한 불만 중 그 어느 것 하나 해소하지 못하고 자신에 대해 실망마저 더하게 된다. 이는 자존감이 높았던 그녀가 자신의 모습을 부끄럽게 여기기 시작했다는 것에서 알 수 있다.

또한 김 진사에 대한 실망과 원망도 싹트고 있음을 볼 수 있는데, 이는 결별을 통보하는 편지에서 "합내(閤內)에 현숙(賢淑)한 부인이 계시고 겸하여 남자라, 어찌 첩의 애원(哀怨)한 회포에 비기리이꼬. 모로미 심사(心思)를 거두고 마음을 진정하여 학업을 힘써 하여 높이 갑제(甲第)에 뽑히고 청운(靑雲)에 올라 이름을 후세에 날려 부모를 현양(顯揚)하소서.(84~85쪽)"라는 표현에서 느낄 수 있다. 김 진사가 아무리 힘들어해도 자신만큼은 아니라는 말 속에 이미 두 사람의 마음이 어긋나 있음을 알 수 있다. 두 사람의 마음이 일치하여 시작된 만남이 어느새 한쪽이 한쪽보다 더 억울하고 원통한 이별로 끝나고 있는 것이다. 물론 그 원통함이 김 진사 하나에 기인한 것은 아니다. 자신과 헤어진 후에도 김 진사는 예전처럼 평온한 가정생활을 유지하고 심지어 과거에 급제하여 입신양명할 수 있지 않느냐는 말은 김 진사 개인에 대한 원망이자 그가 남자이므로 누릴 수 있는 사회적 우위에 대한 원망이기도 하다. 이것은 앞서 "서궁에 옮은 후로 금서(琴書)를 전일(專一)히 하매 짓는바 더욱 깊은지라. 무릇 빈객(賓客)의 지은 바 글이 하나도 눈에 들것이 없어 재조의 능통함이 이렇듯 한지라. 시러 남자가 되어 입신양명(立身揚名)ㅎ지 못함을 한탄하고 한갓 홍안박명(紅顏薄命)의 몸이 되어 한번 심궁(深宮)을 다다르매 마침내 고목과 같이 썩음을 원한(怨恨)할 따름이라.(62쪽)" 던 운영의 한탄과 겹쳐지는 부분이다.

운영이 김 진사와 결별한 이후, 뜻밖에 특에 의해 도주하려 했던 사실이 발각된다. 이미 백지화된 사건이지만 그것이 미치는 파급효과는 치명적이었다. 그것은 운영으로 하여금 더 이상 안평대군을 대할 면목이 없게 하였다. 안평대군이 또 한 번 용서를 해준다 하여도 운영 자신이 용납할 수 없는 것이다. 더구나 자신 때문에 형장에 처한 궁녀들이 한결같이 자기를 옹호하고 죄를 자처하는 것에 운영은 더 큰 죄책감을 느꼈다. 자신의 이기심을 무한히 용납해 준 그들을 볼 면목이 없고 그들에게 더 이상 해를 끼쳐서는 안 되겠다는 생각, 즉 자신만 없으면 다른 사람들에게 고통을 주지 않을 수 있다는 생각이 결국 그녀 스스로 목숨을 끊게 한 것이다.

운영의 죽음은 '의사표현의 통로를 박탈당한 상태에서 말하기로서의 죽음', '저항으로서의 죽음'이라기보다 극단적 절망과 슬픔으로 인해 내면으로 침작하는 죽음에 더 가깝다. 자아를 축소하고 자신의 종적을 감추는 기제로서의 슬픔은 실연이나 자신의 무능함을 자각했을 때 드러난다. 일단 슬픔에 빠지면 '나는 고독하다'거나 '아무에게도 도움을 주지 못하는 나를 필요로 하는 사람은 아무도 없다'는 생각으로 이어지고, 과도해진 슬픔은 사회로부터 자신을 멀어지게 한다. 운영의 경우 어려서 형성된 원초적 고독과 성장하면서 느끼게 된 삶의 목표 상실,

거기에 애정의 실패 등이 겹쳐져 슬픔과 우울에 빠지게 된다. 거기에 자신을 무익한 존재로 여기게 되는 상황까지 겹쳐지면서 슬픔과 우울은 극단적 절망으로 치닫게 된 것이라 하겠다.

마지막 초사에서 나타나는 운영의 심리는 일종의 '자기 소외 경향'이라 볼 수 있다. 자기 소외 경향이란 우울한 상태가 되었을 때 사고가 경직되면서 고통에서 벗어나기 위해 공격목표를 정하게 되는데, 그 공격 목표가 자신을 향하는 경우를 말한다. 즉 모든 상황이 자기로 인한 것이며 이 고통이 모두 자기 때문이라고 생각하는 것이다. '경직된 사고'는 오랫동안 축적된 정신적 피로상태를 벗어나기 위해 빨리 원인을 결정지으려는 경향을 말하는데 이것은 모든 상황을 자기의 무능력으로 돌리게 하며 쉽게 절망으로 이어진다. 대개 '모두에게 너무 죄송합니다. 사라져 버리고 싶습니다.'라는 식의 유서를 남기는 자살자가 그러하다. 자기 소외와 피로가 지속되고 자신감 상실이 극단에 다다를 때 모든 것을 포기하려는 인식기제가 작동하고, 그것이 극단에 이른 순간 그 포기의 대상은 '삶'이 되어버린다.

〈운영전〉은 자살을 둘러싼 다양한 심리기제를 모두 표현하고 있다. 자살은 '정신병적 발전의 마지막 단계'로, 위축과 억눌린 공격성 그리고 현실도피와 같은 복잡한 심리적 징후가 얽히고설키며 상호작용 하는 가운데 최종적으로 발생하는 결과이다. 그렇기 때문에 자살의 분명한 원인을 찾는 것은 불가능하며 의미도 없다. 운영의 자살은 상실-고독-슬픔-우울이 극단적 절망감으로 이르면서 발생한 것이다. 운영의 상실과 고독은 인간관계의 강제적 소거 즉 어려서 부모형제와 분리되는 것에서 비롯된다. 이것이 운영의 내면에 원초적 고독을 만든 것이다. 하지만 운영은 학문에 힘쓰는 것으로 이것을 극복하는 듯 보인다.

그러나 다시 궁녀라는 신분이 학문적 능력의 발산을 가로막는 장애임을 인식하게 되고 미래 삶에 대한 총체적 희망을 상실하였으며, 그것을 대체하려던 김 진사와의 연애마저 순조롭게 이루어지지 않자 슬픔은 우울적 성향으로 발전한다.

우울증은 운영으로 하여금 침식을 전폐하고 외출도 삼가는 퇴행적 행태를 보이게 한다. 우울증은 자살 성향과 밀접한 연관을 가지는 정신작용이다. 자살 성향은 독립적 정신장애가 아니라 우울성 장애의 한 증상으로 간주된다. 운영의 우울증은 스스로를 무가치한 것으로 여기게 하는데, 이는 도주 계획이 발각되었을 때 최고조에 이른다. 안평대군과 동료들에게 폐를 끼친 존재라는 자책과 더 이상 희망이 없다는 극단적 절망은 모든 일의 책임을 자신에게 돌리게 하면서 그 해결책으로 자살을 선택하게 한다. 우울적 성향에는 공격성이 내재하는데, 우울이 극단적 절망으로 치닫는 순간 그 공격성은 자기자아를 향하게 된다. 이렇게 우울성향이 자살 성향으로 전위되면 죄책감, 자기비하를 거쳐 마침내 자기살해인 자살로 표현되는 것이다. 〈운영전〉은 자살과 관련한 모든 심리적 기제들을 '태어나 죽음에 이르기까지 정상적인 발달과정에서 겪게 되는 수많은 문제적 위기'와 연결시킴으로써 한 가지로 꼭 집어 분명하게 말하기 어려운 자살심리를 단계와 상황별로 잘 드러내고 있다.

4. 우리의 마음을 치유하는 이야기

고대 이집트 왕실에서는 도서관을 '영혼을 치유하는 장소'라고 불렀다 한다. 이로 본다면 책을 통한 마음 치유는 상당한 역사를 갖는다고 하겠다. 이덕무도 '감당할 수 없을 만큼의 슬픔이 밀려와 사방을 둘러

봐도 막막하기만 하여 그저 땅을 뚫고 들어가고 싶을 뿐 살고 싶은 마음이 조금도 없을 때' 책을 읽으면 억눌렸던 마음이 진정된다고 하였다. 그렇다면 모든 책이 우리 내면을 치유할 수 있는가, 아니면 치유서로의 책은 별도로 존재하는가. 마음의 상처는 보편적 사회 경험뿐만 아니라 개별자의 경험과도 관련이 있다. 또한 동일한 경험이라 하여도 그것을 받아들이는 사람들에 따라 정도의 차이가 있다. 그렇기 때문에 치유서로 기능하는 책 또한 개별자마다 다를 것이고 그 미치는 영향의 정도도 다양할 것이다. 즉 개별 독서자가 독서행위를 통해 감동과 위안을 얻을 수 있는 책이라면 어느 것이라도 치유서가 될 수 있다는 뜻이다. 그러나 막연한 위안과 치유를 구분할 필요는 있다.

치유라는 개념은 치유 받아야 할 대상 즉 상처[아픔]와 관련이 있다. 아픔을 유발한 원인을 찾아야 치유가 가능하다. 단순한 '위로'는 친구에게서도 받을 수 있지만 '치유나 치료'를 위해서는 전문가의 도움을 받아야 하는 것은 이 때문이다. 아픔에는 원인이 존재하고 그 원인에 직접 다가갈 수 있어야 치유가 가능하다. 그렇기 때문에 단순한 위로에서 더 나아가 내면의 상처를 돌볼 수 있게 하는 책이 치유서로서 더욱 적합할 것이다. 김정근은 상처를 직시하고 불능을 치유함으로써 새로운 출발이 가능하다고 하였다. 그러기 위해서는 현재 상처의 원인이 어디에서 연유하는가를 되짚어가며 그 연결되는 과정을 확인하는 작업이 필요하다는 것이다. 그 과정은 독자의 마음속에 동일화와 카타르시스 그리고 통찰의 연쇄반응이 일어나도록 하고, 상처의 진원지를 확인하게 하는데, 이처럼 독자들이 무의식 속에 잠자던 지난 경험을 직면하는 과정에서 치유효과가 발생한다고 보았다.

이런 점에서 〈운영전〉은 치유서로서의 역할을 할 수 있는 텍스트라 하겠다. 〈운영전〉이 치유텍스트로서 기능할 수 있는 것은 다음의 세 가지 이유에서이다. 첫째 〈운영전〉은 자살을 유발하는 다양한 심리와 정서(느낌)를 환기시키며, 사건과 연관된 감정의 근원을 생장과정부터 차근히 짚어나가고 있다. 둘째 액자구성 내부의 1인칭 서술은 상담치료에서 사용하는 대화와 유사한 기능을 하고 있으며, 독자(내담자)는 인물이 직접 전하는 스토리에 쉽게 공감할 수 있다. 셋째 운영의 생애진술과 독자(유영)의 그것을 조우하도록 하여 독자로 하여금 자신의 삶에 대한 새로운 통찰을 이끌어내도록 하며, 독서활동에 의해 유입된 정보가 독자의 행동에 변화를 불러일으킨다는 점이다.

〈운영전〉은 운영의 자살을 중심으로 그것이 발생하게 된 과정을 보여준다. 운영의 죽음은 하나의 사건과 일대일 인과관계로 설명되는 단순한 것이 아니다. 그것은 운영이 어렸을 적부터 성장하면서 겪어 온 부모와의 이별, 외롭고 답답한 궁녀 생활, 삶의 한계에 대한 자각 그리고 실연 등에 기인한다. 각각의 인생 마디에서 발생하는 심리적 피로는 해소되지 못한 채 누적되면서 끝내는 자존감을 상실하게 되는 단계에 접어든다. 스스로를 불필요한 존재 혹은 다른 사람들 앞에 떳떳이 설 수 없는 존재로 인식하는 순간 내면에 엉켜진 심리적 기제가 동시에 발동하며 삶을 포기하게 한 것이다. 운영의 내면세계에 대한 진술은 운영 스스로 고백하고 있다는 점에서 독자에게 더욱 진실 되게 와 닿는다. 독자는 운영이 죽음을 선택할 수밖에 없었던 기나긴 사연을 들으며 자신의 상처를 돌아보게 한다. 그것은 자신이 지금 절망에 빠진 이유가 어느 지점에서 발생했는가를 확인하는 작업이 된다. 원인을 알고 해결방안을 찾는 데 드는 노력은 막연한 상태가 주는 불안보다 고통이 크지 않다.

실제로 자살자는 대개 왜 살기 싫은지 꼭 집어 하나를 말하기 어려운 상태일 때 자살을 한다. 자살을 하는 사람은 심각한 정신 피로 상태에 있는 경우가 보통인데, 이것은 우울, 불안, 슬픔, 공포, 분노 등 피로를 유발하는 감정소가 지속적으로 존재하기 때문이다. 그러다 피로감이 극에 달한 순간 모든 것을 포기하려고 하는 절망으로 치달으며 자살을 하게 된다. 자살 유혹을 느끼는 사람들마다 고통을 주는 감정은 다를 수 있다. 그러나 공통된 점은 현재 상태에서 벗어나고 싶어한다는 것이다. 그러나 왜 벗어나고 싶냐고 묻는다면 분명한 이유를 말하지 못한다. 왜냐하면 죽고 싶다는 것은 일종의 느낌인데, 이 '느낌'이란 실로 말로 표현하기 어려운 것이기 때문이다. 그렇기 때문에 독서가 치유가 되려면 독서자가 자신의 느낌을 찾아내는 데 도움을 주어야 한다. 〈운영전〉은 자살을 생각하는 독서자가 경험할 수 있는 다양한 심리를 다루고 있다는 점에서 더욱 유용하다. 독서자는 작가가 표현한 언어를 통해 자신이 지금 왜 죽고 싶은지 확인하거나 표현할 수도 있기 때문이다.

독서는 자신이 느끼는 비극이나 그보다 더한 슬픔에 처한 사람을 통해 자신을 심리적 우월자로 만들게 해준다. 화면이나 지면상으로만 만나는 사회지도층이나 유명 연예인의 죽음은 일가친척의 죽음만큼이나 사람들에게 미치는 영향이 크다. 유명인의 죽음에 대한 반응은 대개 놀랍다거나 이해할 수 없다가 먼저이다. '사회적으로 부러울 것 없는 조건의 사람들이 왜 자살을 할까. 나에게 그 사람과 같은 지위와 부가 있다면 정말 행복하게 잘 살 텐데.'라는 것이다. 그러나 그들이 자살을 하게 된 과정을 알게 되면 연민의 마음이 일어나고 그들을 안쓰럽게 여기게 된다. 평소 늘 그들보다 못한 삶을 살고 있다고 생각하였더라도 그 순간만큼은 자신이 그들보다 나은 위치에서 그들을 위로할 수 있게 되며, 이것은 독자가 겪고 있는 고통을 희석시킨다. 운영은 아름답고 능력도 있으며 물질적으로나 권세 면에서 부러울 것이 없는 엘리트 전문 직 여성이라 할 수 있다. 김 진사 또한 당대 최고의 선비였다. 독서자는 그들을 위로하는 과정에서 자신의 처지에 대한 위안을 얻을 수 있다.

〈운영전〉은 그 자체가 '독서과정'을 형상화하고 있는 텍스트이다. 액 자구성 혹은 몽유적 구성의 내부는 기실 몽유자 유영이 운영이야기를 독서하는 과정인 셈이다. 개인적인 자질은 뛰어나나 세상과 조화를 이 루지 못하여 마음에 울적함을 지닌 선비 유영이 바로 운영이야기의 일 차적인 독자인 것이다. 그는 운영과 김 진사의 이야기를 듣고 그들의 처지를 이해하며 자신의 불우(비회)와 유사한 상황에 공감한다. 1인칭 시점으로 서술되는 액자 내부는 사건의 중심인물과 직접 대화하는 효 과를 주어 독서치료에서 중시하는 인물과 독자의 '동일시'가 더욱 촉진 된다. 그 과정에서 유영은 자신의 처지보다 더 비극적인 운영이야기를 통해 자신의 비회를 객관적으로 직시하고 받아들일 수 있게 된다. 동일 시를 통한 공감은 독자의 심리와 행동에 변화를 가져온다.

"영이 창연(愴然) 무료(無聊)하여 책을 거두어 소매에 넣고 집에 돌아 와 협사(篋笥)에 감추어 두고 때로 혹자(或者) 열어보면 망연자실(茫然自 失)한지라. 일로부터 침식(寢食)을 구폐(俱廢)하고 명산대천(名山大川)에 두루 놀아 그 마친 바를 알지 못하더라."(101쪽)는 유영의 행동은 '소외 와 고독을 이기지 못하고 사회적 정치적 불우감이 극한적 지경으로 치 달아 삶을 포기하는 것' 혹은 '자신이 희구했던 문인 학자를 우대한 수 성궁의 질서가 기실 인간의 진정한 삶을 훼손시키는 횡포임을 알고 삶 의 정향을 상실한 것'으로 해석할 수 있다. 그러나 한편으로 유영이 보 이는 행동변화, 즉 술병을 들고 홀로 과거 문인들이 성시를 이루던 수 성궁을 배회하던 삶에서 벗어나 다시는 수성궁을 찾지 않게 된 것이

운영의 이야기를 듣는 시점을 기준으로 발생했다는 사실은 운영이야기
가 유영에게 어떠한 자각과 통찰을 가능하게 했음을 암시한다. 유영은
막연히 옛 성시를 그리워하며 자신의 불우를 시대의 탓으로 돌리고 우
울해하기만 했다. 이것은 자신의 불행을 직시하지 않으려는 인간의 보
호본능에서 나온 것이다. 이러한 경우 대개의 사람들은 자신의 상황을
객관화 하여 바라보기 어렵다. 그때 외부자극으로 주어지는 정보 즉 독
서는 독자로 하여금 현실을 직시하도록 하며 그로 인한 행동의 변화를
유발한다. 즉 운영의 이야기는 유영의 불우한 삶과 조우하여 유영으로
하여금 그동안의 삶을 돌아보게 함으로써 목표와 그리움의 대상을 상
실하였지만 그것을 부정하고 거부했던 그동안의 삶에서 벗어나 그 상
실을 인정하고 엄연한 사실(현실)로 받아들이도록 한 것이다. 그렇기에
유영이 '침식을 구폐하고 명산대천을 두루 노는 것'은 완전한 치유의
전단계인 자기 애도의 한 방식으로 볼 수 있다. 충분히 슬퍼하고 애도
하는 과정을 거쳐야 진정한 심리적 치유가 가능하기 때문이다. 결말을
유영의 '부지소종'으로 처리하여 완전한 치유 여부를 작품에 드러내지
않은 것도 마음의 상처를 가볍게 다루지 않고 책을 읽는 또 다른 독자
들 몫으로 남겨두어 스스로 생각하도록 한 것이다.

〈운영전〉은 비극적 작품이다. 인물의 비극을 공유하는 것은 독서자
의 내면에 존재하는 삶의 비극을 돌아보고 그것을 꺼내어 말함으로써
온전히 그 슬픔을 향유할 수 있도록 한다. 이것은 상황을 바꿀 수는 없
더라고 자신이 처한 상황의 실체가 무엇인지 바르게 인지하며 그것을
통해 자신이 꿈꾸는 것이 무엇인지를 올바르게 확인할 수 있는 계기가
된다. 즉 과거의 나에서 새로운 나로 거듭나는 것, 새로운 삶을 가능하
게 하는 원동력이 되는 것이다. 〈운영전〉은 17세기에 창작되어 한문본

과 한글본의 여러 이본을 두루 갖추고 있다. 또한 1921년 자유토구사(自由討究社)가 진행한 『조선통속문고』 시리즈 간행목록에도 포함되었고 1925년 영창서관에서 구활자본으로 간행되었다. 이것은 중세를 지나 근대에까지도 독서대중에게 끊임없이 애독되었던 작품임을 말해준다. 〈운영전〉이 확보한 대중성이 단지 감각적 자극에 호소하는 것이 아니라 마음을 어루만지는 데 기반하고 있음을 생각한다면, 치유서로서의 〈운영전〉에 대한 논의는 고소설의 '대중성'이라는 개념에 대해 다시 한 번 생각하게 하는 계기가 될 것이다. 대중은 자기 경험을 토대로 문화 상품들을 재해석한다는 점에서 개별 독서자에게 치유서로서 기능하는 소설의 대중성은 일층 고양된 개념일 터이다.

마음의 슬픔과 고독이 어우러져 절망으로 치닫고 있는 사람들에게는 누군가 자신의 입장을 이해해주기 바라는 마음이 존재한다. 자신의 나약하거나 비이성적인 심리를 나무라는 것이 아니라 이해해주는 것이다. 절망이 더 이상 커지지 않도록 하는 가장 좋은 방법은 누군가에게 자신의 마음을 드러내는 것이다. 그러나 한국인들은 예나 지금이나, 성별을 막론하고 우울증과 같은 감정을 공개적으로 말하는 것에 익숙하지 않다. 그러기에 더 큰 우울과 절망을 경험하게 된다. 마음이 아픈 사람들이 대화를 원하는 이유는 상대가 해결책을 제시해주기를 바라서가 아니다. 그저 누군가 자신의 말을 들어주고 이해해주기 바라는 마음이 크다. 자신이 '힘들어요'라고 말할 때 상대가 '힘들군요'라며 자신의 말을 들어주고 있다는 신호를 보내주기 바라는 것이다. 그러면 자신이 이해받고 있고 그럴 가치가 있는 사람이라고 생각하게 된다. 이것이 안 될 경우, 또 다른 방법은 자신과 같은 처지에 있는 사람의 말을 들어주는 것이다.

이야기책을 읽으면 인간의 칠정을 두루 갖춘 인물의 이야기를 듣게 된다. 독자는 인물의 이야기를 자신의 체험 요소와 결합하여 새로운 해석을 하게 되는데, 자신과 같은 상태의 인물들을 만나게 되면 '그렇구나, 너도 그렇구나'라고 동정하고 이해하는 감정이 생기기도 한다. 이때 마음에 상처가 있는 독자는 자신의 문제가 스스로의 무능력에 기인한다는 생각에서 벗어나 객관적으로 사태를 바라볼 수 있게 된다. 그러다 인물과 대화를 할 수도 있는데, 독자가 책(인물)과 대화하는 것은 심리치료에서 치료자와 고객 사이에 벌어지는 상호작용과 유사한 효과를 낳는다. 독자는 인물의 눈에 비친 세상을 이해하는 과정에서 자신의 문제가 어떠한 성격인지, 원인이 무엇인지 분명하게 인식하게 된다.

독서는 밥 먹는 행위와 마찬가지로 생물학적 필요가 깃든 행위이다. 이것은 밥 먹는 것이 건강에 좋은 것임을 알려주지 않아도 우리 몸이 스스로 알아내고 갈구하듯 독서 또한 그러하다는 점을 강조하는 말이다. 이 사실은 우리의 선인들도 잘 알고 있었던 것 같다. '사람마다 지어내고 집집마다 읽어 대며, 부녀자들이 음식장만하기와 베짜는 책임을 팽개치고 비녀와 팔찌를 팔거나 빚을 내면서까지 책을 빌려보는' 사태가 발생하기도 했으니 말이다. 소설은 자발적 독서의 대상이라는 점에서 의미가 있다. 자발적 독서는 파도식으로 밀려드는 우울(자살 유혹)에 유연하게 대처할 수 있다. 이것은 독자들에게 강요된 독서의 대상이 되는 『열녀전』류가 행하는 폭력성과는 전혀 다른 차원의 세상으로 안내한다.

---

* 이 글은 『한국고전연구』 21집(2010)에 「운영의 자살 심리와 〈운영전〉의 치유적 텍스트로서의 가능성에 대한 시론」이라는 제목으로 실린 논문을 약간의 수정을 거쳐 수록한 것임.

삶과 가문 내 위상의 척도, 죽음
- 국문장편 고전소설

정선희

1. 국문장편 고전소설에서의 죽음

17세기 후반부터 지어져 18세기, 19세기까지 상층 독자들에게 널리 읽힌 일련의 국문장편소설들은 가문의 창달과 계승을 중요한 이야기틀로 삼고 있기 때문에 '가문소설'이라고도 불리는 소설군이다. 이들은 비록 시공간적 배경이 중국으로 설정되어 있지만 당대인들의 실제 삶이나 사고방식이 비교적 사실적으로 표현되어 있어서 이에 형상화된 바를 통해 당대인들의 삶과 의식에 대해 알 수 있게 한다. 이 글에서는 특별히 17세기 후반부터 18세기 말까지 주로 향유되었던 삼대록계 연작형 국문장편소설들 즉, 〈소현성록〉·〈소씨삼대록〉 연작, 〈유효공선행록〉·〈유씨삼대록〉 연작, 〈성현공숙렬기〉·〈임씨삼대록〉 연작, 〈현몽쌍룡기〉·〈조씨삼대록〉 연작을 대상으로 논의를 진행할 것이다. 이들 삼대록계 연작형 국문장편소설의 후편(後篇)들에서 죽음에 관련된 서사가 진행되므로 이들을 주 대상으로 삼는다. 이들은 동일한 유형으로 묶을 수 있기에 그 안에서의 동이(同異)를 탐구하면 각 작품의 지향이나 특징을 선명하게 읽어낼 수 있을 것이기 때문이다.

이들 국문장편 고전소설들은 가문의 계승이나 효의 실행을 강조하고 있지만 가문의 창달을 위한 가문 구성원들의 노력, 행위들에 초점이 있기 때문에 인물들의 죽음에 대해서 그다지 크게 주목하지는 않는다. 죽은 뒤에 치러지는 일련의 의식 절차인 상례(喪禮)에 대해 살펴본 결과, 대체로 소략하게 서술되고 있었던 점에서 이러한 면이 단적으로 드러났다. 특히 가문소설의 초기작이라고 할 수 있는 〈소씨삼대록〉에서는 상례의 절차에 대해 극히 소략하게 제시되었고 〈유씨삼대록〉에서도 죽음의 문제에 대해서는 심도 있게 다루고 있지만 상례에 대한 서술은 소략한 편이었다. 그러나 조금 더 후대의 작품인 〈임씨삼대록〉에서는 상례 절차가 간략하게나마 구체적으로 서술되며, 〈조씨삼대록〉에서는 그 절차가 비교적 소상히 제시되면서 예법과 절차의 적용 문제, 중용(中庸)의 문제 등도 거론되었다.[1]

하지만 이렇게 죽음이나 상례에 대해 서술한 분량이 적다고 해서 인물들의 죽음을 슬퍼하지 않았던 것은 아니다. 어머니나 서모, 아내, 동생이 죽는 대목을 보면 그 슬픔이 지나쳐 정신을 잃거나 건강을 잃을 정도이며 그로 인해 죽기까지 하는 것으로 되어 있다. 따라서 국문장편 소설에서의 죽음의 문제를 좀 더 상세하게 살펴본다면 이에 담긴 의미, 인물간의 역학, 작품에서 중시하는 바 등에 대해 알 수 있게 될 것으로 보인다. 즉 국문장편 고전소설에서는 죽음에 관한 서술이 초점화되거나 죽음에 관한 의식이 표면에 선명하게 드러나 있지는 않다. 하지만 몇몇 중요인물이 죽은 뒤의 서술 양상, 가족들에 의해 지어지는 제문 등을 통해 죽음에 관한 의식을 살필 수 있을 것이다. 어떤 인물의 죽음에 관한 서술 비중이 어느 정도인지를 보면 그 인물이 서사 내에서 어떤 역할을 하는지, 가문 내의 위상은 어떠한지 등이 드러날 것이며, 추모의 양상이 어떠한지를 살피면 그 작품에서 궁극적으로 표현하고자 했던 바 또는 그 인물을 통해 강조하려고 했던 바들이 드러날 것이다.

예를 들어 〈소씨삼대록〉에서 유독 서모인 석파의 제문이 지어지는 이유, 〈유씨삼대록〉에서 진양공주의 제문이 지어지는 이유, 〈유씨삼대록〉과 〈조씨삼대록〉에서 형이 아니라 동생들의 제문이 지어지는 이유 등 그 인물이 선택된 이유는 서사 내에서 차지하는 비중과 관련이 깊다. 여성에 대한 제문으로는 서모와 아내를 대상으로 한 제문이, 남성에 대한 제문으로는 아우를 대상으로 한 제문이 지어지므로 이들을 분석하도록 하겠다. 제문 자체는 죽은 이의 생전의 삶에 대한 서술이 대부분을 차지하지만, 그 추모되는 내용이나 글의 양, 슬픔을 토로하는 강도 등을 통해 망자의 삶이 가문 내에서 어떤 위상을 지녔는지를 알 수 있게 할 것이다.

제문은 일반적으로 생전의 사적을 기술하는 묘지명의 성격과 망자에 대한 감정을 토로하는 편지의 성격을 동시에 지니고 있다.[2] 조선 후기로 갈수록 비통한 감정의 서정적인 표현이 확대되며 18세기의 문인인 이광사 같은 이의 제문은 아내의 비극적인 죽음에 비통해하는 남편의 슬픔이 곡진하게 표현되고 삽화적 에피소드를 나열하는 구성을 보였다[3]는 면에서 국문장편 고전소설에서의 제문의 양상과 비슷한 면이 있다. 하지만 문인들이 남겨 놓은 제문들은 대체로 4언의 운문으로 되어 있으며 한문으로 지어졌기에 국문장편 고전소설에 삽입되어 있는 국문 제문과는 다른 특성들도 있다. 이러한 면들도 함께 살피기로 하겠다.

2. 서모의 검소함 부각과
지기(知己)로서의 아내 잃은 슬픔 토로

〈소씨삼대록〉에서 처음으로 죽는 인물은 '석파'이다. 주인공 소현성
의 서모(庶母)이자 양 부인의 든든한 말벗, 집안의 감초 역할을 하는 인
물이다. 우스갯소리를 잘 하며 활달한 성격이라 진중한 소현성조차도
그녀와 함께는 장난말을 한다. 어떤 일이나 인물에 대한 정보를 누설하
고 사건의 내막과 문제적 상황을 드러내거나 사건을 촉발시키며, 긴장
을 이완하거나 파국을 무마하는 등 서사적으로 중요한 역할을 한다. 또
한 소부의 인물들을 품평하거나 서술자의 생각을 대신 말하기도 하는
인물이다.[4] 그런 그녀가 작품의 말미에서 노환으로 거의 죽게 되니 온
식구들이 오열하며 집안의 최고 어른인 태부인이 직접 문병을 온다. 이
때에 석파는 태부인의 은혜에 감사하면서 자신의 생애에 대해 다음과
같이 말한다.

> "제가 열세 살부터 부인을 곁에서 모시면서 입은 은혜가 하늘 같기에
> 뼈가 가루가 되고 몸이 부서지도록 해도 은혜를 갚을 길이 없습니다. 그
> 런데 이제 죽게 되었으니 어찌 어리석은 정성이나마 다하지 않겠습니
> 까? 부인께서 저를 깊이 믿으시어 집안의 일용하는 물건들의 출납과 손님
> 맞이 절차를 맡기시니 밤낮으로 조심하여 조금이라도 차질이 있어 부인의
> 밝으심을 저버릴까 전전긍긍하였습니다. 또한 큰 권한을 받아 부인의 가
> 르치심을 받들어 종들을 단속한 지 60년이 되었습니다. 창고 안의 금은과
> 비단들이 하늘같이 많으나 조금도 범하지 않아 계절에 맞는 의복과 때마다 있
> 는 행사 외에는 감히 반 마디도 마음대로 쓰지 않았습니다. 제가 먹고 입는
> 것에 있어 창고 물건을 맡았고 또 부인께서 주신 것을 받들었기에 십만
> 재산을 임의로 가질 수도 있었겠지만, 조금도 범하지 않은 것은 제갈공

명의 염치를 기꺼이 본받은 것입니다. 제가 죽은 후 상자에 남은 금은이 있거나 방 안에 한 자의 천이라도 있어 부인께서 제게 맡기신 마음을 저버리는 일은 전혀 없을 것입니다." –〈소현성록〉 15권 37~38쪽5)

소처사의 본부인인 태부인이 남편의 첩인 석파에게 맡긴 일이 집안 물건의 출납과 손님 접대, 종들 단속 등이었음을 알 수 있다. 집안의 재물이 아무리 많아도 사사로이 쓴 적이 없고 개인적으로 모아놓은 재산도 전혀 없음을 말하고 있다. 죽은 아버지의 첩이자 현재 가장인 소현성의 서모인 석파의 집안관리자로서의 자부심이 표출되고 있는 것이다. 이에 대해 태부인은 정서적으로 깊은 유대감을 지니고 있음을 말하며 슬퍼하고 곧이어 석파는 죽는다.

소현성과 그 아내들, 그리고 월영이 서모의 상(喪)을 치르는데, 먹기를 폐하고 비통함을 이기지 못한다. 이를 본 태부인이 석파를 칭찬하며 하는 말을 보면 그녀의 성격과 가내(家內) 위상을 알 수 있다.

"살고 죽는 것은 운명에 달렸다. 석파의 나이가 많고 부귀가 지극하였으니 이 상사(喪事)가 나쁜 일은 아니다. 하지만 아침저녁으로 내 곁에 있으면서 자기의 슬픈 일을 감추고 좋은 빛으로 나를 위로하고 즐겁게 해주었으니 지극한 정이 사랑하는 아우나 효도하는 자식들도 미치지 못할 정도였다. 내 며느리와 손자들이 나를 원망하면 자기가 분하고 애달파하였고, 같이 지낸 지 70여 년이 되도록 공손치 않은 일과 속이거나 사나운 일을 보지 못하였으며 자기 마음대로 하는 일도 없었다. 평상시에 말을 화려하게 하고 남들에게 순종하지 않아 잘못을 드러내는 병이 있었지만, 그 실제 행실과 예법이 엄한 것은 성현들의 남기신 풍모를 이었으니 여자 중 영웅이 될 만하였다. 이제 죽은 지 며칠밖에 안 되었는데도 내 손발이 없는 듯하고 모든 일에 흥미가 없어 집안이 모두 빈 듯하니, 어찌 슬프지 않겠느냐?"   -〈소현성록〉15권 39~40쪽

늘 태부인 곁에서 그녀를 위로해 주고 벗이 되어주었다는 면을 칭송
하면서, 그녀의 성격상 특징을 이야기하였다. 말을 잘하지만 남에게 순
종하지 않는 것은 잘못이라고 하면서, 행실과 예법을 엄하게 지켜 '여
자 중 영웅'이라고 할 만하다고 하였다. 정실이 적국(敵國)에 대해 할
수 있는 최상의 칭찬인 듯하다.

그런데 이 작품에서는 또 한 명의 서모인 이파가 석파의 죽음을 슬퍼
하여 곡기를 그쳐 며칠 후에 죽고 만다. 소현성이 더욱 슬퍼하면서 두
사람의 초상을 치르고 제문(祭文)을 지어 올린다.

경오(庚午) 3년 갑자(甲子) 봄 2월에 적자(嫡子) 황태부(皇太傅) 승상
소경은 맑은 술과 여러 가지 음식을 차려놓은 제사상으로 석숙희, 이현희
두 서모의 혼령 앞에 조문하니, 아, 애통합니다. 혼령이 여기에 계십니까?
저의 운명이 기구하여 아버지의 얼굴을 모르고 어머니께서 병이 있으
셔서 외롭던 인생이 두 서모의 기르심을 입었기에 비록 호칭은 다르지만
마음 속으로 받들어 바라기는 어머님보다 덜하지 않았습니다. 두 분 또한
저에게 명분을 엄하게 하고 정성을 많이 들여 제 몸 염려하고 아끼심이 제 스
스로 미치지 못할 곳이 많을 정도였습니다. 이는 천성이 지극히 어질지 않
으셨다면 능히 할 수 없는 일입니다. 늘 마음속으로 감탄하여 옛 사람들
의 유적을 살펴도 비슷한 사람이 없어 매우 감격스러움이 뼈에 사무칠 정
도였습니다. 제 천성이 소탈하고 말이 서툴러서 일찍이 입 밖으로 내어
사례함이 없었으니, 두 분께서 늘 제 무심함 때문에 정말로 무정한가 생
각하셨을 것입니다. 그러나 이제 아실 것이니 제 마음을 비춰 보십시오.
아아! 두 분께서 어릴 때부터 덕을 널리 펴시고 홀로 되신 제 어머니를 받들
던 큰 정성에는 제가 미치지 못하였습니다. 그런데 하루아침에 돌아가시어

어머니의 외로운 마음을 위로할 사람이 없고, 당(堂)을 버려 두어 지초(芝草)가 무성히 둘러싸고 있으며, 우는 소리가 집을 흔듭니다. 가을바람이 차게 불어 흰 장막을 나부끼고 영구(靈柩)는 깊은 방에 완연하게 있으니 통곡하며 슬퍼할 뿐 어찌할 도리가 없습니다. 두 분의 온화한 말소리를 듣는 듯하지만 흔적이 없고 늙으신 얼굴을 뵙는 듯하지만 모습이 아득하니, 아! 애통합니다. 이를 어찌 참고 견디겠습니까? 제 팔자가 좋지 않아 아버지를 여의여 그 얼굴을 알지 못하지만 그래도 위로로 삼았던 것은 홀로 되신 어머니와 두 분을 모시고 끝까지 제 옅은 정이나마 펴야겠다는 것이었습니다. 그런데 지금 한 달 사이에 두 분을 여의니 당에 계시는 외로우신 어머니를 바라보면 마음이 부서지는 듯하고, 얼굴을 돌려 일희당을 살펴보면 오장이 베이는 듯합니다. 마음을 가다듬어 생각해 보면 밝으신 하늘이 제가 쌓은 악행을 벌하시어 두 분을 마저 데려가신 것이니 달리 누구를 원망하겠습니까?

아아! 애통합니다. 두 분은 모두 공후(公侯)의 귀한 딸들로 뜻을 가짐이 약하지 않고 행실이 높으시니, 어머니께서 늘 말씀하시기를, "이파와 석파 두 사람이 모두 말이 화려하고 활발하지만 그 행실은 조금도 예의를 거스르는 일이 없다."고 하셨습니다. 저 또한 받들어 모신 지 60여 년이 되도록 두 어머님의 예의에 어긋나는 행실을 보지 못했습니다. 또 여러 자손들을 다 마땅하게 대함이 쉽겠습니까마는 애증이 없어 대접이 한결 같고 심지어 운성 등은 속인으로 말하자면 반드시 편애하는 것이 사람 마음일 텐데도 편애하심을 보지 못했습니다. 그래서 제가 비록 말하지는 않았지만 속으로는 석서모의 덕에 탄복하였습니다.

하루 저녁에 독한 질병을 얻으셨지만 어찌 일이 이 지경까지 이를 줄 알았겠습니까? 약을 드리던 그릇과 병들어 누워 계시던 이부자리를 차마 보지 못하겠습니다. 더욱 참을 수 없는 것은 아침저녁으로 어머니께 문안 들어가면 중당(中堂) 난간에서 웃음을 머금고 나를 맞으시어 함께 취성전으로 들어가시던 일이 생각나 물끄러미 쳐다보면 모습이 그림자

도 없으신 것입니다. 문안할 때에도 어머니께 문후를 여쭙는 일 외에는
함께 말씀할 사람이 없으니 속절없이 누이와 외로운 대화를 할 뿐 적적
하고 괴로워 슬픈 마음이 생겨나 애가 끊어지고 칼을 삼킨 듯합니다. 사
람은 목석이 아니니 차라리 밤낮으로 울부짖어 마음을 펴려고 하였으나
어머니를 모시고 있으면서 곡하는 것은 평안치 못한 것이라서 이 또한
마음처럼 할 수가 없습니다. 시간이 빨리도 지나 장례일이 다다르니 너
무도 슬픔을 말하면서 두 분의 영구(靈柩)와 이별하겠습니다.

아아! 슬픕니다. 깊은 산골짜기에 흰 눈이 가득한데 향기로운 풀이 갓
푸르러졌지만 찬바람이 뼈에 사무칩니다. 석 자의 명정(銘旌)과 휘날리
는 만장(輓章) 가운데에 머물고 있는 신령은 비구름에 외롭고 자손의 애
통함은 물 끓듯 합니다.

슬픕니다. 두 분께서 70여 년을 함께 하시다가 한 달 사이에 돌아가시
니 이 또한 천 년에 한 번 있을 기이한 일이 될 것입니다. 이제 상여를
받들어 선산으로 향하는데 소박한 술과 안주로 제 변변치 못한 정을 고
하고 두어 줄 글로 이별합니다. 길게 만 년이나 걸릴 것이기에 슬픈 말이
오열하게 하고, 붓을 드니 눈물이 앞을 가립니다. 삼가 만 가지의 슬픈
마음을 잠깐 고하니 받아 흠향해 주십시오.

－〈소현성록〉 15권 41~46쪽

적자(嫡子)가 지은 제문에서 특별히 칭송한 바는 자신의 어머니, 즉
정실부인을 받드는 정성이 아들인 자신보다도 더했다는 점이었고, 아
울러 어머니의 칭찬을 인용하면서 그녀가 예의 바랐음을 강조하고 있
다. 특히 두 서모 모두 공후(公侯) 집안의 딸이어서 뜻을 강하게 가지고
높은 행실을 보였다고 하였다. 또 다정하게 대화하던 두 사람이 안 계
시니 외롭고 적막하다고 토로한다. 소현성의 제문 외에 소부인, 석부인
도 제문을 지었다고 서술되어 있지만 내용은 쓰여 있지 않다. 이후 3년

상을 극진히 치르고 나서 두 서모의 재물들을 불 질러 없애려 거처를 살펴보니 석파에게는 그릇 하나 없고 다만 벼룻집 두 개와 화선지 다섯 장뿐이었을 정도로 소탈하다고 칭탄 받는다. 그래서 진실로 '여자 중의 공맹(孔孟)'이라고 비유된다. 서모들이 죽은 뒤에는 태부인과 소부인, 소현성 부부가 즐거워하는 일이 없어져 화목한 기운이 사라졌다고 할 정도로 그녀들의 존재감은 크다.

　서모의 죽음과 제문이 등장하는 또하나의 작품은 〈조씨삼대록〉이다. 이 작품은 〈소현성록〉연작을 수용하여 다소 통속적으로 장편화했다고 할 정도로 유사성이 있으며, 〈현몽쌍룡기〉의 후편이다. 여기서도 작중 인물 중 가장 먼저 죽는 인물이 서모들인데, 화파, 영파, 설파가 그들이다. 특히 화파가 〈소현성록〉의 석파와 비슷한 성격을 지니고 있지만 존재감은 그녀보다 약하다. 작품의 말미쯤에서 조씨 가족들이 모두 벽운산에 거처를 정하고 즐겁게 살고 있는데 홀연 화파가 병이 들어 쓰러진다. 그러자 두 적자(嫡子)인 진왕과 초공이 옷도 벗지 않고 밤낮으로 간호하기를 친부모에게와 똑같이 한다. 딸들인 조씨 부인 등도 와서 슬퍼하자 유언을 한 뒤 적실(嫡室)인 위부인을 청하여 정담을 주고받은 후 죽는다. 이후 〈소현성록〉에서와 마찬가지로 나머지 서모들 즉 영파, 설파가 심하게 슬퍼하며 곡기를 끊고 울다가 기력이 쇠해져 4~5일 만에 죽는다. 그러자 남편인 조 노공이 매우 슬퍼하고, 장사 지내는 날 두 아들이 제문을 지어 제사를 지낸다.[6] 여기서도 서모에 대한 가장 큰 칭송은 자신들을 어진 사랑으로 키워주고 친어머니와 같은 정을 주었다는 점이며 자신들도 어머니와 똑같이 공경하며 모셨다는 점이다.

　한편, 이 글에서 고찰하는 국문장편소설들에서 유일하게 아내를 추모하는 제문이 삽입되어 있는 작품이 〈유씨삼대록〉이다. 이 작품에서 가장 비중 있게 다루어지면서 이상화되어 있는 인물이 진양공주인데, 그녀가 요절한 뒤 남편 진공이 지은 제문이 들어 있다. 그녀는 어머니인 태후가 돌아가신 후에 슬픔이 커서 죽는데, 작품 중간에 가장 중요한 인물이 죽는 것이니 만큼 그녀의 상례를 치르는 것도 비교적 자세히 묘사되어 있다. 성복(成服)하는 날에는 천자가 흰 옷을 입고 와서 곡(哭)을 하고 시호(諡號)를 내리며, 하태후는 제문과 행장을 짓는다. 하지만 이 글들은 제시되어 있지 않고, 남편 진공이 그녀의 죽음을 슬퍼하여 지은 긴 제문은 제시되어 있다. 25세의 젊은 나이에 죽은 아내이기에 슬픔에 겨워 감정을 극대화하여 쓴 글이다.

> 유세차(維歲次) 가정(嘉靖) 원년(元年) 임오월(壬午月) 초순일(初旬日) 신묘(辛卯)에 부마난위가절진국공금자광록태우 유세형은 맑은 술을 따라 올리고 햇곡식을 올려 제사지내면서 대행현비지성대덕승현진충지효문명여주공진양공주총재 영좌(靈座)에 고하여 말합니다.
>
> 아! 슬프도다. 영혼은 큰 가문의 아름다운 상서로움을 지니고 있고, 제왕의 자손이며 덕 있는 조상을 둔 귀함이 있다. 신이한 재질과 출중한 천성이 태어나면서부터 모든 것을 알아 무리 중에서 빼어나니 생민(生民)이 있는 이후로 홀로 그 덕을 가진 사람은 현비(賢妃)로다. 선조의 봉작(封爵)을 받아서 높은 이름이 여주공(女主公)에 밝게 드러나고, 조심조심하고 공손하며 성실하게 정치를 도운 것이 사직(社稷)에 나타났도다. 삼조(三朝)에 예우를 한결같이 받으시니 사생(死生)에 빛난 것이 오래도록 전해지도다.······　　　　　　　　　 -〈유씨삼대록〉 8권 59쪽

제문의 시작은 일반적인 제문들과 비슷하다. 하지만 다음의 서술들

에서는 슬픔을 곡진하게 드러내면서 몇 가지 사건이나 경험을 제시한
다는 면에서 감정이 조금 더 잘 드러나는 제문이라고 할 수 있다. 아내
가 자신에게 시집왔을 때부터의 일을 여러 혼에 고하고 슬픔을 표현하
는 부분인데, 특히 아내가 공주임에도 불구하고 겸손하고 검소하였음
을 부각시키고 있다.

　…… 태어난 지 열두 살에 저에게 하가(下嫁)하였으니 부귀한 곳에서
성장하였는데도 포의지가(布衣之家)를 섬기는 데 공손하고 검소하며 몸
을 낮춤이 아황(娥皇)의 덕이 있었네. 내 열 살 안팎의 어린 나이에 허물
이 많았기에 죽은 사람을 생각하는 마음에 슬픈 눈물이 천 줄기 흐르네.
내가 식견이 고루하여 어진 아내에게 괴로움을 많이 끼쳤도다. 그랬는데
도 그대는 삼강(三綱)과 오상(五常)을 길이 잡아 원망하는 안색과 화를 내는
마음을 보이지 않았네. 옥 같은 마음이 어질기는 하늘과 같고, 밝은 것은 해
같으니 마음속에 한 점 흠이 없도다. 겸손한 덕을 품고 물러나 태후를 모시
어 받드니 큰 효로 시대의 사사로운 은혜를 버렸도다. 입을 닫아 사람의
허물을 가리니 유씨와 장씨 두 집안의 위태함이 반석같이 평안해졌네.
　슬프구나. 옛 허물을 뉘우치니 부부간에 금슬이 고르고 종소리와 북소리
같이 어우러지듯 화목하고 남편이 노래하면 아내가 화답하는 것이 봄날같이
따뜻하였도다. 몸이 정후(偵候)가 되니 적국(敵國) 장부인의 허물을 용서
하고 어여삐 여김이 혈육과 같았고 그 죄를 너그럽게 용서함이 티끌을
쓸어버림 같았네. 내조하는 덕이 멀리 임사(任姒)를 따르니 주아(周雅)
의 송시(訟詩)가 궁중에 드날렸네.
　아! 효를 다하여 맛있는 음식을 바치고 새벽에 일찍 일어나고 밤늦게
자서 열심히 일하는 행실은 우(禹)임금이 아주 짧은 시간도 아끼심과 문
왕(文王)이 하루 세 번 문안하시는 것을 본받았도다. 나의 자매와 형제,
여러 형수들과 화목하게 지내고, 친척들을 귀하게 여기며, 크고 높은 인

덕을 밝히고, 자녀를 가르치며 두 나라를 교화하며 한 마디의 말을 하지 않아도 온갖 좋은 일이 가득하였네.…… -〈유씨삼대록〉 8권 59~61쪽

친정어머니인 태후에게도 효도하였고 부부간에 금슬이 좋았으며 남편의 다른 아내인 장부인과도 혈육처럼 잘 지내 태임·태사와 같은 부덕(婦德)을 보였다고 칭송하고 있다. 아울러 시부모에게는 효를 다하고 시아주버니, 동서들과도 화목하게 지내면서 자녀 교육도 잘 하였음을 말하고 있다.

다음 내용은 아내가 죽게 된 경위를 서술한 부분이다. 국운이 좋지 않아 태후가 죽자 이를 슬퍼한 아내가 날로 쇠약해져서 죽었다는 내용이다.

…… 아, 슬프구나! 국운이 매우 좋지 않으니 천명이 새 임금께 돌아가는구나. 한 번 황제의 가마를 작별하니 황제의 별이 동방에 떨어졌도다. 백성의 불행이 태후께 미치니 어진 공주의 충효로도 오늘날이 있을 수밖에 없으니 하늘이 내린 운수로다. 상림(桑林)에서 하늘에 비는데 바람이 불어 기둥과 들보를 거꾸로 무너뜨리니 피를 토하고 제사지내기를 그만두었도다. 태후께서 마침내 돌아가시니 상례를 중도(中道)로 다하고 물러나 옛집에 돌아오니 슬픔이 더하여서 약한 몸이 날로 쇠약해져갔도다. 아! 옛 얼굴이 이미 변하고 맥박이 사라졌지만 충성스럽고 효성스런 마음은 더하였도다. 천수(天壽)가 이미 다 되었으니 무익하게 재앙을 쫓는 것을 허락하지 않았네. 죽음을 보기를 본향으로 돌아감같이 여기니 높은 학문으로 성인의 가르침을 저버리지 않았고, 고복(皐復)하기에 이르렀지만 맑은 정신과 엄중한 예법을 떳떳이 잡은 것을 그만두지 않았네. 어진 공주의 이 같은 거룩함과 이 같은 덕(德)으로도 어찌 하늘의 도는 이처럼 갚음이 박한가!……   -〈유씨삼대록〉 8권 61~62쪽

어머니의 상(喪)을 예법을 다해 치르고 지나치게 슬퍼하다 죽은 아내의 덕을 하늘이 은혜로 갚아주지 않아 일찍 죽게 되었음을 애통해 한다. 이어, 세 아이들이 모두 예닐곱 살 안의 어린 아이들인데 그들을 두고 죽기에 이르렀으니 하늘이 원망스럽다고까지 하였다. 마지막으로, 아내가 현명하여 어진 스승처럼 자신의 허물을 바로잡아 고쳐주었고 나라의 일을 함께 의논하기도 하였는데 그런 아내가 죽었으니 너무나 큰 불행이라고 하였다.

제문을 다 읽고 나니 진공이 소리 높여 곡하며 기절할 지경에 이르자 큰 아들이 슬픔을 누르시라고 애원하기에 이른다. 이렇듯 정신이 혼미해진 상황에서 꿈을 꾸어 선녀 같이 옷을 입은 공주를 만나게 된다. 진공이 애틋한 정으로 글을 써 그녀의 가는 넋을 위로해 주니, 혼령이 감격하여 왔다고 하면서 천금같은 귀한 몸을 잘 보존하라고 하고는 다시 사라진다. 아내 잃은 슬픔이 얼마나 컸는지를 표현함과 동시에 그 슬픔이 죽은 이를 감동시킬 수 있음을 보여주는 대목이다.

그녀가 죽은 지 1년 되었을 때에 지낸 소상(小祥) 때에는 진공의 슬픔이 더 커져 거동하기 힘들 정도가 되고 자주 기운이 떨어져 정신을 차리지 못할 정도가 된다. 그래서 급기야 아버지 유 승상이 그가 죽을까 걱정하는 상황에 이르고 슬픔을 참으라고 경계한다. 슬픔 때문에 몸까지 아프게 되었던 진공이 공주의 3년상이 지나자 원기를 회복하였지만, 그 후 3년이 더 지나서야 겨우 다른 부인의 처소에 들어간다.

3. 아우의 빼어난 자질과 우애로움 찬탄

삼대록계 국문장편소설 중, 형제가 주인공이면서 동생이 먼저 죽는 작품들이 있다. 〈유씨삼대록〉에서 진공 유세형이 형인 성의백 유세기보다 먼저, 〈조씨삼대록〉에서 초공 조성이 진왕 조무보다 먼저 죽는다. 이들 작품에서 먼저 죽는 인물은 작품 내에서 가장 칭송받으며 주로 문(文)적인 성향을 지닌 인물형이다. 〈유씨삼대록〉에서 진공은 작품의 마지막 권에서 죽는데, 발인(發靷) 전 날 형 성의백이 7면에 달하는 긴 제문을 짓는다. 동생과 같이했던 옛 일을 회상하면서 그의 출중함과 그와의 우애를 강조하는 것으로 서두를 장식한다.

> …… 나의 성정은 옹졸하고 혼암하나 그대는 총명하고 학문을 좋아하니 부모가 사랑하심이 특별하셨고 여러 형제들이 무릇 의심되고 해결하지 못하는 일이 있으면 반드시 공에게 물었네. 형제가 연달아 갑과를 마치고 청운에 오르자 문호가 창성하고 번화함이 당대에 이름 나 유독 그대의 일찍 현달함과 그대가 이룬 일과 같은 자가 없었네. 신미년 봄에 내가 그대와 더불어 상께서 뽑아주시는 천은을 입어 어화를 두 번 꺾었으니 나의 졸렬한 글이 그대의 위에 있었던 것은 형제의 차례를 바꾸지 않으려 하심이었네. 쌍으로 휜당에 알현하여 경사로움을 알리고 사실(私室)에 돌아와 각각 지은 글을 음영하였는데 나는 그대가 재주가 뛰어난 것을 아꼈고 그대는 형의 차례를 거스르지 않은 것을 기뻐하였네. 조정에 나감에 한가지이고 물러옴에 서로 좇아 비록 여러 형제가 있으나 나와 그대의 우애 깊음은 다른 사람이 가히 미치지 못 할 것이었네.……
>
> ─〈유씨삼대록〉 20권 1~2쪽

다음으로는 그 성품이 호탕하고 위엄 있으면서도 자신의 허물을 즐겨 듣고 밝히 깨달아 자신을 낮추면서 아랫사람이 간하는 말도 수용하고 오히려 기뻐할 정도로 겸손했음을 칭탄한다. 아울러 검소하고 덕이 있으며, 의연하지만 부드러운 성품이었음을 서술한 후, 그렇게 뛰어나

고 어진 사람인데 단명하니 너무 슬퍼 하늘의 도(道)를 의심하게 된다고
탄식한다. 그가 또 한 가지 칭송받는 덕목은 '효성'이다.

> ······ 애석하도다! 사람이 세상에 이룬 바가 이같이 크고 행실이 이같이 어
> 진 후 단명하는 사람은 그대 같은 이가 없을 것이다. 이 어찌 한갓 유씨 문호
> 의 불행과 형제로서의 설움뿐이리오? 천하가 고삐를 잃은 것과 같고 임
> 금께서는 임금으로서의 임무를 그만두고 계시니 아아! 아우의 충성된 마
> 음으로 차마 어찌 이에 이르렀는가? 천도를 가히 믿을 수 있을 것인가?
> 우리 형제가 하늘에 죄를 얻어 부모를 잃은 지극한 고통을 연달아 만남에
> 시묘살이하는 오두막집 옆에서 기절하는 것을 누가 능히 말리겠는가마는 그대
> 의 효성으로 몸이 파리하게 수척하여 문득 고질병을 얻어 명이 단명하기에 미
> 치니 슬프도다. 사람이 태어남에 한 번 죽지 않은 자가 없으니 단지 아우
> 의 죽음을 슬퍼하는 것만은 아니다. 그러나 차례를 거슬러서 내가 술을
> 부어 아우를 보내고 글을 지어 아우를 위해 울게 되었으니 어찌 인정상
> 참을 수 있는 일이겠는가? 병이 위독하나 마음에 동요됨이 없고 천명을
> 통달하여 살기를 도모하지 않았으니 높은 학문이 성인의 가르침의 경지
> 에 있도다.······   –〈유씨삼대록〉 20권 3~4쪽

아우가 부모님 상(喪)에 시묘살이를 하느라 수척해지고 병을 얻어 죽
기에 이르렀다고 슬퍼하고 있다. 병이 위독했지만 동요됨이 없고 하늘
의 명에 통달하여 구차하게 살기를 도모하지 않았다고 하면서 그의 마
음의 경지에 감탄하기도 하였다. 이어 동생의 죽음을 슬퍼하는 자신의
마음을 토로하는데, 벼슬하느라 떨어져 있어 안타까웠고 처소가 달라
떨어져 있어 제대로 간호도 못했다고 한탄하면서 동생과 주고받았던
대화를 생생하게 적어 넣기도 하였다.

…… 단 위에 돗자리를 펴고 술을 부어 형제간에 이별하면서 글을 지어 경치를 슬퍼하였으니 이 거동을 대하여 알지 못하는 행인이라도 오히려 마음이 동요되려든, 하늘을 부르짖어 통곡하노라! 내가 목석보다도 완고하여 그대의 손을 잡고 자리에 비스듬히 앉아 그대가 엄숙한 기운과 초췌한 형용으로 저승으로 갈, 영원히 이별하는 시를 읊는 것을 듣고 오히려 술을 맛보고 글을 차운하였다가 오늘에 이르기까지 내 몸이 완전하니 어찌 통탄하지 않겠느냐?

불행히 그대가 일찍 벼슬길에 나가 국사가 많았고 처소가 별도로 있었을 뿐만 아니라 일신의 책임이 중대한 까닭에 일찍이 떨어져 있는 날이 많고 모이는 날이 드물었다. 그렇기에 평소 그대가 비록 병이 나도 내가 친히 약을 달이려 구레나룻을 그을리지 못하였고 한 방에서 함께하지 못하였으니 그대가 늘 한탄하여 말하였다. "천승의 부귀로도 하루 동안 부모님을 봉양하고 형제들과 우애 있게 지내는 것과 바꾸지 못할 것인데 나라에 몸이 매이어 뜻을 펴지 못합니다. 잠깐 임금의 은혜를 갚고 난 뒤 나이가 노쇠한 후에는 벼슬에서 물러나 형제가 한 방에 모여 흐뭇한 정을 펴겠습니다." 이에 내가 탄식하여 말하였다. "인간사가 뜻과 같지 않다. 어찌 이 즐거움을 능히 얻을 수 있겠느냐?"라고 하면서 서로 천 년을 계획하였는데 그대가 어찌 도리어 나를 속이고 여기에 이르렀는가?……

－〈유씨삼대록〉 20권 4~5쪽

이렇듯 영원히 이별함을 아쉬워하며 자신도 빨리 죽어 지하에서 만나야겠다고 하면서, 하늘을 부르며 울부짖는 것으로 제문을 끝내고 있다. 제사를 끝내고는 통곡하며 거꾸러지기까지 하는 것으로 묘사되며, 행장(行狀)을 쓰기도 한다. 이 행장은 예부시랑이 황제의 명을 받들어 초안을 잡은 후 성의백이 윤색하고 고쳐 쓴 글인데, 아우 진공의 일생을 좀더 자세히 서술하면서 일화도 제시하는 등 10면에 달하는 긴 글[7]이다.

…… 진왕이 홍치(弘治) 12년 기미년(己未年) 겨울에 나니 일찍 모친 이씨의 꿈에 우러러 남두성을 삼키고 붉은 빛이 방안에 찬란하여 몸에 비침을 보고 깨어 공을 낳았다. 왕이 나면서부터 신체가 뛰어나고 풍류가 있었으니 평범한 사람이 아니었다. 그 조부 효문공이 한 번 보고 감탄하여 말하기를, "우리 집에 기린이 날 줄은 몰랐다."라고 하였다.

서너 살이 되자 제기(祭器)를 가지고 놀고 진법(陣法)을 벌이면서 장난하는 데 이르렀으니 사람들이 반드시 큰 그릇이 될 줄 알았다. 열 살에 이르러서는 풍채가 점잖으며 체격이 웅대하여 신장이 팔 척이요, 두 팔이 무릎을 지나며 말소리가 노숙하여 보는 사람이 어린아이인 줄 몰랐다. 하루는 한 관상쟁이가 와서 모두 관상을 보는데 왕이 홀로 단정히 앉아 머리를 돌이키지 않았다. 그 종숙 간의공이 웃고 불러 관상쟁이에게 관상을 보라 말하니 공이 편안하게 대답하였다.

"제가 목숨이 길고 짧은 것은 하늘에 있으니 관상쟁이가 어찌 알겠습니까?"

마침내 보지 않으니 관상쟁이가 물러나와 사람들에게 말하였다.

"유씨 집안의 모든 소년이 다 부귀할 상이나 오직 둘째 공자님께서 세상을 건질 재주가 있으니 훗날 가히 인각(麟閣)에 이름을 걸고 운대(雲臺)에 으뜸이 될 것입니다."

여람 사람인 관징은 관상 보는 술법이 고명하여 조정의 사대부 등이 혹하지 않는 이가 없었는데 그가 왕을 한 번 보고는 놀라 말하였다.

"걸음이 용과 호랑이의 걸음이고, 의표가 태양 같으나 이마가 옥같이 맑아 바라봄에 신과 같으니 반드시 일생의 근심을 면치 못하고 목숨이 길지 않을 것입니다."

이 말이 과연 옳으니 그가 관상 보는 법이 그르지 않았다.……

-〈유씨삼대록〉 20권 10~12쪽

나면서부터 특출하였고 서너 살에는 이미 제사 지내는 데에 관심을

가졌고 진법을 놀이삼아 벌이는 등 큰 인물이 될 조짐을 보였다고 칭찬
하였으며, 관상쟁이와의 일화를 통해 그 비범함을 단적으로 묘사하였
다. 이어서 천성이 호탕하고 총명하며 읽지 않은 글과 외지 않은 시가
없었다고 칭송하며, 어른이 되어서는 황녀(皇女)를 아내로 삼았지만 부
귀에 마음이 동요되지 않았고 공주의 덕과 미색에도 혹하지 않아 정실
인 장부인과의 첫 언약을 귀하게 여겼음을 말하였다. 부모상에 시묘살
이를 5년이나 고되게 하여 병이 들었음을 다시 한번 말한 뒤, 자녀 교육
에 있어서도 엄격하면서도 은혜롭게 잘 하였고 조정에서의 벼슬살이도
충실히 하여 임금의 근심을 덜어주는 충성스런 신하였다고 하였다.

　이후 행장의 뒷부분은 그가 여러 모로 실력자였음을 상세히 서술하
고 있는데, 선조(先祖)가 지어놓았던 천문서(天文書) 여덟 편을 보고 그
신묘한 기틀을 깨달아 스스로 천문지리와 음양조화를 다 알았고 용과
호랑이에게 항복 받으며 비바람을 부르는 재주를 익혔다고 하였다. 또
오랑캐를 물리친 공으로 황제가 왕의 작위를 내렸지만 부귀를 싫어하
여 한사코 사양하자 제후로 봉한 일, 신기한 병법을 쓰는 것은 기본이
며 사졸들과 고생을 함께 하고 수하를 어루만져 아낀 점, 지위와 권세
가 매우 중대하지만 더욱 겸손한 점, 문장이 빼어나고 기운이 영특한
점, 신속하게 정사(政事)를 다스린 점, 여가에는 독서를 일삼고 거문고
를 연주한 점, 부인과 지기(知己)의 관계에 있지만 희롱하거나 예의에서
벗어나는 말을 하지 않은 점 등을 칭양하였다. 마지막으로, 나라에 어
려운 일이 있을 때에는 제단을 설치하고 제문을 지어 기도하여 큰 비가
내리거나 전염병이 없어지는 신통함이 있었다고 하고는 자손들이 창성
함을 서술하고 끝냈다.

　그런데 그의 죽음이 형제들에게 매우 중요한 의미를 지니는 것을 단

적으로 드러내는 부분이 있다. 그가 죽은 지 10여 년이 되었을 때 제사를 지낸 후 형제들이 눈물을 비같이 쏟고 피를 토하기까지 하다가, 동생들인 영릉후와 각로공이 병세가 악화되어 함께 죽는 것으로 되어 있다. 곧이어 영릉후의 부인 설씨가 남편의 죽음에 슬퍼하다 열흘 만에 또 죽고 각로공의 부인 박씨도 죽는다. 또한 진공의 아내인 장부인도 죽고, 연이어 진공의 형 성의백도 죽으며, 누이들도 잇달아 죽은 뒤 부풍후가 마지막에 죽어 모든 형제들이 죽는 것으로 되어 있기도 하다. 형제들의 죽음의 시작이 진공 제삿날 슬픔이 컸던 탓에 건강을 해친 것이라고 설정되었다는 면에서 가족 내에서의 그의 중요성을 감지할 수 있다.

〈조씨삼대록〉에서도 형제 중 동생 초공이 먼저 죽는데, 〈유씨삼대록〉에서와 마찬가지로 형이 매우 슬퍼하면서 장례 지내는 날 제문을 짓는다. 임금까지 통곡하고 직접 와 조위(弔慰)하며 자신의 도포를 벗어 관에 넣게 하니 자손들이 보고 슬픔에 피눈물을 흘리고 일곱 명의 아들들은 여러 차례 혼절할 정도로 분위기가 고조되는 가운데 형인 진왕이 제문을 짓는 것이다.

유년 월일의 가형(家兄) 평진왕 무는 죽은 아우 초국공 황태부 좌승상 이현의 영에게 고하노라. 오호라! 저승에서 앎이 있다면 이 형의 끝없는 슬픔을 살피라. 억만 슬픔을 글로 형용하여 영궤(靈几)에 읽으니 맑은 술 한 잔으로 나의 정을 펼 수가 없도다.
　슬프고 슬프도다. 사람이 누가 형제가 없으며 천륜(天倫)이 각별하지 않겠는가마는 이 형과 아우의 정은 다른 사람과 다름이 많도다. 부모님이 늘그막에 우리 형제를 얻으시니 아우와 형이 한날한시에 나서 앞뒤의 차례로 형제를 정하고 함께 자당(慈堂)의 젖을 어루만졌으니 서로 귀하게 여기는 뜻이 어려서부터 생겼도다. 네가 몇 살 뒤에 부모를 분변하였으므로 문득 겸손하고 사양하는 뜻이 밝았으니 이는 천성이었다. 자모의 가슴에 엎드려 사랑을 다툴 때에 아우가 순순히 사양하고 덜 먹으니 부모가 이로써 도리어 항상 염려하시고 기이하게 여기셨다.

네다섯 살이 지나니 예를 갖춘 외모가 이미 생겼고 겸손한 덕은 나면서부터 알았다. 어버이 앞에서 모실 적에 나아가고 물러가는 예절이 어린아이의 거동이 조금도 없으니 이 형은 진실로 미치지 못할 곳이 많았도다. 형제가 함께 수학할 때 너의 총명을 이 형이 바라보지 못하였고 재주와 문장이 나보다 낫되 너는 매사에 겸양하여 자부하는 일이 없었지.

예닐곱 살이 된 후에는 예를 지키는 것이 매우 엄격하여 희롱하는 일이 거의 없고 내가 출입할 때에는 당에서 내려와 맞고 보내며 예로써 공경함이 날로 더했도다. 내 실로 너를 사랑하였으나 네가 예법을 공경하여 두려워하고 친애하는 도리가 도리어 해로움을 일러 고치라고 하였으나 너는 그 천성의 겸손한 태도를 고치지 못하였구나.

열 살 이후로 몸을 행하는 도리가 대성인(大聖人)의 풍모가 있었도다. 내가 현제와 함께 조모와 양친을 모셔 색동저고리를 입고 춤출 적에 우리 형제의 기운이 드높고 진중하여 현제는 군자의 도를 이루었지. 선친께서 이를 칭찬하시며 말씀하시기를, '성은 일대의 준걸이자 착한 행실을 하는 군자요, 무는 호걸의 기운이 있다.'고 하시면 자당이 매양 경계하시며, '아우를 배우라.'고 하셨다.

자라서 형제가 한 과거에서 급제하여 용문(龍門)에 오르니 함께 계화(桂花)와 청삼(靑衫)으로 어버이를 영화롭게 했지. 우리 아우를 보는 사람들은 모두 칭찬하여 조씨 집안을 융성하게 할 기린이라고 하였고 문중(門中)에서 추앙하는 것이 이 형보다 위였도다.……

－〈조씨삼대록〉 40권 36~40쪽

큰 슬픔을 토로한 뒤, 아우가 얼마나 모든 면에서 뛰어났었는지를 서술하고 있다. 네다섯 살 때의 기억부터 시작하여 성장하는 과정에서 함께 겪고 느꼈던 일들을 중심으로 이야기하는데, 함께 부모님 받들던 일, 나라의 정사를 다스리고 전쟁에서 공을 세우던 일 등 즐거웠던 일들을 서술한 뒤, 아우의 성품을 칭탄한다. 초공 조성이 아우임에도 불구하고 예의범절이라든지 성인군자다움의 면에서는 앞섬을 인정하고 있다.

> …… 아! 고요히 생각하면 첩첩히 그리워함을 견딜 수 있겠느냐? 내 본디 천성이 털털하고 어렸을 때 과격한 모습이 있었다. 크고 작은 일에 우리 아우가 바르게 간하는 말이 내 마음을 감동시켰다. 내 현제의 말이면 듣지 않는 일이 없었고 현제는 내가 이르면 행하지 않는 일이 없었다. 우리 형제가 외람되게 벼슬이 가장 높은 데 이르렀고 자녀가 많아 사람들이 다 복된 사람이라 칭찬했다. 나도 오히려 근심하는 일이 없었으되 현제는 조심하고 공손함이 선비 시절과 다름이 없게 하였다. 임금을 사랑하고 나라를 근심하여 주공(周公)의 한 번 머리 감을 때 세 번 머리를 움켜쥐고, 한 번 밥 먹을 때 세 번 내뱉는 덕을 이었지. 지존(至尊)의 사부가 되어 가까이서 모시기를 가득한 것을 받음 같이 공손히 했으니, 조정에 있은 지 육십여 년에 반 점 허물을 보지 못하였다.……
>
> – 〈조씨삼대록〉 40권 41~43쪽

계속하여 아우의 장점을 이야기하고 아우가 자신의 잘못을 알려주어 더 나은 사람이 될 수 있게 했으며 서로 도움이 되었다고 하였다. 이어, 단란하던 때를 회상하면서 인생 유한함을 아쉬워하는 등 슬픔을 계속하여 토로한다. 이제 장사 지내면 영원한 이별이니 서러움을 더욱 참을 수 없다고 하면서도, 아우의 유언을 받들어야 하니 살면서 후손들을 잘 돌보겠다고 다짐한다. 슬픔의 감정을 한껏 토로한 이 제문을 다 읽고 나니, 진왕의 통곡에 해와 달이 빛을 잃을 정도라고 하였다.

4. 추모되는 덕목으로 기억되는 삶

지금까지 17세기 후반부터 18세기 말까지 주로 향유되었던 국문장편
고전소설들을 대상으로, 이들 소설에서 망자(亡者)들을 어떤 방식으로
추모하고 있는지를 살펴 이에 담긴 의미, 인물간의 역학, 작품에서 중
시하는 바 등에 대해 고찰하였다. 검소함과 정실 섬김이 부각되는 서모
(庶母) 추모, 반려자·지기(知己)를 잃은 슬픔을 토로하는 아내 추모, 뛰
어난 자질과 우애를 찬탄하는 아우 추모 등의 양상을 〈소씨삼대록〉,
〈유씨삼대록〉, 〈조씨삼대록〉 등의 작품을 통해 살폈다.

이들 작품에서 유독 서모, 아내, 아우의 죽음이 서사화되고 그들의
죽음을 추모하는 과정과 제문 서술이 확대되어 있는 것은 이 인물들이
작품 내에서 가장 중요한 인물들로 기능했음을 보여주는 단적인 예가
된다. 또한 그들을 추모하는 덕목은 각각의 위치에서 가장 이상화된 인
물의 덕목과 일치하므로 당대인들의 가치관을 읽을 수도 있었다. 한편,
살아 있을 때보다 더 큰 힘을 발휘하여 가문을 구해내는 진양공주 같은
인물 설정, 동생 진공이 죽은 뒤 10년이 되는 제사에서 지나치게 슬퍼
하여 다른 형제들도 죽는다는 설정 등의 면에서 인물의 죽음이 서사에
서 중요하게 작용하는 작품도 있었다.

하지만 대개의 국문장편 고전소설들은 가문의 창달, 번영, 계승에 서
사가 집중되어 있기 때문에 한 인물의 죽음을 크게 부각하지는 않았다.
다만 서사에서 결정적인 역할을 하는 중요한 인물인 경우에만 그의 죽
음을 전면화하여 묘사하고 과도할 만큼 추모한 것이다. 그래서 그들을
추모하는 제문에서도 그들에 대한 그리움과 비탄, 상실감 등이 곡진하
게 표현되거나 생전에 있었던 일들이 생동감 있게 직접 인용되면서 묘
사되는 등 감정이 극대화되는 쪽으로 서술되었다.

소설 속 제문들의 이런 성격은 조선 후기의 일반적인 제문의 양상과 비슷한 면이기도 하다. 현실에서의 규범관이나 규범서들에서는 아내에 게 효와 시부모 봉양을 강조하고 그 실천 덕성으로 순종과 인내를 최고 덕목으로 내세우면서 집안에의 기여도와 효부(孝婦)의 정도를 중요한 잣대로 이야기하지만, 제문에서는 그뿐 아니라 자신의 '반려자'로서의 아내의 모습을 요구하고 이에 부응했던 아내에 대한 고마움을 표현한 다는 면에서[8] 좀 더 솔직한 모습을 보여주었기 때문이다.

서모(庶母) 석파 등을 추모하는 제문도 실제로 지어졌던 제문들과 비 슷한 양상을 보였다. 18세기의 문인 조관빈(趙觀彬)이나 조경(趙敬)도 서 모에 대해 지은 제문[9]에서 재주가 많고 말을 잘하며 쾌활하고 편안했으 며 의복과 음식을 부지런히 준비했고 어린 아이들을 아껴주었음을 칭 탄하였다. 19세기의 오희상, 정약용, 서유구 등도 서모나 서조모의 제 문을 남기고 있는데 모두 자신이 유년 시절에 병약했는데 잘 보살펴 준 데에 대한 감사와 집안 살림을 검소하고 청렴하게 잘 했던 것에 대한 칭탄을 주된 내용으로 하고 있다. 소설에서와 다른 점은 제문의 후반부 에서 그 자손들에 대한 설명을 하고 있는 점이다. 소설에서는 주동 가문 즉 정실의 자녀들을 위주로 서사가 전개되므로 서모들은 자손이 없거나 딸만 한둘 있는 것으로 설정되었기에 자손에 대한 설명은 없었다.

이상에서 본 바와 같이 국문장편 고전소설에서 죽음은 사람이 어떻 게 할 수 없는, 하늘이 이미 정해 놓은 것이라는 운명론적인 생각, 산 자와 죽은 자는 단절되는 것이 아니라 마음으로 연결되어 있어 현실세 계에 여전히 영향을 미칠 수 있다는 생각이 깔려 있었다. 또한 소설 속 에 긴 제문들을 삽입함으로써 독자들로 하여금 망자(亡者)의 삶, 가문 내의 위상 등에 대해 다시 한 번 진지하게 생각하게 하였다.

* 이 글은 『비평문학』 35호(2010)에 「국문장편 고전소설의 망자 추모에 담긴 역학과 의미-서모, 아내, 아우 제문 분석을 중심으로」라는 제목으로 실린 논문을 약간의 수정을 거쳐 수록한 것임.

1) 이에 대해서는 정선희, 「삼대록계 국문장편소설에 나타난 상례(喪禮) 서술의 변모양상과 그 의미」, 『고소설연구』 28, 2009. 참조.

2) 이은영, 『제문, 양식적 슬픔의 미학』, 태학사, 2004. 36~38쪽.

3) 김홍백, 「이광사의 아내 애도문에 나타난 형식미와 그 의미-제망실문을 중심으로」, 『규장각』 35, 2009. 185~218쪽.

4) 서경희, 「〈소현성록〉의 '석파' 연구」, 『한국고전연구』 12, 2005. 참조.

5) 모든 예문에서 원문은 제시하지 않기로 한다. 현대역은 참고문헌에 제시한 현대역본 참조.

6) 〈조씨삼대록〉 37권 63~65쪽.

7) 〈유씨삼대록〉 20권 10~19쪽.

8) 유미림, 「조선시대 사대부의 여성관-제망실문을 중심으로」, 『한국정치학회보』 39집 5호, 2005. 29~51쪽.

9) 趙觀彬, 〈祭庶母梁氏文〉, 『悔軒集』卷之十六. ; 趙敬, 〈祭庶母完山李氏文〉, 『荷棲集』卷之八.

어느 기생의 죽음, 〈협창기문〉

조혜란

1. 이옥(李鈺)이 보고한 조선시대의 동반자살 사건, 〈협창기문(俠娼奇聞)〉

조선시대 문집을 보면 제문, 행장, 묘비명, 묘갈, 비지 등 죽음과 관련한 글들이 다수 수록되어 있다. 이런 글을 보면, 가까운 가족의 죽음에 대해서는 매우 애통해 하는 경우가 많으나 경우에 따라서는 '애이불비(哀而不悲)'를 실천하기 위해 지나친 슬픔에 이르지는 않도록 스스로의 감정을 억제하는 경우도 보인다. 때로는 자살을 기린 경우도 눈에 띈다. 이 경우 자살은 유교적 이념을 몸소 실천하기 위해 죽음에 나아간 이들에 대한 기록으로, 대개 열녀 혹은 충신들의 죽음을 입전한 형태이거나 아니면 의협과 같이 18세기 이후에 나타나는 협(俠)에 대한 관심과 함께 언급되는 죽음이 이에 해당한다. 이 같은 글에 나타나는 죽음은 그 죽음에 대해 누군가가 슬퍼하거나 혹은 의연한 태도를 취한다 하더라도 유가적 규범에 비추어 볼 때 균형 잡힌 시각을 보여주는 죽음이 대부분이다.

고전소설에서도 다양한 죽음의 양상이 다루어진다. 고전소설에 나타난 죽음의 양상을 분류한 기존 논의에 따르면, 그 죽음은 개인의 힘으로는 거부할 수 없는 세계에 대한 저항적 수단으로서의 죽음, 재생이나 환생을 통해 현세에서의 숙원을 해원하는 윤리적 규범의 실현을 위한 죽음, 선과 악의 대결에서 선의 최종적 승리를 보여주기 위한 죽음, 도교나 불교 등 특정 사상에 의거하여 신선계나 불교계에 귀의하려는 죽음[1] 등으로 대별될 수 있다. 적강을 했기에 죽은 후 천상계로 돌아가야 한다거나 혹은 원한 때문에 원귀가 되었다거나 아니면 죽음을 두려워하지 않고 기꺼이 죽어 충효열로 기려지거나 간에 고전소설에서 나타나는 죽음 역시 유가적 규범의 범주를 크게 넘어서지 않는다. 적강소설은 도가적 세계관에 입각한 죽음을 보여주는 것 같지만 작품의 비중은 현세적 가치에 놓여 있으며 불교적 귀의를 보여주는 〈구운몽〉 역시 서사의 상당 분량은 현실계에서의 욕망 성취를 다루고 있다. 일정한 조건이 만족되면 사라지는 귀신의 형상은, 귀신을 일정한 기간이 지나면 흩어지는 기의 울결로 설명하는 유교적 귀신관과도 상통한다.

　조선의 죽음 관련 서사는 사실 기록과 허구적 서사를 막론하고 신중하고도 온건한 서술 태도를 보이며 충효열과 관련되지 않은 자살을 미화한 경우도 찾아보기 힘들다. 그런데 이옥의 〈협창기문(俠娼奇聞)〉에서 죽음을 서술하는 방식은 이와는 달리 차별화된 지점을 보여 주목을 요한다. '협창기문(俠娼奇聞)'이란 '협기를 지닌 기생에 대한 기이한 소문 혹은 이야기' 정도로 번역 가능한 제목이다. 이옥(李鈺 : 1760~1815)은 〈협창기문〉에서 기꺼이 죽음으로 나아가는 기생의 형상을 그려내고 있는데 그녀의 죽음은 유교적 이념을 내면화해서 죽어가는 다른 죽음 서술과는 차이가 있다. 이 작품의 기생은 독주와 잠자리에 탐닉해 죽는 자살 방식을 선택하였으며 자신의 기방(妓房)을 출입했던 손님과 함께

죽는 방식을 선택하였다. 이 작품에서는 유교적 이념 수호에 대한 의지
가 나타나는 대신 삶의 출구가 막혔을 때 선뜻 화려하게 죽음으로 나아
가는 낭만적이면서도 퇴폐적인 분위기가 감지된다. 이옥 역시 유가적
지식인임에는 틀림없으나 그의 문학적 취향이나 기질이 이 작품의 분
위기를 그렇게 이끈 것으로 보인다. 그런데 이와 유사한 이야기를 다룬
작품들이 더 있다. 본고는 이 작품들과의 비교를 토대로 조선시대 죽음
서술 방식에서 독특한 개성을 보이는 이옥의 〈협창기문〉에 나타난 죽
음의 양상에 대해 살펴보고자 한다.

2. 〈협창기문〉과 비슷하게 읽히는 또 다른 두 편의 이야기
: 〈협창기문〉, 과연 실화(實話)일까?

이옥이 남긴 25편의 전(傳) 중 한 작품인 〈협창기문〉이 매우 독특한
작품이기는 하나, 허구적인 이야기만은 아닌 것으로 보인다. 이옥의 글
외에 다른 두 편의 글에서도 매우 유사한 사건이 보고되고 있기 때문이
다. 성대중(成大中 : 1732~1812)의 『청성잡기(靑城雜記)』 「성언(醒言)」에 수
록된 기생 취섬(翠蟾)의 이야기와, 작가 미상의 한문단편집 『양은천미
(楊隱闡微)』에 수록된 제 15화 〈추향애사심밀양(秋香愛死沈密陽)〉이 바로
그 작품들이다.

이 세 작품은 모두 한때 한양에서 유명했던 기녀와 형제의 역모 죄에
연루되어 급전직하 하루아침에 인생이 바뀐 양반 남성에 관한 이야기
를 다루고 있다. 세 작품 모두 그 기녀들은 몰락한 양반 남성을 따라
나섰고 극진하게 섬겼다는 내용으로 되어 있으며 저자들은 모두 기녀
의 의로움을 기리는 것으로 끝을 맺고 있다. 세 작품이 과연 한 가지

사건을 근원으로 하여 만들어진 이야기일 가능성이 있는지를 살펴보기 위해 본고는 남녀 주인공의 신분 및 이름, 남녀 주인공의 관계 및 상황 대처 방식 그리고 평결 및 실화(實話) 여부 등의 몇 가지 기준에 따라 그 내용을 비교해 보고자 한다.

〈협창기문〉의 경우

〈협창〉의 여자 주인공은 이름은 제시되지 않은 채 서울[京師]의 창기[一娼]라고만 되어 있으며 미모와 기예[姿色技藝]가 당대의 최고였다고 한다. 남자 주인공은 그 기생의 기방에 드나들던 손님 중 한 명이며, 역시 이름은 제시되지 않는다. 다만 을해옥사 때 형의 죄에 연루되어 제주 관노로 떠나게 된 처지에 놓인 인물이라는 점만 언급하고 있다.

〈협창〉의 기생은 도도한 자세를 취했던 것으로 그려지고 있다. 그녀는 비록 기생이었지만 돈을 지불한다고 다 손님으로 받지는 않았다. 그녀는 자신의 품격을 높이 하여 그녀의 기방에 드나들 수 있었던 사람들은 일정 정도 이상의 높은 벼슬에 있거나 아니면 상당한 부잣집 자제들이었으며, 잘 생기고 풍류를 아는 이들이었다. 남자 주인공 역시 이 같은 기준에 부합한 손님이었다. 이옥은 그녀와 그의 관계를 '기생이 기뻐하며 사귀던 한 사람[娼之歡一人]'으로 서술하고 있다. 그녀는 그가 제주도 관노로 떠나게 되었다는 소식을 듣고, 그를 '하룻밤 친구에 불과[不過爲尋常一夕友]'하다고 표현하면서 평소 그녀와 가까이 지내는 손님들에게 자신을 위해 행장을 꾸려 달라는 부탁을 한다. 그녀가 기방을 차린 지 십 년 남짓한 동안 친하게 지냈던 이들이 백 명 정도라고 했으니, 남자 주인공은 그 백 명 중 한 사람 정도의 비중으로 그려질 뿐 그 이상의 언급은 없다.

그런데 그런 그를 위해 그녀는 다른 손님들에게 갹출을 해서 제주도로 떠난다. 자신의 손님들은 모두 고기반찬에 비단옷을 입고 살면서 궁핍을 모르던 이들인데 그가 지금 제주도에서 굶어 죽게 생겼으니, '자신과 교분을 나누던 이가 굶어 죽는 것은 바로 자신의 수치(奴之歡而以餓死, 是奴之恥也)'이기 때문이라는 논리로 그녀는 자신의 기방에 출입하던 남자들을 설득하는데 성공한다. 재물을 넉넉히 가지고 제주도로 간 그녀는 그를 지극히 화려하게 받들면서 미련을 버리라고 충고한다. 그녀는 힘들게 사는 것이 즐기는 가운데 죽는 것만 같지 못하니 즐기다가 죽는 게 어떻겠냐고 제의했고, 그는 그 말에 따른다. 결국 얼마 안 되어 그가 죽은 후 그녀는 그의 장례를 극진하게 치러주고 자기도 폭음으로 죽는다. 결국 둘은 동의하에 자살의 방식을 선택한 것인데, 그 과정에서 그 둘이 서로 사랑의 감정을 느꼈다든지 혹은 한 쪽이라도 상대방을 마음에 품었다든지 아니면 첩이 되었거나 전적인 사랑을 얻거나 했다는 언급은 전혀 보이지 않는다. 또 죽기 전 그녀는 이웃에게 편지를 주면서 서울에 전해 달라는 부탁을 해 놓는다. 결국 서울의 옛 친구들은 기녀의 뜻밖의 선택에 놀라며 장례를 치러주며 그녀는 높은 의를 지니고 있었고 자신들이 알고 있었던 것처럼 시세를 좇는 이가 아니었음을 깨닫게 된다. 〈협창〉의 기녀는 자신이 함께 하고 싶은 남자와 함께 할 수 있도록 대처한 것만이 아니라 그동안 자신을 오해했던 남자들에게 자신의 실체를 제대로 알릴 수 있는 방법까지 마련한 것이다.

〈협창〉의 평결 부분은 다음과 같다.

아, 아무개는 진실로 스스로를 사랑하는 사람이라 할 만하며 또 치마 입고 비녀 꽂은 이 중 관부(灌夫)이다. 이 어찌 세속의 화장한 무리 중

오로지 돈만 좇는 자들과 비교하랴? 아! 어떻게 그 남은 화장기와 향을 얻어 세상의 그렇고 그런 사귐을 좇는 자들을 감복시키겠는가? 아!

이 작품에서 이옥은 무명(無名)의 기생을 아예 협창(俠娼)이라고 부르고 있다. 협기 있는 창기의 기이한 이야기[俠娼奇聞]라는 제목은 벌써 그녀가 의기가 있고 개인 윤리를 지닌 인물형일 수 있다는 점을 시사한다. 평결 부분에서는 이옥은 그녀를 '자호(自好)' 즉 스스로를 좋아하는 사람, 자기 자신을 사랑하는 사람이며, 여자 중 '관부(灌夫: 관부는 의협심 있고 약속을 중히 여기는 사람으로, 두영이 세력을 잃자 모두 떠나갔는데 끝까지 그 곁에 남아 의리를 지킨 인물)'라고 하여 모두 다 몸을 사리는 상황에서 윗사람을 위하여 목숨을 거는 발언도 할 수 있는 인물로 분류한다. 그리고 그녀는 기생이지만 돈만 바라고 남자를 대하는 이들과는 차별화된다는 평가가 이어지는데, 이는 본문에서 그녀에게 '고의(高義)가 있고 염량세태를 좇는 이가 아님'을 알게 되었다고 한 언급과도 상통한다. 그런데 다음 문장을 보면 이옥의 관심의 향방이 어디를 향하는지 알 수 있다. 결국 그는 '세상의 그렇고 그런 사귐'이라는 속된 관계를 문제 삼는다. 시교(市交)의 얄팍함은 박지원의 〈마장전〉에서도 신랄하게 비판되고 있다. 이옥이 그녀를 입전한 까닭은 그녀에게서 돈만 아는 기생들의 시교가 아니라 자기 자신만의 가치를 선택할 수 있었던 당당한 기상이 짚여 나왔기 때문이다. 도입부를 보면 '그녀에게 문전박대를 당했던 사람들이 그녀에게도 지키는 바가 있음을 알지 못했다'는 간단한 언급이 있다. 이옥은 본문과 평결을 통해 그 '지키는 바'의 내용을 구체화시켜 놓은 셈이다.

〈취섬〉의 경우

〈취섬〉의 여자 주인공은 이름이 취섬이며, 함양의 기녀[咸陽妓]였는데 선상기로 뽑혀 자태와 재주[態藝]가 당대의 으뜸으로 한때 서울에서 유명했던 인물로 소개되고 있다. 남자 주인공의 이름은 심약(沈鑰)으로, 함양 근처 고을 원으로 왔다가 함양에 돌아와 있는 취섬을 만난 것으로 되어 있다. 또 심약은 형 심악(沈鑘)의 죄에 연루되어 황량한 북쪽과 남해로 유배를 가게 되는 인물로 그려져 있다.

〈취섬〉은 선상기에서 풀려 함양으로 돌아온 기녀이다. 그녀가 서울에 머물렀을 때, 지체 높은 재상이 많은 돈과 의복 등으로 그녀의 마음을 얻으려 하였지만 그녀는 모두 사절하고 거들떠보지도 않았다고 한다. 당시에 좀 논다는 이들[遊俠]은 취섬이 사는 골목을 모른다는 것을 부끄럽게 여길 정도로 그녀는 장안에서 유명한 기생이었다. 그런 그녀가 함양으로 돌아와서는 이웃 고을의 원인 심약의 수청을 들게 되었다. 심약을 그녀를 총애하여 그녀로 하여금 그를 전적으로 모시게 하였다. 즉 취섬은 당시 부임 온 수령의 사랑을 독차지한 기생이었음을 알 수 있다. 그 후 심약이 형 심악의 역모 죄에 연루되어 북쪽으로 유배가게 되자 취섬은 재산을 처분하고 따라가 정성으로 봉양하였으며, 심약이 남해로 이배(移配)되자 취섬도 남루한 차림으로 따라가 맨발로 진흙을 밟으며 물을 긷는 등 노동을 하였다. 평소 따르던 사람이 위태로운 지경에 처했는데 차마 쉽사리 저버릴 수 없었기 때문이었다.

취섬의 이런 태도는 서울 상인의 등장으로 드러나는데, 취섬을 알아본 상인이 '이 고생 말고 자기를 따라가면 좋은 옷과 음식이 끊이지 않을 것'이라고 권하자 취섬은 자신이 떠나려고 마음먹었다면 그 이전에도 얼마든지 떠날 수 있었다고 하는 대답 가운데 나온 말이다. 심약과 취섬 두 사람은 고을 원과 기생이라는 상호 관계를 전제로 부임지에서 만큼은 배타적 관계를 맺었던 것으로 보인다. 수령에 대한 기생의 전방(專房)은 흔히 물질적 이해관계에 근거한 것이 보편적인 것이었으므로 취섬이 심약에게 보여준 태도는 당대의 통념을 뛰어넘는 것이었다. 상대 남자의 상황이 악화되어도 그 관계가 유지된 것을 보면 심약에 대한 취섬의 태도가 단지 물질적 거래만으로 유지되는 것이 아니었음을 알 수 있다.

〈취섬〉은 평결 부분이 독립되어 서술되지 않았다. 한국한중앙연구원에 소장된 『청성잡기』는 원래 소제목이 없이 각각의 이야기들을 줄을 바꿔 기록하는 것으로만 구별해 놓았다. 그러므로 이 이야기 역시 제목 없이 '취섬(翠蟾)'으로 시작하고 있으며, 바로 이어서 경성(鏡城) 출신 기생 복덕(福德)의 의리에 대해 기술한 일화가 연결되어 있다. 이 두 이야기를 연결해 보면, 〈취섬〉은 평결이 따로 마련되어 있지는 않으나 서술자가 무엇을 높이 평가해서 기록하게 되었는지는 알 수 있다. 취섬의 이야기에서도 강조되는 것은 '의(義)'이다. 취섬은 유명한 기생이었지만 물질로 관계를 맺지 않았다. 또 모시던 고을 원이 몰락하게 되자 오히려 자신의 재산을 들여 북쪽 변방의 유배지에서 그를 봉양하였고, 남해로 옮겼을 때에는 기꺼이 힘든 노동도 마지않았다. 이는 흔히 기대되던 당시 기생들의 사귐, 기생들의 세태와는 사뭇 다른 모습이다. 이런 그녀의 속내는 마침 등장하는 서울 상인에 의해 다시 한 번 확인되었다. 여기에서 서울 상인은 마치 그녀의 색깔을 알려주는 리트머스 시험지와 같은 기능을 하는 인물이다. 자기를 따르면 호의호식할 것이라는 상인의 말에 그녀는 탄식을 하면서 차마 배반할 수 없다고 한다. 그러자 그 상인은 몇 필의 베를 주고는 떠났는데, 이 부분에서 서술자는 '그 역시 의협'이었다고 규정한다. 그 '역시' 의협이었다는 말은 그녀 역시 의협으로 간주되었을 가능성을 내포하는 표현이다. 〈취섬〉은 기생 취섬을 의협(義俠)이거나 협(俠)까지는 아니더라도 적어도 의기(義氣) 있는 기생으로 평가하여 기록한 것이다.

〈추향애사심밀양〉

〈추향〉의 여자 주인공은 이름이 추향이며, 밀양 기생[妓]이라는 정보만 제시되고 있다. 이에 비해 남자 주인공은 심육(沈錥)이며 밀양부사로, 영조 때 동생 심악(沈鏘)이 사사되는 사건에 연루되자 스스로 상경하여 죄를 받고 유배 가는 인물로 그려져 있다.

〈추향〉은 영조 때 이조참판 심악이 죄를 짓고 사사되었다는 기술에서부터 시작한다. 심육은 심악의 현인데, 밀양부사였던 심육은 늙었지만 기생 추향에게 건즐을 받들게 하며 매우 사랑하여 잠시도 곁을 떠나지 못하게 하였다. 어느 날 동생의 죄를 알게 된 심육이 자발적으로 상경하는데 이때 추향은 조금도 슬퍼하지 않고 전송도 않은 채 단지 수백 냥의 돈을 요구할 뿐이었다. 이렇듯 시침 떼고 있었던 추향은 그 돈을 가지고 이자를 불려 관북으로 유배가 있던 심육을 찾아가서는 '천명을 순순히 받아들여 참혹한 재앙을 피하는 게 옳지 않겠느냐'며 '일찍 죽는 약, 즉 좋은 술을 가져왔다', '음주침색(飮酒沈色)'의 방식으로 죽는 게 낫다고 권한다. 심육은 쓸쓸히 응낙하고 따라 한 달이 못 되어 죽었고 추향은 손수 염하고 관곽을 준비하였다. 관이 서울로 떠나려 할 때 손수 제전을 차려 관 앞에서 곡을 한 후 그 날 밤 추향은 스스로 목을 찔러 죽었다.

앞의 두 작품과는 달리 〈추향〉에서는 '종애심독, 미상잠리좌우(鐘愛甚

篤, 未嘗暫離左右)', 즉 '鐘愛'와 같은 직접적 표현이 사용된다. 두 사람의
관계가 서술자에 의해 '사랑[愛]'으로 규정된 것이다. 그러나 심육이 떠
날 때 추향은 짐짓 예사 기생이 취할 만한 태도를 취하여 반전을 보인
다. 재물 욕심만 보이는 추향의 모습에 심육은 '사랑했던 정[愛情]'을 생
각하면서 마음이 언짢아졌다. 그런데 이 반전은 금방 뒤집힌다. 그가
관북으로 유배간 후 한 소년이 찾아와 인사를 하는데 추향이었던 것이
다. 추향은 그때 앞일이 힘들게 될 것을 예상하고 의리를 지켜 혼자 살
면서 돈을 모아 온 것이다. 조정의 소식까지 다 탐지한 그녀는 상자 몇
개에 미주(美酒)와 어포, 수의 한 벌, 금은 몇 덩이 등을 싸가지고 와서
사약을 받느니 차라리 자신과 즐기다 죽는 게 낫다고 권한 것이다. 쓸
쓸히 응낙한 심육은 술과 추향과의 동침으로 한 달 만에 죽고 그 후
그녀도 심육의 관 앞에서 목을 찔러 죽었다. 건즐을 받들던 남자의 죽
음을 따라 자결한 추향의 자살은 마치 열녀의 자살을 연상시킨다.
  〈추향〉의 평결부분은 다음과 같다.

    아, 슬프다. 추향은 심육으로 하여금 형륙을 면하게 하여 자손을 보전
  하게 하였으며 또 능히 그를 좇아 순절하였으니 어찌 우뚝하지 않겠는
  가? 관북 사람들은 그 지감과 열행을 매우 칭찬하지 않는 이가 없으며
  지금까지도 기린다. 시를 지어 증명한 것이 있다.
    嗚呼, 悲夫! 蓋秋香使銷免得刑戮, 保全子孫, 又能從以殉節, 豈不卓哉?
  關北人士, 莫不盛稱其知鑑烈行, 至今嘖嘖焉. 有詩爲証.
    머리 허연 조정의 신하가 밀양 고을의 원이 되어 / 물고기가 물을 만난
  듯 여러 해 동안 추향을 사랑하였네 / 차마 늙은이가 참혹한 화를 당하는
  것을 볼 수 없어 / 원하는 바는 공의 넋을 따라 관 앞에서 죽는 것.
    皓首朝紳守密陽, 經年魚水愛秋香, 忍見老翁遭慘禍, 願隨公魄柩前亡.

〈추향〉의 평결 내용을 보면 음주침색(飲酒沈色)하여 죽음에 이르게 한 추향의 방법이 칭송을 받는데 그 이유는 다름 아니라 김육이 사형을 당하기 전에 죽게 하여 결국 자손을 보전케 하였다는 점이다. 또 남자의 죽음에 자신의 죽음으로 응했으니 우뚝하다고 기려준다. 이 작품에는 심육을 만나기 전 추향이 남자들과 관계를 맺을 때 물질이 차지했던 비중을 가늠케 하는 단서가 서술되어 있지 않다. 대신 그가 유배 간 후 의리를 지켜 혼자 살았다[守義獨居]는 표현이 있어 그녀가 심육과의 관계에서는 의(義)를 중시했다는 점을 알 수 있다. 그런데 평결에서 강조되는 가치는 자손보전, 지감, 열행 등으로 모두 조선시대에 공고했던 유교적 이념에 더 가까운 것임을 알 수 있다. 세 작품 중 『양은천미』의 편찬 시기가 가장 후대의 것이지만 『양은천미』에 수록된 〈추향〉에서 가장 보수적 가치가 기려진다.

〈협창〉이 실명을 거론 않는 이유는……

〈협창〉에서는 기생도, 양반 남성도 이름이 밝혀져 있지 않다. 그러나 을해옥사라는 사건명만은 정확하게 기록해 주고 있다. 을해옥사(乙亥獄事)는 을해년인 1755년에 일어난 사건으로, 윤지라는 인물에게서 비롯하였다. 윤지는 숙종 때 과거에 급제했으나 1722년이 김일경의 옥사에 연루되어 나주에 귀양을 가게 된다. 그런데 오랜 귀양 생활 끝에 그는 아들 광철과 동지를 규합하여 1755년에 나라를 비방하는 글을 나주 객사에 붙였다. 그런데 이것이 윤지의 소행임이 밝혀져 거사를 일으키기 전에 잡혀 서울로 압송되었고 이 사건으로 말미암아 수백 명의 소론측 인사들이 죽임을 당하였다. 이것이 바로 〈협창〉에서 명시한 을해옥사이다. 높은 벼슬을 하고 서울에서 호화롭게 살았던 남자 주인공은 형의

죄에 연루되어 제주도의 관비가 되어 유배를 가게 된 인물이다. 〈취섬〉
에는 기생과 양반 남성의 이름이 등장한다. 함양 근처 원으로 와 있던
심약이라는 인물이 그의 형 심악의 죄에 걸려 북쪽 변방으로, 남해로
이배되면서 처지가 불우해졌다는 내용이다. 〈추향〉 역시 기생과 양반
남성의 이름이 등장하며, 밀양부사 심육이 동생 심악의 역모죄에 연루
되어 관북으로 유배되었고 사사될 처지에 처해 있었다.

　〈협창〉은 실명 정보는 없으나 사건명은 제시하였고 다른 두 작품은
남녀 등장인물의 이름은 있으나 사건명은 언급되지 않았다. 남녀 등장
인물의 이름의 경우, 〈취섬〉에는 심약(沈鑰), 심악(沈鏜)이 등장하는데
심악은 정확한 이름이지만, 심약은 부정확한 이름이다. 을해옥사 때 심
씨 가운데 걸린 이로는 심악(沈鏜)이 있다. 심악은 심수현(沈壽賢)의 아
들이다. 심수현은 영조 때 영의정까지 지낸 인물이며 장자 심육(沈錥)²⁾
을 비롯하여 5명의 아들을 두었다. 이 집안에서는 숙부 심유현(沈維賢)
이 이인좌의 난(1728)에 연루되어 죽었으며, 심악은 심유현에게 양자 갔
다가 파양한 동생 심필(沈鉍)의 과거 합격 취소는 억울하다며 상소한
일이 있다. 심악은 1743년 딸이 세자빈 재간택에 들기도 하였으며 정
언, 사간, 승지, 공조참판, 동래부사, 강화유수 등을 지냈고 1751년에
는 형조참판을 제수 받았는데, 1755년에 친국을 당하고 대역죄가 적용
되었다. 심악의 남동생으로는 심륜(沈錀), 심필(沈鉍), 심발(沈鏺)이 있
으므로 〈취섬〉의 심약(沈鑰)은 사실과 부합하는 이름이 아니다. 다만
현재 남아 있는 한국학중앙연구원 소장본『청성잡기』필사본을 보면
필사 상태가 매우 정교한 이본은 아니어서 〈취섬〉의 심약(沈鑰)은 심륜
(沈錀)의 오기일 가능성이 있다고 여겨진다.

　〈추향〉은 심육(沈錥 : 1685~1753), 심악(沈鏜)이라고 명명하면서 을해

옥사와 관련한 이름들이 정확하게 등장한다. 심육이 심악의 형인 것은 맞다. 심수현은 첫째부인 전의 이씨에게서 심육을 얻고 그 후 둘째부인 광주 안씨에게서 세 명의 아들을 얻었다. 그러나 심육은 을해옥사가 나기 전인 1755년 이전에 죽으며 여러 번 벼슬을 제수 받기는 하나 실제로는 사양하고 벼슬에 나가지 않은 채로 지낸 인물이다. 그런데 작품의 사건이 심씨 집안과 연루된 사건임은 분명해 보이므로 사건의 정황상 남자 주인공이 심육이 되기는 어렵다. 그러므로 심육은 잘못된 정보에 입각한 명명일 확률이 높다.

　이상의 내용을 종합해 본 결과, 〈협창〉은 남녀 주인공의 이름을 제시하지 않고 있으나 결과적으로 가장 정확한 기술을 하고 있는 셈이다. 〈취섬〉과 〈추향〉이 심악을 거론하고 있고, 〈협창〉이 을해옥사를 거론한 것을 보면 이는 결국 을해옥사 때 심악의 사사가 배경이 된 사건임에는 분명하다. 〈협창〉과 〈취섬〉은 '형의 죄'에 연루되었다고 했고 〈추향〉은 '동생의 죄'에 연루되었다고 했으나, 결정적으로 심육의 생몰연대가 1685년에 태어나서 1753년에 죽었기에 심악의 죄에 연루되는 이 작품의 남자 주인공이 형 심육이 될 수는 없다. 을해옥사 후 심악 형제의 일이라면 남자 주인공은 심악의 동생이 되어야 가능하다. 물론 이 작품의 남자 주인공이 바로 심악의 동생이 겪은 실화이거나 혹은 세 명의 동생 중 심륜의 실화를 옮겨온 것이라고 단정하기는 어렵다. 그러나 사실 관계를 살펴보면, 이 작품은 심악의 사사를 배경으로 하고 있으며, 최소한 심악의 동생 중 한 명이 남자 주인공으로 설정된 셈이다. 다른 두 작품이 실명을 거론하고 있는 것으로 보아 이 이야기의 저간에는 을해옥사를 배경으로 한 실제 사연이 있었을 가능성이 있다.

　세 작품의 비교 대조를 통해 이 작품의 소재 원천이 실화일 가능성을 살피면서 주목할 만한 지점은 이옥의 경우 군이 무명씨로 작품을 남겼다는 것이다. 다른 두 작품은 실명을 거론하고 있으나 이는 실제와 부합하지 않는다. 그런데도 그대로 필사했다는 사실은 필사자들은 이를 그대로 수용하였음을 의미한다. 즉 〈협창〉과 비교해 볼 때, 〈취섬〉과 〈추향〉은 상대적으로 전해들은 이야기를 그대로 옮겨 적었을 가능성이 높다. 이를 뒤집어 말하면, 세 작품 중 〈협창〉이 구전과는 가장 거리가 멀다는 것을 의미하며, 다른 두 작품에 비해 작가의 고유한 창작의 지점, 서술의 전략 등이 내포되어 있는 작품이 〈협창기문〉임을 의미한다.

3. 퇴폐적이고도 적극적인 죽음의 서사

붉고 강렬한 죽음의 이미지, 조선에서는 보기 드문

〈협창기문〉의 서사 단락은 네 부분으로 나눠 볼 수 있다. 우선 도입부에서는 여성 주인공인 창기가 서울에서 얼마나 유명하고 도도한 기생이었는가에 대한 정보와 그 기생에 대한 평판을 서술하고 있다. 도입부에서 강조되는 것은 당대 최고였다는 그 기생의 미모와 기예 그리고 남성의 돈과 권력, 외모, 풍류 등의 조건을 보고 손님을 가려 받는 그녀의 태도이다. 이 부분을 보면 그녀는 자신의 성적 매력과 교양을 자본으로 남성들과 거래하면서 돈을 버는 기생의 직역에 철저한 인물로 그려지고 있다. 한 번이라도 출입한 남성들을 보면 그녀가 내세운 기준 즉 그 기방의 문턱이 얼마나 높았는지를 알 수 있다. 그 결과, 도입부에서는 기예를 포함한 자신의 성적 매력을 권력화하여 남성들에게 차별적으로 행사하는 그녀의 야박함, 가시적이고 물질적인 가치만을 추구하는 그녀의 비인간적 면모가 두드러진다.

두 번째 단락은 그런 그녀가 자신의 손님 중 제주도 노비가 된 사람을 위해 다른 손님들에게 여비를 부탁하는 부탁과 설득의 내용으로 되어 있다. 철저하게 이익을 좇는 것처럼 보였던 그 기생이 완벽하게 몰락한 남성을 위해 길 떠날 채비를 차리는 것도 뜻밖이지만 그 비용을 자기 기방의 다른 손님들에게 부탁하는 것도 의외이다. 그녀의 논리는 '십 년 동안 친밀하게 지냈던 자신의 손님은 백 명 정도이며 모두 잘 살던 사람들인데, 자신이 기뻐했던 사람이 굶주려 죽는다면 이는 자신의 수치이기 때문에 따라가려 한다(我之設此會, 十年, 所親密, 亦近百人. 竊計之, 皆肉食衣裘, 而度世, 未嘗有窮乏. 今某, 且餓死於濟. 奴之歡而以餓死, 是奴之恥也. 吾將從之)'는 것이었다. 그녀는 이 부탁을 하며 '속히 행장을 꾸려 달라'고 하는데, 이 부탁을 들은 다른 남성들은 자신도 그 기방의 손님들이었기에 같은 대접을 받을 것이라는 기대를 은연 중 가졌던 것인지 그녀의 부탁을 속히 들어준 것으로 보인다. 그녀는 기생의 직역에 걸맞은 설득의 방식을 선택하였다.

세 번째 단락은 그녀가 넉넉한 재물을 가지고 제주도로 떠나 그 남자와 함께 죽기까지의 내용이다. 그녀는 지극히 화려한 것들로 그 남자를 받들며 그를 설득하였다. 문면에는 언급되어 있지 않지만 그 남자는 다시 복귀할 기대를 가지고 있었던 것으로 보인다. 그녀의 설득의 내용은 '그대는 다시 북쪽으로 갈 수 없는 게 분명하다', '힘들게 사는 것이 즐기는 가운데 죽는 것만 같지 못하다'면서 즐기다가 죽자는 것이었다. 여기에서의 북쪽은 서울을 가리킨다. 그리고는 날마다 독주를 갖춰 술을 따라 권하여 취하게 만들고 취하면 잠자리에 들었다. 밤낮을 가리지 않는 독주와 섹스의 반복으로 그는 과연 병이 들어 죽었고, 그녀는 관곽과 옷, 이불 등을 매우 아름다운 물건으로 장만하여 그를 묻었다. 그리고는 자신의 장례 준비도 해 놓고 십여 폭의 편지와 재물을 이웃에게 부탁하여 그 편지가 서울의 옛 친구들에게 전달되게 해 놓은 후 폭음을 하고 통곡한 후 그녀 역시 죽는다. 그녀의 편지는 과거의 자신을 아는, 자신에 대한 평판을 아는 이들로 하여금 그녀의 죽음을 애도하게 하고, 그녀의 의를 깨닫게 하는 매개체가 된다. 그들이 돈을 걷어 그녀의 주검을 맞아온 후 장례를 지내주었다는 내용으로 일단락되는 세 번째 부분은 짧은 내용 안에 격정적인 감정의 기복들을 담아내고 있다. 제주도에서의 기녀와 그 남자의 동거는 곡진하고도 화려하다. 넉넉한 재물로 행해지는 극진한 봉양, 화주(火酒)와 동침의 나날, 술과 섹스를 이용한 자살, 정성을 다한 화려한 장례 치레 등은 화려하고도 호사스러운 이미지를 연상시키기에 충분하다. 돈도, 육체도 실컷 탕진하는 과정, 욕망과 쾌락의 끝에 기녀가 선택한 죽음의 방식 역시 폭음사였다. 매우 격정적이고 충동적인 선택이다.

마지막 평결 부분은 앞에서도 살핀 바와 같이 돈만 좇는 시정세태, 염량세태를 따르는 시교(市交)에 대한 경계로 되어 있다. 이옥에게 중요했던 것은 기생의 사랑도, 허무감도, 죽음도 아니었다. 오로지 협의 가치, 사귐의 문제, 돈을 좇는 세태의 문제였다. 이제 기녀는 첫째 단락에서의 부정적인 평판과는 정반대의 인물임이 드러나 있다. 평결에서는 시정세태에 대한 이옥의 냉정한 시선과 그가 동경하는 가치를 엿볼 수 있다. 이옥은 그녀를 의협심 있는 기녀로 명명하였다. 협에 대한 이옥의 관심은 18세기에 새롭게 부상하는 가치의 일면을 보여주는 것이기도 하며, 그 기녀에게서 협의 면모를 평가한 것도 타당한 시선이라 하겠다. 그러나 그녀의 죽음은 단지 자신이 섬기는 윗사람을 위해 죽은 '관부'와는 차별화되는 지점이 있다. 이옥의 평결은 그 부분까지는 언급하지 않았기에 그녀의 죽음은 여전히 사마천이 『사기』에서 포상한 협(俠)으로 범주화되었고, 포(褒)의 방향이든 폄(貶)의 방향이든 간에 그녀가 선택한 죽음에서 감지되는 탈중세적인 분위기는 언급되지 않았다.

이옥은 이 작품에서 남녀 주인공의 이름을 모두 익명으로 처리하는 대신 배경이 되는 사건은 정확하게 제시하였다. 이옥이 실제로 그들의 이름을 몰랐거나 혹은 알고도 일부러 안 적었을 가능성도 있다. 그런데 이들의 선택은 당대의 정서에 비추어 매우 파격적인 이야기이기에 오히려 무명씨로 제시한 것이 정황상 더 개연성이 높아 보이는 효과를 얻기도 한다. 작품에서 그 남자는 '창지환일인(娼之歡一人)'이나 '노지환(奴之歡)'과 같이 그녀와의 관계에서만 불려진다. 제주도까지 따라가서 마지막을 함께 할 정도쯤 되면 창기에게 그 남자는 분명 손님 이상의 의미였을 것이며, 기방에서는 내색을 못 했을지라도 마음에 품고 있었을 가능성이 높다. 그러므로 이 정도면 정인(情人)이나 회인(懷人)과 같은 단어를 쓸 수도 있을 텐데, 이옥은 창기의 입을 빌어 '불과위심상일석우(不過爲尋常一夕友)'라고 말하게 하면서 '애(愛)' 대신 '환(歡)'이라는 표현을 선택하였다. 그런데 '환(歡)'은 기뻐하고 즐거워한다는 뜻과 더불어 교정(交情), 친분 혹은 사랑한다는 뜻까지도 포함하는 경우가 있다. '환'은 이렇듯 창기와 그 남자와의 일정한 거리를 만들어 보이기도 하고 동시에 감정적으로 매우 가까운 사이일 수도 있음을 다 포괄하여, 자신들의 욕망의 대상이었던 기생이 그녀의 정인을 돕는데 다른 남성들도 선뜻 동참하는 정황을 연출해낸다.

이 작품은 정황 설명을 길게 하지 않는다. 글자 몇 개 안 되는데 벌써 많은 행동들이 서술되는 것이다. 그나마 길게 서술되는 부분은 기생의 발화 내용이다. 하루아침에 삶이 바뀌는 극적인 상황이니 심리나 정황에 대한 설명이나 묘사가 있을 법한데 그런 서술은 다 배제되었다. 대신 기생이 선택하는 행위들만 따라가는 서술을 선택하는 것이다. 이 작품에서 가장 극적인 부분은 셋째 단락에서 기생이 선택한 죽음의 방법이다. 그 부분 인용은 다음과 같은데, 그녀가 남자의 희망이 헛되다는 말을 한 후에 이어지는 내용이다.

그리고 날마다 독주를 갖추어 따라 취하게 하였고 취하면 이끌어 함께 잠자리에 들었다. 밤낮을 가리지 않았으니 얼마 안 있어 과연 병들어 죽었다.
乃日具火酒, 灌, 醉之. 醉輒引與寢, 不以晝宵間. 居無幾, 果病而死.

비교를 위해 〈추향〉에서도 여기에 해당하는 부분을 인용해 본다.

추향이 행장을 푸니 좋은 술 몇 말이 든 상자와 어포와 육포가 가득한 상자, 수의 한 벌이 든 상자, 금과 은 몇 덩이가 봉해져 있던 상자를 앞에 늘어놓았다. 심육이 말하였다. "이것이 어찌하여 약이란 말이냐?" 추향이 말하였다. "공께서는 지금 늙고 쇠약하셨으나 아직 술과 계집을 좋아하십니다. 이 맛난 술을 드시면서 첩과 같이 지내시면 쇠약한 기질이 주색에 빠져 몇 달이 안 되어 반드시 절로 운명하시게 될 것입니다. 이것이 이른 바 명을 재촉하는 좋은 약입니다. 공께서는 애석하게 여기지 마십시오." 심육은 쓸쓸히 응낙하고 이후로 매일 술과 색에 빠지니 한 달이 못 되어 과연 적소에서 죽었다.
秋香解裝, 一箱儲美酒數斗, 一箱盛魚肉胙脯, 一箱藏壽衣一襲, 一箱封金銀數塊, 開列於前. 鏑曰, "此何藥也?" 秋香曰, "公今老衰, 而尙能愛酒好色. 飮此旨酒, 與妾同處, 以衰朽之質, 入酒色之鄕, 不出數月, 必將自殞, 此所謂催命之良藥也. 公可勿惜." 鏑愀然應諾, 自是以後, 每日飮酒沈色, 不一月, 果卒於謫所.

두 작품을 비교해 보면 이옥의 표현이 얼마나 간결한가를 알 수 있다. 막상 죽음에 나아가는 과정에서는 정황을 설명하는 대화나 열거 혹은 묘사적 서술은 생략된 채 한 행위에 한 글자 정도만 사용하면서 행동으로만 연결된다. 위 인용문 '乃日具火酒, 灌, 醉之. 醉輒引與寢, 不以晝宵間. 居無幾, 果病而死'는 기생이 제시한 '사어락(死於樂)'에 대한 내용이었다. 한 행위에 한 글자 정도만 배치한 〈협창〉의 인용문은 속도감이 있고 간결하며 다른 서술이 전혀 없기에 오히려 상상력을 자극한다. 이옥은 서술은 간결하게 하면서 평범하지 않은 어휘를 선택하였다. 전술한 '奴之歡'도 그렇거니와 술의 경우도 〈추향〉에서는 '미주(美酒)'인데 비해 〈협창〉에서는 '화주(火酒)'이다. 화주는 의미상으로는 독주를 가리키나 '火'라는 글자를 선택함으로써 붉고 강렬한 이미지를 아우르는 효과가 있다. 또한 불의 이미지를 지닌 글자 선택에서 오는 화려하고 격렬한 미감은 술과 섹스를 탐닉하다 죽어가겠다는 퇴폐적이며 쾌락적인 자살 방법을 선택한 이들의 극적인 최후와도 어울린다.

서사와 죽음을 기꺼이 주도한 그녀, 창기(娼妓)

고전소설 〈이춘풍전〉의 추월처럼 철저하게 이재에 밝은 기생이거나, 홍직필(洪直弼 : 1776~1852)의 문집에 수록된 〈기경춘전(妓瓊春傳)〉의 경춘처럼 자신이 사랑하던 남자의 붓을 품에 넣고 열여섯 나이에 강물에 투신한 열녀 기생 등은 조선시대에 기생을 재현해 내던 전형적 형상들이다. 당대 기생에 대한 이 같은 재현 방식과 비교해 보았을 때 이옥이 그려낸 기생 형상은 특별하다.

〈협창〉의 기생은 서사를 주도해 가는 인물이다. 그녀는 발화 및 행위의 주도자이며, 대화에서는 기생의 의지와 설득의 전략이 드러난다. 그녀는 말하고 행동한다. 이에 비해 남성 인물은 발화하지 않는다. 말없이 잠잠하며 의지나 주장이 드러나 있는 곳이 없다. 다만 그가 서울로 돌아갈 수 있을까를 기대했었을 가능성만은 엿보인다. 그러나 이것도 '서울로 돌아갈 수 없는 것이 분명하므로 제주도에서 노비 신세로 사느니 즐기는 가운데 죽는 게 낫다'는 기생의 발화로 말미암아 행간을 읽어서 짐작할 뿐이다. 그가 한 말이나 그가 주도한 행동에 관해서는 서술을 통한 간접 제시조차 없다. 사건의 정황이 좀 더 가까운 〈추향〉의 경우는 남성 인물도 함께 발화하고 행동한다. 그러나 〈협창〉의 경우는 모두 기생의 예상과 기생의 발화이며, 남성 인물은 기생의 말을 듣고 그녀가 하라는 대로 따라하다가 결국 죽음에 이를 뿐이다. 그 역시 죽음에 이른다는 것을 알고도 따랐을 것이니 그녀의 자살 계획에 동의한 것은 짐작 가능하다.

기생이 등장하는 다른 작품에서도 영리한 기생의 주도면밀한 계획이나 실천이 강조되는 경우는 있다. 그러나 이 작품처럼 기생만 두드러지고, 함께 죽을 결심을 할 정도로 기생에게 중요한 사람이었던 남성 인물이 이렇게 철저하게 침묵한 경우는 찾아보기 힘들다. 그를 받들던[供之] 기생이 '즐기다 죽자'고 한 권유에 그가 어떻게 응했는지 여부도 생략된 채 곧바로 이어지는 것이 '(기생이) 날마다 화주를 갖춰[日具火酒] (그에게) 술을 따라[灌] 취하게 하고[醉之], 취하면 문득[醉輒] 끌어 함께 잠자리에 드는 것[引與寢]'이었다. 행위의 주체가 기생임을 알 수 있다. 작품에 나타난 그의 행동은 귀양 간 것, 그녀가 따라 주는 독주를 마시고 잠자리에 응한 것 그리고 죽은 것이 전부이다. 기생은 발화와 행동을 주도함으로써 이 작품의 사건을 추동해 가는 역할을 한다.

이 작품에 나타난 죽음은 두 인물의 죽음이 약간의 시차는 있지만 동반자살에 해당한다. 그것도 밤낮없이 독주와 섹스에 탐닉하는 나날을 보내다가 쇠진하여 죽는 방법이었다. 18세기 조선이라 해도 여전히 유교적인 규범이 주도하는 사회였는데 기생은 왜 하필 이런 방식의 자살을 선택했을까? 그리고 왜 자기 혼자만 죽거나 그 남자만 죽도록 하는 것도 아니고, 함께 죽음으로 몰고 가야 했을까? 게다가 서울에서 그렇게 '잘 나가던' 기생이 왜 죽음을 준비하려 했을까? 그것도 쾌락적 탕진사를 말이다. 그들의 죽음이 충격적인 방식을 취하였기에 여러 가지 질문들이 이어진다. 여러 가지 질문이 있을 수 있겠으나 그 중 관심이 가는 질문은 그 둘의 죽음이 정사(情死)일 수 있을까 하는 것이다. 왜냐하면 그들의 죽음이 정사를 연상시키는 면이 있는데 정사는 근대에 이르러야 나타나는 죽음의 양상인 것으로 인식되어 있기 때문이다. 정사란 사랑하는 남녀가 그 사랑을 이루지 못하게 되자 함께 자살하는 경우에 해당하는 표현이다.

비교의 대상이었던 다른 두 작품에서는 죽음의 양상이 조금 다르게 그려진다. 일단 〈취섬〉에서는 유배 상황만 제시될 뿐 심약도, 취섬도 함께 죽음을 거론하지는 않는다. 〈추향〉의 경우는 유배지에서 음주침색하여 함께 죽음에 이르는 것은 동일한데 남자만 그렇게 죽고 추향은 목을 찔러 죽는 방식을 선택한다. 그 둘은 서로 다른 방식으로 죽음으로써 죽음으로 인한 공유, 합일의 느낌은 없다. 그러므로 〈취섬〉과 〈추향〉의 죽음은 정사를 연상시키는 것과는 거리가 멀다. 그 밖의 다른 작품에 나타난 기생들도 사랑에 좌절했기 때문에 상대 남성과 함께 동반자살하는 경우는 찾아보기 힘들다. 그렇다면 〈협창〉은 사랑에 좌절한 두 남녀의 동반자살에 해당할까?

조선시대 전기소설을 보면 사랑을 이루지 못한 남녀가 시름시름 앓다 결국 둘 다 죽음에 이르게 되는 내용들이 나오기도 한다. 그런데 이 경우 궁극적으로 남녀가 다 죽기는 하지만 이 역시 정사와는 거리가 있다. 왜냐하면 정사는 적극적인 자살의 형식인데 그리움에 시름시름 앓다 죽는 것은 상사병으로 인한 죽음으로, 자살의 형태는 아니기 때문이다. 전기소설은 아니지만 자신을 사랑하던 남자가 죽자 따라 죽은 여성에 관한 글들도 있다. 조수삼(趙秀三 : 1762~1849)의 『추재기이(秋齋紀異)』에 수록된 금성월(錦城月)의 이야기나 유재건(劉在建 : 1793~1880)의 『이향견문록(里鄕見聞錄)』에 수록된 「범곡기문(凡谷記聞)」의 면성월(綿城月) 이야기가 그것이다. 금성월은 기생이라는 언급은 없으나 '재주와 미모가 매우 뛰어나 당대에 소문이 났다'는 표현으로 미루어 기생일 가능성이 높아 보인다. 면성월은 무안 기생으로 나온다. 그녀들은 어떤 남자의 첩이 되어 살았던 것으로 보이는데, 남자가 중죄를 지어 사형을 당하자 금성월은 가슴에 칼을 꽂아 죽었고 면성월은 스스로 목을 베어 죽었다. 두 작품 모두 열녀전의 형식은 아니나 죽은 남편을 따라 죽었다는 내용을 보면 둘 다 열녀에 가까운 형상임을 알 수 있다. 물론 그녀들의 경우, 더 이상 사랑할 대상이 없는 현실에 좌절하여 죽었을 수는 있다. 그러나 그렇다고 하여 엄밀한 의미에서의 정사라고 보기는 어려운데, 왜냐하면 상대 남성은 이미 죽었기 때문에 좌절한 사랑으로 인한 동반자살에 그가 동의한 형태는 아니기 때문이다.

이에 비해 기생의 말에 따라 남자가 동의하여 죽었고 기생도 곧이어 폭음사한 〈협창〉의 죽음은 분명 다른 바가 있다. 두 남녀가 세상과 단절한 채 함께 성과 술을 즐기다 죽음에 이른 〈협창〉의 경우는 정사처럼 보일 여지가 다분하다. 그런데 여기에서 한 가지 문제는 바로 남자의 태도이다. 진정한 정사가 되려면 두 사람이 자신들의 사랑이 이루어질 수 없는 것을 알고 합의하에 함께 자살해야 하기 때문이다. 비록 그녀 스스로 그를 가리켜 하룻밤 심상한 벗에 불과하다고도 했지만 〈협창〉의 기생은 그 남자를 특별히 마음에 품고 연모했을 확률이 높다. 그렇지 않고서야 제주 관노로 몰락한 그를 제주도까지 따라가서 호사스럽고 극진하게 모신 후에 함께 죽을 계획을 세울 까닭이 없어 보인다. 그런데 과연 그 양반 남성도 그 기생을 '사랑'했을까? 상대 남성이 만약 심악의 동생이거나 혹은 그 수준에 버금가는 인물이라면 그는 어느 정도의 벼슬을 한 인물일 것이며 당연히 혼인하여 가정을 이루고 있을 것이다. 양반 남성이 기생과 지속적인 관계를 유지하며 애정을 쏟는 경우는 주로 지방관이 되어 타지에 부임하고 있을 동안의 일이다. 부임지에서는 날마다 수청을 든 기생이라 할지라도 첩으로 들이는 경우는 흔치 않았다[3]. 〈협창〉처럼 서울의 유명한 기방을 드나드는 벼슬아치가 그 기생을 진정 사랑해서 몇 년 동안 사랑하거나 혹은 첩으로 들일 작정을 할 확률은 더 낮을 것임에 분명하다. 제주도에서 그 남자의 태도는 어떠했을까도 궁금하지만 작품에는 이와 관련한 언급이 없다. 제주도에서 그는 자신에게 더 이상 어떤 희망도 없다는 현실을 받아들이고 자포자기의 상태로 들어갔을 가능성도 있다. 그런 상태에서 그녀와 함께 지냈다면 그가 그녀를 사랑했는지 여부는 여전히 불투명하며 둘의 동반자살 역시 이루어질 수 없는 사랑 때문에 죽은 것은 아니리라는 생각이 든다. 그렇다면 이 둘의 동반자살은 사전적 의미에서의 정사라고 단정 짓기에는 모호한 지점이 있다. 그러나 이옥은 그 남성을 침묵시켰기에 또한 여전히 다른 가능성들은 잠재태의 상태로 남겨져 있다. 〈협창〉의 동반자살이 정사처럼 보인다면 그것은 주체성과 의지를 찾아볼 수 없도록 남성 인물을 식물화한 이옥의 표현 방식에서 기인한다.

또 한 가지 가능성은 중국 명청 소품문의 영향이다. 이옥은 중국의 소품문들을 많이 접하였으며 그 중에는 여회(余懷 : 1616~1696)의『판교잡기(板橋雜記)』[4]나 풍몽룡(馮夢龍 : 1574~1646)이 편찬한『정사유략(情史類略)』과 같은 중국 기생들의 이야기가 다수 들어 있었다[5]. 또 당시 조선에서는 장조(張潮 : 1650~1707?)의『우초신지(虞初新志)』도 많이 읽었다고 하며, 조선에 들어온『우초신지』판본 중에는『판교잡기』가 함께 수록되어 있는 이본들도 있는데,『우초신지』역시 중국 강남 기녀들의 이야기이다. 중국의 소품문에는 조선의 이야기보다 소재나 묘사가 자세하고 자극적이거나 감정의 진폭이 더 큰 작품들이 있으며 이옥이 그 영향을 받았을 가능성이 있다. 앞에서 살펴본 바와 같이 비슷한 소재를 형상화한 여타의 조선 작품들이 기녀들의 형상을 열녀로 범주화하고 있을 때, 〈협창〉은 결코 열(烈)이나 절(節) 같은 낡은 단어로 그 인물을 포착해 내지 않았으며, 비록 협의의 정사(情死)는 아니지만 그 비슷한 분위기를 자아내는 동반자살의 과정 역시 인상적으로 그려내고 있다.

이옥은 그 기생을 높은 의가 있는, 의협심이 있는 인물이라고 평했으며, '여자 관부'라고 불러준다. 물론 그 기생은 세상의 평판과는 달리 본래부터 자기만의 가치, 지키는 것[守]이 있던 인물이었다. 이것을 개인 윤리로 해석한다면 이 역시 협(俠)의 조건을 충족시킨다. 그런데 '협창' 혹은 윗사람에 대한 전폭적 추종을 실천한 '관부'와 같은 단어만으로 이 기생의 선택이 다 설명되는 것일까?

그녀는 '노지환', '불과위심상일석우'에게 굳이 자신의 모든 것을 기꺼이 투자했다. 그것도 자기 기방에 출입하던 손님들에게 갹출까지 해가면서 말이다. 그녀가 제주도로 떠난 것은 결국 그와 함께 죽기 위해서였다. 하지만 대부분의 기녀들이 이런 상황에서 그 같은 자살을 선택하지는 않았을 것이다. 절의를 지키느니 오히려 〈포의교집〉 마지막에 등장하는 기생 화옥처럼 기생의 직역에 충실하면서 한평생 호화롭게 즐기면서 사는 방식을 선택할 것이다. 혹은 김진형에게 버림받은 〈군산월애원가〉의 군산월도 첩으로 데려가겠노라는 약속을 저버린 데 대한 슬픔과 원한에 찬 글을 남길지언정 그렇다고 하여 자살하지는 않았다. 그녀들은 기생의 방식으로 수절하거나 혹은 기생의 방식으로 훗날을 도모한다. 비록 소수이기는 하나 그녀들이 죽었다고 기록될 때에는 대개 같이 살던 남자가 죽었을 때이다. 그런데 이 작품의 창기는 이도 저도 해당사항이 없으며 문전성시를 이루는 기방 기녀일 때 죽는다. 그것도 기꺼이 죽음을 기획하고 실행에 옮긴 것이다.

　〈협창〉의 몰락한 양반 남성은 이 기생의 정인이었을 확률이 높다. 조선시대에 청루 출입은 표면상으로는 점잖은 양반이 할 일로 간주되지 않았다. 조선시대 기생들이 남긴 기록을 참고해 보면 〈협창〉의 남성 인물이 그 창기와 전폭적이고 배타적 관계에 들어갈 확률이란 매우 희박한 것이었다. 한양 최고의 기생은 이 같은 자신의 현실과 좌표를 잘 인지하고 있었을 것이다. 어차피 인격적인 관계 맺기가 아니라 놀이의 주체이자 대상으로서 맺는 유희적 관계라면 그녀는 자신이 어떻게 처신해야 하는지를 잘 알고 행동했던 것 같다. 즉 그녀는 자신을 '꺾이지 않는' 꽃으로, 욕망의 대상으로 기표화할 때만 양반 남성 손님들과의 관계에서 자신이 권력을 가질 수 있다는 것을 간파하고 있었을 것이며, 그러기 위해서는 자기 기방을 찾는 손님 그 누구에게라도 자신의 속마음을 내보일 수 없었을 것이다. 그 양반 남성이 그녀의 정인이었다고 해도 그를 향한 연모의 정 역시 혼자만의 감정으로 내장하고 있었을 가능성이 높다.

이 작품에서 정인이라는 단어는 등장하지 않으나 몰락한 그 사람의 처지를 불쌍히 여기고, 따라가서 극진하게 최고의 물건으로 보살핀다는 것은 단지 그동안 기방에서 손님으로 모시던 사람에 대한 의리로 내린 결정이라고 보기는 어렵다. 그 밑에는 말 못 한 채 간직했던 연모의 정이 작동하고 있었을 것이며, 이옥이 선택한 생략과 침묵의 서술 방식은 이 '말 못 할' 사정을 후경으로 하여 작품의 개연성을 높여주는 효과를 발생시킨다. 정황을 서술하지 않고 간략하게 서술해 버리고, 일부러 심상한 것처럼 노출시키는 어휘 선택 등은 그녀가 그간 가려왔던 감정과 관련하여 읽힌다. 남자가 몰락하여 바다 저편으로 떠나자 그녀는 드디어 그 감정을 드러낼 수 있는 공간을 찾은 셈이다. 그녀는 물론 협창이고 관부였다. 그러나 그 양반 남성이 몰락하여 제주도로 떠남과 동시에 그녀는 단지 의로움이나 협기만이 아니라 그간 묵음으로 처리되었던 사랑을 드러낸다. 오랫동안 그녀가 홀로 지녀왔던 사랑의 힘이 그들을 죽음으로 몰아간 것이다. 그녀는 협창이고 관부이자 적어도 혼자만의 사랑을 간직했던 기녀였다.

4. 욕망으로서의 죽음

〈협창〉이 비슷한 소재를 다룬 다른 작품들과 차별화되는 이유는 무엇보다 죽음에 대한 서술에서 보이는 차이 때문이다. 〈협창〉에서 선택한 죽음은 쾌락사이자 탕진사인 셈이며 남성 인물의 입장에서 보면 자포자기의 죽음처럼 보이기도 한다. 평결에서조차 〈추향〉처럼 '자손 보전' 운운하지도 않는다. 그들은 어떤 이념적 가치를 위해 죽기로 결심했던 것이 아니다. 죽음의 양상이 이렇기 때문에 그녀의 죽음 역시 열

(烈)이나 절(節)로 포상되기에는 거리감이 느껴진다.

조선시대에 죽음을 다루는 작품들은 그것이 사실 기록이든 혹은 허구적 서술이든 간에, 그리고 자살이든 아니든 간에 유교적 범주의 미감에서 그리 벗어나지 않는다. 그런데 〈협창〉은 이와는 차별화된 파격적인 죽음을 보여준다. 자신의 삶을 이런 식으로 소진해 버리는 것은 조선 시대의 윤리와는 부합하지 않는 선택이었다. 조선 시대의 유교적 가르침을 생각하면, '수신, 신독, 인내, 충효' 등의 단어가 떠오른다. 그리고 인내, 인고 등은 특히 여성과 관련하여 더 강조되었던 미덕이기도 하다. 그러므로 문학 작품 중에도 이 작품에서 서술하는 것처럼 그 순간 자체만을 위한 선택, 강렬하고 과감한 이미지 혹은 생을 방기해 버리는 듯한 태도 등은 잘 묘사되지 않는다. 어느 한 순간 죽음을 결정해도 그것은 대개 대의명분을 위한 것으로 그려지기 때문이다. 이렇게 한바탕 독주와 호사로 생의 마지막을 탕진하고 단지 숨을 거두는 것으로 그 생의 마지막을 장식하는 서사는 찾아보기 어렵다. 그들의 죽음은 오히려 쾌(快)의 극에 도달하고자 하는 죽음이며, 그들에게 혹은 그녀에게 죽음이란 마지못해 선택하는 것이 아니라 적극적이고 소망스러운 상태인 것처럼 보이기도 한다. 누구나 진정 죽고 싶은 인간은 드물기에 인간에게 죽음은 그 자체가 불쾌(不快)이나 이 작품에서는 죽음 그 자체가 욕망의 대상인 것처럼 그려졌다. 〈협창〉의 죽음은 어떻게 해서 이렇게 그려질 수 있었을까?

이 작품의 죽음이 적극적인 선택으로, 기꺼이 욕망하는 대상으로 간주될 수 있다면 그것은 그 기녀에게서 비롯하는 것이라 하겠다. 한양에서라면 그녀는 그 양반 남성과 기생과 손님 이상의 관계를 맺기 어려웠을 것이다. 자신의 감정조차 드러낼 수 없었을 터인데 그 남성이 사회적으로 정치적으로 완전히 매장 당한 후 그에게 그녀가 들어갈 공간이 생겼다. 제주도에서의 그녀는 그와 함께 지내면서 독주와 섹스의 반복으로 죽음에 이르는 과정을 통해 비로소 합일의 경험을 가질 수 있었다. 한양에서라면, 그 남자가 그 지위를 유지한다면, 이는 불가능한 일이다. 결코 그를 소유할 수 없었던 그녀가 제주도에서 그와 동반자살함으로써 그의 죽음을 소유한 셈이다. 바타이유에 의하면, 성적 결합을 통해 죽음을 소유한다는 것은 불연속적인 두 개체가 영원한 융합에 이르는 것 같은 기대를 갖게 한다[6]고 한다. 이 같은 저간의 사정으로 말미암아 그녀에게 이 죽음은 적극적인 선택의 결과였으며, 결핍되었던 욕망의 추구이자 삶의 연장이었고 동시에 대안이 없는 유일한 출구이기도 하였다. 그가 그녀의 계획에 순순히 따른 것도 대안이 없다는 판단에서 말미암았을 것이다.

〈제망매가〉의 화자는 사후에 다시 만날 것을 기대하지만 〈협창〉의 죽음은 세상 밖으로 빠져나가면 그뿐인 죽음이다. 내세관이 보이지도 않지만 그렇다고 해서 이생에서 살아남는 것만이 훌륭한 가치라는 태도도 보이지 않는다. 〈협창〉에서의 죽음은 현재의 난제를 해결하는 방법이자 수단이다. 살아서는 도저히 빠져나갈 구멍이 보이지 않을 때 선택하는 결단인 것이며, 단지 포기하고 마는 것이 아니라 사랑에 대한 열망이 자신의 남은 목숨보다 오히려 더 중요했기에 선뜻 선택한 죽음이었다. 〈협창〉의 서술에는 삶에 대한 여한이 남아 있지 않기에 그렇게 죽었어도 비극적인 여운을 남기지 않는다. 자신들에게 허여된 조건 속에서 남은 삶을 찰나적이며 쾌락적으로 소진해 버리는 것, 그녀에게는 자신의 전 재산을 기울여 자신의 삶을 화려하게 불살라 버릴 수 있는 과감함이 있었다. 기방 공간에서라면 거래의 대상이었을 퇴폐적이며 향락적인 성애가 제주도 공간에서는 존재의 방식이 되었으며, 그렇게 도달한 죽음은 한양 공간에서는 얻을 수 없는 삶의 완성이었다. 이옥은 〈협창〉에서 의(義)와 협(俠)을 기렸고, 협(俠)에 대해서는 다른 문인들도 더러 입전하였다. 그런데 이옥의 〈협창〉에서 보여준 죽음에 대한 서술은 다른 작품에서는 찾아보기 힘든 고유함이 있다. 죽음과 관련한 조선시대의 서술은 대개 유교의 자장 안에서 이루어졌다. 자살의 경우는 충효열을 기리는 서술로 포획되며, 삶과 죽음을 대하는 태도 역시 진인사대천명(盡人事待天命)과 같은 엄숙함이나 의연함을 전제로 한 서술이 대부분이다. 개인의 욕망이나 좌절을 경유한 동반자살을 다룬 이옥의 〈협창기문〉은 그런 점에서 개성적이며 정채를 발한다. 이옥의 〈협창〉은 중세적인 유교적 자장에서 벗어난 죽음의 양상, 적극적인 욕망으로서의 자살을 보여주고 있다는 점에서 특징적이다.

* 이 글은 『한국고전연구』 20집(2009)에 「〈협창기문〉에 나타난 죽음의 성격」이라는 제목으로 실린 논문을 약간의 수정을 거쳐 수록한 것임.
1) 이종은 외, 「한국문학에 나타난 한국인의 우주관과 생사관 연구」, 『한국학논집』 30, 한양대 한국학연구소, 1997, 144쪽.
2) 심수현의 가계에 대한 정보는 한국고전번역원 사이트에서 제공한 『한국문집총간』 207, 208권 「저촌선생유고」 해제 중 가계도 부분 참고.
3) 부임지에서 양반 남성을 모시던 기생이 첩이 되기는 매우 어려웠던 것으로 보인다. 정병설, 『나는 기생이다』, 문학동네, 2007, 82~103쪽, 234~265쪽.
4) 안대회는 이옥의 〈유리원청락기〉를 인용하면서, 이옥이 『판교잡기』에 특별한 관심을 두었을 것으로 보았다. 안대회, 「평양기생의 일생을 묘사한 소품서 녹파잡기 연구」, 『한문학보』 14, 우리한문학회, 2006, 304쪽.
5) 이옥의 명청 소품 독서에 대해서는 김영진, 「이옥 연구(1)-가계와 교유, 명·청 소품 열독을 중심으로-」, 『한문교육연구』 18, 한국한문교육학회, 2002, 357~359쪽.
6) 조한경 역, 바타이유, 『에로티즘』, 민음사, 2008, 20~21쪽.

심청의 죽음, 그 양면적 성격

정하영

1. 효녀 심청 : 가련한 심청

개화기의 신소설 작가 이해조는 〈자유종〉에서 당시 독자들이 즐겨 읽던 고소설에 대해 이렇게 논평한 바 있다.

> 춘향전을 보면 정치를 알겠소, 심청전을 보고 법률을 알겠소, 홍길동
> 전을 보아 도덕을 알겠소? 말하자면 춘향전은 음탕 교과서요, 심청전은
> 처량 교과서요, 홍길동전은 허황 교과서라 할 것이니, 국민을 음탕 교과
> 로 가르치면 어찌 풍속이 아름다우며, 처량 교과로 가르치면 장진지망
> (長進之望)이 있으며, 허황 교과서로 가르치면 어찌 정대한 기상이 있으
> 리까?   -〈자유종〉

〈심청전〉이라 하면 흔히 '효녀 심청'을 떠올리게 되는데, 이해조는 이와 전혀 다른 생각을 가지고 있었다. 그가 본 심청의 모습은 '갸륵한 효녀'가 아니라 '가련한 소녀'에 지나지 않았다.

판소리 문학에 남다른 관심을 가지고 있었던 김삼불(金三不)도 〈심청가〉에 대해서 이와 비슷한 견해를 밝힌 적이 있다.

효(孝)의 문학으로 일컬어지는 〈심청가〉가 …… 단순히 효로써만 대중의 이목(耳目)을 그토록 집중시켰는가는 하나의 의문이다. …… 심청이 희생되기로 결정했을 때, 심청의 인간성은 효의 윤리(倫理)보다 훨씬 강하였고, 인신매매의 금력(金力)이 인륜(人倫)보다 우위에 있었으며, 남녀칠세부동석의 예모(禮貌)보다 생활은 더 급박하였고, 봉건적 세계 감각 관념의 길보다 인간적 감각은 더 복잡하고 여러 갈래였다.

-김삼불, 「신오위장 연구」

〈심청전〉을 윤리소설·도덕소설로 규정하고, 심청을 효녀로만 칭송하는 단선적 시각에 대해 비판적 견해를 제시하고 있다. 이러한 견해는 〈심청전〉을 새롭게 고쳐 쓴 현대 작가의 작품에서도 드러난다. 최인훈의 희곡 〈달아달아 밝은 달아〉, 오태석의 희곡 〈심청이는 왜 두 번 인당수에 몸을 던졌는가〉, 그리고 황석영의 소설 〈심청-연꽃의 길〉 등에서 심청은 마냥 효녀로 칭송되지만은 않는다. 이들 작품에서는 열다섯 어린 나이에 아버지를 위해 몸을 팔아야 하는 심청의 인간적 고뇌를 부각시키고 있다.

〈심청전〉은 평면적 구조가 아니고 입체적 구조로 된 소설 작품이다. 하나의 시각, 또는 하나의 관점으로만 작품을 보아서는 전모를 파악하기 힘들다. 〈심청전〉을 윤리소설로 규정하고 심청을 효녀로 보는 견해는 타당성이 있지만, 그것이 전부가 될 수는 없다. 심청을 효녀라고 단정하기 이전에 그가 어떤 과정을 거쳐 효녀가 되었는지를 살피는 것이 필요하다.

〈심청전〉은 심청의 삶에 관한 이야기이다. 그는 열다섯의 짧은 삶을 살다가 죽음을 맞는다. 아버지를 위해 몸을 팔아 바다의 제물로 바쳐지는 것으로 이승의 삶을 마감한다. 그의 일생을 특징짓는 사건은 죽음이다. 죽음을 통해서 효행을 실천할 수 있었고, '만고 효녀'로 칭송받게 되었다. 심청의 죽음은 〈심청전〉의 핵심이며, 〈심청전〉을 해석하는 열쇠이다. 그런데도 〈심청전〉의 독자는 심청의 죽음 자체에 대해서는 그다지 진지하게 생각하지 않는다. 죽음으로 이룩한 명성에 관심을 기울이고 죽음에 이르기까지의 과정, 죽음의 실상과 성격에 대해서는 가볍게 지나치는 경향이 있다.

심청의 죽음에 대해서 윤리적 평가, 도덕적 칭송으로 일관하는 견해에 대해서 비판이 제기된 적이 여러 차례 있었다. 그럼에도 불구하고 이에 대한 검토가 충분히 이루어지지 못한 데는 몇 가지 이유가 있다. 하나는 〈심청전〉에 그려진 심청의 죽음이 진지하고 사실적이지 못하다는 점이고, 다른 하나는 죽음의 결과로 얻게 된 영광이 지나치게 과장되어 죽음의 실상을 가리고 있다는 점이다.

〈심청전〉에는 심청의 죽음이 매우 모호하게 서술되어 있다. 심청이 정말 죽었는지, 아니면 죽는 시늉만 하고 말았는지가 분명치 않다. 심청이 뱃사람에게 몸을 팔아 죽으러 갈 때까지의 상황은 매우 실감나게 그려져 있다. 인당수로 나아가 고사를 지내고 물에 뛰어들어 죽음을 맞았다. 그러나 물에 뛰어드는 순간 선녀들이 나타나 심청을 구조하여 용궁으로 데려간다. 거기서 심청은 한동안 즐겁고 행복한 시간을 보내고 연꽃에 담겨 다시 세상으로 살아 나온다. 심청과 주변 사람들이 느꼈던 죽음의 공포와 고통은 사실성을 잃고 만다.

심청의 죽음은 기대 이상의 효력을 발휘한다. 죽음의 주된 목적대로 아버지의 눈을 뜨게 하고 아울러 뱃사람의 안전한 뱃길을 열어 준다. 이 밖에 심청은 예기치 않았던 포상을 받는다. 인당수에 몸을 던졌으나 죽지 않고 다시 살아나 황후가 되고, 심봉사를 다시 만나 행복하게 산다. 〈심청전〉 경판계 이본에서는 심청의 죽음은 미리부터 예정된 것이고, 죽을 곳에 나아가도 죽지 않을 것이며, 결국에는 다시 살아나 복록을 누리는 모든 일이 정해진 운명에 따른 것이라 한다. 여기서 죽음의 성격은 더욱 모호하게 된다. 심청은 미리 짜여진 각본에 따라 죽는 시늉만 하는 우스꽝스러운 모습으로 그려지고 있다. 심청의 죽음에 대한 〈심청전〉의 이러한 서술은 죽음에 대해 진지하게 검토하고 성찰하는 것을 가로막는다.

심청의 죽음을 현실로 받아들이는 경우에 〈심청전〉은 의미 있는 작품이 된다. 심청은 아버지를 위해서 죽을 곳에 몸을 팔았고, 선인들의 제물로 바다에 던져졌다. 그는 목숨을 내놓는 대가로 공양미를 받아 불전에 시주했다. 물에 던져진 뒤에 자신이 구조되리라는 기대나 희망은 가지지 않았다. 심청은 효녀이기 이전에 연약하고 가련한 소녀였다. 죽음을 앞두고 오랜 기간 고민해야 했고, 바다에 뛰어들 때는 공포에 떨어야 했다. 죽음의 고통을 받아들였기 때문에 그는 효녀라는 영광스러운 칭호를 얻을 수 있었다.

'가련한 심청'과 '효녀 심청'은 결코 다른 인물이 아니다. '가련한 심청'의 죽음을 거쳐서 '효녀 심청'의 영광을 받을 수 있었다. '처량 교과서 심청전'과 '윤리 교과서 심청전'도 별개의 것이 아니다. '처량 교과서 심청전'에 대한 이해를 통해서 '윤리 교과서 심청전'을 제대로 이해할 수 있다. 심청에게 덧붙여진 영광과 찬사를 걷어내고 죽음의 실상과 본질을 제대로 파악할 때 심청의 성격과 〈심청전〉의 의미가 온전히 드러난다. 심청의 죽음을 바르게 이해하는 것이 심청을 이해하는 길이고, 〈심청전〉을 바르게 이해하는 길이다.

2. 어머니의 죽음 : 딸의 죽음을 부르는 전주곡

〈심청전〉의 비극적 분위기를 보여주는 사건은 작품의 첫머리에 나오는 곽씨 부인의 죽음이다. 그는 가난하고 앞 못 보는 심봉사에게 시집을 왔지만 부지런히 일을 해서 가계를 꾸리고 남편을 보살폈다. 오랜 혼인 생활에서도 자식이 없어서 온갖 치성을 드린 끝에 딸 심청을 낳는다. 귀한 딸을 얻고 행복에 겨워 하다가 이레 만에 출산 후유증으로 중병을 얻는다.

이렇듯이 즐기더니 뜻밖에 산후별증이 났구나. 현철하고 음전하신 곽씨부인, 해산한 초칠일 못다가서 외풍을 과히 쐬어 병이 났네.
　 −심청전 완판(이하 별도 표시가 없는 경우 같은 작품에서 인용)

아내의 병세가 심상치 않음을 알고 심봉사가 의원을 데려다 진맥을 하고 온갖 약을 썼지만, 병세는 호전되지 않고 속절없이 죽게 되었다. 곽씨 부인은 더 이상 살지 못할 줄 알고 심봉사를 보고 유언을 한다.

내가 한번 죽고 나면 눈 어두운 우리 가장 사고무친 혈혈단신 의탁할 곳이 없어, 바가지 손에 들고 지팡막대 부여잡고 때맞추어 나가다가, 구렁에도 빠지고 돌에도 채어 엎어져서 신세한탄 우는 양은 눈으로 보는 듯, …… 명산대찰 신공드려 사십에 낳은 자식, 젖 한 번도 못 먹이고 얼굴도 채 못 보고 죽는단 말이오? 전생에 무슨 죄로 이승에 생겨나서 어미 없는 어린것이 뉘 젖 먹고 자라날까. 가장의 일신도 주체 못 하는데 또 저것을 어찌 하며, 그 모양 어찌 할까. …… 천명을 어길 길 없어 앞 못 보는 가장에게 어린 자식 맡겨 두고 영결하고 돌아가니, 낭군의 귀하신 몸 애통하여 상하지 말고 천만 보중하시오.

곽씨 부인에게 있어서 죽음은 가족과의 이별이었다. 자기밖에는 의

지할 데 없는 남편과 갓난 딸과의 이별이었다. 그는 자신이 죽고 난 뒤 심봉사와 심청에게 닥칠 고난과 불행을 생각하며 슬퍼한다. 심봉사와 작별 인사가 끝나자 심청을 붙들고 애절한 작별 인사를 나눈다.

> 천지도 무심하고 귀신도 야속하다. 네가 진작 생기거나 내가 좀 더 살거나, 너 낳자 나 죽으니 가없는 이 설움을 너로 하여 품게 하니, 죽는 어미 산 자식 생사 간에 무슨 죄냐? 뉘 젖 먹고 살아나며 뉘 품에서 잠을 자리. 애고, 아가. 내 젖 마지막 먹고 어서어서 자라거라.

곽씨 부인은 마침내 '딸꾹질 두세 번'에 숨이 덜컥 지고 만다. 이 부분에 대한 묘사는 〈심청전〉에서 어느 장면 못지않게 애절하다.

> 한숨지어 부는 바람 소슬바람 되어 있고, 눈물 맺어 오는 비는 보슬비되어 있다. 하늘은 나직하고 검은 구름 자욱한데 수풀에 우는 새는 둥지에 잠이 들어 고요히 머무르고, 시내에 도는 물은 돌돌돌 소리내며 흐느끼듯 흘러가니 하물며 사람이야 어찌 아니 설워하리.

곽씨 부인의 죽음에 대한 서술은 여기서 끝나지만, 죽음의 여파는 다음 장면으로 이어지면서 더욱 슬픈 분위기를 만들어 간다. 죽는 장면보다 더욱 처절하고 절박한 상황이 죽음 이후의 서술에서 보인다. 곽씨 부인이 숨을 거두자 심봉사는 애절하게 통곡하며 자탄가를 부른다. 이때 동네 사람들이 몰려들어 애도하는 분위기를 연출하고, 힘을 모아 곽씨 부인의 장례를 지내 준다. 심봉사는 갓난아기를 안고 상여를 따라가면서 통곡하기를 그치지 않는다. 장례 과정에 삽입된 상두가, 제문 등은 비극적 분위기를 더욱 고조시킨다.

장례식이 끝나고 나서 심봉사는 곽씨 부인에 대한 애통함은 접어 두고 어린 딸과 함께 살아갈 방도를 찾지만, 언제나 죽음의 그림자에서 벗어나지 못한다. 심청을 안고 동냥젖을 얻으러 다닐 때나, 심청이 자라서 밥을 빌러 나설 때나 심봉사는 늘 곽씨 부인의 죽음을 떠올리며 신세한탄을 늘어놓는다.

> 애고 애고, 애닮구나 너의 어머니. 무정하다 내 팔자야. 너를 시켜 밥을 빌어먹고 사잔 말이냐? …… 죽은 마누라 살았다면 끼니 근심 없을 것을 …….

심청이 공양미를 받고 몸을 팔아 죽을 곳으로 가게 되었다고 할 때도, 심봉사는 곽씨 부인의 죽음을 끌어 신세 한탄을 한다.

> 너의 어머니 늦게야 너를 낳고 초이레 안에 죽은 뒤에, 눈 어두운 늙은 것이 품안에 너를 안고 이집 저집 다니면서 구차한 말 해 가면서 동냥젖 얻어 먹여 이만치 자랐는데, 내 아무리 눈 어두우나 너를 눈으로 알고, 너의 어머니 죽은 뒤에 걱정없이 살았더니, 이 말이 무슨 말이냐?

곽씨 부인에 대한 심봉사의 미련은 작품의 후반부까지 이어진다. 황성 맹인잔치 가는 도중에 뺑덕어미가 달아났을 때도 심봉사는 죽은 곽씨 부인을 회상하며 울분을 삭인다.

> 공연히 그런 잡년을 정들였다가 살림만 날리고 도중에 낭패하니, 이모든 것이 나의 신수소관이라, 누구를 원망하고 누구를 탓하랴. 우리 어질고 음전하던 곽씨 부인 죽는 양도 보고 살았거든 하물며 저만 년을 생각하면 개아들놈이다.

　　곽씨 부인의 죽음으로 심봉사 못지않게 큰 상처를 받은 사람은 심청
이다. 심청은 나면서부터 어머니를 잃은 탓에 제대로 젖을 먹지 못하고
동냥젖으로 연명해야 했다. 겨우 철을 아는 나이가 되었을 때부터 밥을
빌러 나서게 된 것도 어머니의 죽음과 무관하지 않다. 어린 나이에 심
청은 어머니 곽씨 부인의 빈자리를 대신해야 했다. 이런 사정을 딱하게
여긴 장승상 부인이 수양딸 되기를 제안했을 때도 심청은 자신이 어머
니의 역할을 대신해야 한다는 이유를 들어 이를 사양한다.

　　　소녀 팔자 기구하여 태어난 지 이레 안에 어머니가 세상을 버리시고,
　　눈 어두운 부친께서 동냥젖 얻어 먹여 겨우 살아났습니다. 어머니 얼굴
　　도 모르는 더할 수 없는 슬픔이 끊일 날이 없기로 …….

　　죽은 어머니에 대한 그리움은 항상 심청을 떠나지 않았다. 어머니의
부재(不在)는 심청에게 물질적 가난뿐 아니라 정서적 결손을 가져왔다.
심청은 죽음을 앞둔 절박한 상황에서도 어머니를 만나게 될 기대에 부
풀어 있다. 죽은 어머니에 대한 생각이 심청의 잠재의식 속에서 잠시도
떠나지 않았음을 말해 준다.

　　　무슨 험한 팔자로서 초칠일 안에 어머니 죽고 아버지조차 이별하니 이런
　　일도 또 있을까. …… 돌아가신 어머니는 황천으로 가 계시고 나는 이제 죽게
　　되면 수궁으로 갈 것이니, 수궁에서 황천 가기 몇 만 리, 몇 천 리나 되는고.
　　모녀상면 하려 한들 어머니가 나를 어찌 알며, 내가 어찌 어머니를 알리.

　　심청이 용궁으로 들어갔을 때, 간절한 소망이 이루어져 어머니를 만
나게 된다. 죽어서 광한전 옥진부인이 되어 있던 곽씨 부인이 용궁으로
심청을 만나러 온 것이다.

　　어머니 어머니, 나를 낳고 초칠 일 안에 죽었으니 지금까지 십오 년을
　　얼굴도 모르오니 천지간 한없이 깊은 한이 개일 날이 없었답니다.

　심청의 생애와 운명에 깊은 영향을 끼친 곽씨 부인의 죽음은 심청의
출생과 밀접한 관련을 갖는다. 곽씨 부인 죽음의 원인은 '산후별증', 곧
'출산 후유증'이었다. 늦은 나이에 딸을 낳은 것부터가 무리인데다가
산후 조리를 잘 못하고 외풍(外風)을 많이 쐬었기 때문이다. 심청은 본
의 아니게 어머니 죽음의 원인을 만든 셈이다. 심청은 자라면서 자기로
말미암아 어머니가 죽었다는 잠재적 죄의식(罪意識)을 가져야 했다. 어
머니의 죽음으로 홀아비가 되어 고생하는 아버지를 보면서 그러한 죄
의식은 더욱 커졌을 것이고, 그것이 마침내 아버지를 위해 자신을 희생
하는 결단을 내리는 계기가 되었을 것이다.
　곽씨 부인의 죽음은 작품의 첫머리에 나오는 삽화에 불과하지만, 그
것은 〈심청전〉의 분위기를 예시하고 앞으로의 전개 방향을 결정짓는
중대 사건이다. 그의 죽음으로 심봉사와 심청의 딱한 처지가 심화되었
으며, 심봉사가 구렁텅이에 빠지고, 심청이 몸을 팔아 목숨을 바치는
상황으로 이어지게 된다.

3. 심청의 죽음 : 보은(報恩)의 희생

　〈심청전〉에서 심청의 죽음은 작품의 구조적 핵심이다. 작품 속의 모
든 사건들이 심청의 죽음과 연관을 맺고 있으며, 작품의 의미와 주제는
심청의 죽음을 통해서 구현된다. 심청의 죽음은 직접·간접의 여러 요
인에 의해 이루어진다. 심청이 태어난 가정환경, 어머니의 죽음, 아버

지의 공양미 시주 약속, 뱃사람의 제수 구매와 희생제의 등이 차례로 이어지면서 심청은 점차 죽음의 길로 나아가게 된다.

심청의 죽음은 그의 가난하고 외로운 가정 형편에 기인한다. 심청은 몰락한 양반의 후예로 태어났다. 물려받은 재산이 없어 살림은 곤궁하고, 힘이 되어 줄 친척도 없었다. 게다가 가장인 아버지는 앞을 못 보는 맹인이어서 생활능력을 잃었고, 어머니가 남의 집 품팔이로 근근이 생계를 이어가는 처지였다. 심봉사 부부가 마흔이 되어서야 심청이 태어났다. 이런 가정환경에서 태어난 심청의 앞길에는 적지 않은 고난이 예상된다.

어머니 곽씨의 죽음은 심청의 처지를 더욱 딱하게 만들었다. 어머니는 딸을 낳고 겨우 이레 만에 세상을 떠난다. 어머니의 죽음은 심청의 생명을 위태롭게 했다. 심청을 돌볼 사람이라고는 자기 앞가림도 못 하는 맹인 아버지밖에 없었다. 다행히 심봉사의 지극한 정성과 이웃 사람들의 도움으로 이 고비를 극복하고 어렵게 생활을 이어간다. 그러나 심청의 나이 열다섯이 되었을 때 심봉사의 뜻하지 않은 실수가 심청의 죽음을 부르는 빌미가 되었다.

심청이 밥을 빌러 나가 늦도록 돌아오지 않자 딸을 마중하러 나섰던 심봉사가 구렁텅이에 떨어진다. 얼굴은 흙투성이가 되고 옷에는 얼음이 얼어붙어 아무리 나오려고 해도 허우적거리다 도로 빠져 하릴없이 죽게 되었다. 해는 저물었고 행인은 끊어져 구해줄 사람은 나타나지 않았다. 그때 마침 몽운사 화주승이 나타나 심봉사를 구출해 낸다. 자신을 구해 준 화주승에게 심봉사는 '사람을 살리는 부처(活人佛)'라고 칭송하며 고마워한다. 이때 화주승은 심봉사에게 거부하기 힘든 제안을 한다.

우리 절 부처님은 영험이 많으셔서 빌어서 아니 되는 일이 없고 구하면 응답을 주신답니다. 공양미 삼백 석을 부처님께 올리고 지성으로 불공을 드리면 반드시 눈을 떠서 성한 사람이 되어 천지 만물을 보게 될 것입니다.

앞뒤 사정을 돌아볼 겨를이 없었던 심봉사는 자신의 형편을 생각하지 않고 그 제안을 선뜻 받아들인다. 눈을 뜬다는 말에 혹했다기보다는 자기를 살려준 은혜에 감격하여 그런 터무니없는 약속을 했던 것이다. 심봉사의 사정을 알고 있는 화주승이 짐짓 만류했으니 심봉사는 막무가내로 화까지 내면서 시주를 약속한다. 화주승을 보내고 정신을 수습한 심봉사는 자신의 약속이 '망령'임을 알고 후회하기 시작한다. 늦어서야 집으로 돌아와 사정을 알게 된 심청은 아버지의 실수를 탓하거나 원망하지 않고 그 일을 자신이 떠맡기로 한다.

아버지 걱정 마시고 진지나 잡수셔요. 후회하면 진심이 못 됩니다. 아버지 눈을 떠서 천지 만물 보신다면 공양미 삼백 석을 어떻게 해서든지 준비하여 몽운사로 올리지요.

심봉사는 심청의 말을 듣고 만류하지만 심청이 옛날 효자들의 일을 들어가며 갖가지로 위로하는 바람에 공양미 시주 약속을 취소하지 않는다. 심청의 약속도 심봉사의 약속만큼이나 터무니없고 '망령'스러운 것이었다. 그럼에도 이러한 약속을 하게 된 것은 심청과 심봉사와의 남다른 부녀관계 때문이었다. 심청과 심봉사는 공의존적(共依存的) 관계에 있다. 심봉사는 앞 못 보는 몸으로 동냥젖을 얻어 먹여 심청을 길러냈고, 심청은 일곱 살 어린 나이부터 밥을 빌어 심봉사를 돌보았다. 두 사람은 서로에게 무거운 짐이면서도 한편으로는 서로에게 삶의 이유가 되었다. 심봉사의 은혜로 세상에 태어나고 생명을 건진 심청으로서는 심봉사의 불행을 보고만 있을 수 없었다. 그리하여 힘에 겨운 줄 알면서도 심청은 아버지를 대신해 공양미를 마련하겠노라고 약속했던 것이다.

남경 장사 뱃사람들의 출현은 심청의 죽음을 실현하는 직접적 계기가 되었다. 심청은 아무런 대책도 없이 공양미를 구하겠다고 했지만 구할 길은 막막했다. 그녀는 오로지 지성으로 하늘에 빌어 기적 같은 일이 일어나기를 기원했다. 기도의 효험인지 남경 장사 뱃사람들이 처녀를 제물로 사려 한다는 소문을 듣게 되고, 심청이 자원하여 공양미 삼백 석에 몸을 팔았다. 뱃사람이 나타나지 않았다면 심청의 공양미 시주 약속은 실현될 수 없었거나, 다른 방법으로 공양미를 마련할 수밖에 없었다. 부잣집에 종이나 소실로 몸을 팔거나, 아니면 현대 작가들이 제시한 것처럼 윤락가에 몸을 파는 길을 택했을 것이다. 〈심청전〉의 근원 설화로 추정되는 〈효녀지은설화(孝女知恩說話)〉에서 지은은 눈먼 어머니를 봉양하기 위해 30석을 받고 부잣집에 종으로 몸을 팔았다. 〈홍순언설화〉를 통해서 우리에게 잘 알려진 것처럼, 중국 석성의 부인은 처녀 때 자기 아버지를 구할 자금을 마련하기 위해 청루(靑樓)에 나가 몸을 팔려고 했다.

딸이 부모를 위해 몸을 파는 것은 이전부터 전해 온 익숙한 설화 가운데 하나였다. 다만 심청의 경우에는 그 방법이 독특하고 극단적이어서 충격과 감동을 준다. 〈심청전〉의 작가는 사람을 제물로 바치던 시대의 이야기인 〈인신공희설화〉를 끌어와서 문제 해결의 방안으로 제시한다. 공양미 삼백 석은 목숨을 바쳐야 구할 수 있는 큰 재물이며, 그것을 위해 목숨을 내놓은 심청의 효성이 그만큼 크다는 것을 말해 준다.

〈심청전〉에서는 심청의 죽음을 출천효녀의 당연한 효행으로 서술하면서도 이것이 심청의 인간적 고뇌를 통한 결단이었음을 보여준다.

> 심청이 그날부터 곰곰 생각하니, 눈 어두운 백발 아비 영이별하고 죽을 일과, 사람이 세상에 나서 열다섯 살에 죽을 일이 정신이 아득하고 일에도 뜻이 없었다. 식음을 전폐하고 근심으로 지내다가 다시금 생각하기를, '엎질러진 물이요, 쏘아 놓은 화살이다. 무슨 험한 팔자로서 초칠일 안에 어머니 죽고 아버지조차 이별하니 이런 일도 또 있을까?'

아무리 효행으로 결단한 일이지만 죽음 앞에서 느끼는 슬픔과 두려움은 떨쳐버릴 수가 없었다. 죽을 날이 다가오면서 근심은 공포감으로 다가온다. 이윽고 날이 밝아 뱃사람이 데리러 오자 심청은 '얼굴빛이 없어지고 손발에 맥이 풀리며 목이 메고 정신이 어지러워'진다. 아버지와 마지막 밥을 먹을 때는, '밥상을 앞에 놓고 먹으려 하니 간장이 썩는 눈물은 눈에서 솟아나고 아버지 신세 생각하며 저 죽을 일 생각하니 정신이 아득하고 몸이 떨려' 밥을 먹지 못하고 상을 물린다. 행선날이 되어 뱃사람을 따라갈 때는 '한 걸음에 돌아보며 두 걸음에 눈물지며' 강머리에 다다른다. 인당수에 다다라서 뱃사람들이 고사를 지내고 심청을 제물로 바다에 던진다.

> 뱃전에 나서보니 티없이 푸른 물은 '월러렁 콸넝' 뒤둥구리 굽이쳐서 물거품 북적찌데한데, 심청이 기가 막혀 뒤로 벌떡 주저앉아 뱃전을 다시 잡고 기절하여 엎딘 양은 차마 보지 못할 지경이었다. 심청이 다시 정신차려 할 수 없이 일어나서 온 몸을 잔뜩 끼고 치마폭을 뒤집어쓰고 종종걸음으로 물러섰다 바다 속에 몸을 던지며, "애고 애고, 아버지 나는 죽소." 하며 뱃전에 한 발이 지칫하며 거꾸로 풍덩 빠져 놓으니, 꽃 같은 몸이 풍랑에 휩쓸리고 밝은 달이 물속에 잠기어 너른 바다 속에 작은 곡

식낱이 빠진 것 같다.

심청은 처절한 모습으로 죽음을 맞았다. 심청의 죽음으로써 〈심청전〉은 사실상 마무리될 수도 있었다. 그 다음에 일어나는 일들은 독자들의 기대와 호기심을 담은 후일담(後日譚)에 지나지 않는다. 심청의 죽음 이후에 일어나는 일들은 크게 두 방향으로 서술된다. 하나는 심청의 죽음을 현실로 받아들여 애도하고 추모하는 내용이고, 다른 하나는 심청의 죽음이 가져온 영화로운 결과를 환상적 방법으로 서술하는 내용이다.

심청의 죽음을 추모하는 내용은 현실적으로 그려져 있다. 심청이 인당수에 몸을 던진 이후에 물결이 잔잔하고 광풍이 삭아지자 선인들은, '고사를 지낸 후에 날씨가 순통하니 심 낭자 덕 아니신가.' 하며 고마운 마음으로 심청의 죽음을 애도한다. 그들은 남경 장삿길에서 많은 이익을 내어 고국으로 돌아가는 길에 인당수에 다다라 배를 매고 제물을 차려 심청의 혼을 불러 추모제를 지낸다.

> 출천효녀 심 소저는 늙으신 아버지 눈뜨기를 위하여 젊은 나이에 죽기를 마다 않고 바다 속 외로운 혼이 되었으니 어찌 아니 가련코 불쌍하리오. …… 소저의 영혼이야 어느 날에 다시 돌아올까? …… 한 잔 술로 위로하니 만일 알으심이 있거든 영혼은 이를 받으소서.

심청의 고향 마을에서도 심청의 죽음을 애도하는 행사가 벌어진다. 심청의 수양어머니인 무릉촌 장승상부인은 심청이 죽을 시간에 제물을 갖추어 강가에 나아가 심청의 혼을 불러 위로하는 제사를 바친다.

> 아아 슬프도다, 심소저야. 죽기를 싫어하고 살기를 즐겨함은 인정에 당연커늘 일편단심에 양육하신 아버지의 은덕을 죽음으로 갚으려고 잔

명을 스스로 끊어, 고운 꽃이 흐려지고 나는 나비 불에 드니 어찌 아니 슬플쏘냐? 한 잔 술로 위로하니 …… 속히 와서 흠향함을 바라노라.

심청이 살던 도화동에서는 동민들이 심청이 효행으로 물에 빠져 죽은 것을 기리어 타루비(墮淚碑)를 세웠다.

> 앞 못 보는 아버지 위해
> 제 몸 바쳐 효도하러 용궁에 갔네
> 안개 어린 파도 만 리 마음이 푸르르니
> 봄 풀에 해마다 한이 서리네.

강가에 세워 놓은 비문을 보고 울지 않는 사람이 없었고, 심봉사는 딸이 생각나면 그 비석을 안고 울었다. 심봉사는 심청이 죽은 줄로만 알고 내내 슬퍼하고 있었다. 맹인잔치에 참여했을 때 근본을 묻는 물음에 대답하면서도 딸의 죽음을 거론한다.

> 여러 해 전에 아내를 잃고, 초칠일이 못 지나서 어미 잃은 딸이 하나 있었습니다. …… 저도 모르게 남경 뱃사람들에게 삼백 석에 몸을 팔아서 인당수에 제물로 빠져 죽었는데, 그 때 나이가 열다섯이었습니다.

〈심청전〉에서 심청의 죽음은 현실적으로 일어난 사건이었다. 심청은 분명히 물에 빠져 죽어 '바다 속 외로운 혼'이 되어 있었다. 그러나 작품에서는 이와 다른 방향의 서술을 병행하고 있다. 심청의 죽음을 부정하고 다시 살려내어 소원을 성취하게 한다.

심청은 물에 빠졌으나 죽지 않고 용궁시녀의 구조를 받는다. 용궁으로 안내되어 융숭한 대접을 받으며 얼마 동안 지내다가 연꽃에 담겨 다시 인당수로 나온다. 선인들은 연꽃을 황제에게 진상하고, 심청은 황제에게 발견되어 황후가 된다. 심청은 맹인잔치를 열어 아버지를 다시 만나고, 그 자리에서 심봉사의 감겼던 눈이 뜨게 되었다. 이런 일들은 심청의 죽음이 결코 헛되지 않았음을 보여주기 위해 설정된 내용이다. 이것은 서민 소설에서 흔히 볼 수 있는 것으로 독자의 소망과 기대가 만들어낸 환상적 요소이다.

심청은 희생적 죽음을 통해서 효행을 실천하고 효녀로 추앙되었다. 그는 효녀이기 이전에 가난한 집안에서 태어난 맹인의 딸이었다. 출생 후에는 어머니의 죽음으로 생존의 위협을 받았고, 눈먼 아버지의 보살핌으로 겨우 일곱 살이 되었을 때부터 동냥을 나섰다. 열세 살이 되었을 때 아버지의 눈을 뜨게 하려고 공양미 삼백 석에 몸을 팔아 제물로 희생되었다. 그에게 붙여진 '효녀'라는 명칭에 가려 인간적 불행이나 비극적 죽음은 제대로 조명받지 못했다. 심청은 '하늘이 낸 효녀'이기 이전에 '가련한 운명의 소녀'이다. 〈심청전〉에서는 '가련한 심청'이 '효녀 심청'으로 승화되는 과정을 이야기한다. '가련한 심청'과 '효녀 심청'이 만나는 지점에 심청의 죽음이 있다.

4. 죽음의 양면성 : 참혹한 비극, 거룩한 희생

〈심청전〉에서 이야기하는 핵심 화두는 심청의 죽음이다. 〈심청전〉의 구조는 심청의 죽음을 중심으로 해서 전·후 두 부분으로 구성되어 있다. 전반부는 심청의 죽음이 어떤 배경에서 배태되고, 어떤 과정을 거쳐 실현되었는지를 이야기하고, 후반부는 심청의 죽음을 통해서 어떤 결과가 일어났고 어떤 보상이 주어졌는지를 이야기한다. 작품의 전·후반부는 죽음의 앞·뒤를 보여주는 이야기이며, 죽음에 대해 다른 입장을 보여준다. 이는 김삼불이 심청의 죽음에 대해 지적한 두 가지 다른 성격과도 상통하는 것이다.

> 심청의 죽음은 …… '효의 관념에 신경이 굳어진 죽음'과 '인간적인 죽음' 두 가지 모습을 보인다. 그러나 이 두 가지 모습에는 모두 잠재된 죽음의 공포, 효녀로서의 죽음에 대한 무자비함을 담고 있다.
> ─김삼불, 「신오위장 연구」

여기서 말하는 죽음의 두 가지 성격은 '참혹한 비극'과 '거룩한 희생'으로 정리될 수 있다. '참혹한 비극'은 인간적 측면에서 바라본 죽음으로서 작품의 전반부에서 주로 나타나는 입장이고, '거룩한 희생'은 윤리적, 종교적 측면에서 바라본 죽음으로서 작품의 후반부에서 주로 나타나는 입장이다. 심청의 죽음에는 이 두 가지 성격이 한데 어울려 서로 인과(因果)의 관계로 맺어져 있다. '참혹한 비극'을 통해서 '거룩한 희생'이 성취되기 때문이다.

참혹한 비극

인간적으로 볼 때 심청의 죽음은 참혹한 비극이다. 죽음은 인간에게 가장 비참하고 절망적인 고통이지만, 심청의 경우에는 더욱 그러하다. 심청은 열다섯 어린 나이에 죽음을 맞이했고, 자신의 탓이 아니라 아버지를 위한 희생으로 죽어야 했기 때문이다.

> 심청이 그날부터 곰곰 생각하니, 눈 어두운 백발 아비 영이별하고 죽

을 일과, 사람이 세상에 나서 열다섯 살에 죽을 일이 정신이 아득하고 일에도 뜻이 없어 식음을 전폐하고 근심으로 지내다가 …… 밤은 깊어 삼경인데 은하수 기울어졌다. 촛불을 대하여 두 무릎을 마주 꿇고 머리를 숙이고 한숨을 길게 쉬니, 아무리 효녀라도 마음이 온전하겠는가.

심청은 '세상에 태어나서 열다섯 살에 죽을 일'을 당한다. 열다섯 살은 당시로서는 혼인 적령기이며, 성인(成人)이 되어 독자적 삶을 꾸려갈 나이이다. 어떤 의미에서는 인간으로서의 삶이 시작되는 나이이다. 천수(天壽)를 다 누리고 난 후에도 죽음은 가장 피하고 싶어 하는 불행이다. 그 죽음이 효행을 위한 숭고한 희생이라 해서 고통스럽지 않은 것은 아니다. 죽은 뒤에 수많은 찬사를 받고, 성대한 추모 행사가 예견된다 해도 죽음의 고통을 줄여주지 못한다. 오히려 이런 일들은 죽음의 고통이 그만큼 크고 괴로운 것임을 반증할 뿐이다.

심청의 죽음은 자신의 탓이 아니라 아버지가 저지른 실수를 수습하기 위한 방편이었다. 또는 눈을 뜨고 싶어 하는 아버지의 소망을 이루어 주기 위한 불가피한 선택이었다. 〈심청전〉에서는 심청의 죽음이 자원(自願)한 것임을 강조하고 있지만, 정황상으로 볼 때 그것은 윤리적 규범에 의해 '강요된 선택'이었음을 알 수 있다. 심청은 자신의 죽음을 만류하는 심봉사에게 '이도 또한 천명(天命)이니 후회한들 어찌하겠어요.'라고 대답한다. 이는 심청의 죽음이 스스로의 자발적 선택이라기보다는 윤리적 의무에서 받아들인 운명임을 말해 주는 것이다.

심청은 그날부터 목욕재계하여 …… 북쪽을 향하여 빌기를, "저의 아비 삼십 안에 눈 어두워 사물을 못 보오니 아비 허물을 제 몸으로 대신하옵고 아비 눈을 밝혀주옵소서."

남경 장사 뱃사람들이 열다섯 살 난 처녀를 사려 한다 하기에 심청이 그 말을 반겨 듣고 …… 우리 아버지가 앞을 못 보셔서 공양미 삼백 석을 지성으로 불공하면 눈을 떠보리라 하기로, 집안 형편이 어려워 장만할 길이 전혀 없어 내 몸을 팔려 하니 나를 사 가는 것이 어떠하실는지요.

심청은 아비 허물을 대신하기 위해 공양미를 구해야 했고, 집안 형편이 어려워 장만할 길이 전혀 없어 몸을 팔기로 한 것이다. 시주할 공양미는 목숨을 바치지 않고서는 마련할 수 없었기 때문에 죽을 곳에 몸을 팔아야 했다.

〈심청전〉에서는 심청의 희생이 자발적인 것임을 보이기 위해 죽음을 앞둔 심청의 고뇌와 고통을 가리고 있지만 심청의 독백이나 장면 묘사에서 죽음에 대한 심청의 인간적 고뇌를 드러내 보인다.

아버지 버선이나 마지막으로 지으리라 하고 바늘에 실을 꿰어 드니, 가슴이 답답하고 두 눈이 침침, 정신이 아득하여 하염없는 울음이 가슴 속에서 솟아나니

백발 아비 영이별하고 죽을 일과 사람이 세상에 나서 열다섯 살에 죽을 일이 정신이 아득하고 일에도 뜻이 없어 식음을 전폐하고 근심으로 지내다가

배 떠날 날을 헤아리니 하룻밤이 남아 있다. …… 촛불을 대하여 두 무릎을 마주 꿇고 머리를 숙이고 한숨을 길게 쉬니, 아무리 효녀라도 마음이 온전하겠는가.

무슨 험한 팔자로서 초칠일 안에 어머니 죽고 아버지조차 이별하니 이런 일도 또 있을까.

심청은 독백을 통해서 자신의 신세를 한탄하고, 죽음을 앞둔 고뇌를 표출한다. 다른 사람의 눈을 의식하지 않고 자유롭게 마음속에 감추어진 생각을 드러내 보인 것이다. 심청의 이런 마음은 행동으로도 나타난다. 행선날이 되어 선인들이 데리러 오자 심청은 '얼굴빛이 없어지고 손발에 맥이 풀리며 목이 메고 정신이 어지러워' 몸을 가누지 못한다. 마을 사람들을 이별하고 떠날 때는 동네 친구들을 향해 드러내 놓고 자기 신세를 한탄한다.

> 아무개네 큰아가 …… 아무개네 작은아가 …… 언제나 다시 보랴. 너희는 팔자 좋아 양친 모시고 잘 있거라.

심청이 선인들을 따라 망망한 너른 바다를 지나갈 때는 거친 물결이 일어 죽으러 가는 심청의 어지러운 심사를 대변해 준다.

> 굽이치는 물줄기에 사람 자취 보이지 않고 산봉우리만 푸르렀다. '부르는 뱃노래에 온갖 근심 담겨 있다' 함은 나를 두고 한 말이리라.

심청이 선인들을 따라 죽으러 가는 뱃길에 억울하게 죽은 역사상의 인물들이 나타나서 자신의 신세를 한탄하며 심청의 죽음을 애도한다. 가의, 굴원, 아황·여영, 오자서 등은 각기 자신의 신념을 지키려다가 억울하고 비참하게 죽었다. 그들이 충(忠)이나 열(烈)을 실천하기 위해 죽었다면 심청은 효(孝)를 실천하기 위해 죽으러 가고 있다. 비록 서로의 처지는 다르지만, 윤리적 이념의 희생자로서 심청은 억울하고 비참한 죽임을 당하고 있다는 것이다.

거룩한 희생

죽음은 희생의 극치이다. 자신이 받드는 사람이나 이념을 위해서 목숨을 바치는 것보다 더 큰 희생은 없다. 그 대상이 누구이고, 무엇이냐에 따라 죽음의 성격과 의미가 부여된다. 효자, 열녀, 충신이 되고, 의사, 열사라는 호칭이 따른다.

〈심청전〉은 심청의 죽음이 거룩한 희생임을 부각시키는 데 초점을 맞추어 이야기를 전개한 작품이다. 작품의 문맥에서 보면 심청의 죽음은 공양미를 구하기 위한 방편에 지나지 않았다. 심봉사가 눈을 뜨기 위해서 백미 삼백 석을 시주하기로 했고, 그것을 구할 방도가 없어서 심청이 선인들에게 몸을 팔아 죽음을 맞은 것이다. 따라서 심청의 죽음 자체가 눈을 뜨게 한 것은 아니고 죽음 자체에 대해 특별한 의미를 둘 일도 아니었다.

심청이 심봉사를 대신해 공양미를 구하겠다고 했을 때는 그 일로 해서 자신이 죽어야 한다고 생각하지도 않았다. 감당할 수 없는 공양미 시주 약속을 해 놓고 후회하고 걱정하는 아버지의 모습이 너무 안쓰러워 심청은 자신이 공양미를 구해 보겠노라고 했던 것이다.

> 심청이 그 말을 듣고 아버지를 위로하기를, '아버지 걱정 마시고 진지나 잡수셔요. 후회하면 진심이 못 됩니다. 아버지 눈을 떠서 천지 만물 보실 수 있다면 공양미 삼백 석을 어떻게 해서든지 준비하여 몽운사로 올리지요.'

심청은 자기가 아버지를 위해 공양미를 구한다고 다짐을 했지만 구할 방도가 있었던 것은 아니었다. 정성이 지극하면 하늘이 감동한다는 단순한 생각이었다.

　　심청이 여쭙기를, '왕상은 얼음 깨서 잉어를 얻었고, 곽거라 하는 사람
은 부모 반찬 해 놓으면 제 자식이 상머리에 앉아 집어먹는다고 그 자식
을 산 채로 묻으려 하다가 금항아리를 얻어 부모를 봉양했다 합니다. 제
효성이 비록 옛 사람만 못하지만 지성이면 감천이라 하니, 공양미는 얻
을 길이 있을 테니 깊이 근심 마시어요.'

　'지성감천(至誠感天)'은 심청이 어려서부터 익히 들었던 말이었을 것
이고, 그것을 증명하는 효자·효녀들의 사례도 알고 있었을 것이다. 하
늘은 왕상의 효성에 감동하여 한겨울 얼음 구멍에서 잉어를 얻게 하였
다. 곽거는 어머니께 효도하기 위해 자식을 죽이려 했는데 하늘이 효성
에 감동하여 금항아리를 주어서 반찬을 마련하게 했다. 이런 이야기에
길들여진 심청에게 '정성이 지극하면 하늘이 감동할 것'이라는 믿음은
자연스러운 일이었다. 심청은 날마다 하늘에 빌었다. 그 기도의 효험으
로 삼백 석에 자기 몸을 사려는 뱃사람들을 만나게 되었다. 지성이면
감천이라는 심청의 믿음이 이루어진 것이다.
　하늘은 심청에게 공양미를 구하기 위한 방법으로 죽음을 제시하였
다. 죽음은 심청의 정성을 상징하는 것이었고, 그 정성으로 아버지의
눈을 뜨게 했다는 논리이다. 〈심청전〉에서는 심청의 죽음이 '거룩한 희
생'으로 규정하고, 죽음의 희생적 의미를 여러 측면에서 조명한다. 윤
리적 측면에서 효행(孝行)의 실천이었고, 종교적 측면에서 시주(施主)였
으며, 민간신앙적 측면에서 인신공희(人身供犧)였다. 심청은 한번 죽음
으로써 몽운사 불사를 이루게 했고, 뱃사람들의 안전한 항해를 보장해
주었으며, 마침내 아버지의 눈을 뜨게 했다. 이로써 심청은 죽음을 통
해서 스스로 기약했던 소망을 이룰 수 있었다.
　심청의 죽음은 사후에 여러 사람의 칭송을 받고 길이 기억된다. 심청

이 죽은 후에 이웃사람들은 그를 기리어 타루비(墮淚碑)를 세워 주고, 뱃사람들은 심청이 떨어졌던 곳에서 추모제를 지내 준다. 〈심청전〉의 작자는 여기서 만족하지 않고 심청의 죽음에 그 이상의 보상과 의미를 덧붙이려 한다. 죽은 심청이 다시 살아나고, 황후가 되어 부귀영화를 누리도록 한 것이다. 이것은 지상의 현실이라기보다는 '피안(彼岸)' 또는 '환상(幻想)'에서나 이루어질 일이며, 작자와 독자들이 기대하고 축원한 소망을 반영한 것이다. 이를 통해서 '상선벌악(賞善罰惡)'이라는 윤리적 교훈을 확인하고 싶었던 것이다. 또한 이것은 심청의 죽음을 막지 못하고 지켜봐야 했던 방관자들의 속죄 행위이며, 심청의 처참하고 거룩한 죽음에 대한 문학적 포상이다.

심청의 죽음은 신화에서부터 시작되는 '죽음 이야기'의 전통을 이어받고 있다. 죽음이 죽음으로 끝나지 않고 재생(再生)의 바탕이 된다는 사실을 말하고 싶어 한다. 심청의 죽음은 희생의 또 다른 의미를 보여준다. 희생은 다른 사람을 위해 고난을 감내하는 것이지만, 궁극적으로는 자신의 이상을 실천하는 것이다. 국가를 지키기 위해, 또는 종교적 신념을 위해 목숨을 바친 사람은 죽음을 통해 자신의 뜻을 이룬 사람이다. 심청은 아버지를 위해 목숨을 바침으로써 자신의 뜻을 이루었다고 할 수 있다. 심청이 다시 살아나 황후가 되고 부귀영화를 누리도록 한 것은 희생의 의미를 극히 단순하고 원초적으로 표현한 것이다.

〈심청전〉에서 심청의 죽음은 효행의 실현이란 윤리적 선입견으로 포장되어 있어 그 실체적 면모가 가려져 있다. 선입견에 의한 도덕적 포장을 걷어내고 나면 그 죽음의 본질과 의미가 드러난다. 심청의 죽음은 거룩한 목적을 위해 스스로 선택한 희생이지만, 그런 결정을 내리기까지는 수많은 고민과 번뇌를 거쳐야 했다. 그리고 그러한 결정을 실현하

는 데는 용기와 결단이 필요했다. 그것은 열다섯 어린 나이의 소녀로서
는 결코 감당할 수 없는 고통을 수반하는 것이었다. 그럼에도 심청은
그러한 결정을 내렸고 그것을 실현했다. 이런 점에서 심청의 죽음은 참
혹한 비극이며 동시에 거룩한 희생이다.

삶 곳곳에 도사린 죽음의 공포, 〈토끼전〉

신선희

실제의 삶에서건 소설에서건 죽음은 직접적으로 또는 간접적으로 삶과 늘 함께한다. 빛과 그림자처럼. 그러기에 날마다 살아가는 일은 날마다 죽음에 이르는 과정인 것이다. 죽음은 두 번 다시 삶의 영역으로 되돌아 올 수 없다는 사실이며, 살아서는 경험할 수 없는 것으로 삶의 공포를 극대화시킨다. 죽음의 이러한 절대적 평등성과 비가역성은 오히려 삶의 소중함, 삶의 집착을 강하게 한다. 어찌 보면 삶의 욕망은 죽음에서의 회피랄 수 있다. 이같은 관점에서 보면, 인간과 인간의 삶을 이야기하는 서사문학 모두는 생사관을 내포한 경험철학의 구현현장일 것이다.

본 기획서에서 거론된 작품들은 죽음이 작품의 전면에서 특별한 모습으로 구체화되고 각별한 의미를 지닌 것들이다. 필자는 생기발랄한 역동적 삶의 모습과 삶에 대한 적극적 의지가 표출된 작품인 〈토끼전〉에서 역(易)으로 숨겨있고 가리워져 있을 죽음의 의미를 찾아보고자 한다.

한편으로는 조선후기 봉건체제(사회)에 대한 비판과 풍자라는 서민소설로서의 의미 추출, 트릭구조와 트릭스타가 가져오는 서사구조와 해

학에서 작품의 특성을 찾아온 〈토끼전〉 기존연구에 대한 몇 가지 의문
을 제기하고 그 답을 풀어보고자 한다.

　〈토끼전〉은 과연 체제와 사회문제를 우의적으로 다룬 풍자소설인가,
웃음을 목적으로 한 해학적 작품인가, 아니면 그보다 근원적인 문제인
각기 다른 처지에서의 삶과 그 삶의 영위방식에 바탕을 두고 인간과
인간, 인간과 사회관계에 뒤얽힌 삶의 이야기로 형성되어온 작품인가.
필자는 기존논의의 다양한 시각과 그에서 도출된 의미[1]를 수용하면서
도 후자에 무게를 두고 작품을 읽고, 다시 보았다.

　〈토끼전〉은 단순 동물담이 전승되어 형성된 우화소설이 아니다. 불
경에서 연원한 종교설화가 그 근원이다. 인간의 삶을 종교의 차원에 다
룬 이야기에서 출발하여, 때로는 죽음의 위기에 처한 정치인의 구출지
략으로도 쓰였다. 고구려에 갇힌 김춘추는 선도해로부터 들은 구토지
설(龜兎之說)로 인해 감옥에서 탈출하여 목숨을 구하고 나라도 지켰다.
종교설화가 삶의 위기에 적용되어 실용적 가치를 드러낸 것이다. 이처
럼 오랜 세월 전승되어온 우의설화는 조선후기 사회를 풍자하는 세태
이야기로 변모하면서 판소리로, 또는 우화소설로 널리 불리고 읽혔다.

　설명과 체험으로 해결되지 않는 죽음의 공포에서 자유롭지 못하고
어떻게 살아야 하느냐의 문제를 놓고 늘 갈등하고 선택의 고민에 묶여
있는 인간의 모습을 객관화시켜 궁극적 깨달음을 주고자 하는 것이 종
교설화일 것이다. 이같은 타국의 종교설화가 재담과 지략이 촘촘한 우
리의 서민소설로 거듭나며 이어지기까지 그 긴 여정에서 근원설화들은
소재와 이야기 구조의 틀만을 제공하지는 않았을 것이다. 여러 설화[2]
와 19종의 이본이 존재하는 120여 종의 〈토끼전〉 소설군이 오랜 세월
맥을 같이 할 수 있는 것은 설화와 소설에 내포된 삶과 인간에 관한 우의

에 있을 것이다.

개별적 특성의 편차가 심한 이본에서도 작품구조와 현실인식이 유사하게 나온 기존연구의 결과도 이를 뒷받침하는 것이다. 지략, 공간, 욕망, 계층 대립의 다양한 변주로 이본의 차이를 설명하고, 독서물과 연행물의 차이와 육지위기, 토끼포획 여부로 이본을 계열화해도 전 작품군을 포괄하는 선명한 의미가 드러나지 않은 것은 〈토끼전〉에 대한 사회사적 연구 시각, 즉 작품의 우의성을 조선후기 역사 공간에서 찾으려 했기 때문이라고 본다.

인도의 불교설화 〈자타카 본생경〉에서는 용왕이 잉태한 여왕을 위해 원숭이의 염통을 구하러 육지에 가고, 삼국시대 〈구토설화〉에서는 용왕의 딸이 심장에 난 병을 고치기 위해 거북이가 토끼의 간을 구하려고 육지에 간다. 그리고 김춘추는 고구려에 청병하러 갔다가 땅을 내놓으라는 고구려왕의 협박에 불응하여 감옥에 갇히자 고구려왕을 속이고 탈출한다.

불경과 〈구토설화〉, 김춘추의 일화는 모두 서민의 삶과는 먼 세상의 삶과 인물의 이야기이다. 그러나 모두 생명을 위해, 생명을 바라는 그리고 생명을 구하는 행위의 이이야기이다. 용왕과 바닷속 세계라는 비현실의 공간에서도, 역사에 실재하는 현실의 공간에서도 생사의 긴박함이 담긴 이야기이다.

근원설화와 형성과정들을 살펴보면 〈토끼전〉은 죽음의 위기를 벗어나고자 하는 유한한 생명을 지닌 존재들의 이야기이다. 그런 의미에서 〈토끼전〉은 조선후기 역사 공간 속에서만 이해되는 이야기가 아니다. 우리의 이야기, 지금의 내 이야기일 수 있다. 다양한 계층의 인물군상과 각기 다른 삶의 방식은 범인의 욕망과 일상에 닿아있고 닮아있다.

〈토끼전〉에서 죽음은 삶 그 이면에 존재하는 죽지 않으려는 발버둥

속에서 숨쉬고 있다. 등장인물은 우리의 삶의 고통, 꿈(이상향), 욕망, 좌절, 죽음까지도 포괄한 현실의 국면 국면을 대변하는 존재이고, 〈토끼전〉은 벗어나고자 하나 벗어날 수 없는 상황과 존재의 한계를 두 영역의 동물 세계를 통해 그려낸 철학이 담긴 이야기요, 죽음에 맞서는 삶의 이야기이다.

   기존의 연구에서는 이본에 따라 각기 다른 주제를 밝혀내었고 이본의 전승사적 의미도 밝혀내었다. 본고에서는 〈퇴별가-완판본-〉, 〈불로초-세창본-〉, 〈별토가-가람본 사본-〉 세 이본[3]의 공통단락을 중심으로 〈토끼전〉의 삶과 죽음의 양상을 살필 것이다. 성격이 다른 세 이본의 공통단락은 '〈토끼전〉군'의 핵심 내용에 해당할 뿐더러, 오랜 세월을 거쳐 오늘날의 아동들에게까지 익숙한 '〈토끼전〉 스토리'이기 때문에 사람살이의 양상과 그에 녹아있을 죽음의 공포를 논하는데 적절할 것으로 보아서이다.

1. 득병과 불사약 : 소망과 실현의 간극

   생로병사의 질서에서 자유로운 생명체는 없다. 인간에게 있어서 병(病)은 삶과 죽음의 경계를 체험하는 고통이다. 병을 전후하여 삶에 대한 생각과 자세는 확연히 다르다. 특히 치료불능의 병은 살아온 날과 삶의 소중함을 깨닫게 해주면서, 죽음의 공포를 실감케 하는 요소이다. 그런 의미에서 병은 삶에 대한 집착과 죽음에 대한 공포를 극대화시키는 역할을 한다.

   용왕의 득병은 작품의 출발이며 작품 전체를 관통하는 핵심 사건이다. 노쇠한 통치자에게 닥친 불치병과 그 해결을 위해 펼치는 사건의 진행과정이 〈토끼전〉의 중심서사라 할 수 있다. 이는 한 집안의 어른의 득병과 간병 그리고 치유를 다루는 효행설화의 서사구조와 유사하다. 효행설화에서는 지극한 효성이 하늘의 감동과 뜻밖의 조력자를 부르고 병의 치유와 불안하였던 가정의 회복을 가져온다.

〈토끼전〉도 전반부는 용왕의 병으로 흔들린 어족사회의 위기는 별주부의 충성으로 치유와 회복이 되는 듯 전개된다. 그러나 다시 상황은 전복되고 위기는 해결되지 못한다. 위기로 시작된 서사가 위기로 끝나는 독특한 서사이다. 별주부의 충성에 하늘의 도움이 따른 이본도 있으나 이는 현실적 결말은 아니다.

용왕이 다스리는 수중세계는 비록 비현실적 인물과 공간을 배경으로 하고 있지만, 천명(天命)에 따라 예정된 일대기를 수행해나가는 인물들의 삶을 형상화한 작품과는 다르다. 오히려 천명을 거부하는 삶을 그리고 있다. 영웅의 죽음은 집단의 위기를 해결하고 지상에서의 사명을 완수한 끝에 다가온 죽음으로 천상으로의 복귀와 새로운 통치질서의 시작을 뜻한다. 영웅의 죽음은 지상의 삶에 대한 숭고한 마감 즉, 생의 완성을 뜻했다. 그러나 용왕의 모습은 이와는 다르다. 그에게 죽음은 지상 쾌락의 종결이라는 고통이다. 소유한 권력과 지위로 명의와 명약을 구한다. 이는 진시황과 한무제가 불사약을 구하는 것과 같은 '권력형 불로장생' 추구라는 점에서 인간적이고 현실적이기까지 하다.

그런데 득병의 원인이 특별하지 않다. 사해왕들의 '잔치 끝에(〈퇴별가〉)', '성대한 잔치 배설 후 바다의 뜨거운 바람을 많이 쏘여(〈별토가〉)', '우연히 병이 들어(〈불로초〉)' 백약이 무효하다고 한다. 천하의 일부를 다스려온 용왕에게 닥친 위기는 원인모를 불치병인 것이다. 즐기고 누린 끝에 노쇠와 함께 다가온 병으로 외부재난에 의한 병이 아니다.

"저렇듯이 중한 병이 한 번 들면 회춘하기 어려운 병이로소이다. 푸른 산에서 안개가 걷히듯, 봄바람에 눈녹듯 오장육부가 마디마디 녹으니 화타와 편작이 다시 살아나도 손쓸 수 없사옵고, 금강초(金剛草)와 불사약이 산처럼 많이 쌓였었도 즉효할 수 없사옵고, 인삼과 녹용을 오랫동안 먹어도 회생할 수 없사옵고, 재물이 쌓였어도 그 고통을 대신 당해 줄 수 없사옵고, 용력(勇力)이 남이 따를 수 없을 만큼 뛰어나도 병을 제어할 수 없습니다. 이리저리 아무리 생각하여도 국운이 불행하고 천명이 다하였음인지. 대왕이 병환이 회복되시기가 과연 어렵도소이다."

－『불로초』(세창본), 163쪽

지고의 복락을 늙도록 누린 자에게 찾아온 이 병은 사실 천수를 다한 자에게 다가온 죽음의 예고이다. 동시에 어족사회에서는 고칠 수 없다는 용왕의 불치병은 더할 수 없는 신분과 권력, 그로인해 누리게 되는 향락에도 정해진 수가 있음을 말해주는 것이기도 하다. 그러나 용왕은 삶의 미련으로 여러 날 신음하며 울고 스스로를 가련해한다. 늙음과 죽음은 인간의 비극적 운명이면서 자연적 현상이다. 그러나 용왕은 늙음이라는 현상이 선행한 자연적 죽음을 받아들이지 않는다.

잔치를 파한 후에 용왕이 병이 나서 임금 자리에 높이 누워 여러 날 신음하여 용의 소리로 우는구나.　　　　　－『퇴별가』(완판본), 49쪽

"가련토다. 과인의 한 몸이 죽으면 북망산 깊은 곳에 백골이 진토에 묻힐 것이니, 세상의 영화며 부귀가 다 허사로구나."

－『불로초』(세창본), 159쪽

영덕전 높은 누각에 벗 없이 홀로 누워 탑상(榻床)을 아주 탕탕 두드리며 대성통곡 울음 울 때, 어느 날 용의 울음 아니 웅장하리오. 용이 운다.

용이 운다. 아주 큰 소리로 우는 말이, "천무열풍(天無熱風) 음우(陰佑)
하고 해불양파(海不洋波) 태평한데 괴이한 병을 얻어 남해궁(南海宮)에
누웠으되, 살려줄 이 없으니 이 아니 가련한가?"

—『별토가』(가람본 사본), 255쪽

용의 신음과 울음은 지극히 개인적 감정의 토로이면서 그가 다스리
는 사회를 신음하게 하고 울게 하는 위기의 진동으로 파장한다.

불로장생을 향한 보편적인 욕망을 최고 권력자는 어떻게 실현하려
하였으며, 그를 둘러싼 사회적 집단은 어떻게 반응하고 대처했는가.

생명체로서 한 개체의 생로병사와 불노장생의 욕망 대립을 그들 사
회의 역량을 총동원하여 그들 밖의 사회와 존재를 통해 해결하려 한다.
권력의 힘으로, 충성의 힘으로 사해안팎의 명의들이 몰려와 진단하고
처방한다. 온 신하의 구병 모습은 효행설화의 자손 못지않다. 용왕의
신체와 섭생을 살펴 병인을 찾고 처방을 내리는 의원의 모습도 명의설
화의 한 장면이다.

수중의 온 벼슬아치들이 정성으로 구병할 때 수중에서 나는 것들을 연
이어 쓴다. 술병 때문에 그런가 물 먹여 보고 양기가 부족한가 해구신도
드려 보고, 폐결핵을 초잡는지 풍천장어 대령하고, 비위를 붙잡기에 붕
어를 써 보아도 백약이 무효하여 병세가 점점 심해진다.

온 나라가 허둥지둥하여 하늘에 빌더니, 하루는 오색 구름이 수궁을
뒤덮으며 기이한 말소리와 큰 향내가 사면으로 일어나 … 용왕이 크게
기뻐 애련하게 하는 말이, "우연히 얻은 병이 골수에 깊이 들어 백약이
무효하기에 반드시 죽을 것임을 알았더니, 옥황상제의 은덕으로 명의 선
관을 보내시니 자세히 살펴 좋은 약을 이르소서." … "대왕의 귀한 몸이
사람과 다른지라, 사람이라 하는 것은 오장육부 있는 병을 맥을 잡아보

면 뛰는 것이 있거니와, 대왕의 귀한 형체 제 누구라고 짐작하리오." …
"대왕의 저 병세는 그 중에 아니들고, 사람 몸에 소머리를 한 신농씨가
삼백초를 하였으되 대왕께서 당한 약은 그 중에 없는지라. 비늘 껍데기
가 굳었으니 침이 어찌 들어가며, 화식을 안하니 탕약을 어찌 잡수릿가.
병세를 자세히 보고 이치를 생각하니 천년된 토끼의 간이 아니면 구할
길이 없습니다."   ―『퇴별가』(완판본), 49~53쪽

　　남해와 서해와 북해의 세 용왕은 무사태평하되 오직 동해의 광연왕만
이 우연히 병이 들어 천만 가지 약으로도 도무지 효험을 보지 못하였다.
　　하루는 왕이 모든 신하를 모으고 의논하되, "가련토다. 과인의 한 몸이
죽으면 북망산 깊은 곳에 백골이 진토에 묻힐 것이니, 세상의 영화며 부
귀가 다 허사로구나. … 하물며 나같이 한 쪽의 조그마한 나라 임금이야
말해 무엇하겠는가? 대대로 전해오던 왕의 기업(基業)을 영원히 이별하
고 죽을 일이 망연하도다. 고명한 의원을 널리 구하여 자세히 진찰한 후
에 약으로 치료함이 마땅하도다."   ―『불로초』(세창본), 159~161쪽

　　소망이 용왕의 것이라면 실현은 집단의 의무요, 몫인 상황이다. 소망
과 실현의 간극은 소망자의 위치와 능력에 따라 달라질 수 있는 것이
다. 소망태를 실현태로 바꾸기 위해 최고 통치자인 용왕은 충성을 요한
다. 군신의 화합과 왕의 기업을 존속한다는 대의명분과 함께 명의와 명
약을 널리 구하라고 명한다. 늙음과 죽음이란 자연적 현상을 사실로 인
정하지 않고 윤리와 신념의 일로 돌리고 있다. 그러나 요구되는 충성은
희생을 요구하고 책임을 묻는 비윤리적인 것이다.
　　병의 원인을 찾고 처방을 내기 위해 초청된 인사의 면면이 예사롭지
않다. 백의 선관이 천상에서 강림하고 오나라 범상국, 당나라 장정군,
초나라 육처사를 불러들인다. 수중세계에서는 찾을 수 없는 범상한 의

술의 소유자가 총 출동된다.

그들이 내놓은 처방 '토끼의 생간'을 놓고 어족사회는 한바탕 들끓는다. 설화에는 없는 소설만의 장면이다. 설화에서는 위기를 해결하는 자가 용왕이거나 신하 거북이이다. 방법을 찾고 선택하고 결정에 이르는 회의과정이 없다. 위기해결과 공포의 갈등은 사회구성원 모두의 문제라는 소설적 인식의 표현 가운데 하나가 어족회의 장면이다. 위기를 사회문제로 환원하지 않은 설화적 해결 과정에는 구성원의 갈등과 대결도 나타나지 않는다.

혈연과 같은 자연 집단도 아닌 이해관계로 형성된 사회적 집단이 용왕의 치병을 위해 내놓는 방도는 처절할 정도로 다급해 보인다. 이는 이들 각자의 삶이 용왕의 삶과 뗄 수 없는 관계로 묶여있음을 말해준다. 용왕의 삶도 어족의 삶도 상호관계 속에서 유지되는 사회적인 집단의 모습이다. 토간을 구할 방법을 내놓되 자신은 나서지 못하고, 타인이 나서면 잘못되었다고 반대하는 이들의 삶도 용왕의 병 못지않게 급박한 위기 상황임에 틀림없다. 어족이 모족인 토끼를 생포하여 오는 것은 쉬운 일이 아니다. 그렇다고 해서 용왕을 살릴 처방을 알고도 따르지 않을 수는 없는 일이다. 늙음이나 죽음 자체보다 그로인해 나타날 현상들이 어족사회 구성원의 삶과 밀접하게 연관되어있는 것이다.

과연 용왕과 그가 이끄는 세계는 그대로 존속할 것인가. 죽고 다시 태어날 것인가. 이는 어족사회 구성원 모두의 문제인 것이다. 그러기에 용왕의 불치병은 개인적인 문제를 넘어선 사회적 차원의 사건이고 용왕의 득병에 대한 반응은 어족사회의 성격과 그 구성원의 삶의 방식을 말해주는 바로미터가 된다.

용왕의 죽음은 물리적 죽음과 사회적 죽음 모두를 뜻한다. 그의 병은 물리적 삶과 사회적 삶 모두에 강력히 작용한다. 병 앞에서 용왕은 나약하면서도 강력한 존재가 된다. 한 사회를 다스린 통치자의 지혜와 용기는 찾아볼 길이 없고 오히려 노령의 일그러진 형상이 드러난다. 한편으로 그는 자신의 권력을 이용하여 죽음을 지연하고 맞설 치료약(불사약)을 알아내고 그것을 구해올 신하를 찾는다. 자신의 생명을 위해 타인의 생명이 필요하다는 조건에 대하여, 삶에 대한 자신의 욕망이 가져올 결과에 대해서는 전혀 문제 삼지 않는다.

그를 신처럼 받드는 신하 별주부는 용왕의 생명연장을 위해 자신의 목숨을 건다. 별주부는 물리적 죽음을 불사하여 물리적, 사회적 죽음 모두를 회피한 어족과는 다른 훌륭한 용기를 보였다. 별주부의 육지행은 용왕의 물리적 죽음과 사회적 죽음 모두를 막기 위한 필사의 여정이다. 명분과 실리를 모두 찾으려는 그의 결단은 결코 어리석어 보이지 않았다. 토끼를 유인하기까지 그가 보인 뛰어난 지략은 치밀하고 절묘하기까지 하다. 상대의 허세를 받아주고 다시 그 허세를 공략하는 수법으로 목적을 달성한다.

그렇다면 용왕의 생명과 직결되는 토끼의 생사는 과연 어떤가. 토끼의 용궁행, 다시 말해 죽음행은 지극히 개인적인 사건으로 처리된다. 토끼의 진퇴는 그가 속한 모족사회 그 무엇에도 영향을 미치지 않는다. 개인적 삶을 스스로 판단하여 선택할 뿐이다. 자신의 삶과 거취를 언제 어디서든 독립적으로 해결해야 했기에 토끼의 삶은 늘 고달팠고 외롭기까지 했다.

별주부의 유혹에 의심이 생겨도 너구리(〈불로초〉), 여우(〈퇴별가〉)의 직언에 수긍이 가도 육지를 홀홀 떠날 수 있었던 것은 개인적이고 독자적인 삶의 양식에서 비롯되었을 것이다. 떠난 것도 홀로였지만, 간을 빼내라는 어족의 협박에서도 토끼는 홀로 빠져나와야 했다. 삶이든 죽음이든 스스로 선택하고 그 방법을 강구해야만 하는 토끼의 생사와 욕망구현은 개체의 것에 그친다. 용왕의 생사가 그 사회 구성원의 권력구도와 삶의 판도를 결정하고 변화시키는 것과는 대조적이다.

하지만 용왕과 토끼는 "탐냄"에서 서로 만난다. 수명의 연장, 안락한 삶을 탐낸 두 존재의 욕망은 자신에게 주어진 삶의 환경을 거부하고 피하려하는 데서 시작한다. 병과 죽음이 없는 삶, 쫓기는 두려움과 먹이찾기의 지난함이 없는 삶을 바란 이들의 소망은 자연본능적인 것 같으나 과욕이고 천리를 거스르는 것이었기에 이루어질 수 없는 것이다. 그 소망이 실현되기 위해서는 목숨을 건 충성과, 다른 존재의 생명이 필요했고, 허세와 유혹이 필요했다.

그러나 타자의 생명, 허세와 유혹은 소망("탐냄")을 실현시키는 방법이 될 수 없었다. 즉, 용왕의 병과 토끼의 이상향이 얽힌 용궁은 소망과 실현의 간극을 극명하게 말해주고 있는 공간이고, 그 공간의 우두머리인 용왕의 노쇠는 '탐냄'의 사회가 다해가는 국운의 불행과 동궤를 이루는 것이다.

2. 수륙노정기 : 교차된 욕망의 허와 실

토끼와 별주부가 두 번씩 오간 수륙노정기는 극적 흥미와 반전의 서사구조를 마련하는 대목이다. 자신이 지닌 능력과 한계를 넘는 도전, 불가능을 이기려는 안간힘이 용납되고, 소망태가 실현태가 되는 듯한 서사가 별주부의 등장과 토끼유인에 이르는 작품 전반부라면, 후반부는 그 한계와 무모한 도전의 덧없음을 구체화 하고 소망태는 턱없는 망상으로 돌아오는 처절한 현실인식을 반영한 서사에 해당한다. 일차 노정, 이차노정의 겹노정은 인간의 욕망과 불멸의 꿈, 그리고 그 헛됨 을 해학적으로 그린 비극이다.

노정기는 소망태와 실현태가 일치되는 착각과 그 불일치의 현실이 교차되는 시공으로 그 길에는 인물의 내면을 속 시원히 내보이는 활달 한 언어가 살아있고 서사적 긴장과 이완의 팽팽한 숨결이 펄떡이고 있 다. 딱지본 소설의 표지와 오늘날 동화의 삽화에는 자라(별주부) 등에 업힌 토끼의 생기발랄하고 기대에 가득찬 모습과 토끼를 업고 가는 자 라의 득의에 찬 눈빛이 생동감 있게 그려진 장면이 반드시 등장한다.

소망하던 삶이 펼쳐질 세계로 향하는 토끼에게 낯선 세계에 대한 두 려움의 눈빛은 보이지 않는다. 기대에 찰 뿐이다. 천신만고 끝에 토끼 를 용궁으로 유인하는 데 성공한 자라의 모습은 더욱 힘차다. 용왕의 목숨을 구하고 자신의 충성도 실현했으니 바랄 것이 없는 표정이다. 어 족사회와 그 구성원의 위기를 해결한 개선장군의 모습이다.

> 주부가 계속 조롱하여, "만일 저리 위태롭거든 산중으로 도로 가제."
> 그렁저렁 가노라니 토끼가 이력나서 무서운 게 하나 없고, 지나가는 경치를 알고자 묻는 말이, "저기 저것 무엇이오?"
> 주부의 장한 충성 육지 온 지 여러 달에 밤낮으로 고생하다, 토끼를 겨우 속여 고국으로 돌아가기 시각이 바빴으니, 토끼 구경 시키자고 해 상에 머물러서 가르쳐 줄 리가 있나. 좋게 대답하여,
> "수궁에서 벼슬하면 남해바다 팔천리를 조석으로 구경할 것이니, 지체 말고 어서 가자." 가마꾼의 씩씩한 걸음으로 급히 내려와서 수정문 밖 당도하니,
> —『퇴별가』(완판본), 123~125쪽

용궁에서 육지로 되돌아오는 두 인물의 모습은 과연 어떠했을까.

> "올 때에는 바빠서 만경창파 꿈속이라 아무데인줄 몰랐으니, 오늘은 그리 말고 내가 묻는 대로 자세히 가르치면, 너도 먹고 오래 살게 좋은 간을 한 보 주제."
>
> 주부가 생각한즉 이번에 가는 길은 토끼에게 매인 목숨 토끼의 하는 말을 들어야 할 터이거든, 그리하자 허락하니 … 그럭저럭 문답하며 창해를 다 지나고, 옥교변에 도착하여 토끼는 앞에 서고 주부는 뒤따를 때, 토끼의 분한 마음 주부의 지은 죄를 (호령)할 터이나, 저 단단한 주둥이로 팔다리 꽉 물고서 물로 도로 들어가면 어쩔 수가 없겠구나. 바다빛이 안보이도록 한참을 훨썩가서 바위 위에 높이 앉아 주부를 호령한다.
>
> −『퇴별가』(완판본), 145~151쪽

가까스로 위기를 벗어난 토끼에게 되돌아 나가는 물길은 용궁에서 뒤쫓아 오는 이도 없어야 하고 자신을 태운 자라도 눈치 채지 않아야 하는 숨막히게 초조한 길이다. 숨막히게 초조하니 더욱 여유를 부린다. 자라는 두 번째 임무 완수를 위해 더욱 비장한 각오로 달려야 할 물길이다. 토끼의 생간을 챙겨 와야 하는 막중한 책임이 얹힌 길이다. 의심이 일었어도, 토끼의 구박이 심해도 다 들어주고 비위도 맞추어야 한다.

이처럼 수륙노정기는 속고 속이는 지략이 성공과 실패를 반복하는 숨가쁜 시간이요, 공간이다. 두 인물이 품고 있는 상반된 꿈과 생각에 생사가 달렸기에, 노정기 대목에는 트릭의 서사적 반복과 그로인한 흥미 유발로만 볼 수 없는 심각한 무게가 실려 있다. 믿음과 배신의 엇갈림은 교감과 단절의 시간이요 공간이었다. 겉으로 두 인물은 교감하는 듯했으나 실상은 단절이었다. 오가는 수중은 각자의 치밀한 계산과 속

셈이 가득한 시공이었다.

자신이 속한 세계에서 구할 수 없는 것을 구하는 길이 육지로 가는 길이며, 자신이 속한 세계에서 누릴 수 없는 삶을 누리고자 가는 길이 수중으로 가는 길이다. 이점에서 별주부와 토끼의 수륙노정기는 인간의 욕망과 그 허와 실을 적나라하게 드러내는 시간과 공간이다.

욕망은 욕심과 과욕에서부터 신념과 가치를 수행하는 열정까지 포괄하는 살아있는 자의 특권이라 할 수 있다. 그렇다면 욕망을 표현하고 실현하고자 하는 것이 왜 문제가 되는가. 욕망자체가 문제인가 그 실현방법이 문제인가.

먼저 아가미가 없는 토끼가 물속으로 간 까닭과 그 방법을 보자. 토끼의 소망은 삶의 이상향이었다. 그 이상향은 일차적 욕망이 해결되는 곳이다. 설화에서부터 소설에 이르기까지, 토끼의 이상향은 "맛 좋은 과실이 넘쳐나는 곳", "과일도 많고 춥지도 덥지도 않으며 매와 독수리가 없는 곳"이다. 물론 별주부는 토끼를 한껏 치켜 올리며 벼슬자리까지 내민다. 하지만 토끼가 수궁행을 결정한 것은 먹는 걱정, 쫓기는 걱정에서 벗어난 곳이었다.

죽음이 없는 곳이 아니라 죽음의 공포에서 벗어나고 먹이 대상이 되지 않는 곳과 "잘 먹고 잘 살 수 있는 곳"은 삶의 질을 높일 수 있는 곳이다. 그곳이 민중으로 대변되는 토끼의 이상향이었다. 이같은 토끼의 소망은 봉건시대의 피지배계층의 소망만은 아닐 터이다. 시대와 사회를 초월하여 보통의 사람이 소망하는 삶의 모습일 것이다. 그러기에 서정주는 시 〈贊成-新年詩〉[4]에서 자라의 꼬임에 빠질 수밖에 없었던 토끼의 현실적 사고방식과 이해타산은 물론이고, 속고 속이는 거짓까지도 찬성한다고 한다. 살아남기 위해 거짓을 행하고 속여야 했던 상황도 누구나 수긍할 수 있는 약자의 삶의 방식의 하나로 재해석한 것이다.

그러나 토끼의 소망은 허욕이었고 그것은 '잘못'이었다. 〈토끼전〉은 되돌아온 약육강식의 현실에서 다시 강자에게 생명을 위협당하는 처절한 상황이 그에게 주어진 삶의 터전임을 분명히 하고 있다. 철저하고 매정한 현실인식이다.

다시 별주부에 초점을 맞추어보자.

별주부가 육지로 간 것은 충성에 대한 신념 때문이었다. 별주부의 이상향은 자신의 신념이 구현된 세상이다. 신념의 패배는 별주부에게 돌아갈 곳 없는 존재, 살 이유를 상실한 자의 낙담을 가져왔다. 그것은 별주부에게는 죽음과 다름없는 것이었다. 별주부의 신념과 계산은 모두 어그러졌다. 용왕의 잘못된 판단이 불러온 결과이다. 그럼에도 불구하고 별주부는 용왕을 탓하지 않는다. 용왕의 병을 고칠 수 없게 된 상황과 자신의 충성이 물거품이 된 현실 앞에 속수무책일 뿐이다. 이는 일정한 세계에서 통용되는 신념과 가치의 허망함을, 즉 가치의 절대성이 존재하지 않음을 말해주는 것으로 철저하고 냉혹한 현실인식의 재현인 것이다.

그간 여러 논의에서 수중과 육지세계를 대립한다고 보았다. 그러나 수중과 육지세계는 성격이 다를 뿐 대립하지 않는다. "산수가 서로 달라 서로 멀리 떨어져 있어 아무관계가 없는데 수궁의 조관으로 산중은 어찌 왔소."(〈퇴별가〉 103쪽)라고 토끼가 별주부를 향해 묻듯이 두 세계는 각자의 질서를 지닌 무관한 관계로 공존할 뿐이다. 오히려 수중에서 육지로, 육지에서 수중으로 오고가는 반복된 이동은 새로운 세계와 새로운 인물에 대한 만남과 기대를 전한다. 별주부의 눈에 비친 모족과 그들의 삶, 토끼의 눈에 비친 어족과 그들의 삶이 전개된다. 그들은 최

초로 육지와 수궁을 체험한 탐험자요, 모험가이다. 별주부는 수궁과는 다른 육지의 풍광과 육지동물의 삶을 실제로 보며 정보도 탐색한다. 토끼는 용궁의 생활을 체험하며 용왕의 환대를 맘껏 즐긴다. 목숨을 건 모험의 하룻밤이다.

그러나 이들의 왕래는 일회적인 것으로 끝난다. 탐험과 모험이 실패했기 때문이다. 용왕의 불로장생은 자라의 충성으로 이루어지는 것이 아니었고, 자라의 충성은 토끼의 간으로 실현되는 것이 아니었다. 토끼에게 용궁의 화려한 삶은 살아서 누릴 수 있는 것이 아니었다. 이같은 꿈과 현실의 간극을 용궁과 산중의 거리만큼 보여주는 대목이 자라의 토끼 유혹 장면이다.

> 실없는 토끼 소견 제가 주부 속이기로 산림풍월 자랑할 때, 턱없는 거짓말을 냉수 먹듯 하는구나.
> "청산에 봄이 오면 온갖 꽃이 만발하여 병풍을 두른 듯, 꾀꼬리는 노래하고 나비는 춤을 추어 좋은 풍류 놀기도 좋거니와, 공자 제자 육칠 관동이 기수에 목욕하고 무에 바람 쐴 때 따라가서 구경하고, 녹음과 방초가 꽃보다 나은 첫여름에 공자(公子) 왕손 답청 구경, 느러진 버드나무 사이에서 다투어 나타나는 푸른 저고리 붉은 치마 그네 구경, … 국화 피는 구월 구일 용산에서 술마시고 흥겹게 춤추는 좋은 구경, …
> −『퇴별가』(완판본), 107~109쪽

산속의 즐거움과 풍월의 흥겨움을 읊어댄 토끼의 말은 자신의 삶이 아니다. 이루어질 수 없는 소망이요 한낱 꿈일 뿐이다. 산중의 어떤 모족도 그같은 삶을 누리지는 못할 테니 이는 토끼의 소망이 아니라 모족 모두의 꿈이다. 꿈은 색도, 형태도, 소리도 모두를 미(美)로 만든다.

"수중에 있는 이는 산중 일을 모르리라 저렇게 과장하되 당신의 가련한 신세 낱낱이 다 이를 테니 당신이 드르시려오?" … "무슨 정에 눈을 감상하며 매화를 찾나 이삼월 눈이 녹아, 풀도 있고 꽃도 피면 주린 배를 채우려고 이 골 저 골 다니다가, 토끼 잡는 그물 빈틈없이 둘러치고, 용맹스런 무사 날랜 걸음 소리 치고 쫓아오니, 짧은 꽁지 샅에 끼고 코에 단내 풀풀 내면서 하늘 땅도 분간 못하고 도망할 제, 천만 뜻밖에 독수리가 중천에 높이 떴다가 날아 내려 앞 막으니, 당신의 불쌍한 정세적벽화전중에 목숨이 아니 죽고 간신히 도망타가 화용도 좁은 길목에 관운장 만난 조조로다." … "몽둥이 든 모리꾼은 양 옆에서 몰이하고 조총 든 명포수는 총구멍에 화약박아 목목이 앉아있으니, 당신의 급한 사세 하늘로 날아 오를 터인가 땅을 쫓아 나올 터인가?"

－『퇴별가』(완판본), 111~113쪽

　자라가 토끼의 허세를 받아친 조목조목 내용은 모두 토끼의 삶이고 현실이다. 토끼 스스로 말하는 삶은 '꿈'이고, 별주부가 지적하는 삶은 '현실'이다. 즐거움은 꿈이고 가련함은 현실이다. 이같은 토끼의 꿈을 깨주고 다시 꿈을 꾸게 한 것이 별주부의 유혹이고 미끼였다. 토끼는 산중의 꿈을 깨고 수중의 꿈을 다시 꾼 것이다.

　용왕의 경우도 마찬가지이다. 병 나은 후 목숨 바친 토끼의 공을 기리겠다는 약속과, 간을 가져오면 주겠다는 벼슬은 토끼에게는 통하지 않을 논리이다. 용왕은 어족에게 통한 충성이 토끼에게 통할 리 없음을 간과했다. 결국 용왕은 토끼에게 속는 미련한 어족의 수장이 되었다.

　속고 속이는 바닷길(용궁으로 가는 길, 육지로 오는 길)은 생사의 갈림길이기도 하고 이상과 현실이 맞물려 교차되는 특별한 공간으로 자리한다. 〈토끼전〉의 수륙노정기는 성공이 아닌 실패담이다. 성공하는 듯했으나 실패한 토끼와 별주부 두 존재의 위험하고 아슬아슬한 공간이동이다. 유혹이 성공하여 내 뜻대로 데려온 듯 했으나 빠져나갔다. 더 나은 삶의 영역으로 이동하는 듯 했으나 결국 제자리로 되돌아 왔다. 이상은 현실을 떠나게 했고 현실은 이상을 더 이상 바라지 못하게 했다. 이들의 노정기는 죽음과 삶이 짝하고 이상과 현실이 짝하여 끌고 당기는 역학을 보여주고 있는 것이다.

> 밤이 맞도록 즐겁게 놀고 이튿날 왕께 하직하고 별주부의 등에 올라 만경창파 큰 바다를 순식간에 건너 와서 육지에 내려 자라더러 하는 말이, … '세상 만물이 어찌 간을 임의로 꺼냈다 넣었다 하리오. 신출귀몰한 꾀에 너의 미련한 용왕이 잘 속았다' 하여라." 하니, 자라가 하릴없이 뒷통수 툭툭 치로 무료히 길을 돌려 수부로 들어가니, 용왕의 병세와 별주부의 소식을 다시 전하여 알 일이 없더라. … 토끼 별주부를 보내고 희희낙락하며 평원 광야 너른 들에 이리 뛰며 흥에 겨워 하는 말이, '어화 인제 살았구나. 수궁에 들어가서 배를 째일 뻔하였더니, 요 내 한 꾀로 살아와서 예전 보던 만산 풍경 다시 볼 줄 그뉘 알며, 옛적 먹던 산 실과며 나무 열매 다시 먹을 줄 뉘 알소냐. 좋은 마음 그지 없네.'
> 작은 우자를 크게 부려 한참 이리 노닐 적에, 난데 없는 독수리가 살 쏘듯이 달려들어 네 다리를 훔쳐들고 반공중에 높이나니, 토끼 정신이 또한 위급하도다.　　　　　-『불로초』(세창본), 241~243쪽

제자리로 돌아가고만 이들의 공간이동이 남긴 것은 무엇인가. 길을 떠나 미지세계에서 무엇인가를 얻는 일반적인 노정기와 달리 〈토끼전〉 노정기는 얻으려 했으나 잃고만 과정이다. 또 꿈을 가진 존재로서의 생명체와 현실의 고통에서 비롯된 꿈의 모습을 가장 구체적으로 보여준 대목이기도 하다. 설령 그것이 무모하고 어리석은 실패에 그칠지라도.

3. 모족사회와 어족사회 : 다르고도 같은 삶의 양상

모족과 어족사회에 나타난 삶의 양상을 살피는 것은 두 사회를 지배계층과 피지배계층으로 양분하여 사회사적으로 이해하는 기존논의에 대한 의문에서 출발한다.[5]

두 사회는 생활공간도 다르고 관습도 다르고 삶의 양상도 다르다. 두 세계를 오간 존재는 별주부와 토끼뿐이다. 토끼 또한 자신이 속한 산중으로 돌아갔으니 모족과 어족은 오갈 수도 없는 별개의 집단이고, 서로가 서로에게 낯설고 무관한 사이이다. 서로가 만난 적도 없고 두 사회를 소통시킨 존재도 없었다. 소통이 필요한 적도 없었다. 용왕의 병이 아니었더라면 두 사회는 별개의 세계로 공존할 뿐이었다.

남생이가 별주부의 방계임을 확인했으나, 그 또한 남해 수궁벼슬하던 조부가 참소당해 인간세계로 유배되고, 그 후 "육지 사람이 아주되어 섭생도 도토리를 먹는" 육지동물로 등장한다. 이를 보면 생태적으로 자라와 유사한 남생이조차도 물을 떠나면 뭍에서 살 수밖에 없도록, 수중과 육지(산중)는 엄격히 구별되고 차단된 영역으로 설정되어있다.

그러기에 어족에게 토끼는 '관념적 존재'이지 '사실적 대상'이 아니었다. 토끼에게도 용궁은 '관념적 이상세계'였지 '체험된 세계'는 아니었다. 토끼와 자라의 눈으로 확인된 용궁과 산림은 선경이요, 비경이었다. 역대 문인과 영웅이 누리고 활보한 공간은 현실세계에서도 별천지였다. 그러나 삶의 현장으로서 용궁과 산림은 냉혹하고 무서운 곳이었다.

두 사회의 성격은 회의 장면에서 잘 나타난다. 최고 권력자인 용왕의 병과 그 치료약을 구하기까지 적절한 충신의 선택방법과 과정이 어족회의였다면, 모족회의는 모족을 괴롭히는 인간의 포악을 막을 계책 마련에 그 목적이 있다. 두 집단 모두 위기 상황이다. 모족은 개체의 목숨과 직결된 공포 상황을 각자의 방법으로 해결하고 한다.

> 산군이 말을 꺼내어, "오늘 모인 것은 근래 인심이 매우 무서워 짐승을 잡아먹기 온갖 꾀가 다 생기고, 산중에 수목 없어 은신할 데 없으니, 애잔한 우리 모족 전멸할 것이 가련하기에, 한 자리에 모여 깊이 생각하여 각자 자기의 뜻을 말하고 들어보면 도모할 계책이 있을는지, 난을 피하는 방안이 혹 있을까 이 모임을 하였으니 노소를 가리지 말고 각자 그 계책을 자세히 말을 하라."
>
> 너구리 여쭈오되, "소락의 소견에는 평생 미워하는 바가 있사오나 세력이 미치지 못하여 입을 열지 못하더니 하문을 하시기에 감히 아룁니다. … 사람이라 하는 것은 짐승 잡아 먹는 터이니, 사람 손에 죽는 것은 조금도 서럽지 아니하나 사냥개라 하는 것은 같은 우리 모족으로 사람에게 얻어 먹으니, … 산군님 이후에는 다른 짐승 살해 말고, 저 소위 사냥개를 세상에 있는 대로 다 잡아다 잡수시면, 오소리 뿐아니오라 덕이 모든 짐승에게 미치오리다."
>
> 산군이 대답하되, "사냥개라 하는 것이 소위 분통해 할 만한 것이니, 다 잡아다 먹었으면 네게 설분되고 나도 배 채우련마는, 일등포수 따라 다녀 낮이면 앞을 서고, 밤이면 함께 자니 어설피 물었다가 조총 귀불이 번 듯 총알이 쑥 나오면 내 신세 어찌되리?"
>
> ─『퇴별가』(완판본), 91~93쪽

산중의 왕은 물리적으로 힘이 센 호랑이다. 산중 회의를 소집할 만한 위력도 있다. 표면상 한 집단에서 가장 힘 있고 능력이 있는 존재라는 점에서 산군 호랑이는 용왕에게 필적한다. 하지만 이들의 삶의 영위방식은 판이하다. 산군이 처한 위기는 모족 모두에게 동일하게 적용되는 위기이다. 사냥개와 포수의 공포는 산군이라 해서 피해갈 묘수가 없는 난제이다. 힘의 우열 순위가 확연히 드러나고 아부와 경쟁이 눈에 보이는 사회이지만, 인간의 횡포 앞에서 무력해지는 것은 모족의 개체 모두에게 동일하다.

용왕은 자신의 불치병을 낫기 위해 전 어족에게 명령하고 어족은 복종한다. 어족에게도 일정한 위계와 서열이 있으나 그것은 벼슬에 따른 역할로서 매우 사회적이고 가변적이다. 용왕은 이처럼 조직화된 사회에서 절대 권력자로 군림한다. 또한 어족사회는 관계지향적 사회이고 개인의 삶이 집단의 가치에 의해 결정되는 사회이다.

반면 산군은 물리적으로 모족의 먹이사슬에서 가장 유력한 위치에 있으면서도 모족들의 삶에 개입하지 못한다. 결국 모족들은 사냥개도 포수도 막을 길을 찾지 못한 채 회의를 파장한다. 이처럼 모족사회는 물리적 힘이 지배하는 사회이며 개인적 삶이 집단의 삶보다 우위를 차지하는 사회이다.

어족과 모족 사회에서 벌어지는 중요장면은 언변대결이다. 설득당하고 설득하느냐의 문제이다. 언변대결은 장황하고 유창한 입담 과시의 재담적 특성을 지닌 흥미소이지만 〈토끼전〉에서는 삶을 관통하는 지혜와 경험철학이 녹아있는 대목이기도 하다. 대결자들은 자신이 속한 세계에서 경험한 것을 통해 획득된 지식과 사고방식으로 논리를 펴고 설득을 한다. 그러기에 그들의 언변대결에는 자신의 삶과 타자의 삶을 바라보는 주·객관의 시각과 그들 사회를 지탱하는 삶의 방식이 나타난다.

등장인물의 언변대결을 살펴보자.

장차 문성장군(文盛將軍)을 봉하려 헐 즈음에, 문득 한 장수가 뛰어내달아 크게 외쳐 말하기를,

"문어야, 네 아무리 기골이 장대하고 풍채에 위엄이 약간 있다한들 제일 말주변도 넉넉지 못하고 생각도 부족한 네가 무슨 공을 이루겠다 하며, 또한 이간 사람들이 너를 보면 영락없이 잡아다가 요리조리 오려내여 국화송이며 매화송이처럼 형형색색으로 갖추갖추 아로새겨 혼인 잔치와 환갑 잔치에 크고 근 상 어물접시 웃기거리로 아주 요긴하게 쓰고 재자가인(才子佳人)의식물상과 어린아이의 거둘상과 오입장이 술안주에 구하느니 네 고기라. 무섭고 두렵지 아니하냐, 이 어림 반푼어치 없는 것아. "나는 세상에 나아가면 맹획(猛獲)을 일곱 번 사로잡았다가 일곱 번 놓아 주었던 제갈량(諸葛亮)과 같이 신출귀몰한 꾀로 토끼를 산 채로 잡아 오기 용이하다."

하거늘, 모두 보니 그는 수천년 묵은 자라이니, 별호(別號)는 별주부(鼈主簿)라. … 첫 문제로 네 모양을 볼 것 같으면 사면이 넙적하여 나무 접시 모양이라. 작고 못 생기기로 둘째 가라면 대단히 싫어할 터이지. 요따위 자격에 무슨 의사가 들어 있으리오. 그뿐만 아니라 세상 사람들이 너를 보면 잡아다가 끓는 물에 솟구쳐서 자라탕을 만들어 동반 서반(同班西班) 세력가의 자제(子弟)가 구하는 것이 네 고기라. 무슨 수로 살아오랴?"
                                          -『불로초』(세창본), 167~171쪽

산군이 그 입으로 양볼을 제비 먹을 적에 여우가 옆에 앉아 자랑이 무섭구나.

"저희들이 못 생겨서 남에게 볶이어서 걱정하제, 나같이 행세하면 아무 걱정 하나 없제. 남의 무덤 바짝 옆에 굴을 파고 엎뎠으면, 사냥꾼이 암만해도 불을 지를 수도 없고, 쫓겨 가다가도 오줌만 누면 사냥개도 할 수 없고, 아무 데를 가더라도 주관하는 사람에게 비위만 맞추면 일생 평안한 신세거저 남의 일에 참여하고 놀제."

장담을 한참 하니, 물고기를 버리고 곰을 얻음이라, 곰이 매우 의기 있어 나앉으며 하는 말이,

"오늘 우리 모이기는 산손의 폐단을 없애자 하자더니, 사냥개는 없애려 하되 포수 무서워 할 수 없고, 애잔한 쥐와 다람쥐가 겨우나기로 마련한 살림을 다 빼앗겨 부모처자 굶길 터요, 가세 부족한 멧돼지는 아들의 죽음으로 고통을 보았으니, 오늘 저녁 또 지내면 여우 눈에 못 보인 놈 무슨 환을 또 당할지 그놈의 웃음 소리 뼈 저려 못 듣겠네. 그만하여 파합시다."

—『퇴별가』(완판본), 97쪽

이들의 언변대결에서 칭찬은 찾아볼 수 없다. 대신 자신을 과대평가하는 허세와 그 허세를 탓하며 비판하는 공격적 담론이 지배적이다. 이기지 않으면 지는 것이 있을 뿐, 화해나 타협은 찾아보기 힘들다. 어족과 모족사회 개체간의 담론이 이처럼 승/패, 자기우월과 과시/타인비판으로 양극화된 양상은 바로 삶의 치열함, 생존의 지난함을 말해주는 '경쟁'이라는 표지로 읽힌다.

각자의 생존을 위해 치열한 경쟁을 치루고 있는 이들에게 과장, 허세, 비난은 악이 아니라 '생존 전략'이다.

이처럼 〈토끼전〉에서 '경쟁'은 물리적, 사회적 환경이 다른 두 세계에 공히 존재하는 삶의 법칙이다. 그 경쟁은 눈물겨운 삶에의 도전이고 동시에 죽음에의 도전이기도 하다. 약하면 강자에게 죽는다. 약해보이지 않으려 과장과 허세를 부리고 강한 것을 인정하지 않으려고 비판하고 비난한다.

'경쟁', '삶과 죽음에의 도전'이 두 사회를 움직이는 공통된 법칙이었다면, 두 사회를 소통치 못하게 하는 차별성은 무엇인가.

물론 생태학적으로 이들은 소통 불가능한 신체구조를 갖고 있다. 사계의 변화에 민감해야 하고 물리적 힘, 민첩함이 요구되는 약육강식의 먹이사슬로 형성된 모족에 비해 어족은 권력의 우열에 따른 신분과 계층으로 분화된 사회적 집단이다. 생존의 방식이 전혀 다른 두 집단이다. 산군인 호랑이가 죽게 되었어도 모족들은 목숨 바쳐 수궁행을 감행하지 않았을 것이다. 천성대로 개체의 삶을 영위하는 자연적 집단이기 때문이다.

집단의 지향가치가 개체와 집단을 움직이는 힘이요, 근간이 되는 어족은 관계지향적 사회이고, 개체의 다양한 생존방식이 사회를 형성하는 절대조건이 되는 모족은 개체지향적 사회이다. 때문에 용왕의 위기가 어족 모두의 위기임에 반해, 모족은 전 개체의 위기인 포수의 문제도 개체의 위기와 문제로 끝나고 마는 것이다.

따라서 생존의 방식이 다른 두 집단의 소통은 불가능한 것이다. 소통 불가능한 두 사회를 별주부가 오갈 수 있었던 것은 물과 육지를 겸하여 숨 쉴 수 있고, 네 발과 날개(지느러미)로 포복과 유영이 가능한 자라의 생태적 특징 때문일 것이다. 아가미도 없는 토끼의 수궁행은 무모한 도전이었고 저승길이었던 것이다.

모족과 어족의 생태적 특징을 배제하고 필자는 잠시 흥미로운 상상을 해본다. 토끼간이 용왕의 병을 구하는 유일한 약임을 설파하는 명의의 논리는 한 치의 반박도 허용치 않는 오행이론에 근거한다. 그러나 만일 그 명약이 호랑이의 간이었고, 날짐승의 간이었다면 어떠했을까? 이처럼 오행론의 명리로는 용왕을 살릴 불사약은 존재한다. 그러나 현실에서는 토간도, 호랑이간도, 날짐승의 간도 생명이지 결코 타자의 불사약이 될 수 없다. 유한한 존재인 인간은 타인의 생명으로 불멸을 꿈꿀 수 없는 것이다.

4. 욕망의 거울, 삶의 그림자로서의 죽음

살면서 죽어가고, 죽어가면서 사는 것이 인간의 삶이다. 삶에서 결코 물러날 수 없는 것이 죽음이다. 때문에 죽음을 피하려는 것은 욕망이다. 그 피하기 위한 발버둥을 〈토끼전〉은 동물우화로 보여주었기에 심각함보다는 해학으로, 개인의 삶보다 집단과 집단의 관계에 대한 사회적 풍자에서 작품의 의미를 규명해왔다. 영웅소설에서 죽음은 미화도 되고 특화도 되었다. 그러나 서민소설에 오면 죽음은 애절한 고통이었다. 그 죽음을 벗어나는 것이 지극한 효성과 충성으로 기려지고 승화되었을 뿐 그 내면은 슬픔이었고 한계였다.

작품의 서두에서 죽음이 다루어지고 그로 인해 서사가 전개된 작품은 〈심청전〉이다. 곽씨 부인의 죽음은 모든 행복을 불행으로 뒤엎고 고난의 폭풍을 몰고 왔다. 심청의 투신도 사실은 죽음이다. 딸의 죽음 앞에 봉사 아비가 겪는 고통은 처절한 것이다. 개인의 삶과, 한 가정의 행·불행을 뒤바꾼 죽음이 〈심청전〉이었다면, 〈토끼전〉은 이질적 세계의 두 존재가 겪는 '죽음의 공포'이다.

용왕도, 토끼도 죽지 않는다. 그들은 죽음에 의연하게 맞서지도 않고 순리로 받아들이지도 않는다. 피할 때까지 피하나, 끝내 피할 수 없는 공포로서 존재하는 그들의 죽음은 오히려 현실적이고 직접적이다.

용왕의 병이 노쇠에서 연유했다면 토끼는 유혹에 빠지고만 자만에서 죽음의 위기를 맞았다. 죽음을 권력으로 막으려 했던 용왕, 삶의 고단함을 허세로 피하려 했던 토끼 모두는 삶의 법칙을 자신에게는 적용치 못하는 판단력 결핍증에 걸린 자들이다.

지금껏 느끼지도, 생각지도 않았던 병, 죽음에 이르는 병 앞에서 권력의 힘은 묘방을, 충성을 얻어냈다. 반면 항상 느끼는 죽음의 위협과 삶의 고단함은 유혹의 미끼에 걸려들어 죽음을 목전에 두게 되었다.

이처럼 〈토끼전〉에서의 죽음은 인간의 가장 큰 욕망을 그대로 보여준 거울이다. 동시에 죽음은 어찌해도 삶에서 벗어날 수 없는, 삶과 한순간도 떨어지지 않는 그림자로 구현되었다.

〈토끼전〉의 등장인물들은 '욕망구현자'이며 동시에 '욕망 희생자'들이다. 어느 한 인물도 자신의 삶에 애착을 지니지 않는 자가 없다. 때로는 물리적 생존을 위해, 때로는 사회적 생존을 위해 각자 또는 집단의 가치와 삶의 영위방식을 앞세워 '살기 위한 욕망'을 실현해간다. 그것은 선/악으로 구분될 수 없는 존재와 삶 그대로이기도 하다.

끊임없이 자신을 위한 계산을 놓지 못하는 인간 군상의 모습을 통해 〈토끼전〉에서 죽음은 욕망의 거울이며, 삶의 그림자로서 그려져 있다. 그 거울과 그림자에 인간의 행동과 삶의 방식을 이해하는 열쇠 또한 숨겨져 있다 하겠다.

그 욕망은 목숨을 연장하려는 소망, 잡아먹히는 공포에서 벗어나고픈 보편적 소망에서 출발했으나, 과욕과 허욕에 맞물려 낭패를 보아야 했다. 누구나가 원하는 보편적 소망도 욕망구현의 방법이 과하면 집착과 착각의 늪에 빠져 죽음을 면키 어려웠다.

용왕과 토끼가 그러했다면, 자라와 다른 어족은 충성을 놓고 우열을 다투고 공을 따졌다. 이 역시 사회적 존재로 살기 위한 안간힘이요 치열한 경쟁으로 목숨을 건 생존이었다. 산군과 모족은 사냥개와 포수의 위험에서 한시도 마음을 놓지 못한 상황에서도 서로의 먹잇감을 노리고 힘의 강약을 쟀다.

이렇게 볼 때 〈토끼전〉은 생존이란 욕망구현의 집단이 총출동하여 충돌한 작품이라 할만하다. 지고한 가치, 순결한 정신, 지순한 사랑을 그런 다른 고소설과는 다르다. 토끼의 간을 먹었어도 용왕은 노쇠하여 죽었을 것이고, 사냥개를 다 잡아 먹어도 산군과 모족은 인간의 노획망에서 벗어날 수 없었을 것이다. 이는 생존 욕망이 강할수록, 욕망구현의 방법이 과해질수록 이는 삶의 곳곳에 도사린 죽음의 공포가 강력함을 역설적으로 말해주는 것이다.

〈토끼전〉에서는 인간이 직접 등장하지는 않는다. 그러나 인간은 어족과 모족 모두에게 두려운 공포의 대상으로 존재한다. 육지행을 겁내며 요리조리 빠지는 어족의 벼슬아치들, 서로의 충성심에 해가 갈까 육지행을 고집하는 인사에게 반대를 하는 어족회의장에서 진정한 두려움은 육지의 인간이다. 인간에게 잡아먹힐 수밖에 없는 자신들의 삶을 너무나 환히 알고 있기 때문이다.

모족도 마찬가지이다. 인간에게 해를 끼칠 수 있는 거물 모족들도 사냥꾼과 사냥개가 두려워 살 궁리를 도모하는 회의를 열었다. 동·식물을 포함한 생명의 사회에서 재난, 사고, 질병, 노쇠 등으로 죽어가는 인간은 결코 우월한 생명체가 아니다. 그럼에도 불구하고 〈토끼전〉의 인간은 생명사회에서 가장 우위를 차지하는 존재로 등장한다. 문어는 제사상에, 자라는 보신용 탕국으로 올리고 사냥개를 풀어서는 산중과 공중 모두의 동물을 포획하는 무시무시한 존재이다. 어디 그 뿐이겠는가. 수륙 어디에도 인간이 자신의 먹이를 위해 뻗지 못할 대상은 없다. 이청준은 판소리 동화 〈토끼야, 용궁에 벼슬가자〉에서 동물들이 발설하는 인간을 향한 비아냥거림을 부연하고 인간세상의 위선을 신랄하게 풍자한다.

독자로서의 인간, 작품속의 인간을 염두에 두고 보자면, 〈토끼전〉은 겹겹의 우화이다. 작품속의 인간까지 포함하여 우화화된 인간과 그들의 삶, 그 실상이 〈토끼전〉의 의미망일 것이다. 어족과 모족은 소통 불가능한 이질적 질서체계를 갖는 집단이다. 이에 반해 인간은 두 세계 모두의 삶의 양상과 질서체계를 지닌 존재이며 집단이다. 〈토끼전〉의 어족과 모족은 생사와 관련된 인간의 욕망과 그 실현의 허와 실을 속고 속이기의 반복 줄타기로 보여준 것이다.

삶과 죽음은 지극히 개인적인 것으로 각자 맞이하고 해결해야 할 과제이다. 그러나 인간은 권력을 이용하고 가치를 동원하여 생사를 집단의 문제로 돌리기도 하고 자신이 속한 세계 밖의 존재와 영향권 안에서 해결하려 한다. 즉, 원초적이고 본능적인 생존문제를 소유하고 있는 능력과 신봉하고 있는 관념으로 돌이켜 놓곤 한다. 또는 자아와 세계의 관계를 끊임없이 조화로운 이상향으로 꿈꾸며 삶의 고통을 피하고 가장하려 하기도 한다. 현실의 질곡을 미(美)로 포장하여 과시하기도 한다. 그 허세를 공격하고 다른 미끼를 던져 자신의 목적을 이루려고도 한다.

이처럼 살아있는 자가 지닌 특권으로서의 욕망은 삶과 존재에 대한 인식을 어둡게 하고 죽음을 삶 저편의 먼 곳에 있는 타자의 것으로 만들어버렸다. 그러나 일시적으로 소유하는 권위와 계급, 언제든 바뀌고 변화하는 가치와 신념은 무너지고 깨지는 것이다. 원초적이고 본능적인 것은 숨길수록 드러났고 본능적 욕망은 한 세계를 다스리는 왕과 한낱 미물인 토끼에게까지 동일한 것이었다.

〈토끼전〉에서 다양한 군상들의 삶은 욕망의 실체였으며 동시에 죽음은 그 욕망의 허와 실을 보여주는 거울이었다. 모두 살아있지만, 모두 죽음에서 자유로울 수 없는 모습은 삶을 따라다니는 그림자로서의 죽음을 말해주고 있는 것이다. 무엇에도 구애되지 않는 삶의 자유란 애초부터 없는 것이다. 신념과 허위를 혼동하고, 지혜와 임기응변이 오가는 세상에서 갈등하고 타협하고, 쫓고 쫓기는 상황과 관계의 반복이 있을 뿐이다.

본고는 기존논의에서 추출된 봉건체제와 계층의 시각, 풍자와 해학
으로 바라본 우화적 의미에 대한 의문제기와, 그로인해 놓친 의미의 사
각지대를 생사관이라는 시각을 통해 조명해 보고자 했다. 그러다보니
〈토끼전〉의 흥미소를 제대로 다루지 못했다. 이상과 현실, 삶과 죽음이
라는 거대한 짐덩이로 〈토끼전〉의 재미와 유쾌함을 짓누른 잘못을 했
을지 모른다. 또, 애초부터 학술논문의 성격을 강조하지 않으려 했기에
기존연구업적을 참조하고 큰 도움을 얻었음에도 세세한 인용처를 밝히
지 않고 참고문헌으로 대체하였다. 이는 생사관이라는 큰 철학적 과제
를 〈토끼전〉을 따라 읽듯 쉽게 풀어보는 글이 되고 싶어서였다. 널리
양해 바란다.

1) 인권환의 『토끼전·수궁가』는 〈토끼전〉의 근원·삽입설화, 서지와 내용·주제연구 및
   판소리 〈수궁가〉 연구를 아우르며 〈토끼전〉과 〈수궁가〉의 연구사를 망라한 종합적 연구
   서이다. 고대민족문화연구소, 2001.
   　〈토끼전〉 연구사는 정출헌, 「〈토끼전〉연구의 시대적 추이와 그 의미」, 『고소설 연구사』,
   2002, 도서출판 월인, 787~810쪽에서 면밀하게 검토되었다.
2) 인도의 불교본생담, 한역경전, 중국문헌, 한국문헌 및 구전설화 등 경전 및 식자층과
   하층민 모두가 공유한 세계적 이야기군이라 이를 만하다.
3) 소설본에 가까운 판소리 완판본 〈퇴별가〉, 소설 활자본 〈불로초〉, 유식성과 서민성을
   아우르며 여러 삽화가 풍성하게 첨가된 〈별토가〉는 동일계열의 여러 이본을 포괄하는 대
   표성을 지닌 작품이다. 현대역은 고려대 민족문화연구소 간행 『토끼전』, 『한국고전문학전
   집』 6을 따랐다.
4) 토끼여, 찬성이로다.　　　　　　(중략)
   　용궁 낙성연의　　　　　　　　그리고 토끼여,
   　너비아니 얻어 먹을 생각,　　　만 길 운명의 바다 위에 드러난 사실

삼팔 마고자도   떨리는 네 간장,
한 벌 얻어 입을 생각,   네 거짓말도 찬성이로다.
토끼여 찬성이로다.

5) 졸고, 「〈토끼전〉의 인물관계와 그 의미」, 『국어국문학』 107, 1992, 73~90쪽에서는 작중
   인물의 상호관계를 어족사회, 모족사회, 그리고 이동공간인 수로로 나누어 분석했다. 시대
   사회를 초월해서 존재하는 인간의 관심사가 다양한 인물유형과 행위, 그 집단의 성격에
   따라 어떻게 달라지는가를 밝혔다.

가문 복원 표식으로서의 망모(亡母) 추모, 〈보은기우록〉

최수현

1. 어머니의 죽음에 대하여

18세기 말에서 19세기에 향유된 국문장편소설 〈보은기우록(報恩奇遇錄)〉은 몰락한 가문을 복원하는 데 있어 우선순위를 치부(致富)에 둔 부친과 입신양명에 둔 아들의 갈등을 중심으로 서사를 전개한 작품이다. 이처럼 〈보은기우록〉은 몰락한 가문의 복원 문제를 현실적인 시각에서 접근하고 있다는 점에서 여타의 국문장편소설들과 변별되고 있어 주목을 요한다.

이런 연유로 〈보은기우록〉은 일찍이 정병욱에 의해 '구질서의 붕괴 과정을 다루고 있는 작품'으로 평가[1]받으면서 이후 여러 연구자들의 관심을 받아왔다. 기존의 연구는 재화(財貨)에 대한 시각과 부자 간 갈등 관계에 집중되어 이루어지면서도 여성 의식 측면이나 후편인 〈명행정의록〉과의 연작 관계 등 다방면에서 이루어져 작품의 전모를 살피는 데 일조하였다.

그런데 선행 연구에서는 〈보은기우록〉에 나타난 '어머니의 죽음과 이를 추모하는 양상'에 대해서는 별다른 주목을 하지 않았다. 〈보은기우록〉은 고전소설 가운데서도 망모(亡母)에 대한 추모를 다양한 방식을 동원해 심도 깊게 보여주고 있는 작품이다. 한 인물의 죽음뿐만 아니라 그 인물에 대해 추모하는 모습까지 서사에서 다루는 것은 고전소설 가운데 주로 국문장편 고전소설에서이다. 대개의 국문장편 고전소설은 개인의 일대기적 구성을 보여주는 것이 아닌 몇 대에 걸친 가문의 이야기를 다루고 있다. 따라서 국문장편 고전소설에서는 몇 명의 등장인물이 죽더라도 가문의 영속이 가능해 서사가 지속될 수 있기 때문에 인물들의 죽음이 서사화 되며, 망자에 대한 산자의 추모를 장면화 할 수 있다.

특히 〈소현성록〉 연작, 〈유효공선행록〉 연작, 〈성현공숙렬기〉 연작, 〈현몽쌍룡기〉 연작과 같은 삼대록계 국문장편소설에서는 연작의 후편에 해당하는 작품의 말미에서 주인공의 아버지나 어머니가 죽는 장면이 모두 등장하면서 망자에 대한 추모 행위 가운데 하나인 상례(喪禮) 절차가 제시되고 있다고 지적되었다.[2] 이 가운데 〈유씨삼대록〉에서는 작품 말미에서 부모 세대 인물의 죽음이 등장할 뿐만 아니라 핵심인물인 진양공주의 요절 등 작품 곳곳에서 인물들의 죽음이 나타난다. 그러나 작품 중반에 등장하는 죽음도 작품의 중심가문인 유씨 가문의 창달이 이루어지고 난 후에 발생하는 사건들이다. 이를 통해 볼 때 〈유씨삼대록〉을 비롯한 대개의 국문장편 고전소설에서 인물의 죽음과 망자에 대한 추모는 가문의 완성이 이루어지고 난 후 등장하며, 그 양상은 대부분 상례에 한정되고 있음을 알 수 있다.

그런데 〈보은기우록〉에서는 가문의 창달이 이루어지기 전인 서사 초반에 남녀주인공의 어머니가 죽으며 이후 망모(亡母)를 추모하는 다양한 모습이 지속적으로 나타나고 있다. 특히 망자를 주인공에게 심리적이자 혈연적으로 가장 가까운 존재인 '어머니'로 설정함으로써 죽음의 의미와 추모 과정을 핍진하게 형상화하고 있다. 이와 함께 망모에 대한 추모 행위를 가문의 복원 과정과 맞물리도록 제시하고 있다.

때문에 〈보은기우록〉에 나타난 어머니의 죽음과 그에 대한 추모 양상을 면밀하게 분석하는 것은 이 작품의 의식지향을 파악하기 위해 꼭 필요한 작업이라 할 것이다. 본고에서는 이를 위해 망자의 작품 내 위치를 파악한 후, 망자에 대한 추모 양상을 가문의 부침(浮沈)과 관련해 살펴볼 예정이다. 이를 바탕으로 인물들의 죽음과 그에 대한 추모의 의미를 가문 의식과 관련해 고구해 보기로 한다. 이를 통해 〈보은기우록〉의 의식지향 및 국문장편소설 가운데 독자적 의의를 확인해보고자 한다. 본고에서는 한국학중앙연구원 소장본 〈보은기우록〉 18권 18책을 논의 대상으로 삼았다.

2. 가문 부침(浮沈)에 따른 망모 추모 양상

〈보은기우록〉에 나타난 망모(亡母) 추모의 양상을 살펴보기에 앞서 먼저 추모의 대상이 되고 있는 망자가 주변 인물들과 맺고 있던 역학 관계를 알아보기로 하자. 이를 통해 망자의 작품 내 비중과 망자와 추모자 간의 정서적, 심리적 거리를 파악할 수 있기 때문이다. 〈보은기우록〉은 서사 초반에 양 부인과 두 부인의 죽음을 제시한 후, 망자에 대한 다양한 형태의 추모 행위를 보여주고 있다. 그런데 이러한 추모 행위들은 단지 망자를 그리워하는 마음을 표출하는 것에서 그치는 것이 아니라 주인공 가문의 부침(浮沈)과 밀접한 관련을 맺고 있는 특징을 보이고 있다. 따라서 가문의 형편을 가문의 몰락 상황과 복원이 막 이루어지는 시점 그리고 복원이 완성된 후로 나누고 각각의 상황에서 추모 행위가 이루어지는 실제 양상을 살펴보기로 한다.

망자가 된 '어머니'

〈보은기우록〉에서 추모의 대상이 되는 망자는 다름 아닌 남녀주인공의 어머니들이다. 18권이라는 장편 분량의 서사를 지닌 〈보은기우록〉에서는 '어머니'인 여성 이외에도 죽음을 맞이하는 인물들이 더러 있기는 하다. 그러나 이들은 남주인공이 해결하는 요괴 퇴치 사건이나 송사 사건 속 피해자로 부수적 인물들이다. 이러한 부수적 인물들의 죽음은 남주인공의 뛰어난 능력을 보여주기 위해 제시될 뿐이기 때문에 이 작품에서 추모의 대상이 되는 망자는 남녀주인공의 어머니들로 한정되고 있다. 이처럼 남녀주인공의 어머니가 추모 대상이 되고 있지만 그 비중은 남주인공의 어머니가 여주인공의 어머니에 비해 상대적으로 높게 나타나고 있다. 이는 〈보은기우록〉이 남주인공의 가문을 중심 가문으로 설정해 서사를 전개하고 있기 때문이다.

먼저 남주인공 위연청의 모친인 양 부인에 대해 살펴보기로 하자. 유교 이념에 충실한 것으로 제시되는 양 부인은 몰락한 가문을 상행위를 통해 유지하고자 하는 남편 위지덕과 대립하면서 서사에 긴장을 조성한다. 양 부인이 부덕(婦德)을 갖춘 여성임에도 불구하고 위지덕과 갈등하는 것은 가문 복원에 대한 두 사람의 견해 차이에서 기인한다.

양 부인의 친정은 양 부인이 "이름난 가문의 어진 여자(권지일)"로 소개되고 있다는 점과 친오빠가 거인(擧人)의 지위에 있다는 것으로 미루어 사족(士族)임을 짐작할 수 있다. 단 서술자가 양 부인과 위지덕의 혼인을 두고 양 부인이 "불행히 배우자를 그릇 만나(권지일)"게 되었다고 평가하고 있을 뿐 혼인에 대해 구체적인 정황을 설명해주고 있지 않다는 것으로 미루어 짐작할 때 양 부인의 친정 역시도 벌열 가문과는 거리가 먼 한미한 사족에 해당 된다고 추정할 수 있다. 비록 벌열가문은 아닐지라도 양 부인의 친정이 사족이라는 점을 고려한다면, 양 부인이 혼인 전부터 사족이라면 과거를 통해 입신양명하는 것을 지향해야 한다는 생각을 지녔을 가능성은 충분히 있다고 볼 수 있다.

그런데 양 부인은 혼인 후 자신의 생각과는 다른 방식의 가문 유지를 목도하게 된다. 위지덕은 명문가의 후손이기는 하지만 몰락한 나머지 고리대금업과 푸줏간 운영으로 생계를 유지하고 있기 때문이다. 때문에 양 부인은 혼인 후 위지덕이 벌이는 상행위에 대해서 그 정도를 줄여볼 것을 권해보기도 하지만 받아들여지지 않자, 위지덕 몰래 어려운 이들에게 재물을 나누어 선행을 베풀기도 한다. 그러나 이러한 행위들은 몰락한 위씨 가문을 복원하기 위해 양 부인이 생각했던 방법들과는 근본적으로 거리가 있다고 할 수 있다.

이런 연유로 양 부인은 위연청을 자신의 뜻에 따라 가문의 복원을 실행해줄 대리자로 생각한다. 이는 양 부인이 과거 합격을 통한 가문 복원을 이루기 위해 홀로 기자치성을 드렸다는 점에서도 확인된다. 이와 함께 양 부인은 위연청이 위지덕의 사고방식에 젖어들지 않게 하기 위해서 위연청에게 직접 몽학(蒙學)을 가르칠 뿐더러, 위연청이 5세가 되었을 때에는 친오빠인 양거인에게 보내 6년간 유학(儒學)을 수학하도록 한다. 즉 양 부인은 세계관이 형성될 시기의 위연청을 위지덕과 분리시킴으로써 위연청이 유교 이념을 온전히 체화하도록 하는 것이다. 이 같은 양 부인의 노력은 본가로 돌아온 위연청에게 양 부인이 목숨을 보전하기 위해 성정이 포악한 부친의 명을 거역하지 말고 따르다가 훗날 입신(立身)을 하는 것이 효라고 언급하는 것에서도 확인된다.

이처럼 양 부인에게 위연청이 자신의 뜻을 대행해 줄 대리자로서의 의미를 지닌다면, 위연청에게 양 부인은 몰락한 가문을 복원시키기 위해 고생했던 어머니로서 각인된다. 게다가 양 부인이 위연청이 11세에 본가로 돌아오고 난 후 2년이 채 지나지 않아 독질(毒疾)에 걸려 죽기 때문에 더욱 그러하다고 할 수 있다. 더욱이 양 부인이 독질에 걸린 시점에서 위씨 가문은 여전히 위지덕의 상행위를 통해 유지될 뿐, 유교 이념에 기반 한 가문 복원은 이루어지기 전이다. 때문에 양 부인은 위연청에게 유언으로 가문 복원을 부탁하는데, 이는 위연청에게 삶의 지향점이자 평생의 숙원사업으로 자리하게 된다. 따라서 2권에서 양 부인의 죽음이 등장한 이후 서사 내내 위연청은 양 부인을 추모하며, 그 유지를 받들고자 하는 모습으로 제시된다.

다음으로 여주인공 백승설의 모친인 두 부인에 대해 살펴보기로 하자. 〈보은기우록〉에서 두 부인은 이미 죽은 인물로 소개되기 때문에 구체적인 정보가 서사에서 제시되지 못하고 있다. 두 부인에 대해서는 그녀의 친오빠 두경원이 서천 절도사를 지낸 점으로 미루어보아 친정이 사족임을 짐작할 수 있는 것 이외에는 죽음의 원인이나 시기조차도 구체적으로 알기 어려울 정도이다. 다만 백승설을 처음 소개할 때 15세이며 모친과 다른 형제가 없는 것으로 제시하고 있어, 두 부인이 백승설 이외에 다른 자식을 두지 않은 상황에서 백승설이 15세가 되기 전에 죽었다는 것을 확인할 수 있을 따름이다. 때문에 백승설은 두 부인의 제사를 모시는 유일한 사람이라고 할 수 있다. 백씨 가문의 제사를 백승설이 담당해야 한다는 서술자의 시각은 후에 백승설의 부친 백양이 재혼 후 아들을 얻었음에도 백씨 가문의 제사가 백승설과 위연청의 둘째 아들 위천유에게로 이어지고 있다는 것에서도 확인된다.

가문 몰락 상황과 상례(喪禮) 주관

〈보은기우록〉은 앞서 언급한 것처럼 몰락한 가문이 복원을 이뤄가는 과정을 보여주고 있는 작품이다. 서사 초반에 위씨 가문과 백씨 가문은 몰락의 상황을 겪고 있거나 겪는 것으로 제시되고 있다. 위씨 가문은 몰락한 지 오래돼서 위지덕 대에 이르러서는 상행위로 가문을 유지하며, 백씨 가문은 백양이 부임지에서 죄수들의 관리를 잘못해 그 책임으로 유배를 가게 되면서 몰락한다.

이같이 가문이 몰락한 상황에서 위씨 가문은 양 부인의 죽음으로 상례를 치러야 하는 상황을, 백씨 가문은 두 부인의 신주를 지켜야 하는 상황을 맞이하게 된다. 이러한 상황에서 이뤄지는 망자에 대한 추모는 그 마음은 정성을 다하고 있지만 의례를 제대로 지키지는 못한 것으로 나타나고 있다. 먼저 위연청이 양 부인의 상례를 치르는 정황을 살펴보기로 하자.

> 양 부인의 임종을 지키며 위연청은 피를 토하고 기절하여 양 부인의 시신과 함께 누워있었는데 위지덕은 외출을 해서 집안에 없었다. …… 위연청은 상례를 치르는 것이 중요하다고 여기고, 자신이 울고만 있으면 누가 예를 갖추어 상례를 치르겠냐고 생각하였다. 그런 후 위연청은 마음을 철과 같이 굳게 하고 지나치게 슬퍼하는 것을 추스르며 초상을 차리고 성복을 지냈다. 곡을 하는 것이 예의에 알맞았으며 예법을 엄격히 갖춰 성인들이 정해 놓은 절차와 다름없이 치러 상례의 예법을 어기지 않았다. 위연청은 관곽이 들어갈 곳을 만드는 것을 손수 친집하였기에 계속 울지는 못하였지만, 가슴을 치고 피를 뿜었으며 곡을 하면 곁에 있는 이들의 창자를 끊어지게 할 정도였다. 양 부인은 비록 죽었지만 아들이 있기에 썩지 않을 것이다. 위지덕은 비록 인정은 없지만 양 부인에게

결발지정이 있는 데다가 위연청의 효성에 감동하여 관곽을 비롯한 치상
제구들에 한이 없게 하였다.   ㅡ〈보은기우록〉권지이

　위연청은 13세의 나이에 홀로 어머니의 임종을 지키고, 상례를 챙기
고 있다. 양 부인의 상례에 대해 서술자는 예법을 엄격히 갖춰 성인들
이 정해 놓은 절차와 다름이 없이 치러 상례의 예법을 어기지 않았다고
평가하고 있다. 게다가 인정이라고는 없는 위지덕조차도 조강지처가
죽었다는 점을 슬퍼하며 위연청의 효성에 감동해 관곽(棺槨)을 비롯한
치상 제구들을 마련하는데 위연청이 한(恨)을 가지지 않도록 해주었다
고 언급하고 있다. 때문에 양 부인의 상례는 의지덕의 주관 아래 의례
절차에 맞춰서 격식을 갖춰 이뤄진 것처럼 비춰진다.
　그러나 양 부인의 상례는 위지덕이 아닌 위연청이 실제 주관하고 있
는 것으로 보는 편이 합당하다. 두 달간 독질에 걸려 앓던 양 부인이
죽음에 이르게 되었을 때 그 곁을 지킨 이는 위연청이다. 위연청은 양
부인의 임종을 목도한 후 눈물을 흘리며 피를 토하고 혼절하지만 곧
상례를 주관할 이가 없다는 것을 깨닫고 초상을 차리고 성복을 지내며
하관 절차를 친집하고 있다. 따라서 양 부인의 상례는 위연청이 주관하
고 있다고 할 수 있다. 집안에서 상례가 발생했을 때 주관자가 가부장
인 위지덕이 되어야 함에도 불구하고 양 부인의 상례에서는 지켜지지
못하고 있는 것이다.
　이처럼 망자에 대한 의례가 예법을 갖춰 치러지지 못하는 모습은 위
연청이 양 부인에 대한 상례를 여막살이를 하며 삼년상으로 치르는 것
에서도 확인된다. 삼년상을 치르는 과정에서 위연청은 위지덕과 마주
치게 될 때에는 슬픈 기색을 드러내지 않는다. 그러나 위연청이 삼년상

을 마치고 나서야 복색을 바꾸었다는 점으로 미루어볼 때 위연청은 양 부인의 상례를 기년상(朞年喪)을 한 후 남은 기간을 심상(心喪)으로 보낸 것이 아니라 삼년상을 온전하게 치렀다고 볼 수 있다. 부친이 살아있는데 모친의 상을 당했을 때 자식이 기년상을 치르는 것이 의례에 합당한 것임을 상기해본다면, 위연청의 삼년상은 양 부인에 대한 마음이 앞선 나머지 의례를 제대로 지키지 못하고 있는 것이라 할 수 있다.

이 같은 모습은 가문이 복원되기 전까지 치러지는 양 부인의 제사에서도 지속적으로 나타나고 있다. 양 부인의 기제(忌祭)를 챙기는 이가 유일하게 위연청이기 때문이다. 위연청은 양 부인의 기제를 앞두고 삼일 전부터 육식을 먹지 않는 것과 기제 당일 술을 마시지 않는 것으로 애도를 표출한다. 반면 양 부인의 기제 당일에 위지덕은 친구 강도감의 생일잔치에 다녀와 술에 취해 잠에 들며, 위지덕의 측실인 녹운도 당일이 양 부인의 기일이었음을 알지 못한다. 이 같은 모습들은 양 부인에 대한 위연청의 그리움을 보여주는 동시에 위씨 가문이 유교적 의례를 치를 만한 법도를 갖추지 못했음을 단적으로 드러내는 것이라 할 수 있다.

가문의 몰락 상황에서 망자에 대한 추모가 격식을 갖추어 이뤄지지 못하는 것은 백씨 가문에서도 확인된다. 두 부인의 신주는 백양의 귀양으로 인해 백씨 가문이 몰락하자 곧바로 봉안될 곳을 잃어버리고 떠돌아다니는 신세로 전락하기 때문이다. 보이지 않는 조상의 혼백(魂魄)을 대체하는 물건인 신주는 상례 과정에서 처음 제작되는데, 제례의 과정에서 주로 사용된다. 시신을 매장한 후 신주에 글자를 적어 넣는 제주(題主)를 하고 집으로 돌아와서 지내는 우제(虞祭) 때부터는 신주는 혼백을 대신하여 받들어지며[9] 탈상 후에 치러지는 모든 제사들에서 정침(正寢)에 놓여 제사를 받게 된다. 이처럼 신주는 조상의 혼백을 대체하는 물건이기 때문에 곧 조상과 동일시된다고 할 수 있다. 따라서 대개의 경우 신주는 가문의 사당 안에 잘 모셔두는 것이 일반적이다.

그런데 두 부인의 신주는 백씨 가문이 몰락 후 복원할 때까지 '무석현 백양의 집 → 백승설이 일시적으로 의탁한 집 → 위연청이 새로 마련한 백승설의 거처 → 경사 백양의 집'과 같이 4곳을 이동하고 있다. 백양의 유배로 인해 급작스럽게 살 곳을 잃어버린 백승설이 무엇보다도 먼저 두 부인의 신주와 제기를 챙기고 있다는 점은 백승설이 신주를 두 부인과 동일시하고 있으며 두 부인에 대한 효성을 드러내는 것이라 할 수 있다. 그러나 신주가 안정된 공간에 있지 못하다는 사실 그 자체는 가문의 상황을 여실히 보여주는 것이라 할 수 있다. 두 부인의 신주가 다시금 안정된 공간에 봉안되는 것은 백양이 해배(解配)된 후 이부시랑으로 복직해 가문의 복원을 완성하고 나서이다.

가문 복원 시점과 묘지 정비

〈보은기우록〉에서 가문의 복원이 막 이루어진 시점에 이루어지는 망모에 대한 추모는 망자에 대한 그리움의 표출을 넘어서 가문의 위세를 드러내는 방식으로 확장되고 있다. 이는 양 부인의 묘지에 비석을 세우고 묘제(墓祭)를 대대적으로 지내는 것에서 단적으로 드러난다.

양 부인의 유지를 받든 위연청이 과거에 합격해 가문의 복원을 이뤄낸 후 가장 먼저 하는 일은 다름 아닌 양 부인의 비석을 세우는 일이다. 실상 비석을 세우는 일은 상례 과정에서 행해졌어야 한다. 비석 건립은 『주자가례』에 따르면 상례 절차 가운데서 '급묘(及墓), 하관(下官), 사후토(祠后土), 제목주(題木主), 성분(成墳)'의 단계에서 시행되는 일이기 때문이다. 비석을 세우는 1차적인 목적이 묘지 주인의 내력을 알려주는 것에 있기 때문에 비석 건립은 하관 때에 이루어지는 것이 보편적이라 할 수 있다. 다만 혼인한 여성이 남편보다 먼저 죽었을 경우에는 남편의 장사를 기다렸다가 비석을 세우기도 한다고 한다.[4]

그런데 양 부인의 비석 건립은 양 부인 사후 5년이 지나 이루어지고 있다. 이 시기는 양 부인의 상례를 치렀을 때보다 2년 후이며, 위지덕이 죽는 것보다 훨씬 이전에 해당한다. 위지덕은 〈보은기우록〉의 후편인 〈명행정의록〉에서도 위씨 가문의 큰어른으로 등장하고 있기 때문이다. 따라서 양 부인의 비석을 처음부터 세우지 않았던 이유가 위지덕의 죽은 후 세우려고 했던 것이 아님을 알 수 있다.

양 부인의 비석이 세워지지 못했던 것은 다름 아니라 돈을 아끼는 위지덕의 성품에서 비롯되었다. 서술자는 양 부인의 초상 때에 위지덕이 돈을 아끼지 않았다고 언급했지만 비석을 세우는 부분에 이르러는 "원래 위지덕은 제전이라도 과할까 아끼는데 어찌 비석을 생각하였겠는가. 선대에는 현달할 때 비석을 갖추었지만 삼대 이하로 양 부인 묘에 이르러는 비석을 갖추지 못하였다(권지십일)"고 언급하고 있다.

이 같은 이유로 양 부인의 묘지는 비석이 없는 채로 놓여 있다가 이를 늘 한스럽게 여겼던 위연청이 과거에 합격하고 황제로부터 십만관을 받은 직후에 비갈(碑碣)과 문석(紋石)을 갖추게 된다. 때문에 비석 건립을 추진하는 것은 위연청이 양 부인에 대한 그리움을 표출하는 것인 동시에 그동안 추모 과정에서 미처 챙기지 못했던 예법들을 지키고자 하는 의지를 드러낸 것이라 할 수 있다.

그런데 양 부인의 비석을 세우는 일은 비석 건립에서 그치는 것이 아니라 양 부인에 대한 묘제(墓祭)를 모시는 것과 선조들의 묘지를 정비하는 일과 함께 추진되는 것으로 나타난다. 위연청은 양 부인 묘뿐만

아니라 비석이 없었던 선조들의 묘에 비갈과 묘지(墓誌)를 직접 짓고 제
작하며 소나무와 가래나무를 묘지 주변에 심어 묘지가 있는 선산을 화
려하게 정비한다. 또 위연청이 과거 합격 후 지내는 묘제는 그 전의 제
사들과는 다르게 위지덕을 비롯한 위씨 가문의 종족들이 모두 참여해
성대하게 치러진다.

이같이 제사에 참여하는 인원의 증가와 묘지 정비는 위씨 가문의 위
세를 드러내는 것인 동시에 곧 위씨 가문의 법도가 예전에 비해 기틀을
잡아가고 있음을 알려주는 것이라 할 수 있다. 이와 함께 위연청은 양
부인의 유지를 받들어 과거에 합격했지만 그 기쁨을 양 부인과 함께
할 수 없다는 슬픔으로 인해 묘제를 지내면서 종일 통곡하며 혼절하기
도 한다. 이러한 위연청의 모습은 양 부인에 대한 절절한 그리움을 보
여주는 것이라 할 것이다.

가문 복원 완성과 사당 고유(告由)

〈보은기우록〉에서 가문의 복원이 완성된 후에 이루어지는 망모에 대
한 추모는 지나치게 철저하다는 인상을 줄 정도로 예법을 엄격히 지키
는 모습으로 나타나고 있다. 이 같은 양 부인에 대한 추모는 위연청이
아들을 출산했을 때와 같이 특별한 사건이 있을 때뿐만 아니라 일상에
서 늘 일어나는 일로 그려지고 있다.

위연청은 백승설과의 사이에서 첫째 아들을 낳은 직후 양 부인에 대
한 그리움을 슬픔으로 표출한다. 이러한 감정은 백승설이 난산 끝에 아
들을 낳자 자식의 출산에는 어머니의 공이 큰 것이라고 한 위지덕의
발화로 인해 촉발되고 있다. 이 발화를 들은 위연청의 감정은 아들을
얻어 기뻤던 것에서 순식간에 양 부인을 떠올리고 슬퍼하고 그리워하

는 것으로 변하게 된다. 위연청의 아들 위천보의 탄생은 위씨 가문이 외적으로 유교적 이념에 충실한 방법으로 가문 복원을 이루고 난 후, 내적으로 가문을 이어나갈 계승자를 얻었다는 점에서 몰락한 가문의 온전한 복원이 이루어졌음을 의미한다고 할 것이다. 그런데 이 상황은 양 부인이 늘 원했던 방향으로 이루어진 위씨 가문의 복원 모습이다. 때문에 양 부인의 유지를 삶의 지향점으로 세웠던 위연청은 이 기쁨을 양 부인과 함께 누리고 싶지만 그럴 수 없기에 그리워하며 슬퍼하는 것으로 추모를 하는 것이다.

위연청과 백승설이 가문의 복원 이후 망모에 대한 추모를 보다 엄격한 의례를 지키며 실천하는 모습은 사당(祠堂)에 고유(告由)를 올리고 배알(拜謁)을 하는 것에서 확인된다. 위연청과 백승설은 일상에서 순간순간 양 부인을 떠올리기도 하지만 이와 함께 매일같이 사당에 방문해 망모와 일상을 공유하고 있기도 하다. 그런데 이 같은 사당 고유나 배알(拜謁)의 모습은 위연청이 과거에 합격하고 난 후에 등장하고 있다는 특징을 보인다.

> 큰어르신[위지덕: 필자]은 일찍 취침하시지만 어사어르신은[위연청: 필자]은 독서를 하시며 백부인께서는 여공을 다스리셔서 사경이 된 후에야 취침을 하시는데 어사어르신과 백부인께서는 각각 침소로 돌아가십니다. 오경에 새벽닭 울음소리가 나면 어사어르신과 백부인께서 단장을 하신 후 훤당에 새벽문안을 드리시고 사묘에 예를 올리시는데 하루도 이렇게 하지 않은 날이 없습니다.   -〈보은기우록〉 권지십사

위연청을 흠모해 그를 숨어서라도 지켜보고자 위씨 집안에 잠입한 장미주는 위씨 집안 노파에게서 위연청과 백승설의 일상에 대해 듣게

된다. 노파는 위연청과 백승설이 오경(五更)에 일어나 양 부인의 신주를 모신 사당에 매일같이 배알을 하고 있다고 알려준다. 고유(告由)란 중대한 일을 사당에 들어가 조상에게 알리는 것을, 배알은 사당에 들어가 신주를 뵙는 것을 가리킨다. 『주자가례』 통례(通禮)의 '사당(祠堂)' 조에 따르면 "주인은 새벽에 대문 안에서 배알하며, 나가고 들어올 때는 반드시 아뢴다"고 나와 있다. 이에 비추어볼 때, 위연청과 백승설의 사당 배알은 『주자가례』식 예법을 엄격히 준수하고 있는 것임을 알 수 있다.

그런데 위연청과 백승설이 죽은 양 부인을 기리는 행위를 두고 장미주는 몹시 놀라면서 "이렇게 지내려한다면 들볶여 병에 걸려 죽는 자가 많을 것이다(권지십사)"라고 평가한다. 물론 장미주의 평가는 위연청과 백승설이 사경(四更)에야 잠자리에 들었다가 오경(五更)에 일어날 정도로 엄격한 일상을 유지하고 있는 것 전체에 대한 평가라고 할 수도 있지만, 지나치리만큼 엄격할 정도로 예법을 실천하고 있는 것에 대한 비판이라고 볼 수 있다. 이로 미루어 볼 때 위연청과 백승설의 망모에 대한 추모 행위는 위씨 가문이 예법을 엄격히 지키고 있는 가문임을 보여주는 것이기도 하지만 동시에 다른 인물들로부터 비판을 받을 정도로 예법을 준수하는데 지나치게 경직되어 있기도 한 것이다.

3. 추모를 통해 산 자와 소통하는 연속적 존재로서의 망모

이상에서 살펴본 바와 같이 〈보은기우록〉은 서사 초반에 주인공들의 어머니가 죽으며, 이후 자식들은 서사 내내 지속적으로 망자가 된 어머니를 다양한 모습으로 추모한다. 이 같은 추모 행위들의 1차적인 의미는 자식들이 죽은 어머니에 대해 효성을 극진히 보여주는 것이라 할 수 있다. 특히 〈보은기우록〉은 망자와 추모자 간의 관계가 부모와 자식의 관계로 한정되어 있기 때문에 더욱 그러하다. 양 부인의 죽음을 목도한 위연청은 상례나 제사를 치르면서 피를 토하고 혼절하며, 죽은 두 부인을 그리워하는 백승설은 부친이 귀양 가 오갈 데 없는 신세가 되었을 때에도 두 부인의 신주를 가장 먼저 챙긴다. 이처럼 위연청과 백승설이 눈앞에 더 이상 실체로서 존재하지 않는 양 부인과 두 부인을 지극 정성으로 챙기는 것은 망자를 살아있을 때와 다름없이 챙기고자 하는 효심이 발로된 것이라고 할 수 있다.

이같이 망자를 추모하는 행위는 망자에 대한 효성의 표출에서 더 나아가 곧 망자와의 단절을 거부하고 끊임없이 망자와 소통을 하고자 하는 것이라고 할 수 있다. 살아있는 자가 죽음을 계기로 망자에 대해 가졌던 마음을 한 순간에 단절하거나 분리시키는 일은 실상 인위적인 행위라고 할 수 있다. 오히려 죽은 이후에도 망자를 향한 그리움과 슬픔의 감정을 일상에서 표출하는 것이 현실적인 모습이라 할 것이다.

현실에서 죽음이란 시시각각 발생하는 일이며 동시에 누구든 피해갈 수 없는 일이다. 때문에 죽음은 늘 일상과 공존해 있으며, 살아있는 자가 망자를 추모하는 것 역시 일상에서 늘 일어나는 일일 수밖에 없다. 〈보은기우록〉은 가문 복원에 있어 정신적 지주로서의 역할을 담당하고 있는 양 부인의 죽음을 애써 지연시키지 않는다. 오히려 독질에 걸린 양 부인을 위연청이 2달 동안 갖은 방법을 동원해 살려보고자 하지만 결국 양 부인은 죽으며, 위연청은 그 유지를 받들어 가문 복원에 성공하는 것을 보여주고 있다. 즉 망모의 유지를 받들어 가문 복원을 하고자 하는 자식의 절절한 심정과 함께 인간이라면 누구나 죽음을 피할 수 없다는 점을 핍진하게 형상화하고 있는 것이다.

〈보은기우록〉에서는 죽음이 산자와 망자를 단절하게 하는 계기가 되
지 못하고 있다. 물론 죽음은 생물학적으로 생명체의 호흡이 멈춰짐으
로써 생명이 없어지는 것이다. 이러한 점은 〈보은기우록〉의 인물들이
라고 해서 예외가 될 수는 없다. 〈보은기우록〉의 양 부인이나 두 부인
은 죽음을 맞이한 이후 자식들을 비롯한 주변 인물들에게 더 이상 살아
움직이는 존재로서 나타나지는 못한다. 위연청과 백승설이 이러한 사
실을 모르는 것은 아니다. 이들도 물론 죽은 모친이 육체를 더 이상 지
니지 못한다는 것을 분명히 인식하고 있다. 그러나 비록 죽은 모친이
육체를 더 이상 지니지 못하기는 하지만 그 영혼은 죽음을 통해서도
없어지지 않으며 자신들의 곁에서 늘 함께 하고 있다고 생각한다. 때문
에 이들은 늘 생활에서 망자가 된 어머니를 생각하는 것이다.

위연청이 양 부인의 상례를 삼년상으로 치르는 것은 특히 망자와 단절
되고 싶지 않은 감정이 잘 드러나고 있는 부분이라 할 수 있다. 앞서
살펴본 것처럼 위연청은 양 부인의 상례를 기년상(朞年喪)이 아닌 삼년상
(三年喪)으로 치르고 있다. 양 부인의 죽음은 위연청에게는 아버지는 살
아계신데 어머니가 돌아가신 상황에 해당한다. 이 같은 경우에 예법을
따른다면 생존해 있는 아버지를 생각해 어머니의 상례를 기년상으로 한
후 담복(禫複)을 하고 심상(心喪)을 해야 한다.[5] 그런데 위연청은 예법과
는 달리 복제를 갖춰 입은 채로 삼년상을 치르고 있는 것이다.

아버지가 생존해 계신데 어머니의 상을 당했을 때에 기년상으로 치
르고 그 후에 심상을 할 것을 요구하는 예법은 조선에서뿐만 아니라
작품의 배경이 되고 있는 중국에서도 끊임없이 이의 제기를 받았으며,
자식들은 예법에 어긋나더라도 삼년상을 치르기도 했다. 예법에서 아
버지와 어머니의 상례에 차등을 둔 것은 '하늘에는 두 개의 태양이 없고

집에는 두 사람의 어른이 없는 법이라는 의리'를 따르고자 했기 때문이다. 그러나 이에 대해 자식들이 문제제기를 하고 모친상을 삼년상으로 치르고자 했던 것은 아버지와 어머니에 대한 차별을 받아들이기 어려워했다는 점을 단적으로 드러내준다.[6] 이를 통해 볼 때, 위연청이 기년상이 아닌 삼년상으로 양 부인의 상례를 치르는 것 역시도 양 부인에게 향하는 정을 의리로 재단할 수 없었기 때문으로 볼 수 있다.

양 부인의 죽음이 비록 서사 초반에 제시되고 있기는 하지만 양 부인은 위연청이 13세가 되던 해에 죽었다. 13년 중 비록 6년을 떨어져 있기는 했지만 위연청과 양 부인은 정서적으로 깊은 애착관계를 형성하기에 충분한 시간을 보냈다고 할 수 있다. 때문에 양 부인 사후에 위연청이 과도한 슬픔을 표출하고 여막살이를 하며 삼년상을 치르는 것은 양 부인에게 향한 위연청의 애도를 핍진하게 보여주는 것이다.

이같이 〈보은기우록〉은 죽음을 계기로 산자가 망자와의 관계를 단절하는 것이 아니라 망자를 추모하는 과정을 통해 망자와 소통하고자 하는 모습을 보인다. 위연청이 양 부인의 삼년상을 치르는 과정에서 여막살이를 하거나, 백승설이 두 부인의 신주를 소중히 모시고자 하는 것에서도 이러한 사고를 확인할 수 있다. 위연청이 묘지 앞에 움막을 짓고 망모와 함께 지내는 것은 선산에 망자를 홀로 두고 내려올 수 없어서 망자와 동거를 하는 것이라 할 수 있다. 또 집안이 몰락해 당장 기거할 곳도 없는 다급한 상황에서도 백승설이 두 부인의 신주를 가장 먼저 챙기는 행위는 신주 그 자체를 두 부인과 동일시하고 있는 것임을 보여준다.

이렇듯 살아있는 자가 망자와 소통을 추구하고자 하는 것은 제례나 일상례에서도 뚜렷이 확인된다. 위연청과 백승설이 가문에 중대사가 있을 때마다 사당에 들어가 예법을 갖춰서 사안을 양 부인에게 알릴뿐만 아니라 매일 아침 사당에 들어가 배알을 드리는 것은 양 부인이 살아 있을 때 아침저녁으로 문안을 드리는 것과 다름이 없는 일이라고 할수 있다. 즉, 이는 조상의 혼령을 생자(生者)와 망자(亡者)라는 구분에의해 단절된 존재로서가 아니라 자손들과 일상을 함께 영위하면서 끊임없이 소통을 하는 연속적 존재로 인식하고 있음을 방증하는 것이라할 수 있다.[7]

4. 가문 복원의 구심점으로서의 망모

앞에서 살펴본 것처럼 〈보은기우록〉에서는 죽음을 산자와 망자와의관계가 단절되는 계기로 인식하지 않는다. 오히려 죽음으로 인해 망자의육체가 사라지더라도 산자는 망자와 일상을 공유하며 끝없이 소통하려는 것으로 작품에서는 나타나고 있다. 그런데 이 같은 죽음과 망자에 대한 인식은 망자를 곧 집안의 권위자로 만들어주어서, 망자에 대한 추모행위가 가문 복원의 구심점 역할을 하게 한다는 점에서 주목을 요한다.

위연청은 양 부인의 죽음을 두 눈으로 목도한 후에도, 일상에서 끊임없이 양 부인을 떠올린다. 그런데 위연청이 망자가 된 양 부인을 떠올리는 것은 어머니에 대한 그리움 때문인 동시에 양 부인에게 의지하고자 함이라 할 수 있다. 위연청이 여러 난관 속에서 양 부인의 유지를받들어 가문 복원을 일구어내면서 양 부인을 떠올리고 그 과정을 보고하고 있기 때문이다. 따라서 망자가 된 양 부인을 집안의 권위자로 세우고 추모하는 행위는 곧 가문 복원의 구심점이 되고 있다고 할 것이다.

따라서 〈보은기우록〉에서 망자가 된 양 부인을 추모하는 것은 소소한 일상의 재현에 그치는 것이 아니라 서사 전개와 밀접한 연관을 맺고

있다는 점에서 의미가 있다. 몰락한 가문이 유교 이념 아래 가문 복원
에 성공하는 것을 보여주고자 하는 〈보은기우록〉에서 죽은 양 부인을
추모하는 방식은 가문의 입지를 드러내주는 것과 맞물리면서 나타나고
있기 때문이다.

양 부인이 죽은 직후는 위연청이 과거 합격 전이며, 위씨 가문이 경
제적으로는 풍족해도 지위 상으로는 여전히 몰락한 상태일 때이다. 이
같은 상황에서 양 부인의 죽음에 대한 추모는 유교적 의례 절차에 따라
이루어지지 못하고 있다. 이는 양 부인의 죽음이 위연청과 위지덕에게
각각 다르게 받아들여지고 있기 때문이다. 위연청에게 양 부인의 죽음
은 가문 복원을 위한 정신적 지주였던 인물의 죽음이라면, 위지덕에게
양 부인의 죽음은 가문 복원의 방법에 대해 자신과 다른 관점을 지녔던
인물의 죽음이기 때문이다. 때문에 양 부인과 정서적인 유대관계를 긴
밀하게 맺고 있던 위연청은 임종을 지키며, 양 부인에 대한 정(情)으로
기년상과 심상으로 치렀어야 할 상례를 삼년상으로 치르는 반면 양 부
인과 가문 복원의 관점을 달리하던 위지덕은 아내의 상례를 주관해야
함에도 불구하고 아들이 주관하게 하며, 하관과 함께 세웠어야 할 비석
도 세우지를 않는다.

이 시기는 앞에서 언급한 것과 같이 위지덕이 이미 고리대금업과 푸
줏간 운영으로 이윤을 크게 남기고 부호(富豪)가 되어 있는 때이다. 즉,
경제적인 어려움으로 인해 양 부인의 상례나 기제를 제대로 챙길 형편
이 안 되어 있는 때는 아니라는 것이다. 오히려 경제적으로는 풍족함에
도 불구하고 예법을 준수해가며 망자가 된 양 부인을 추모하지 않는
것은 위지덕이 양 부인의 죽음을 두고 유교 윤리를 실천하고자 하는
의지가 별반 없었다는 것으로 이해할 수 있다. 이러한 모습은 양 부인

의 제사에서도 확인된다. 제사는 일상에서 특별히 망자를 기억하고자 정해놓은 날이라고 할 수 있다. 그런데 양 부인의 제사를 기억하고 지내는 이는 위연청만이다. 위지덕은 양 부인 죽음 후 맞아들인 소실에게 양 부인의 기일을 챙길 것을 일러두지 않으며, 오히려 양 부인의 제삿날 친구 집에 놀러가 술에 취한다.

따라서 양 부인의 죽음을 두고 유교적 절차를 제대로 지키지 못한 채 추모 행위를 하는 위연청의 모습은 망자에 대한 정 때문이기도 한 동시에 그 역할을 담당했어야 하는 위지덕이 역할에 소홀했기 때문이라고 할 수 있다. 이로 미루어 볼 때 망자가 된 양 부인을 대하는 모습 속에서 이 당시의 위씨 가문이 유교 윤리를 실천하는 상층 가문으로서의 모습과는 거리가 멀다는 점을 확연하게 확인할 수 있다.

반면 위연청의 과거 합격 후에 이루어지는 양 부인에 대한 추모는 예법을 엄격히 준수하면서 가문의 위세를 드러내주는 방식으로 제시된다. 이 시기부터는 점차 양 부인의 죽음에 대한 추모가 유교 의례 절차를 엄격히 지키는 방식으로 나타나고 있다. 이는 이전과 달리 위지덕과 위연청 모두 죽은 양 부인을 추모하는 일이 가문 복원을 상징적으로 드러내주는 방식이라는 데에 동의하고 있기 때문에 가능한 것이다.

이같이 망자의 죽음을 추모하는 것은 양 부인의 묘제(墓祭)에서 확연히 확인된다. 위연청이 과거에 합격한 후 가장 먼저 하는 일은 다름 아닌 양 부인의 묘제를 지내고, 양 부인의 묘지에 비석을 세우면서 동시에 선조들이 묻혀있는 선산을 정비하는 것이었다. 그런데 이때 행해지는 묘제에는 앞서의 기제와는 다르게 위지덕도 참여를 하고 있으며, 위지덕은 비석의 건립을 위해 위연청이 황제로부터 받은 십만관을 다 사용하는 것에 대해서 찬성하고 있다.

비석을 세우고 선산을 정비하는 일은 가문의 세력이 강성해졌음을 외적으로 드러내는 일이다. 위연청의 과거 합격은 곧 위씨 가문이 더 이상 상행위를 통해 재화를 벌어들이지 않더라도 녹봉(祿俸)을 받아 그보다 나은 생활을 할 수 있다는 것을 의미한다. 그렇기 때문에 음식조차 상한 것을 먹어가며 돈을 아끼던 위지덕이 가문의 복원을 대외적으로 알릴 수 있는 비석 건립과 묘역 정비에 십만관을 사용하는 것에 대해 별다른 망설임 없이 찬성을 할 수 있는 것이다. 즉 묘역 정비를 통해 양 부인을 추모하는 행위는 곧 위씨 가문의 성공적인 복원을 외적으로 드러내주는 표식이라 할 수 있는 것이다.

그런데 가문 복원을 외적으로 드러내고자 선조들을 추모할 때 다른 누구도 아닌 죽은 양 부인이 핵심이 되고 있음은 주목할 필요가 있다. 위연청이 과거 합격을 통해 이룬 가목 복원은 양 부인이 살아생전 늘 꿈꾸어 왔던 유교 이념을 실천하는 방식에 입각한 것이다. 즉, 양 부인에게 유교 이념의 실천을 통해 가문 복원을 달성할 것을 세례 받았던 위연청은 상행위를 추구하던 위지덕의 방식이 아닌 양 부인의 가르침에 따라 그것을 일구어낸 것이다. 따라서 과거 합격 후 가문 복원을 상징적으로 드러내는 일에 그 누구도 아닌 망자가 된 양 부인에 대한 추모가 핵심이 되는 것은 비록 망자가 되었을지라도 양 부인을 가문의 권위자의 위치에 세움을 의미한다.

작품의 후반으로 갈수록 망자에 대한 추모는 예법을 준수하면서 점점 더 엄격한 형태로 이루어지고 있음이 확인된다. 위연청과 백승설은 양 부인에 대한 추모를 사당 고유(告由)와 배알(拜謁)이라는 의식을 통해 실천하는데 특히 사당 배알은 하루도 거르지 않고 오경(五更)에 행하고 있다. 장미주에 의해서 과도한 것으로 평가받기도 하는 이러한 추모는

위연청과 백승설이 예법을 엄격히 준수하고자 하기 때문에 가능한 것
이라 할 수 있다.

이처럼 망자 추모에 있어 엄격한 예법의 준수는 상행위를 생업으로
할 수밖에 없던 위씨 가문이 드디어 유교 윤리가 온전하게 구현되고
있는 사족 가문으로서 안정적인 반열에 올랐음을 드러내준다. 위연청
과 백승설이 몸소 행하고 있는 추모의 모습을 보고 집안의 노복들조차
경건한 마음을 가지며 탄복하는 것은 그러한 점을 확인하게 해준다. 이
처럼 망자에 대한 추모 양상이 후반부로 갈수록 더욱 엄격해지는 것으
로 변모하며 가문의 입지를 드러내주는 표식으로 작용하는 것은 곧 유
교 윤리의 실현을 통해 가문의 복원과 번영을 추구하는 작품의 지향과
궤를 같이 하는 것이라 할 것이다.

이와 같이 망자에 대한 추모가 가문의 입지를 드러내주는 일로 작용
하는 것은 백씨 가문에서도 마찬가지이다. 유배를 갔던 백양은 위연청
의 과거 합격으로 인해 해배되면서 동시에 이부시랑을 제수 받는다. 즉
위연청의 과거 합격을 계기로 몰락했던 백씨 가문이 한순간에 회복을
했다고 할 수 있다. 그런데 이와 맞물려 백양의 새로운 거처에는 두 부인
의 신주를 안치하는 일이 추진된다. 즉 두 부인의 신주를 안치하는 추모
행위가 백씨 가문의 회복과 궤를 같이 하여 이루어지고 있는 것이다.

그런데 〈보은기우록〉이 이 같은 방식으로 인물의 죽음이나 망자에
대한 추모를 가문의 복원이나 가문의식의 강화와 연관해 제시하고 있
는 점은 대개의 국문장편 고전소설들과 차이를 보이는 부분이다. 연작
관계를 이루고 있는 국문장편 고전소설들은 작품의 전편에서는 가문의
창달과 번영을 이루는 모습을 보여주는 것에, 후편에서는 그러한 번영
을 지속하는 모습을 보여주는 것에 주력한다. 때문에 대개의 경우 등장

인물들의 죽음과 그에 대한 추모는 가문이 번영을 누리는 가운데 영원이 지속될 것이라는 확신이 있는 후편의 말미에서 제시되고 있다.

〈소현성록〉 연작에서 양태부인과 소현성의 죽음이나, 〈성현공숙렬기〉 연작에서 관태부인과 임한주의 죽음이 연작의 후편에 해당하는 작품의 말미에서 제시되고 있는 점이 그러한 예이다. 등장인물의 죽음이 작품 전면에서 부각되고 있다고 평가받은 〈유씨삼대록〉도 〈유효공선행록〉 연작의 후편으로 이 작품의 중심가문인 유씨 가문은 부마를 낼 정도로 가문의 번영을 이룬 상태에 있다. 이러한 점에 미루어볼 때 〈보은기우록〉은 연작의 전편에 해당하면서 가문의 복원이 이루어지기도 전에 부모 중 한 명이 죽고 그에 대한 추모가 가문의 복원과 맞물려 나타나고 있다는 점에서 차이를 가진다.

물론 연작형 국문장편 고전소설들의 전편에서 주인공 부모 중에 한 명이 죽는 모습이 나타나는 경우가 없는 것은 아니다. 〈소현성록〉에서는 소현성의 부친 소광이, 〈성현공숙렬기〉에서는 임희린의 모친 성부인이 요절(夭折)하고 있다. 그런데 이들 작품에서는 망자의 잔상이나 추모 행위가 거의 드러나지 않으며, 드러날 지라도 대개 후편에서 일시적으로 나타나고 있을 뿐이다.

〈소현성록〉의 후편인 〈소씨삼대록〉에서 소현성은 아들 소운성이 유람 중 부친 소광의 필적을 얻어온 것을 보고 부친을 추모하는 모습을 보여주며, 〈성현공숙렬기〉의 후편인 〈임씨삼대록〉에서 임희린은 아들을 혼인시키면서 이를 사당에 고할 때 성부인을 추모하는 모습을 보여주기는 한다. 그렇지만 이들 작품에서 망자에 대한 추모를 지속적으로 보여주지 않는 것은 주인공에게 망자가 아니라 살아있는 부모가 정신적인 지주가 되고 있기 때문에 서사가 망자에 대해 관심을 기울일 필요가 없었던 것으로 보인다.

이에 비해 〈보은기우록〉에서 양 부인의 죽음은 위연청에게 부모의 애정을 온전히 받지 못하게 되었다는 점뿐만 아니라 정신적 지주의 사라짐을 의미한다. 때문에 〈보은기우록〉은 가문을 복원하는 과정 내내 위연청에게 정신적 지주의 역할을 담당하는 양 부인을 추모하는 모습을 담아낼 필요가 있었던 것으로 생각된다. 이와 함께 유교 윤리의 가장 근본이라 할 수 있는 효(孝)를 단적으로 드러내는 망자에 대한 추모를 철저하게 예(禮)에 기반을 둔 형태로 표출해 몰락한 가문이 유교 이념에 충실한 방법으로 복원하는 것을 형상화하는데 일조하게 했던 것으로 여겨진다. 이런 연유로 〈보은기우록〉은 여타의 연작형 국문장편 고전소설과 다르게 전편에서 주인공에게 절대적 역할을 끼치는 부모의 죽음을 경험하게 하면서도, 주인공들이 지속적으로 망자를 추모하면서 망자와 소통하고 일상을 공유하게 함으로써 망자를 단절된 존재로 인식하지 않는 모습을 제시한 것으로 보인다.

죽음은 인간이라면 누구나 피할 수 없는 일이다. 때문에 인간은 자신의 주변 사람들이 죽음을 맞이하는 광경을 목도할 수밖에 없다. 그리고 살아있는 자는 남겨진 시간 동안 망자를 떠올리며 그리워하고 슬퍼하게 된다. 이처럼 살아있는 자가 망자에 대해 가지는 감정과 행위들을 〈보은기우록〉은 핍진하게 그려내고 있다. 〈보은기우록〉은 인간이 태어나 맺는 관계 중 애착이 가장 깊게 이루어질 수 있는 '어머니–자식'의 관계를 '망자–추모자'의 관계로 설정해 망자에 대한 추모자의 슬픔을 한껏 고양시키고 있다. 〈보은기우록〉에서 다양한 양상으로 나타나는 망자에 대한 추모는 가문 의식의 강화와 맞물려 있다는 점에서 주목을 요한다. 이같이 〈보은기우록〉에서 나타난 망자 추모의 방식은 국문장

편소설이 가문 의식을 형상화하는 다양한 방식 중의 하나를 보여준다
는 점에서 의미가 있다.

* 이 글은 『한국고전연구』 21집에 실린 「〈보은기우록〉에 나타난 망모(亡母) 추모 양상과
그 의미」를 일부 수정한 것임.

1) 정병욱, 「이조말기 소설의 유형적 특징」, 『고전문학을 찾아서』, 문학과 지성사, 1976,
247~260쪽.

2) 정선희, 「삼대록계 국문장편소설에 나타난 상례 서술의 변모양상과 그 의미」, 『고소설연
구』 28, 한국고소설학회, 2009, 151쪽.

3) 김미영, 「조상제례의 상징물과 의미 고찰—神主를 통해 본 영혼관」, 『동양예학』 18, 동양
예학회, 2008, 283~284쪽.

4) 주자가례의 "及墓, 下官, 祠后土, 題木主, 成墳" 조에 따르면 "부인이면 남편의 장사를
기다렸다가 곧 세우되 앞면은 남편의 지석의 덮개처럼 새긴다"는 補主가 있다. 주자 지음,
임민혁 옮김, 『주자가례』, 예문서원, 2003, 372쪽.

5) 본래 아버지가 생존해 계실 때 어머니의 상을 일 년으로 하는 것은 고례에 근거한 것이
다. 『의례』의 '父在爲母朞'의 주에 "자식이 어머니에 대해서는 비록 아버지를 위해 굽혀서
기년복을 입으나 心喪은 삼 년으로 같다"고 했다. 『주자가례』상례 성복조의 자최삼년복에
대해서 "옛날에는 아버지가 살아 있으면 어머니를 위해 기년복을 입었는데, 지금은 모두
삼년상을 지낸다. 만약 삼년상을 지낸다면 집에는 두 어른이 있는 것이니 꺼리지 않을
수 있겠는가"라는 程子의 補主가 있다. 주자 지음, 임민혁 옮김, 앞의 책, 273~274쪽;
이혜순, 『조선후기 여성 지성사』, 이화여자대학교출판부, 2007, 149쪽.

6) 이혜순, 앞의 책, 149쪽.

7) 김미영, 「관혼상제에 투영된 유교적 세계관」, 『비교민속학』 39, 비교민속학회, 2009,
348~349쪽.

가정소설 속의 친자 살해,
〈장화홍련전〉·〈장씨정렬록〉

서경희

1. 잔혹한 죽음, 친자 살해와 가족의 문제

소설이 현실을 반영하면서 동시에 인간의 다양한 욕망과 상상을 구현해낸다고 할 때, 인간의 삶을 유의미하게 하는 '죽음'은 소설 속에 매우 현실적인 모습으로 때로는 욕망과 상상을 통한 허구적인 양태로 존재한다. 특히 고전소설에서 자주 대면하게 되는 초월계와 저승은 죽음 이면의 세계를 형상화하여 현실이나 이승의 부조리함에 대해 보상하는 역할을 하며, 주요 인물의 장수는 죽음을 복된 결말의 상징으로 만든다. 이처럼 고전소설에서 접하게 되는 죽음은 친숙하고 때로는 긍정적인 표지로 등장하기도 한다.

이와는 대조적으로 역사적으로 현실 속의 죽음은 슬픔이나 고통, 공포, 추함과 관련된 개념으로 자주 통용되었으며,[1] 불의의 죽음인 경우는 더욱 큰 두려움을 불러일으켰다. 죽음의 양태 가운데 잔인함이 극대화된 것으로 살인, 특히 가족 살인을 들 수 있다. 실제 가정은 이상화된 이미지와는 달리 폭력으로 점철된 공간으로, 살인의 피해자가 그 어떤 관계보다 가족에 의해 희생되었을 가능성이 높다고 지적된 바 있다.[2]

가족 살인은 존비속, 혹은 배우자 간에 일어나게 되는데, 직접적인 혈연관계가 아닌 경우, 즉 의붓자식의 살인이나 배우자 살인의 비중이 높다.[3] 따라서 직접적인 혈연관계에서 일어나는 살인은 그만큼 드물고도 잔혹성이 크다는 것을 의미한다.

'효'가 강력한 이데올로기로 작동하는 전근대 공간에서 직접적인 혈연관계에서 일어나는 존속 살해는 소설에 거의 등장하지 않는다. 다만 반동 인물의 악인적 면모를 극대화하여 표현하고자 할 경우 자신이 낳은 자식을 살해하는 사건, 즉 직계 비속의 살해가 활용되기도 한다. 〈장학사전〉, 〈정진사전〉 등의 작품에서 후처나 첩이 정실에게 누명을 씌우기 위해 자신이 낳은 아이를 살해하여 후처 혹은 첩의 극악함을 부각시키는 것이 그 사례이다. 그러나 간악한 첩의 대명사인 〈사씨남정기〉의 교채란도 기출의 자식을 차마 죽이지 못하자 동청이 대신 죽이고, 또 〈홍길동전〉에서도 홍판서가 무녀로부터 길동이 나라와 가문에 큰 해가 되는 인물이라는 말을 듣고도 차마 길동을 없애지 못하자 초란이 홍판서 부인과 장자를 설득하여 자객으로 보내 살해를 기도하는 것에서 친자식을 살해하는 것은 '차마 할 수 없는' 극악한 행위로 인식되었음을 알 수 있다.

이처럼 친자 살인은 인간 본성에 위배되는 사건이기 때문에 소설 속에 자주 등장하지는 않는다. 그런데 가정소설 가운데 〈장화홍련전〉과 〈김인향전〉, 〈김씨열행록〉과 〈장씨정렬록〉 등의 작품에서는, 위에서 언급한 것처럼 인물의 극악한 면모를 부각시키기 위해 친자 살해가 등장하는 경우와는 달리, 가장이 가정의 문제를 해결하기 위해 친자를 살해하는 사건들이 나타난다. 가장의 친자 살해는 가족 구성원 간의 갈등을 해결하는 과정에서 가장이 가족을 대표하여 구성원의 하나인 자식

의 생명을 몰수하는 극단적인 처벌 방식이다. 이러한 반인륜적이고 극
단적인 처벌은 '가족' 혹은 '가정'의 존립에 치명적인 문제가 발생했을
때 행사되며, 이러한 처벌의 과정에서 가족 간의 권력 관계와 그 속성,
내재되어 있는 문제들이 표면화될 수 있다. 때문에 고전소설에 등장하
는 친자 살해 사건을 통해 가족 구성원의 생존과 삶의 전략, 이를 위한
가장의 권한과 그 한계 등을 더욱 극명하게 파악할 수 있을 것이다.

　이에 본고에서는 친자 살해 화소가 나타나는 가정소설을 대상으로 가
정소설 속에서 친자 살해가 어떻게 다루어지고 있는지 그 실상을 살펴보
고, 이를 바탕으로 하여 작품 속에 드러나는 가족 구성원의 생존 여건과
가장의 역할, 이에 대한 인식의 변화를 살펴보고자 한다. 본고에서는
〈장화홍련전〉과 〈장씨정렬록〉을 중심으로 논의하되, 각각 이 두 작품의
이형태라 볼 수 있는 〈김인향전〉, 〈김씨열행록〉과 비교하면서 변화 양
상 등을 살펴나가도록 하겠다.[4] 이본 가운데 가장 많은 독자를 확보했을
것으로 보이는 구활자본을 분석 대상으로 하되, 활자본이 존재하지 않
는 〈장씨정렬록〉의 경우는 장서각 소장 필사본을 대상으로 하였다.

2. 가정소설에 나타난 친자 살해의 두 경우

가장이 전실이 낳은 딸을 살해하는 경우

　가장이 전실 소생인 딸을 죽음에 이르게 하는 작품으로는 〈장화홍련
전〉이 대표적이다. 이 작품은 후실과 전실 자식의 갈등이 서사의 중심
축을 이루는데, 이 갈등은 후실의 모함을 믿은 가장이 친딸을 죽음에
이르게 하면서 파국으로 치닫게 된다.

　이 작품에서 후실이 전실의 자식들과 사이가 벌어지는 이유는 후실

이 들어온 뒤에 가장이 전실 자식을 편애했기 때문이다.

　　좌수가 늘 두 딸과 함께 장부인을 생각하며 한시라도 그 딸을 보지 못
하면 그리워하는 생각이 삼 주나 지난 듯하여 들어오면 먼저 딸의 처소
에 가서 얼굴을 어루만지며 눈물을 흘리며 말하길, "너희 형제가 깊은
방에 들어앉아서 어미를 그리워하는 일을 생각하면 간장이 없어지는 것
같다."라고 하며 사랑하고 불쌍히 여김을 마지 아니 하더니 허씨가 항상
그 일을 보고 시기하는 마음이 생겨 밤낮으로 장화 홍련을 없앨 꾀를 생
각하나 좌수는 그 시기하는 마음을 짐작하고 허씨를 불러 크게 나무라며
이르길, "우리가 본래 빈곤하게 지내다가 전처가 친정 재물을 많이 얻어
온 까닭에 지금 우리가 넉넉하게 쓰는 것이 다 그 덕이오, 지금 그대의
먹는 것이 다 그 밥이네. 그 은혜를 생각하면 크게 감동하여야 하는데,
저 딸들을 심하게 박대하니 어찌 도리라 하겠소? 이후부터는 그리하지
말고 아무쪼록 사랑하여 그대가 낳은 자식과 조금도 다름이 없게 하시
오." … 하루는 좌수가 외당으로부터 들어와서 딸들의 행동을 살펴보니
딸들이 서로 손을 잡고 슬픔을 머금고 눈물을 흘려 옷깃을 적시거늘 좌
수가 매우 불쌍하게 여겨서 탄식하고 속으로 생각하기를 '이는 반드시
저희 어머니를 생각하고 슬퍼하는 것이로다.'하고는 또한 눈물을 머금고
위로하여 말하길, "너희가 이렇게 성장하였으니 너희 모친이 살아있었다
면 오죽이나 기뻐했겠느냐만은 팔자가 기구하여 사나운 사람을 만나서
박대가 심하니 너희가 슬퍼하는 것을 보면 내 마음이 또한 견디기 어려
우니 아모쪼록 안심하고 지내되 만일 다시 학대하는 일이 있으면 내 마
땅히 처치하여 너희 마음을 편하게 하리라."하고 나왔더니 이때에 창틈
으로 엿들은 흉녀는 더욱 분노하여 흉계를 생각하다가

—〈장화홍년젼〉, 4~5쪽[5]

위의 내용처럼 배좌수는 딸들의 처소에 자주 찾아가 전실 부인을 생

각하며 눈물을 흘리는 등 죽은 전실을 그리워하고 전실이 낳은 딸들에 대한 애틋한 마음을 드러낼 뿐만 아니라, 후실인 허씨에게 장화와 홍련을 자신이 낳은 자식처럼 대하라고 요구한다. 또한 배좌수가 두 딸에게 허씨를 사나운 사람이라 폄하하고 계모가 박대하면 처치하여 딸들을 편하게 해 주겠다고 약속하면서 허씨의 시기심을 자극한다. 그러자 허씨는 전실의 딸들에 대한 시기와 분노가 점점 커져서 종국에 가서는 전실의 딸들을 모함할 생각을 하게 된다.

그런데 후실이 전실 소생의 딸들을 해칠 마음을 가지게 된 것은 가장이 전실의 딸을 편애했기 때문만은 아니다. 〈장화홍련전〉에서 허씨는 전실인 장씨가 친정에서 얻어온 재물을 장화와 홍련 자매가 시집가면서 가져갈 것을 걱정하여 이들 자매를 죽이고자 했다. 이러한 사정은 뒤에 홍련의 원귀가 관에 억울한 사연을 호소하는 과정에서 분명하게 언급된다.

> 계모의 시기함으로 인하여 장차 이십이 되도록 혼인을 정하지 못하게 하오니 이는 다름이 아니오라 본래 집안이 영락하였다가 소녀의 어미 재산이 많사와 전답이 천여 석이고 돈이 수만 금이며 노비가 수십 명인데, 소녀의 형제 혼인하면 재물을 많이 가질까 하여 시기하는 마음을 품어 소녀 형제를 죽여 없애고 자기 자식으로 하여금 모두 가지게 하고자 하여 밤낮으로 소녀 형제 없앨 계책을 생각하다가 결국 큰 흉계를 내어 큰 쥐를 잡아 튀하여 피를 많이 발라 가만히 이불 속에 넣어 낙태한 모양같이 만들어 놓고 아비를 속여 죄명을 드러낸 뒤에 거짓으로 외삼촌 집에 보내는 체하고 불시에 말 태워 그 아들 장쇠로 하여금 데리고 가다가 깊은 물에 넣어 죽였사오니 세상에 이런 원통한 일이 어디 있사오리까
> 　　　　　　　　　　　　　　　　　　　　　　─〈장화홍년전〉, 129쪽

이처럼 홍련은 계모 허씨가 재물에 대한 욕심 때문에 장화와 자신을 없애고자 했다고 진술하고 있다. 가장의 편애에 대한 시기심과 물욕으로 인하여 허씨는 껍질을 벗긴 쥐를 장화의 이부자리 속에 넣어서 낙태한 탯덩이로 보이도록 만들고 이를 배좌수에게 보여주며 임신했다가 낙태한 것으로 장화를 모함했다. 그러자 배좌수는 혼인하지 않은 딸이 낙태한 것으로 믿고 놀라 당황하여 문제를 해결할 방도를 찾지 못하다가, 장화의 종적을 없애자는 허씨의 대책을 옳게 여겨 이를 따른다. 이에 배좌수는 장화를 외가에 보내는 척하면서 이복 동생인 장쇠를 시켜 심산의 큰 못에 데려가 죽이도록 했다.

이처럼 허씨는 장화를 직접 살해하지 않고 가장인 배좌수가 장화를 살해하도록 유도한다. 배좌수는 허씨가 장화의 행실에 대해 제공한 정보를 의심하지 않고 허씨의 계책에 의지하여 집안에 일어난 문제적 사건을 해결하려 한다.

> 좌수가 비록 용렬하나 골육의 정이 있는 까닭에 장화의 정상을 보니 차마 모질게 재촉하지 못하더니 흉녀가 이렇게 수작하는 것을 보고 홀연히 발길로 장화를 박차며 꾸짖어 말하길 "너는 부모의 명에 순종하는 것이 도리거늘 무슨 잔말을 하여 부모의 마음을 상하게 하느냐? 빨리 나가라." … 장화가 홍련의 불쌍한 모습을 보고 땅에 거꾸러져 기절하는지라. 만일 인정이 일분이라도 있는 자라면 그 형제의 형상을 보고 감동하지 않을 자가 없겠으나, 슬프다! 저 간악한 모자와 못난 배좌수는 조금도 측은하고 불쌍한 생각이 없고 도리어 장화에게 흉한 짓을 한다 하여 성질을 부리더니 —〈장화홍년전〉, 113~115쪽

위에서와 같이 장화를 살해하는 과정에서 배좌수는 혈육의 정도 곧

잊고 매정하게 내친다. 장화는 허씨의 모함으로 위기에 처하게 되지만, 결국 배좌수의 판단과 결정, 그에 따른 처벌에 의해 죽음에 이르게 된 것이다.

이 과정에서 장쇠는 누나 장화를 연못으로 인도하여 빠져 죽도록 하는 데에 적극 동참하다가 범에게 물려 귀와 한쪽 팔, 다리를 잃게 되고, 홍련은 언니 장화가 죽은 것을 알고 자신도 장화의 전철을 밟을 것이라 여겨 연못을 찾아가 물에 빠져 죽는다.

장화와 홍련 자매는 죽은 뒤 원혼이 되어서 고을에 부임한 관리에게 억울함을 하소연하여 결국 자신들의 억울함을 풀고 가정 내의 갈등을 해소한다. 〈장화홍련전〉에서 새 부사인 정동호는 장화를 모함하는 데 사용된 쥐의 배를 갈라서 그것이 사산한 아이가 아님을 밝힌 후, 허씨는 능지처참하고 장쇠는 교살한다.

그런데 사건의 해결 과정에서 장화를 죽이기로 최종적으로 결정했던 가장은 처벌 대상에서 제외된다.

> 부사가 이르길, "그 낙태한 것을 어떻게 조사하면 좋겠느냐?"라고 하니 두 여자가 대답하길, "이리이리하시면 자연히 알으시리니 무슨 염려가 있사오리까마는 만일 그 본상이 드러나 소녀의 원통함과 억울함을 풀어주시는 때에는 소녀의 아비도 연루되지 않을 수 없을 것이니 살려주시기를 바라나이다. 소녀의 아비는 어질고 순하여 조금도 악한 마음이 없건마는 그 간특한 꾀에 빠져서 이 지경에 이르렀사오니 특별히 용서하여 주시옵소서. ―〈장화홍년전〉, 134~135쪽

장화와 홍련 원귀는 정동호에게 부탁하여 배좌수는 처벌받지 않았다. 장화는 배좌수의 명으로 죽게 되었으나 그 책임을 부친이 아닌, 허

씨에게 모두 돌린다. 마침내 장화가 억울하게 모함을 받았다는 것이 밝혀지고 허씨, 장쇠 등이 처벌을 받자 장화와 홍련의 원기가 사라지고 장화와 홍련은 배좌수의 셋째 부인 윤씨의 배를 빌려 딸로 태어나 배좌수의 자식으로 행복한 삶을 살게 된다.

가장이 후실이 낳은 아들을 살해하는 경우

〈장씨정렬록〉에서 가장은 죄를 지은 후실을 처단하면서 후실 소생의 자식들까지 살해하게 된다. 이 작품은 후실에 의해 전실의 아들이 혼인 첫날밤에 살해당하자 그 신부가 누명을 썼다가 진범이 밝혀진 뒤에 유복자를 낳아 집안을 다시 일으키는 내용이다.

〈장씨정렬록〉에서 조기춘은 전실인 이씨가 아들 조영을 낳고 죽자 집안 살림을 꾸려가기 위해 후실 배씨를 맞이한다. 배씨는 살림에 능하고 아들 둘을 낳지만, 겉과 속이 다른 인물로 묘사된다. 후실과 전실 자식 간의 갈등은 배씨가 조영이 혼인하게 되면 집안의 대소사를 임의대로 하여 자신이 낳은 자식들이 서러움을 겪게 될 것을 걱정하면서부터 시작된다.

> 영의 나이 십오 세라. 사방에서 소개를 받아서 어진 규수를 찾되 흉하고 참혹한 배가년은 혼인시킬 마음이 없고 불측한 마음을 많이 내어 혼자 생각하길, '영이를 만일 혼인시키면 집안의 모든 대소사를 제 마음대로 할 것이니 불쌍한 내 자식은 서러움이 오죽할까?'하고 무고한 영의 신세를 구박함이 심하였다.　　　　　　　　　　 　-〈장씨정렬록〉, 6쪽

위에서와 같이 배씨는 자신이 낳은 자식들을 위해 조영이 집안의 전권을 가지게 되는 것을 견제하면서 불화가 시작되지만, 또 전실 이씨가

조영을 위해 미리 마련해 둔 혼수를 보고 시기하며 자신의 아들에게
주고자 빼돌리면서 갈등이 심화된다.

> 하루는 전처의 장농을 열고 영이의 혼수 물건을 구경하니 영초단이 광
> 활하며 일광단 모초단과 … 통영의 세목, 강진의 내기와 화포, 춘포, 해
> 남포를 갖추어 가득 넣고 또 한 농을 열고 보니 북도 월자 열두 단과 샛
> 별 같은 요강, 대하, 순금 반지, 천옥 반지, 놋조롱 두루 갖추어 넣었으니
> 허다한 각색 물건을 어찌 다 기록하리오. 근거도 없는 배가의 욕심이 저
> 절로 생겨나고 시기가 저절로 나서 다른 물건을 사들여서 낱낱이 바꾸어
> 서 제 자식을 주려고 하니   −〈장씨정렬록〉, 11쪽

위의 예문에서 조영의 몫으로 전실 이씨가 준비한 혼수는 양과 질,
모든 면에서 부족함이 없을 뿐더러 부러움의 대상이 될 만하도록 서술되
어 있다. 이에 배씨가 풍족하고 사치스럽기까지 한 조영의 혼수를 탐하
여 빼돌리자, 죽은 이씨가 조기춘의 꿈에 나타나, "요망한 배가년이 제
자식을 주려고 낱낱이 바꾸어내니 그 아니 절통하오?"라고 하며 배씨에
대한 적대감과 원통한 마음을 드러낸다. 전실 자식과 후실의 갈등은 죽
은 이씨까지 조기춘의 꿈에 불러내며 고조되는 것이다. 이처럼 갈등이
심화되자 배씨는 자신이 낳은 아들이 집안의 권력에서 소외되지 않도록
하고, 또 조영의 혼수를 차지하고자 자신이 낳은 아들의 경쟁자인 조영
이 혼인하는 날에 종 쇠작지를 사주하여 그의 목을 베어오게 한다.

> 이때에 배가년이 쇠작지 놈을 불러내어 은근히 하는 말이, "신행의 뒤
> 를 따라 가서 장진사댁 근처에 몸을 숨겼다가 영이의 목을 베어오면 가
> 산을 반분하고 속량을 하여 주겠노라."라고 하니 쇠작지놈 생각하길, '인

명은 지극히 중하지만 전곡도 좋거니와 속량이 제일이다.' 하고 이 변괴
를 행한지라.   -〈장씨정렬록〉, 21쪽

  배씨로부터 재물과 속량을 약속받은 쇠작지에 의해 조영이 목이 잘
려 죽자, 그 신부인 장씨가 간부와 내통하여 조영을 죽인 것으로 오해
를 받고 주변으로부터 자결을 종용받게 된다.

  주변에서 보는 이들이 신부에게 말하길, "양반집 규중 신부가 이 일이
웬 일인가? 네 일은 네가 알리라. 살아 무엇하리오."하더라. 원통한 장씨
부인이 발명을 하고자 하지만, '내 속내를 누가 알며 목숨을 끊자 한들
내 설원을 누가 하리오?' 묵묵히 입을 닫고 송장같이 앉아있으니 오장육
부가 다 썩어서 눈물로 솟아나는지라.   -〈장씨정렬록〉, 22쪽

  그러나 장씨는 오명을 씻기 위해 죽지 않고 살아남는다. 장씨는 남편
의 상여를 따라 시가에 와서 시부의 냉대와 배씨의 구박을 받으며 빈소
에서 지내다가 꿈에 남편의 머리가 나타나 잘린 머리가 사당에 있음을
암시하는 것을 보고 자신의 오명을 벗고 남편의 원수를 갚고자 이 사실
을 시부 조기춘에게 알린다. 그러자 조기춘이 장씨의 말대로 아들 조영
의 머리가 사당에 놓여있음을 확인하게 된다.

  등촉에 불을 켜고 사면을 살펴보니 완연한 혈흔을 빈소 방에 흘렸으
니 마당에도 묻었으며 섬돌에도 젖었거늘 혈흔을 따라가서 사당 문을 열
고 보니 자식의 잃은 머리 문턱 안에 놓여있으니 형용이 여전하고 안목
이 분명한지라.   -〈장씨정렬록〉, 30쪽

이에 조기춘이 그간 행동이 수상했던 종 쇠작지를 문초하여 배씨의

죄상을 알아내는 동시에 장씨의 결백을 밝힌다. 이렇게 후실 배씨가 전
실의 자식을 죽이도록 사주했음이 드러나자 배씨의 극악한 범죄에 대
한 대가로 가장 조기춘은 후실뿐 아니라 후실이 낳은 자신의 친자까지
죽이고자 한다. 조기춘은 쇠작지로 하여금 조영에게 했던 것과 같이 배
씨가 낳은 두 아들의 목을 베어 죽이게 하고 배씨도 죽이는 것으로 가
족 간의 살해 사건을 마무리한다.

> 배가년의 두 자식을 마주 하여 동여매어 앉혀놓고 벽력같이 호령하여
> 쇠작지에게 칼을 주며, "저년의 두 자식 목을 한 칼로 베어라."라고 하니
> 쇠작지놈 아뢰길, "불쌍한 도련님에게 무슨 죄가 있나니이까? 소인이나
> 죽여주시옵소서." 조처사가 크게 꾸짖어 이르길, "서방님은 무슨 죄가
> 있더냐? 저년이 시켜서 서방님을 죽였으니 나도 또한 너를 시켜서 제 자
> 식을 죽이리라. 저 년이 낳은 자식을 두어 무엇하랴? 어서어서 거행하
> 라."쇠작지놈이 하릴없어 하늘을 우러러 통곡하고 하는 말이, "불쌍하
> 다, 어린 인생. 어미의 죄로 죽는구나." 비수를 높이 들어 한 칼로 벤 뒤
> 에 그 칼로 목을 질러 저도 또한 자결하니라.   ―〈장씨정렬록〉, 38쪽

배씨의 두 아들은 부친에 의해 살해되기까지 작품 속에서 서술자나
배씨의 언급을 통해 존재할 뿐, 직접 발화하거나 행동하지 않는다. 따
라서 배씨와 조영 사이의 갈등이나 배씨의 범죄 행위에 어떠한 기여도
하지 않았으나, 조기춘은 배씨의 죄를 물어 처벌하면서 그 두 아들을
먼저 죽인다.

살해 후 조기춘은 가산을 장씨에게 맡기고 집을 떠나 유랑하고, 장씨
는 유복자를 낳아 기르다가 유복자 천행이 10세가 되자 장씨는 천행으
로 하여금 집을 떠나 조부를 찾아 모셔오게 한다. 결국 〈장씨정렬록〉에

서 시아버지 조기춘과 며느리, 손자가 다시 모여 살게 된 후, 장씨의 열절과 천행의 효성이 알려져서 벼슬과 직첩, 정려를 받고 집안이 다시 부흥한다. 조기춘은 천수를 누리고 자손이 번창하는 것으로 작품이 마무리된다.

3. 친자 살해와 살인의 설계

가장의 친자 살해가 가능한 이유는 무엇인가?

〈장화홍련전〉에서 배좌수가 후실에게 설득되어 친딸을 죽음에 이르게 한 것은 장화가 훼절하여 집안의 명예를 실추시켰다는 이유에서였다.

> 흉녀가 정색하여 이르길 … "우리 배씨 집안이 비록 변변치 못하지만 이 고을 양반으로 이러한 망측한 일이 있는 것은 가문의 큰 수치라. 만일 이 말이 새어나가면 우리 집에 대한 나쁜 평판은 고사하고, 온 배씨 집안이 세상에 머리를 들 수 없게 되는 것은 물론이며, 자식 삼형제는 반드시 숫총각으로 늙을 것이니 이런 원통하고 분한 일이 또 어디에 있으리오." … 좌수가 이르길, "그러면 어찌하여야 좋단 말인가? 무슨 계교든지 생각나는 대로 말하면 그대로 따를 것이니 아무쪼록 계책을 내어 집안이 수치를 당하지 않게 하면 어찌 다행이 아니리오." … 흉녀 말하길, "그러면 장화를 속히 처치하여 뒷근심이 없게 하소서. 애정은 비록 중하다 하려니와 본래 아들과 딸을 비교하면 딸 자식이란 것은 쓸데없는 것이라. 이 계집아이 때문에 후사를 이을 자식의 앞길을 막는 것은 정당한 일이라고 이를 수 없사오니 부정한 딸아이를 처치하여 가문을 맑게 하소서." 하니 … 좌수 이르길, "그 계교가 가장 좋다." -〈장화홍년전〉, 110~111쪽

허씨가, 장화의 존재가 이처럼 가문에 수치가 되고 아들의 전정에도 장애가 된다면 장화를 죽여서 집안의 명예를 회복하고 집안을 이을 아들의 앞 길에 방해가 되지 않도록 해야 한다고 배좌수를 설득하자, 배좌수는 이를 옳게 여기고 그대로 시행한다. 또 앞에서 살펴본 바와 같이 배좌수는 장화의 살해를 명하고 이를 시행하는 과정에서 후실 허씨의 입장에 서서, 애처롭게 이별하는 장화와 홍련의 모습을 보면서도 측은하게 여기지 않으며 단호한 태도로 일관한다.

배좌수에 의한 장화의 살해는, 가문의 명예에 누를 끼친 가족 구성원의 존재를 소거하여 가문의 명예 수준을 현상 유지하고자 하는 것으로, 집안의 명예를 더럽힌 여성을 가족 구성원이 죽이는 관습인 명예살인 [Honor Killing]에 해당한다. 장화가 부친에게 살해되는 과정에서 남자 형제인 장쇠가 가담을 하게 되는데, 이처럼 부친의 명에 따라 누이를 사지(死地)로 안내하고 죽음을 종용하는 행위는 정절을 잃은 여자형제를 살해하는 전형적인 명예살인의 한 형태이다. 실제로 〈흠흠신서〉에는 김몽득이라는 자가 처녀의 몸으로 간통을 한 여동생을 거듭 찔러 죽인 사례와, 견성민이라는 자가 과부가 된 누이가 실절하자 물에 빠뜨려 죽인 사례 등이 기록되어 있다.[6] 이는 조선후기까지 명예살인이 실제로 이루어졌음을 보여주는 것으로, 이를 통해 배좌수의 선택이 특별한 사례가 아님을 알 수 있다.

또 장화와 같이 명예 살인의 피해자는 '실제로' 혼외성관계를 가진 경우보다는 대부분 혼외성관계를 가진 것으로 '의심받는' 여성들로, 많은 피해자가 사건 종료 후에 처녀였던 것으로 판명이 났다고 한다. 이는 명예살인의 배후에 훼절로 인한 명예의 실추 여부보다는 재산이나 유산 다툼과 같은 다른 요인이 있었음을 보여주는 것이다.[7] 따라서 명예살인은 가족 내에 잠재된 갈등이 왜곡된 형태로 표면화되었을 때 이를 봉합하는 수단으로, 살인의 희생자가 훼절했을지 모른다는 의심만으로도 가능했던 가장의 막강한 권한이었음을 알 수 있다.

〈장씨정렬록〉에서도 가장인 조기춘은 전실 자식을 살해하여 집안을 위기에 몰아넣은 후실을 처벌하면서 악행에 대한 직접적인 책임이 없는 그 자식들까지 살해한다. 후실 소생의 자식들은 가장의 친자이지만 그 어미가 의붓자식을 살해했다는 사실이 밝혀진 이상 사회 구성원으로부터 살인자의 아들이라는 주홍글씨를 벗을 수 없게 되었다. 가장인 조기춘이 후실 배씨를 처형하는 것에 그치지 않고 그 자식들까지 죽인 것은 후실에 대한 잔혹한 앙갚음의 의미도 있겠지만, 죄인의 혈속으로 집안을 잇거나 그들을 가문의 구성원으로 남겨두어 가문의 명예가 실추되는 것을 원천적으로 봉쇄하고자 하는 조치이다. 가장은 후실과 함께 후실이 낳은 친자를 살해하면서 조금의 고민이나 안타까움을 드러내지 않는다. 이처럼 단호한 결단에 의한 살해는 장화를 살해하는 것과는 또 다른 형태의 명예살인이다. 〈장씨정렬록〉에서 조기춘이 행한 명예살인은, 결과적으로 원죄가 없는 혈통인, 며느리 장씨의 유복자가 집안을 잇고 가문의 영달도 이루게 하였다.

이와 같이 〈장화홍련전〉과 〈장씨정렬록〉에서 가장은 친자가 죽음에 이르도록 결정하고 명령하며 시행하도록 했는데, 실제로 전통사회에서 가족의 남성 구성원, 특히 가장이 여성의 명예는 물론 심지어 생명까지도 마음대로 처분하는 것은 당연시되었으며, 가정 내에 국가의 질서를 반영하여 가족 구성원들이 이를 따르도록 교육하고 통제하는 것이 용인되었다.[8] 위의 작품에서 가장이 가족 구성원들에게 이러한 권리를 행사한 것은 법적인 제재를 받지 않으며 오히려 가장의 위엄과 집안의

법도를 바로잡는 행위가 되었다.[9)]

　또한 〈장화홍련전〉에서 허씨의 죄상이 드러나고 가정의 문제가 해결되는 과정에서 부사 정동호는 장화, 홍련의 부탁으로 배좌수를 용서하고 처벌하지 않는데, 장화와 홍련이 억울하게 죽은 본 사건에서 배좌수의 죄목은 훼절한 '친자 살해'가 아니라 후실의 '간계에 속아서 행한' 친자 살해였다. 즉 살해 자체보다 가장의 위엄이 서지 않는 행위를 더 문제삼는 것이다.

> 　좌수를 계단 아래 꿇리고 꾸짖어 이르길, "네 아무리 무식하나 어찌 그 흉녀의 간계를 깨닫지 못하고 그 사랑하던 자식을 죽였느냐? 마땅히 가장이 되어 처사 잘못한 죄를 면치 못할 것으로되, 너를 죽이면 네 딸의 혼백이라도 기뻐하지 않을 것이므로 특별히 용서하니 너는 회개하여 이 후로는 그런 일을 행하지 말라." 　　　　　　　　-〈장화홍년전〉, 137~138쪽

　실제로 명예살인 사건에서 의심 가는 행동을 한 여성은 살인을 당하지만 그 여성을 살해한 남성은 관대한 처벌을 받았다.[10)] 앞서 〈흠흠신서〉에 기록된 김몽득과 견성민의 사례에서도 과부의 실절보다 특히 규중 처녀의 음행을 가문에 더욱 치명적인 일로 간주하여 사사로이 누이를 죽인 김몽득의 경우 정상을 참작하여 석방했다고 한다. 이처럼 〈흠흠신서〉에서 저자인 정약용은 아버지나 오라비가 간통한 여성을 살해하는 것에 대해 죄가 되지 않는다고 보았다. 그는 18세기 말, 19세기 초반에 중국에서 법을 잘못 적용한 사례들을 지적하면서도 딸을 간통 현장에서 붙잡아 때려죽인 이세해의 경우 의분(義憤)에서 나온 행위이므로 죄가 없다고 보았고, 누이의 간통 현장을 붙잡아 그 누이를 바로 목을 매어 죽인 달용아의 경우는 누이가 형의 가문을 욕되게 했으므로

남편의 체면을 손상시킨 경우와 같은 것이니[11] 〈대명률(大明律)〉에서 정한 바와 같이 불문에 붙이는 것이 옳다고 보았다. 이러한 판단은 실제로 전통사회에서 가장이 사회와 국가가 요구하는 가치에 따라 생사여탈권을 행사했을 경우 정당한 권한 행사로 인식했다는 것을 보여준다.

배좌수와 조기춘의 경우와 같이 가장이 가문의 명예를 위해서 훼절한 딸이나 부정한 피를 이어받은 자손을 죽이는 행위는 인간의 생존 가치에 대한 전통 사회의 인식을 따른 것으로 볼 수 있다. 전통적인 인식의 근간을 이루는 유가에서는 인간의 생명 본래의 가치보다 사회적인 가치에 더 큰 의미를 두었다. 자연 생명보다는 생명의 사회적 가치를 위에 놓고 최고의 사회적 가치를 추구하는 것을 생명이 존재하는 근본적인 이유라고 여긴 것이다. 그러나 유가의 이러한 생명의 사회적 가치 추구가 지나쳐서 편협한 종법이나 예교 등에 따른 도덕적 가치를 추구한 결과, 자연 생명 존재로서의 인간을 배척하고 제한하며 해치기도 했다.[12] 〈장화홍련전〉과 〈장씨정렬록〉에서 가장이 친자를 살해하여 자연 생명을 몰수하고 생존권을 박탈한 것은 친자의 실제 행위와 상관없이 그 존재가 이미 당대의 윤리와 가족공동체의 이익에서 벗어나 사회적 가치를 상실하였을 뿐 아니라, 가정의 명예나 운명에 해가 된다고 판단했기 때문이다. 따라서 작품 속에서 친자 살해는 범죄시되지 않으며 오히려 가장권의 행사로 서술되고 있는 것이다.

어떤 자식을 기르고 어떤 자식을 죽일 것인가?

전통 사회에서 여성들이 공적인 무력함[public powerlessness]과 경제적 의존 상태에서 자신과 자녀들을 위해 강한 보호자를 선택하는 것은 생존을 위한 합리적인 선택이었다고 평가된다. 여성들은 그들이 한 남자의 보호 아래 있는 동안은 항상 배우자의 계급적 특전을 공유하였는데, 그 대신 여성들은 성적, 경제적, 정치적, 지적 복종을 대가로 지불하는 것으로 상호협약[reciprocal agreement]을 맺었다.[13] 그러나 여성들이 혼인을 통해 가정에 편입된 후에도 손쉽게 남성의 권력을 공유하게 되는 것은 아니었다. 시집 온 여성은 자식을 낳고 자궁가족[uterine family]을 형성하면서 자신의 세력을 넓게 되며 시가에서 어느 정도의 지위를 얻게 되는데,[14] 더 큰 권력을 얻기 위해서는 가정 내의 또 다른 자궁가족과의 투쟁을 해야만 했다.

가정소설에는 이러한 여성들의 현실이 잘 반영되어 있다. 가정소설은 가족 구성원 간의 갈등을 주 내용으로 하는데, 실상 자궁가족 간의 치열한 혈투를 중심 소재로 활용하고 있다. 〈장화홍련전〉과 〈장씨정렬록〉에서 전실이 병으로 일찍 세상을 떠나며 유언하는 부분에서도 뒤에 후실과 자신이 낳은 자식 사이에 갈등이 일어날 수 있음을 예측하고 자신의 자녀들이 그 갈등으로 인해 해를 입지 않도록 당부하는 내용이 삽입되어 있다.

다만 바라고 원하는 것은 내가 죽은 뒤에 반드시 다른 사람을 얻으리니 만일 그 새사람이 현숙하면 다행이거니와 그렇지 않으면 장부의 마음이 변하기 쉽고 또한 남의 자식을 미워하지 않는 자가 드문지라. 그러하니 딸 형제의 장래를 생각하면 불쌍하고 가여운 것이 한이 없으니

－〈장화홍년전〉, 106~107쪽

남자의 호탕한 마음으로 삼 년을 못 지내고 재취를 할지라도 조강지처를 생각하여 자식이 슬퍼하게 하지 마시오. 옛날 대순의 아비도 재취의 말을 듣고 대순을 죽이고자 하였고 민자건의 계모도 엄동설한 찬바람이

부는데 갈대꽃 솜을 넣은 옷을 입혔으며 윤길보의 계모는 길보에게 자기 옷에서 벌을 잡으라고 하여 악명을 씌웠으니 고금의 일을 생각하여 자식을 슬퍼하게 하지 마오.　　　　　　　　　　　-〈장씨정렬록〉, 3쪽

위와 같은 언급은 작품의 주된 갈등이 자궁가족 간의 투쟁임을 암시하면서 동시에 이러한 투쟁이 상존하고 있음을 보여준다.

그런데 이와 같은 갈등이 극단으로 치닫게 되면 목숨을 몰수하는 살해 사건으로 비화된다. 특히 의붓자식을 살해하고자 시도하는 내용은 가정소설에서 자주 등장하는 사건이다. 이와 같은 계모의 의붓자식 살해는 진화심리학적 관점에서 생존을 위한 본능적 과정으로 이해할 수 있다. 부모의 자식 양육은 종 전체를 위한 것이 아니라 자신의 유전적 자식을 위해 선택적으로 작동하는 것이기 때문이다.[15]

그런데 앞서 살펴본 작품들에서는 계모와 전실자식 간의 갈등이 고조되고 해결되는 과정에서 자궁가족에 소속되지 않은 가장이 친자 살해를 결정하고 주도적으로 시행하게 되는데, 이는 계모와 의붓자식 간의 살해와는 달리 인간의 본능, 종족의 생존을 위한 행위에 위배되는 것처럼 보인다. 그러나 여러 자궁가족을 거느린 가장이 〈장화홍련전〉이나 〈장씨정렬록〉에서와 같은 갈등 상황에서 갈등을 조정하고 문제를 해결하기 위해 친자를 살해하는 것은 가장의 입장에서 가족의 명예를 지키기 위한 결단이며 동시에 가족의 실질적인 생존을 위한 선택으로 이해할 수 있다.

〈장화홍련전〉과 〈장씨정렬록〉에서 가장은 자궁가족 간의 갈등이 고조되어 공존할 수 없게 되었을 때 더 가치 있는 자궁가족을 선택하게 된다. 〈장화홍련전〉에서 배좌수는 후사를 이을 아들을 선호하는 모습

을 보이는데, 애초에 원배 장씨가 장화와 홍련을 낳자 매번 아들이 아
님을 서운해 하였으며,[16] 처음에는 후실인 허씨의 용모나 마음 씀에 대
해서 만족하지 않았으나 아들 삼형제를 낳은 뒤로는 백 가지 흉을 모르
는 체했다고 서술하고 있다. 또 허씨가 배좌수에게, 아들과 딸을 비교
해 보면 딸은 쓸데없으며 딸자식이 집안을 이을 아들의 앞길을 막는
것은 정당하지 않다는 이유를 들어 장화를 죽이도록 설득하자 배좌수
가 이를 순순히 받아들이는데, 이 장면에서도 딸의 목숨보다 후사를 이
을 아들의 장래를 더 중요하게 여기고 있음을 알 수 있다. 이러한 서술
은 전통사회에서 아들과 딸의 가치를 다르게 두었던 보편적 인식을 그
대로 반영한 것으로 자녀의 가치에 따라 선택하여 양육할 수 있다는
가능성을 드러낸다. 이에 배좌수는 자궁가족 간의 이해가 충돌하는 상
황이 발생했을 때 딸인 장화를 포기하고 허씨와 아들 삼형제를 선택하
게 되는 것이다.

그런데 이러한 자녀의 가치는 자녀 개인의 행위가 아니라 자궁가족
전체의 행위에 의해 결정되기도 한다. 〈장화홍련전〉에서 장화가 연못
에 투신한 뒤 큰 범이 나타나 장쇠의 신체를 훼손하는 장면에서 범은
장쇠가 호환을 당하게 되는 것이 허씨가 무도불측하여 죄없는 자식을
모해하고 참혹하게 죽였기 때문에 하늘이 무심히 두지 않은 결과라고
했다. 즉 장쇠 자신의 죄 때문이 아니라 그 모친의 죄 때문에 천벌을
받는다는 설명이다.

장화가 물에 빠지니 갑자기 물결이 일어나 하늘에 닿으며 찬 바람이
불며 흐리고 어두운데 난데없이 큰 범이 달려들며 공중에서 소리쳐 이르
길, "네 어미가 막돼먹어서 애매한 자식을 모함하여 이렇게 참혹하게 죽

이니 어찌 하늘이 무심하게 두겠느냐? 너부터 죽여 없앨 것이로되 아예 죽여서 모르게 하는 것보다 병신을 만들어 평생을 고통받게 하는 것이 나으니 너는 견뎌 보아라." 하더니 그 호랑이 달여들며 장쇠의 두 귀와 한 쪽 팔과 한 쪽 다리를 베어 먹고 간 곳이 없는지라.

-〈장화홍년전〉, 120쪽

　이러한 설정은 자궁가족의 구성원 개개인의 행위에 대해 자궁가족의 구성원 모두가 함께 책임을 지게 되는 공동운명체임을 보여주는데, 특히 모친의 죄를 자식이 함께 받거나 대신 받는 경우는 소설에서 종종 나타난다. 활자본 〈조생원전〉에서 후주가 낳은 아이가 급사한 것을 두고 서술자가 후주의 죄로 인해 앙화를 받은 것이라고 평가한 것도 이와 같은 예로 볼 수 있다.[17]

　〈장씨정렬록〉에서 후실 배씨의 죄에 연좌되어 실질적으로 죄가 없는 자식들까지 살해되는데, 여기에서 가장이 자궁가족을 단위로 가족구성원의 가치를 평가하고 있음을 알 수 있다. 위에서 살펴본 바와 같이 조기춘은 쇠작지에게 후실 배씨가 낳은 자식은 살려두어도 소용이 없다고 하면서 배씨가 낳은 자식들을 죽이도록 재촉하는데, 조기춘의 언급에서 이러한 인식을 확인할 수 있다.[18] 가장 조기춘은 나쁜 자질의 모계 피를 물려받은 자손에 대해서 양육을 포기하는 것이다.

　이처럼 실제로 부모는 자신의 양육 투자를 성공적 번식으로 보답할 수 있는 자녀에게 더 호의적인 감정을 가지게 되고 차별적인 양육 결정[discriminative parental solicitude]을 내리게 되며[19] 가능성이 없는 자식들에게는 투자하지 않거나 극단적인 경우 번식 성공의 전망을 심각하게 가로막는 자식들을 살해하도록 진화하였다.[20] 이는 부모가 자식에 대해 갖는 무의식적 '소유욕' 때문으로 볼 수도 있는데, 아이가 부모의 소

유라는 관념과 아이는 또 낳을 수 있고 꼭 이 아이가 아니어도 괜찮다
는 계산이 행위의 저변에 깔려 있는 것이다. 때문에 〈아기장수 설화〉나
〈손순매아〉에서처럼 부모가 자신의 아이를 포기하고 대신하여 다른 가
족 구성원의 생존이나 효의 실천을 선택할 수 있는 것이다. 또 많은 자
식을 통해 종족을 번식하는 것은 비효율적인 방식이므로, 명예가 없는
존속은 의미가 없다고 여기고 명예를 손상시키는 자녀를 포기하게 되
며 가치 있는 자녀에 대한 집중 투자를 통해 종족의 존속을 꾀하게 된
다고 볼 수 있다.[21]

그런데 가장은 그의 배우자가 만들어 놓은 자궁가족의 일원이 아니
기 때문에 종종 자궁가족과 상반된 이해관계에 놓일 수 있다. 〈장화홍
련전〉에서 허씨는 정동호의 신문에 답을 하면서 평소 장화와 홍련이
순종하지 않고 비밀리에 흉측한 말을 나누는 것을 듣고는 분하게 여겼
으나 가장에게 말하면 자신이 전실의 여식들을 모해하는 것으로 오해
를 받을까봐 직접 해칠 마음을 먹었다고 진술하였다.

> 흉녀가 겁내어 이에 고하여 이르길, "소첩이 대대로 명문 거족의 자손
> 으로 문호가 점점 쇠잔해져서 아침에 저녁을 걱정하던 차에 좌수가 정혼
> 하므로 그 후처가 되었는데 전실의 딸 형제가 매우 아름답기로 친자식같
> 이 키우더니 나이가 점점 많아져서 이십이 되자 점차 행동이 불측하여
> 백 마디 말 가운데 한 마디도 듣지 않고 말할 수 없는 일이 많아서 원망
> 과 비방이 적지 않기로 때때로 저를 가르치고 깨우쳐 아모쪼록 사람이
> 되게 하고자 하였는데 하루는 저희 형제가 비밀스럽게 하는 말을 우연히
> 엿들으니 매우 흉악한지라. 마음에 크게 놀랍고 분하여 가장에게 말하게
> 되면 반드시 모함하는 줄로 알고 듣지 않을까 염려하여 다시 가장을 속
> 여 장화를 죽일 생각이 나서　　　　　－〈장화홍년전〉, 136~137쪽

위에서 허씨는 전실의 여식들을 양육하면서 겪게 된 어려움을 전적으로 후실의 입장에서 진술하였다. 그러나 허씨는 이러한 상황에서 가장인 배좌수가 허씨 본인의 판단이나 이익과는 다른 편에 서게 될 것임을 감지하였다. 일반적으로 남성의 경우 자신의 이득과 타인의 복종 등 자기중심적으로 가족에 대한 지배를 행사하게 된다.[22] 그러므로 가장은 자신의 이익을 우선적으로 담보하는 가정의 이익을 위해, 그리고 양립할 수 없는 자궁가족들을 선택적으로 해체하기 위해 친자의 생명을 몰수하게 된다. 또한 가장은 차별적인 양육 결정에 따라 선택받은 자손에게 투자를 집중하기 위해 도덕적으로나 태생적으로 결핍된 자녀의 경우 살해하기도 하는 것이다.

억울하게 살해된 자식에게는 모두 보상의 기회가 주어지는가?

〈장화홍련전〉과 〈장씨정렬록〉에서 친부에 의해 살해되는 인물들은 모두 억울하게 죽음을 맞이한다. 친부인 가장의 입장에서는 자신에게 주어진 정보와 보편적인 정서를 토대로 집안에 문제적 상황이 발생했을 때 가장권을 행사한 것이지만, 살해된 친자의 입장에서 보면 장화는 누명을 쓰고 죽게 되며 배씨의 아들들은 배씨의 죄로 인해 연좌되어 살해당한 것이므로 억울한 죽음이 된다. 이들의 죽음이 억울하다는 인식은 작품 속에서도 드러난다. 〈장화홍련전〉에서는 장화 당사자의 목소리나 서술자의 진술에 의해 그가 누명을 써서 원통하게 죽었음이 여러 번 강조되며, 〈장씨정렬록〉에서도 조기춘이 배씨의 아들들을 죽이라고 쇠작지에게 명하자 쇠작지가 그 아들들은 죄가 없는데 어미의 죄로 죽으니 불쌍하다고 언급한다.

그러나 두 작품에서는 똑같이 억울하게 살해된 장화와 배씨 아들들의 사후에 대해 각기 다른 상황을 설정한다. 먼저 장화는 물에 빠져 죽은 뒤에도 그 존재가 사라지지 않고 원귀로 화하여 이승에 계속 남아 있게 된다.

> 차설 장화 홍련의 불쌍한 혼백이 구천에 사무쳐 흩어지지 아니하고 늘 그 원통한 일을 씻어내고 풀고자 하여 철산 고을 문에 나아가 그 지극히 원통한 사정을 호소하러 들어가니 철산 부사가 기절하여 죽는지라.
>
> −〈장화홍년전〉, 127쪽

위에서 서술한 것처럼 장화와 홍련은 죽기 이전과 다른 존재, 즉 혼백으로 이승에 남아서 살아 생전의 이해 관계와 감정 상태를 그대로 유지하며 인간 세계와 소통하고자 한다. 장화의 혼백은 자신을 죽음에 이르게 한 오명을 벗기 위해 고을 원에게 호소하는데 이 또한 이승에서의 삶의 방식을 그대로 따른 것이다. 장화와 장화를 따라 죽은 홍련의 혼백은 결국 계모에 의한 누명을 벗고 복수를 하고는 억울한 죽음에 대한 보상으로 환생하게 된다. 이들은 배좌수의 세 번째 부인인 윤씨에게서 다시 태어나게 되는데, 작품 속에서 장화와 홍련이 배좌수의 꿈에 나타나 옥황상제의 명으로 이승의 인연을 이을 것이라고 말하는 장면과 선녀가 윤씨의 꿈에 나타나 꽃 두 송이를 주고 장화와 홍련이니 잘 기르라는 당부하는 장면을 통해 윤씨가 낳은 쌍둥이 딸이 장화와 홍련의 후신임을 분명히게 밝히고 있다. 그러므로 징화와 홍련의 육체적 죽음은 곧 존재의 소멸로 이어지지 않는다. 장화와 홍련은 사후에 인간계에 혼백으로 남아 있다가 다시 인간의 존재로 환생하여 육체적 삶을 회복하게 된다.

이와는 달리 〈장씨정렬록〉에서 배씨의 아들들도 죄없이 부친에 의해

목이 베여 살해되었으나 죽은 뒤에는 작품 속에서 어떤 형태로든 존재
가 언급되거나 드러나지 않는다. 배씨의 아들들에 대해서도 억울한 죽
임을 당한 것이라는 시각이 작품 속에 드러나지만, 작품은 이들에게 원
귀로 잔존하거나 환생할 수 있는 기회를 주지 않았다. 따라서 〈장씨정
렬록〉에서 이들의 육체적 죽음은 곧 존재의 소멸로 이어지게 된다.

  일반적으로 전통사회에서 영혼이 육체와 어우러져 살 때 이승의 삶을
제대로 살지 못한 자는 다시 육체와의 만남을 시도한다고 여겼다. 또한
이승에서의 삶이 원만하지 못하면 저승에서의 삶도 원만하지 못하게 되
며, 혼령에도 생전의 질투와 원한의 감정이 그대로 남아 있다는 인식이
존재했다. 또한 현세와 내세를 구분하지 않고 연속된 것으로 보기도 했
다.[23] 그런데 앞서 보았듯이 〈장화홍련전〉과 〈장씨정렬록〉에서는 인간
의 죽음 이후에 대한 이러한 인식이 일관되게 적용되어 있지 않다.

  친자의 살해는, 〈장화홍련전〉의 경우 친부의 오해로 말미암은 것이
고 〈장씨정렬록〉의 경우 모친의 패륜적 범죄에 연좌되어 일어난 것이
다. 때문에 살해된 친자들은 그 자신의 도덕성 면에서는 모두 같은 조
건에 놓여 있다. 그러나 장화는 자신을 모함한 계모와의 갈등에서 도덕
적인 우위를 점하게 되지만, 배씨의 두 아들들은 조기춘의 며느리 장씨
와의 경쟁에서 그들이 속한 자궁가족이 도덕적으로 열세에 놓이게 되
므로, 살해된 친자들은 모계의 유전적 혈통의 면에서는 현격히 다른 가
치를 가지게 된다. 이에 자궁가족 간의 경쟁 구도 속에서 죽음을 맞은
당사자가 도덕적으로 우위에 있는 자궁가족의 일원인가 아닌가에 따라
죽음 이후가 다르게 설정되는 것이다. 도덕적 우위를 확보한 자궁가족
은 그 가치에 따라 가장으로부터 집안의 중심 세력으로 선택을 받게
되므로, 장화의 경우 환생을 통해 가정에 다시 편입되지만, 배씨의 아

들들의 경우는 끝내 다시 회복된 가정에 편입되지 못하며 어떠한 형태로든 그들에게 화해의 기회도 주어지지 않는 것이다. 결국 〈장씨정렬록〉에서는 도덕적 정당성을 확보한, 조영의 아내인 장씨와 그 유복자를 중심으로 집안을 이어가게 되며 조기춘의 사후에 조영의 모친과 합장함으로써 조영의 모친 이씨의 자궁가족이 집안의 중심 세력으로서의 지위를 획득하게 된다.

이처럼 가정소설에서 죽음은 인간이라면 누구나에게 주어지는 '자연생명의 종말'과는 다르다. 인물 자신뿐 아니라 인물이 속한 자궁가족이 확보한 도덕성 여부에 의해 인물의 죽음은 자연적인 육체적 죽음일 수도, 아니면 존재전환을 하거나 환생하여 삶을 영속할 가능성을 지닌 죽음일 수도 있는 것이다.

4. 잔혹한 죽음의 설계자, 그에 대한 시선의 변화

앞서 살펴본 바와 같이 위 작품에서 가장은 가족구성원의 생사여탈권을 가지고 가정의 이익이나 명예, 존속을 위해 친자 살해를 감행하는데, 이러한 행위를 주도하는 가장은 작품에 따라 각기 다른 운명에 처하게 된다. 〈장화홍련전〉의 모방작으로 추정되는 〈김인향전〉[24]과 〈장씨정렬록〉보다 후대에 창작된 〈김씨열행록〉[25]에서는 가장이 그 저본이 된 작품들에서와는 다른 선택을 하였다. 이처럼 후속작인 〈김인향전〉과 〈김씨열행록〉에서 친자 살해의 당사자가 그 전작과는 다른 결말을 맞이하도록 설정한 것은 어떤 의미일까?

먼저 〈장화홍련전〉과 〈김인향전〉을 살펴보면, 〈장화홍련전〉의 배좌수와 〈김인향전〉의 김좌수는 딸들의 죽음에 대해 각기 상이한 반응을 보인다. 〈장화홍련전〉에서는 장화가 죽은 뒤 장쇠가 범에게 물려 죽다 살아나자 배좌수가 장화가 억울하게 죽었음을 짐작하고 슬퍼하며 홍련을 더욱 사랑하였다고만 짧게 서술하였고[26] 홍련이 장화를 따라 죽은 뒤에는 이에 대한 배좌수의 반응을 아예 보여주지 않았다. 그러나 〈김인향전〉에서는 김좌수가 인형으로부터 인향이 죽었다는 말을 듣고는 대성통곡하고 생자식을 죽인 것에 대한 슬픔을 토로하며,[27] 인함이 죽었다는 소식을 접한 뒤에도 직접 심천동으로 찾아가 크게 애통해 한다. 김좌수는 자식들을 죽였으니 살아야 하는 의미가 없다고 탄식하며 자결하고자 하지만 인형이 만류하여 이루지 못한다.[28] 이처럼 두 작품에서 자식의 죽음에 대한 슬픔의 강도가 다르게 나타나는데, 결국 비교적 슬픔의 정도가 크지 않았던 배좌수는, 정동호에 의해 장화의 억울함이 풀리고 허씨가 처벌을 받은 뒤에 다시 셋째 부인 윤씨를 얻어 윤씨의 자식으로 환생한 장화와 홍련 자매, 그리고 아들 셋을 낳고 잘 살게 되지만, 〈김인향전〉에서 애통한 심정을 많이 드러냈던 김좌수는 인함이 죽은 뒤 자결은 실패하지만 곧 심회가 불평하던 중 병을 얻어 죽고 만다.[29]

〈장씨정렬록〉과 〈김씨열행록〉에서도 친자를 살해하는 가장의 태도에서 차이가 드러난다. 〈장씨정렬록〉에서 조기춘은 전실 소생인 조영을 살해한 후실 배씨와 그 자식들, 쇠작지를 매우 잔인한 방식으로 처벌하는데, 이처럼 그 처벌의 수위가 높을수록 그 범죄의 심각성이 부각되고 처벌의 당위성이 커지게 된다.

> 배가년을 두 손으로 끌어내어 마주대에 달아놓고 칼을 들어 겨누면서 큰 소리로 꾸짖어 이르길, "이 년 배가년아! 요악하고 흉악하다. 불쌍한 전실의 아들에게 무슨 원수질 일이 있었더냐? 네게 불효하더냐? 네 자식과 사이가 나쁘더냐? 무슨 죄로 참혹하게 죽였느냐? 네 자식의 형제를

벨 적에 네 눈으로 보니 그 정상이 어떠하더냐? 죽어도 한치 말라." 하고
점점이 삭형을 행할 때에 장씨 부인이 달여들어 쇠작지놈을 그 칼로 가
슴을 갈라 간폐를 내어 입에 넣고 취한 듯 실성한 듯 웃다가 춤추며 통곡
하니 곁에 있는 사람이 눈물을 흘리지 않음이 없더라.

-〈장씨정렬록〉, 39~40쪽

위에서 조기춘은 배씨도 고통스러운 죽음으로 죗값을 치르도록 했으
며 여기에 장씨도 직접 나서서 쇠작지의 간폐를 꺼내어 먹으며 처절한
복수를 했다. 이러한 응징과 복수의 과정에서 배씨 아들들을 살해하게
되는데, 배씨 아들들을 희생시키면서 조기춘은 망설임이나 슬픔을 드
러내기는커녕 격한 분노를 표출한다. 이후 조기춘은 며느리에게 가사
를 맡기고 양자를 들일 것을 당부하고는 집을 떠나 울릉도, 관동팔경,
한양과 개성 등 전국의 승지를 두루 유랑을 하고 나중에는 남해 화방사
에서 머물며 지낸다.

〈김씨열행록〉에서도 가장인 장계현이 후실 유씨와 그 자식을 죽이면
서 주저하지 않는 모습을 보여준다.

이때에 장시랑이 김씨를 보내고 즉시 목함을 짜서 아들의 머리를 넣고
집에 가진 보물과 전답 문건을 빠짐없이 찾아 목함과 같이 며느리에게
보내고 류부인과 그 낳은 자식을 다락에 가두고 앞뒤로 땔나무를 많이
쌓아놓고 불을 질러 태워버리니, 가련하도다, 류씨 모자! 혼백은 연기를
따라 흩어지고 신체는 재에 섞여 사라지니 복선화음의 이치는 천고에 도
망하지 못하는 것이라. 장시랑이 집에 불이 붙어 타는 것을 보고 이에
죽장망혜로 가는 곳을 남에게 알리지 아니 하였더라.

-〈김씨렬힝록〉, 9쪽

　　이 작품에서 장계현은 감정적 반응을 드러내지 않고 전실의 아들을 죽인 후실 유씨를 문초하지도 않은 채 단번에 치죄한 뒤 집까지 불태우고 길을 떠난다. 그러고는 후에 며느리 김씨와 다시 만날 때까지 사찰에서 깊이 거처하며 말도 하지 않고 출입도 하지 않으면서 수도자의 삶을 산다. 이 부분에서 장계현의 감정 상태를 드러내는 언술은 나타나지 않지만, 서술자가 유씨 모자의 죽음을 가련하게 여기고 있음을 드러낸다. 또 뒤에 장계현의 첩으로 들어온 화씨가 장계현과 며느리 김씨 사이를 이간하려고 시도하자 장계현은 유씨를 죽인 문제에 대해 회의하고 탄식한다.

> 　　시랑이 모질게 하지 못하여 묻기를 그치고 지난 일을 낱낱이 생각하여 보니, '장씨가 갑준의 머리를 비록 광에서 찾았으나, 내 일찍이 류씨를 한 마디도 문초하지 않고 죽인 것이 너무 촉급하였구나. 경솔함을 면치 못하리로다.' … 시랑이 화씨가 잠든 줄 알고 혼자 탄식하기를 마지 아니하다가 촉급하고 경솔하였음을 탄식하는 소리가 자기도 모르는 사이에 입 밖에 나거늘　　　　　　　　　　　　　　-〈김씨렬힝록〉, 13~14쪽

　　이처럼 〈장씨정렬록〉에서 조기춘은 친자를 살해하면서 극도의 분노를 표출하고 잔인한 처벌을 가하는 것으로 살해의 당위성을 확보하며, 살해 이후 집을 떠나서도 이에 대한 회의를 드러내기보다 전국의 승지를 유람하고 나중에야 사찰에 머물게 되지만, 〈김씨열행록〉에서는 장계현이 직접 감정을 드러내지는 않으나 서술자가 대신하여 살해된 모자에 대한 연민을 전달하며, 장계현이 집을 떠난 뒤에도 〈장씨정렬록〉의 조기춘과 같이 유람을 하는 것은 전혀 나타나지 않고 다만 사찰에서 세상을 등지고 생활하면서 가족 살인 사건에 대한 외상 후 스트레스

장애와 같은 증상을 드러낸다.

그런데 〈장씨정렬록〉과 〈김씨열행록〉에서 친자 살해와 이를 둘러싼 사건에 대해 가장이 서로 다른 태도를 드러내는 것처럼, 두 작품에서 가장의 운명 역시 전혀 다르게 설정되어 있다. 〈장씨정렬록〉의 조기춘은 뒤에 며느리, 손자를 만난 뒤 벼슬에 올라 영화를 누리지만, 〈김씨열행록〉에서 장계현은 첩 화씨와 김씨가 불화를 겪는 와중에 독약이 든 음식을 먹고 불의에 세상을 떠나게 된다. 이처럼 〈김인향전〉과 〈김씨열행록〉에서는 친자 살해의 당사자인 가장이 불행히 죽음을 맞이하여 다시 회복된 가정의 중심에 서지 못하는 것을 볼 수 있다.

그런데 친자 살해에 대한 가장의 태도와 그의 종말이 전작과 후작에서 다르게 나타나는 것은, 위의 작품들에서 가장이 친자를 살해하는 데까지 이르게 만든 가정의 극단적인 갈등의 원인을 궁극적으로 무엇에 두었는가와 관련되어 있는 것으로 보인다. 〈장화홍련전〉과 〈장씨정렬록〉에서는 앞서 살펴본 바와 같이 후실이 가장의 편애를 시기하고 가권으로부터의 소외를 염려할 뿐 아니라 전실이 마련해 둔 재물에 욕심을 내서 전실의 자식을 모함하고 죽음에 이르게 했다. 그러나 후작의 경우, 먼저 〈김인향전〉에서는 후실 정씨가 전실의 딸을 해치는 동기가 문면에 구체적으로 드러나지 않는다. 가장 김석곡의 전실인 왕씨가 인형이라는 아들을 낳고 세상을 떠난 뒤에 후실 정씨는 딸 하나만 두었기때문에 정씨는 가권을 다툴 기반이 없었다. 그럼에도 정씨는 〈장화홍련전〉에서 허씨가 계획했던 것보다 더욱 치밀하게 계획을 세워 인함이임신한 것으로 꾸민다. 곧 후실이 전실의 자식, 즉 계모가 의붓자식에 대해 갖게 되는 막연한 적대감, 시기심이 모함의 동기로 강조되어 있는 것이다.[30] 또 〈김씨열행록〉에서는 가장 장계현이 전실이 낳은 아들 갑

준을 편애하자 후실이 이를 의심하여 전실 소생을 해치는 것은 구체화
되어 있으나, 기타 다른 원인에 대해서는 전작에 비해 설득력 있게 형
상화되어 있지 않다. 그리고 이 작품에서 장계현이 친자를 살해한 이후
집을 떠나 사찰에서 지내다가 유복자 해몽이 태어난 뒤 집으로 돌아오
는 내용까지는 〈장씨정렬록〉과 유사하지만, 그 뒤에 다시 맞아들인 첩
화씨가 며느리 김씨와 불화하는 내용은 이 작품에 새롭게 추가된 부분
이다. 이처럼 〈김씨열행록〉에서는 자궁가족 간의 갈등이 다시 한 번 반
복되는데, 동일한 갈등의 반복 설정은 이러한 갈등이 특정 개인의 문제
로 국한된 것이거나 일회적인 것이 아님을 보여준다. 즉 후실이나 첩
개인의 욕망이나 도덕적 결함보다는, 복수의 자궁가족이 하나의 가족
을 이루고 그 속에서 경쟁해야 하는 가족 제도 자체에 갈등의 원인이
있음을 드러내고 있는 것이다.

  이처럼 전작에서 장화나 조영이 살해당한 것은 후실 개인의 시기심
이나 가권에 대한 욕심, 그리고 물적 욕망이 빌미가 된 것이지만, 후작
에서 인향과 갑준이 죽음에 이르게 된 것은 후실 개인에게서 비롯된
문제라기보다 가장을 둘러싼 자궁가족 간의 대립이 상존하는 가정의
구조적인 문제에서 발생한 것으로 해석된다. 왜냐하면 〈김인향전〉과
〈김씨열행록〉에서 후실이 전실의 자식을 살해하도록 가장을 종용하거
나 직접 사주한 동기가 구체적으로 제시되지 않고 다만 후실의 인성이
나 심리적인 문제 때문에 대립하게 되는 것으로 설정한 것은, 전실 자
식에 대한 후실의 막연한 적대감이 결국 전실 자식을 죽음에 이르게
할 수도 있을 만큼 심각한 것임을 전제한 것이며, 이는 작가를 포함한
작품의 향유자들이 여러 자궁가족이 하나의 가정을 이룰 때 서로 적대
적 관계에 놓이게 되는 구조적인 문제를 인지하고 이를 작품에 반영한

것이기 때문이다.

　그러므로 〈장화홍련전〉이나 〈장씨정렬록〉에서는 사건의 발단에 책임이 있는 후실 개인과 그 자궁가족의 처벌로 손쉽게 사건이 종결된다. 이에 가장은 친자 살해에 대해 슬퍼하거나 회의하는 것이 상대적으로 적고 오히려 격한 분노를 드러내며 결국 친자 살해의 책임에서 벗어나는 것으로 마무리된다. 그러나 〈김인향전〉과 〈김씨열행록〉에서는 후실 개인보다 가족의 구조적 문제에서 갈등이 시작된 것이기 때문에 후실과 그 자궁가족을 처벌하는 것만으로 근본적인 문제 해결이 이루어지지 않는다. 작품에서 가정 내 여러 자궁가족이 존재한다는 것 자체가 갈등의 원인으로 부각된다는 것은 개인의 악행이 사건의 발단이 되는 경우보다 가장의 역할에 대한 더욱 심화된 문제의식을 드러내는 것이다. 따라서 이러한 문제의식을 바탕으로 이들 작품에서는 가장이 친자식을 살해한 것에 대해 크게 애통해 하거나 서술자가 대신 연민의 시선을 던지며 또 가장들이 결국 불의에 죽는 운명에 처하는 것으로 설정하여, 가장의 친자 살해가 합당한 것이었는지 회의하게 한다.

　더구나 후작들의 경우 작품의 구성면에서 전작에 비해 현실적으로 설정되어 있는데, 이러한 작품의 성격도 가장의 태도와 운명을 설정하는 데 영향을 미치는 것으로 판단된다. 〈장화홍련전〉에서는 원귀의 진술에 의지해서 부사 정동호가 배좌수 집안의 사건을 해결하게 되지만, 〈김인향전〉에서는 전두용이 관련자들에 대한 심문을 통해서 사건의 내막을 밝혀낸다. 그리고 〈장씨정렬록〉에서는 조영의 머리가 장씨의 꿈에 나타나 범인을 찾아내도록 하지만, 〈김씨열행록〉에서는 김씨가 누명을 벗고자 남복을 하고 단서를 찾아다니던 중 범인과 관련된 인물의 진술을 받아 문제 해결의 실마리를 찾는다. 이뿐만 아니라 후작들에는 주변인물이 많이 등장하며 사건도 복잡하게 진행된다. 전작에 비해 후작들이 구성면에서 복잡하고 현실적으로 진화하면서 친자 살해라는 절대적인 가장권의 행사에 대해서도 단순한 결론을 지양하게 된 것으로 볼 수 있다.[31]

이처럼 〈김인향전〉과 〈김씨열행록〉은 가장의 태도와 생존 여부를 다르게 설정하고 변화를 꾀하고 있는데, 이는 가족구성원의 생존과 죽음을 좌지우지하는 가장권이 잘못된 정보에 의해 행사되거나 개개인의 도덕성과 상관없이 자궁가족 단위로 처벌이 적용되는 것에 대해 문제를 제기하고 있는 것이다. 또 집안의 명예나 가문의 존속을 위해 그리고 이에 기여하는 개인의 가치에 따라 친자를 선별적으로 양육하고 살해하기도 하는 가장의 일방적이고 막강한 권한 행사에 대해 회의하는 시각이 작품 속에 반영된 것으로 볼 수 있다.

친자 살해, 비정한 가족의 속성을 드러내다.

이 글에서 살펴본 바, 가장의 친자 살해가 나타나는 〈장화홍련전〉과 〈장씨정렬록〉에서는 당대의 이데올로기와 보편적 정서를 기반으로 하여 가장이 집안의 명예를 위해 친자를 살해하였기 때문에 작품 속에서 가장의 살해 행위는 관대하게 받아들여졌다. 그런데 이들 작품에서 가족구성원들은 개인이 아닌 자궁가족을 단위로 평가되었고, 이러한 인식을 바탕으로 가장은 종족의 존속과 번영에 기여하며 도덕적 정당성을 확보한 자궁가족의 자녀를 선택적으로 양육하였다. 그리고 선택된 자녀들에게 해가 되거나 자궁가족 간의 경쟁에서 도태된 자녀들은 경우에 따라 살해하기도 하였다. 따라서 〈장화홍련전〉과 〈장씨정렬록〉에서는 살해된 친자와 그가 속한 자궁가족이 도덕적 정당성을 확보한 경우 친자가 육체적으로 죽은 이후라고 하더라도 혼백이 남아있다가 환생하여 가정으로 돌아올 수 있는 기회를 부여하였지만, 그렇지 않은 경우에는 혼백이 흩어지고 존재 자체가 소멸하여 가정으로의 복귀는 물론 가족구성원들과의 화해도 이루지 못하였다.

이처럼 〈장화홍련전〉과 〈장씨정렬록〉에서는 가장이 집안의 명예와 존속을 위해 친자를 살해하는 것이 용납되었고, 죽은 자식마저도 도덕적 가치를 충족한다면 가정에 복귀시켜 기여할 수 있는 기회를 부여했다. 그러나 이들 작품이 〈김인향전〉과 〈김씨열행록〉 등 모방작, 파생작을 양산하면서 친자를 살해하는 가장권의 행사에 대해 견제하고 회의하는 시각이 작품 속에 나타났음을 알 수 있었다. 즉 가정소설에 나타난 친자 살해는 가장의 이익이 우선시 되는 가정의 이익을 위해 가장이 행사한 극단적 처벌 방식이었고 이는 정당한 권한의 행사로 인식되었으나, 이러한 가장권의 행사에 대해 작품의 향유층은 암묵적인 동의에서 견제와 회의로 입장을 선회해 갔던 것이다.

---

* 이 글은 『국어국문학』 154집(2010)에 『가정소설에 나타난 친자 살해 연구』라는 제목으로 실린 논문을 약간의 수정을 거쳐 수록한 것임.

1) 움베르트 에코, 『추의 역사』, 열린책들, 2008, 62~69쪽.

2) Gelles, R. J. & M. A. Straus, "Family experience and public support for the death penalty", *Family Violence*, Sage, 1979, pp.181~203.

3) 최재천 외, 『살인의 진화심리학-조선후기의 가족 살해와 배우자 살해』, 서울대출판부, 2003, 67쪽.

4) 가정소설에 나타난 친자 살해에 대해서는 본격적인 논의가 이루어지지 않았다. 단 친자 살해가 등장하는 계모형 가정소설에 대한 논의는 계모와 의붓자식 갈등과 가장의 역할을 중심으로 많은 연구가 진행되었다. 주요 논의로, 박태상, 「조선조 가정소설 연구: 계모형·쟁총형 소설을 중심으로」, 연세대 박사논문, 1989 ; 이원수, 「가정소설 작품세계의 시대

적 변모」, 경북대 박사논문, 1991 ; 김재용,『계모형 고소설의 시학』, 집문당, 1996 ; 이성
권,『한국 가정소설사 연구』, 국학자료원, 1998 ; 이승복,「계모형 가정소설의 갈등양상과
의미」,『관악어문연구』20, 서울대 국어국문학과, 1995 ; 장시광,「계모형 소설에 나타난
갈등의 양상과 작가의식」,『국문학연구』7, 국문학회, 2002 참조.

5) 이하 삽입문의 현대역은 모두 필자가 하였다.

6) 정약용 저, 박석무 외 역주,『역주 欽欽新書』3, 현대실학사, 1999, 110~115쪽.

7) 조희선,『무슬림 여성』, 명지대학교 출판부, 2005, 213쪽.

8) 거다 러너 저, 강세영 옮김,『가부장제의 창조』, 당대, 2004, 285~383쪽.

9) 〈소현성록〉에서도 이러한 예가 나타난다. 확고한 가장권을 쥐고 있는 양 부인이 정절을
지키지 못한 딸 교영을 죽이는 사건은 양 부인이 사사로운 정에 흔들리지 않고 집안을
매우 엄히 단속하며 가장으로서 역할을 다하고 있음을 드러내는 중요한 표지가 된다.

10) 조희선, 앞의 책, 211쪽.

11) 정약용 저, 박석무 외 역주,『역주 欽欽新書』1, 현대실학사, 1999, 328~329쪽.

12) 何顯明 저, 현채련·리길산 옮김,『죽음 앞에서 곡한 공자와 노래한 장자』, 예문서원,
1999, 112~120쪽.

13) 거다 러너, 앞의 책, 381쪽.

14) Margery Wolf, Uterine Families and the Women's Community, *Women and the
Family in Rural Taiwan*, Standford: Standford University Press, 1972, pp.32~41.

15) 데이비드 M. 버스 저, 김교헌·권선중·이홍표 옮김,『마음의 기원』, 나노미디어, 2005,
280쪽.

16) "과연 그 달부터 태기가 있어서 열 달이 되자 문득 방안에 향취 진동하며 한 아이를
낳았는데 이에 아들이 아니고 딸이므로 좌수 부부가 섭섭한 마음을 이루 헤아리기 어려우
나 … 장씨 또 태기 있는지라. 좌수 부부가 기뻐하여 아들이기를 바라고 축수하더니 열
달 만에 해산하였는데 또 딸이라. 마음에 서운함을 이기지 못하나 또한 할 수 없어 이름을
홍련이라 하고 매우 사랑하더니"〈장화홍년전〉, 106쪽.

17) "이때에 후주 임신하여 열 달 만에 한 옥동자를 낳으니 한림이 더욱 크게 기뻐하여 장중
보옥같이 사랑하고 아끼며 후주가 또한 사랑하여 아이를 잠시도 땅에 놓지 아니하고 금지
옥엽같이 여기더니 서너 달 만에 아이가 스스로 피를 토하고 갑자기 죽으니 이 또한 하늘이
무심치 않음이라. 어미의 죄로 말미암아 어린 아이가 앙화를 받은 것이라." 활자본〈趙生員
傳〉, 114쪽.

18) 〈현몽쌍룡기〉에서 조무가 아내 정부인과 기싸움을 치르면서 정부인이 어질지 못하다는
이유로 그 아들 기현에게 모진 체벌을 가하는데, 여기서도 가장이 자궁가족을 단위로 선악
을 판단하고 상벌을 가하는 태도를 발견할 수 있다.

19) 데이비드 M. 버스, 앞의 책, 303쪽.

20) 데이비드 버스 저, 홍승효 옮김,『이웃집 살인마』, 사이언스북스, 2006, 246~257쪽.

21) 임형모,「한국과 몽골설화에 나타난 '가족살해' 모티프-친부 및 자식 살해 모티프를 중
심으로」,『한성어문학』26, 한성대학교 한성어문학회, 2007, 379~402쪽.

22) 데이비드 M. 버스, 김교헌·권선중·이홍표 옮김, 『마음의 기원』, 나노미디어, 2005, 510쪽.

23) 김열규 외, 『한국인의 죽음과 삶』, 철학과현실사, 2001, 106~115쪽.

24) 김기동, 『한국고전소설연구』, 교학사, 1983, 518쪽.

25) 안미을, 「〈조생원전〉의 후대적 변모: 〈김씨열행록〉·〈구의산〉과의 비교」, 경남대학교 교육대학원 석사학위논문, 1992 ; 이윤경, 「계모형 고소설 연구—계모설화와의 관련성을 중심으로」, 성신여대 박사학위논문, 2004, 95~104쪽.

26) "이때 배좌수가 그 광경을 보고 가만히 생각하여 장화가 애매하게 죽은 것을 깨닫고 크게 후회하여 슬픔을 견디지 못하며, 또한 홍련을 사랑하는 마음이 비할 곳이 없더라." 〈장화홍련전〉, 121쪽.

27) "좌수가 듣고 대성통곡하며 이르길, "아무리 제 죄는 죽어 마땅하거니와 생자식을 죽였으니 이와 같이 참혹한 일이 있는가?" 하며 실성통곡하니 정씨 옆에 있다가 좌수를 위로하여 이르길, "인정을 생각하면 그러하거니와 그런 불초한 자식을 생각하여 무엇하리오." 좌수가 말하길, "부녀의 정으로, 어찌 눈 앞에서 죽음을 보는 것이 생으로 자식을 죽이는 것 만한 것이 있겠는가?"라고 하며 못내 측은하게 여기더라. 〈인향전〉, 39쪽.

28) "좌수가 두 딸의 시체를 붙들고 대성통곡하여 이르길, "네 언니는 이미 죽었거니와 너조차 무슨 일로 죽었느냐? 자식 형제를 하루 아침에 생으로 죽였으니 낸들 구구하게 살아서 무엇하리오?"하며 두 딸의 시체를 붙잡고 자수하고자 하거늘 인형이 곁에 있다가 울음을 간신히 참고 부친을 위로한 후 인향 형제의 시신을 잘 수습하여 장례 지내고 종일토록 통곡하다가 해가 지자 슬픔을 억누르고 집으로 돌아오더라." 〈인향전〉, 43쪽.

29) "좌수가 이럭저럭 지내며 밤낮으로 마음이 편치 않더니 우연이 병이 들거늘 인형이 백방으로 약을 썼으나 주금도 효험이 없는지라. 병든 지 한 달 만에 세상을 떠나니" 〈인향전〉, 43쪽.

30) 〈장화홍련전〉에 비해 〈김인향전〉의 경우 계모가 성격적 결함을 지녔거나 이유 없이 악행을 하는 것으로 변모되었다고 지적된 바 있다. 이원수, 앞의 논문과 이승복, 앞의 논문 참조.

31) 〈장씨정렬록〉(필사본 조생원전)과 〈김씨열행록〉의 이본간 특성의 차이에 대해서는 이윤경, 앞의 논문, 95~104쪽 참조.

참고문헌

한국 고소설에 나타난 죽음의 인식   p.11

김열규, 『한국인의 죽음과 삶』, 철학과 현실사, 2001.

박태상, 『한국문학과 죽음』, 문학과 지성사, 1993.

박희병, 『사랑의 죽음』, 돌베개, 2007.

이은봉, 『한국인의 죽음관』, 서울대 출판부, 2000.

이은영, 『조선 초기 제문 연구』, 이화여대 박사학위논문, 2001.

이인복, 『한국문학에 나타난 죽음의식의 사적연구』, 열화당, 1979.

이재선, 『한국문학 주제론』, 서강대 출판부, 1989.

정재서, 『이야기 동양신화』 2, 황금부엉이, 2004.

삶과 죽음의 경계에 대한 인식, 「금오신화」   p.33

『梅月堂集』, 한국문집총간 13, 민족문화추진회, 1988.

『국역 매월당집』, 5책, 세종대왕기념사업회, 1977-1980.

김수연·탁원정·전진아 편역, 『금오신화 전등신화』, 미다스북스, 2010.

김열규, 『죽음의 사색』, 서당, 1989.

김홍철, 『죽음이란 무엇인가』, 도서출판 창, 1990.

민영현, 『선과 흔』, 세종출판사, 1994.

박일용, 「〈만복사저포기〉의 형상화 방식과 그 현실적 의미」, 『고소설연구』 18, 한국고소설
       학회, 2004, 12

박희병, 『한국전기소설의 미학』, 돌베개, 1997.

배영기, 『죽음학의 이해』, 교문사, 1993.

설중환, 『금오신화 연구』, 고려대 민족문화연구소, 1989.

신재홍, 「『금오신화』의 환상성에 대한 주제론적 접근」, 『고전문학과 교육』 1, 1999.

심경호, 『김시습 평전』, 돌베개, 2004.

윤승준, 「김시습의 귀신론과 『금오신화』-〈남염부주지〉의 분석을 중심으로」, 『국문학논집』
       14, 1994.

윤채근, 「〈금오신화〉의 미적 원리와 반성적 주체」, 『고전문학연구』 14.

이은봉, 『여러 종교에 나타난 죽음관과 사후의 문제』, 광장, 1988.

조동일, 「15세기 귀신론과 귀신 이야기의 변모」, 『문학사와 철학사의 관련 양상』, 한샘출판사, 1992.

최길용, 『한국무속의 연구』, 아세아문화사, 1978.

현세적 삶에 대한 애착이 드러나는 귀신 이야기, 〈설공찬전〉   p.63

김시습, 『금오신화』, 심경호 역, 홍익출판사, 2000.

박성규, 『주자철학의 귀신론』, 한국학술정보, 2005.

유몽인, 『어우야담』, 신익철, 이형대, 조융희, 노영미 옮김, 돌베게, 2006.

유초하, 『한국인의 생사관』, 태학사.

이복규, 『설공찬전 연구』, 박이정, 2003.

_____, 『설공찬전』, 시인사, 1997.

임 방, 『천예록』, 정환국 역, 성균관대학교 출판부, 2005.

임재해, 『전통상례』, 대원사, 1990.

『장화홍련전』, 아단문고 고전 총서 6, 현실문화, 2007.

김귀석, 「가정소설의 설화적 요소 고찰-죽음, 재생, 꿈을 중심으로」, 『한국언어문학』 37집, 한국언어문학회, 1996.

김기현, 「유교의 상제례에 담긴 생사의식」, 『유교사상연구』 15, 한국유교학회.

김승호, 「불교전기소설의 유형 설정과 그 전개 양상」, 『고소설연구』 17, 한국 고소설학회, 2004.

김정숙, 「조선시대 필기, 야담집 속의 귀신, 요괴담의 변화 양상-귀신, 요괴 형상의 변화와 관심축의 이동을 중심으로」, 『한자한문교육』 21, 한국한자한문교육학회, 2008.

나희라, 「한국인의 사고방식과 생활태도에 영향을 미친 다양한 생사관(生死觀)」, 『선비문화』 17, 남명학연구원, 2010.

류종목, 「민요에 표현된 한국인의 생사관」, 『한국민요학』 14, 한국민요학회, 2004.

서경호, 「소설적 서사의 형성과정에 관한 검토-귀신과 저승을 중심으로」, 『중국어문논총』 15, 중국어문연구회, 1998.

소인호, 「설공찬전 재고」, 『어문논집』 37, 안암어문학회, 1998.

안병국, 「태평광기의 이입과 영향」, 『온지논총』 6, 온지학회, 2000.

_____, 「'저승' 관념에 관한 비교문학적 고찰-저승설화 연구를 위한 시론」, 『한국사상과

문화』 26, 한국사상문화학회, 2004.

이누미야 요시유키, 한성열, 「사생관 척도의 개발」, 『한국심리학회지 : 사회문제』 10, 한국
심리학회, 2004.

이복규, 「조선 전기 사대부가의 무속-이문건의 묵재일기를 중심으로」, 『한국 민속학보』
9, 한국 민속학회.

이영수, 「저승설화의 전승 양상에 관한 연구-구전설화를 중심으로」, 『비교민속학』 33, 비
교민속학회, 2007.

이용주, 「주희의 정통의식과 귀신론」, 『종교문화연구』 2, 한신인문학연구소, 2000.

이지영, 「왕랑반혼전의 무속적 연원에 관한 시고」, 『고소설연구』 5, 한국 고소설학회,
1998.

정규복, 「서유기와 왕랑반혼전」, 『비교문학』 별권, 한국 비교문학회, 1998.

정선경, 「太平廣記와 於于野談 幻 서사의 공간서술미학」, 『중국어문학지』 25, 중국어문학
회, 2007.

정환국, 「금오신화와 전등신화의 지향과 구현화 원리」, 『고전문학연구』 22, 한국고전문학
회, 2002.

정환국, 「17세기 이후 귀신 이야기의 변모와 저승의 이미지-단편 서사류를 중심으로」, 『고
전문학연구』 31, 한국고전문학회, 2007.

_____, 「설공찬전 파동과 16세기 소설인식의 추이」, 『민족문학사 연구』 25, 민족문학사학
회, 2004.

조현설, 「조선 전기 귀신 이야기에 나타난 신이(神異) 인식의 의미」, 『묻혀진 문학사의 복원』,
소명출판, 2007.

_____, 「16세기 일기문학에 나타난 사대부들의 신이담론과 소설사의 관계」, 『한국어문학
연구』 51, 한국어문학연구학회, 2008.

조혜란, 「〈협창기문(俠娼奇聞)〉에 나타난 죽음의 성격」, 『한국고전연구』 20, 한국고전연
구학회, 2009.

최운식, 「재생설화의 재생양식」, 『한국민속학』 7, 민속학회, 1974.

최준식, 「한국인의 생사관 : 전통적 해석과 새로운 이해」, 『종교연구』 10, 한국종교학회,
1994.

죽음을 극복하는 신선 이야기, 〈남궁선생전〉 p.85

『허균전집』, 성균관대학교 대동문화연구원, 1972.

김명호, 「신선전에 대하여」, 『한국판소리·고전문학 연구』, 아세아문화사, 1983.

김현룡, 「蛟山의 〈南宮先生傳〉 硏究」, 『한국학논집』 5, 1972.

문범두, 「〈남궁선생전〉의 기술태도와 작가의식」, 『영남어문학』 27, 1995.

박희병, 「이인설화와 신선전(Ⅰ) −설화·야담·소설과 傳장르의 관련양상의 해명을 위해」, 『한국학보』 53, 1988.

_____, 「이인설화와 신선전(Ⅱ) −설화·야담·소설과 傳장르의 관련양상의 해명을 위해」, 『한국학보』 55, 1989.

_____, 「이인설화 신선전」, 『한국고전인물전연구』, 한길사, 1992.

이영지, 「〈남궁선생전〉의 서사적 성격」, 『경상어문』 13, 2007.

이종찬, 「허균의 인간적 갈등과 〈남궁선생전〉」, 『한국한문학연구』 1, 1976.

정선경, 「불사의 시간을 찾아서」, 『중국소설논총』 16, 2002.

정재서, 『불사의 신화와 사상』, 민음사, 1994.

주명준, 「조선시대의 죽음관」, 『한국사상사학』 14, 한국사상사학회, 2000.

차충환, 「〈南宮先生傳〉의 서사적 성격」, 『고황논집』 17, 1996.

_____, 「〈남궁선생전〉의 의미구조와 작가의식」, 『인문학연구』 5, 2001.

최삼룡, 「〈남궁선생전〉에 나타난 도선사상 연구」, 『한국언어문학』 16, 한국언어문학회, 1978.

하현명, 『죽음 앞에서 곡한 공자와 노래한 장자』, 현채련·리길산 옮김, 예문서원, 1999.

홍덕선, 박규헌, 『몸과 문화』, 성균관대학교 출판부, 2009.

죽음으로 가시화되는 여성의 기록, 열녀전   p.109

〈ᄌᆡ긔록〉, 국립도서관 소장본

나정순 외, 『규방가사의 작품 세계와 미학』, 역락, 2001.

박옥주, 「풍양조씨부인의 〈ᄌᆡ긔록〉 연구」, 『한국고전여성문학연구』 3, 2001.

이상보, 〈恭人南原尹氏言行從容錄〉, 『哀從容』(영인), 1970.

이숙인 역, 『여사서』, 여이연, 2003.

이숙인, 「열녀담론의 철학적 배경:여성 섹슈얼리티의 문제로 보는 열녀」, 『조선시대의 열녀담론』, 월인, 2002.

_____, 「유교의 부부 윤리와 그 현대적 전망」, 『유교사상연구』 9, 1997.

이혜순, 「조선후기 열녀전의 입전의식−〈하씨녀전〉·〈열녀홍씨전〉·〈홍열부전〉을 중심으로」, 『양포 이상택교수 환력기념논총』, 1998.

이혜순·김경미 역, 『한국의 열녀전』, 월인, 2002.

임유경, 「임경주의 여성전에 나타난 작가의식」, 『한국고전여성문학연구』 창간호, 2000.

田汝康, 『공자의 이름으로 죽은 여인들』, 이재정 역, 예문서원, 1999.

정출헌, 「〈향랑전〉을 통해 본 열녀 탄생의 메카니즘」, 『조선시대의 열녀 담론』, 월인, 2002.

조태영, 「조선후기 전에서 보는 사회와 자아의 형상-18세기 효·열전에 투영된 양상-」,
　　　『한국문화』 15, 서울대학교 한국문화연구소, 1995.

진동혁, 「공인 남원 윤씨의 명도자탄사 연구」, 『단국대논문집』 19, 1985.

홍인숙, 「조선후기 열녀전 연구」, 이화여대 석사논문, 2001.

극단적 절망감에 의한 자살, 〈운영전〉　　　　　　　　　　　p.131

이재수 본 〈운영전〉, 김일렬 주해, 형설출판사, 1982.

〈운영전〉, 박희병 표점 교석, 『한국한문소설 교합구해』 제2판, 소명, 2007.

길태숙, 「민요에 나타난 '여성적 말하기'로써의 죽음」, 『여성문학연구』 9, 2003.

김경미, 「〈운영전〉에 나타난 여성 서술자의 의의」, 『한국고전여성문학연구』 4, 한국고전
　　　여성문학회, 2002.

김익진, 「프랑스에서 자국 문학의 한 활용:문학치료」, 『불어불문학연구』 75, 2008.

김정근 외, 『체험적 독서치료』, 학지사, 2007.

박일용, 「〈운영전〉과 〈상사동기〉의 비극적 성격과 그 사회적 의미」, 『조선시대의 애정소설』,
　　　집문당, 1993.

송미경, 「여규형본 〈춘향전〉 각본의 형성과 독서물로서의 수용 전화」, 『판소리연구』 28,
　　　판소리학회, 2009.

신명호, 『궁녀』, 시공사, 2004.

이덕무, 권정원 역, 『책에 미친 바보』, 미다스북스, 2004.

이상구, 「〈운영전〉의 갈등양상과 작가의식」, 『고소설연구』 5, 한국고소설학회, 1998.

이영식, 『독서치료 어떻게 할 것인가』, 학지사, 2006.

이주영, 『구활자본 고전소설 연구』, 월인, 1998.

정길수, 「〈운영전〉의 메시지」, 『고소설연구』 28, 고소설학회, 2009.

정운채, 「〈무왕설화〉와 〈서동요〉의 주역적 해석과 문학치료의 구조화」, 『국어교육』 110,
　　　한국어교육학회, 2001.

　　　, 「〈바리공주〉의 구조적 특성과 문학치료적 독해」, 『겨레어문학』 33, 겨레어문학회,
　　　2004.

정운채, 「고전문학 교육과 문학치료」, 『국어교육』 113, 한국어교육학회, 2004.

_____, 「고전시가론에 대한 문학치료학적 조명」, 『한국시가연구』 10, 2001.

_____, 「문학치료학의 학문적 특성과 인문학의 새로운 전망」, 『겨레어문학』 39, 겨레어문학회, 2007.

정출헌, 「〈운영전〉의 중층적 애정갈등과 그 비극적 성격」, 『고전문학과 여성주의적 시각』, 소명, 2003.

정환국, 「16세기 후반 17세기 전반 사상사의 흐름 속에서 본 〈운영전〉」, 『초기 소설사의 형성 과정과 그 저변』, 소명, 2005.

시모조노 소우타, 이수진 역, 『사람은 왜 죽고 싶어하는가』, 홍익출판사, 2004.

조셉골드, 이종인 역, 『비블리오테라피』, 북키앙, 2003.

토마스 브로니쉬, 이재원 역, 『자살』, 이끌리오, 2002.

삶과 가문 내 위상의 척도, 죽음 - 국문장편 고전소설   p.165

〈소현성록〉·〈소씨삼대록〉 연작 15권 15책, 이화여대 소장본. 정선희외 역주, 『소현성록』 1~4, 소명출판사, 2010.

〈유씨삼대록〉 20권 20책, 국립중앙도서관 소장본. 한길연외 역주, 『유씨삼대록』 1~4, 소명출판사, 2010.

〈조씨삼대록〉 40권 40책, 서강대 소장본. 김문희외 역주, 『조씨삼대록』 1~5, 소명출판사, 2010.

김홍백, 「이광사의 아내 애도문에 나타난 형식미와 그 의미-제망실문을 중심으로」, 『규장각』 35, 2009.

박무영, 「18세기 제망실문의 공적 기능과 글쓰기」, 『한국한문학연구』 32, 2003.

서경희, 「〈소현성록〉의 '석파' 연구」, 『한국고전연구』 12, 2005.

유미림, 「조선시대 사대부의 여성관-제망실문을 중심으로」, 『한국정치학회보』 39집 5호, 2005.

유선영, 「〈바리공주〉를 통해 본 한국인의 죽음관」, 『한국의 민속과 문화』 13, 경희대 민속학연구소, 2008.

이은봉, 『한국인의 죽음관』, 서울대학교 출판부, 2004.

이은영, 『제문, 양식적 슬픔의 미학』, 태학사, 2004.

이혜순 외, 『조선 중기 예학 사상과 일상 문화 - 주자가례를 중심으로』, 이화여대출판부,

2008.

임치균, 『조선조 대장편소설 연구』, 태학사, 1996.

정병석, 「논어와 장자에 보이는 죽음관」, 『동양철학연구』 55, 2008.

정병설, 「조선후기 장편소설사의 전개」, 『한국고전소설과 서사문학』 상, 집문당, 1998.

정선희, 「삼대록계 국문장편소설에 나타난 상례(喪禮) 서술의 변모양상과 그 의미」, 『고소
　　　설연구』 28, 2009.

정승모, 「성재 신응순의 『內喪記』를 통해 본 17세기 초 喪葬禮 풍속」, 『장서각』 10, 2003.

조용호, 「삼대록소설 연구」, 서강대 박사학위논문, 1995.

주명준, 「조선시대의 죽음관」, 『한국사상사학』 14, 2000.

최영갑, 「유교의 상장례에 담긴 죽음의 의미」, 『양명학』 19, 2007.

최재남, 『한국 애도시 연구』, 경남대출판부, 1997.

한길연, 「〈유씨삼대록〉의 죽음의 형상화 방식과 의미」, 『한국문화』 39, 2007.

황수연, 「17세기 '제망실문'과 '제망녀문' 연구」, 『한국한문학연구』 30, 2002.

허용호, 「전통 상례를 통해서 본 죽음」, 『한국고전연구』 6, 한국고전연구학회, 2000.

어느 기생의 죽음, 〈협창기문〉   p.189

김종태 외 역, 『국역 청성잡기』, 민족문화추진회, 2006.

한국학중앙연구원 장서각 소장본, 필사본 『청성잡기』.

실시학사 고전문학연구회 역, 『이옥전집』 2, 소명출판, 2001.

이신성·정명기 역, 『양은천미』, 보고사, 2000.

김경미·조혜란 역, 『19세기 서울의 사랑』, 여이연, 2003.

김영진, 「이옥 연구(1)-가계와 교유, 명·청 소품 열독을 중심으로-」, 『한문교육연구』 18,
　　　한국한문교육학회, 2002.

김영호, 『조선의 협객 백동수』, 푸른역사, 2002.

박희병, 『한국고전인물전연구』, 한길사, 1992.

안대회, 「평양기생의 인생을 묘사한 소품서 녹파잡기 연구」, 『한문학보』 14, 우리한문학
　　　회, 2006.

안대회 편, 『조선후기 소품문의 실체』, 태학사, 2003.

이종은 외, 「한국문학에 나타난 한국인의 우주관과 생사관 연구」, 『한국학논집』 30, 한양
　　　대 한국학연구소, 1997.

정병설, 『나는 기생이다』, 문학동네, 2007.

조한경 역, 바타이유, 『에로티즘』, 민음사, 2008.

한국고전번역원 사이트 http://www.itkc.or.kr/itkc/Index.jsp

심청의 죽음, 그 양면적 성격   p.219

金興圭, 「판소리의 二元性과 社會史的 背景」, 『創作과 批評』 31, 1977.

김동욱, 「韓國人의 犧牲精神」, 『인문과학』 22, 연세대, 1969.

김우종, 「심청전 탄생설화고」(상·중·하), 『현대문학』 83~85, 1961.

김태길, 「심청전 : 효의 윤리학-윤리학자가 본 심청전-」, 『문학사상』 20, 1972.

김흥규, 「판소리의 이원성과 사회사적 배경」, 『창작과 비평』 31, 1974.

사재동, 「심청전 연구 서설」, 『어문연구(7)』 1, 1971.

신선희, 「심청전의 현대적 수용과 변용」, 『古小說硏究』 9, 2000.

유영대, 『심청전 연구』, 문학아카데미, 1989.

정하영, 「심청전의 제재적 근원에 관한 연구」, 서울대대학원 박사논문, 1983.

조동일, 「심청전에 나타난 비장과 골계」, 『계명논총』 7, 계명대, 1971.

최운식, 「심청전 연구」, 집문당, 1982.

황패강, 「심청설화의 분석-인류적 향수를 중심으로-」, 『국어국문학』 31, 1966.

Harald Kunz, 「심청, 구원의 실현자」, 『문학사상』 13, 1973.

삶 곳곳에 도사린 죽음의 공포, 〈토끼전〉   p.243

인권환 역주, 『토끼전』, 『한국고전문학전집』 6, 고려대 민족문화연구소, 1993.

_____, 『토끼전·수궁가』, 고대민족문화연구소, 2001.

강덕희, 「한국 구전효행설화의 연구 – 부모득병의 치료효행담을 중심으로」, 『국어국문학』 21, 부산대학교 국어국문학과 발행, 1983.

김열규, 「삶에서 물러갈 수 없는 죽음」, 『광장』, 세계평화교수협의회 발행, 1988.

김헌선, 「노정기의 서사문학적 변용」, 한국정신문화연구원 석사논문, 1989.

장영란, 「늙음과 죽음의 윤리」, 『서양고전연구』 35, 한국서양고전학회, 2009.

정출헌, 「〈토끼전〉 연구의 시대적 추이와 그 의미」, 『고소설 연구사』, 도서출판 월인, 2002.

최운식, 「설화를 통해서 본 한국인의 삶과 죽음에 대한 의식」, 『국제어문학』 제9권 4호, 국제어문학회, 1991.

신선희, 「〈토끼전〉의 인물관계와 그 의미」, 『국어국문학』 107, 국어국문학회, 1992.

_____, 『우리고전 다시쓰기』, 삼영사, 2005.

가문 복원 표식으로서의 망모(亡母) 추모, 〈보은기우록〉   p.273

〈보은기우록〉 18권 18책, 한국정신문화연구원 소장본

〈소현성록〉 15권 15책, 이화여자대학교 소장본

〈성현공숙렬기〉 25권 25책, 규장각 소장본(영인 : 김기동 편, 『한국고전소설총서』 1~3, 태학사, 1983)

〈임씨삼대록〉 40권 40책, 한국정신문화연구원 소장본

주희 지음, 임민혁 옮김, 『주자가례』, 예문서원, 2003.

김기동, 「〈보은기우록〉과 〈명행정의록〉」, 『국학자료』 26, 문화재관리국장서각, 1977.

김미영, 「제례공간의 통과의례적 속성-정침, 사당, 묘소를 중심으로」, 『비교민속학』 34집, 비교민속학회, 2007.

_____, 「조상제례의 상징물과 의미 고찰-神主를 통해 본 영혼관」, 『동양예학』 18집, 동양예학회, 2008.

김미영, 「관혼상제에 투영된 유교적 세계관」, 『비교민속학』 39, 비교민속학회, 2009.

김홍균, 「복수주인공 고전장편소설의 창작방법 연구」, 한국정신문화연구원 박사학위논문, 1991.

도민재, 「유교 제례의 구조와 의미-기제를 중심으로」, 『동양철학연구』 42, 동양철학연구회, 2005.

문용식, 「〈보은기우록〉의 인물 형상과 작품구조」, 『한국학논집』 28, 한양대학교 한국학연구소, 1996.

문용식, 『가문소설의 인물연구』, 태학사, 1996.

배영동, 「종가의 사당을 통해본 조상관」, 『한국민속학』 39, 한국민속학회, 2004.

서정민, 「〈보은기우록〉과 〈명행정의록〉의 연작 양상」, 『관악어문연구』 28, 서울대 국어국문학과, 2003.

신선희, 「고소설에 나타나는 부의 구현양상과 그 의미」, 이화여자대학교 박사학위논문, 1990.

유권종, 「유교의 상례와 죽음의 의미」, 『철학탐구』 16, 중앙대 중앙철학연구소, 2004.

이재춘, 「〈보은기우록〉 연구」, 영남대 석사학위논문, 1980.

이혜순, 『조선후기 여성 지성사』, 이화여자대학교출판부, 2007.

임형택, 「화폐에 대한 실학의 두 시각과 소설」, 『민족문학사연구』 18, 민족문학사학회 민족
　　문학사연구소, 2001.

정병욱, 「이조말기 소설의 유형적 특징」, 『고전문학을 찾아서』, 문학과 지성사, 1976.

정선희, 「삼대록계 국문장편소설에 나타난 상례 서술의 변모양상과 그 의미」, 『고소설연구』
　　28, 한국고소설학회, 2009.

＿＿＿, 「국문장편 고전소설의 망자 추모에 담긴 역학과 의미」, 『비평문학』 35, 한국비평
　　학회, 2010.

최길용, 「연작형 고소설 연구」, 전북대학교 박사학위논문, 1989.

최수현, 「〈보은기우록〉에 나타난 여성의식」, 『한국고전연구』 14, 2006.

＿＿＿, 「〈보은기우록〉의 구성과 갈등구조 연구」, 이화여대 석사학위논문, 2005.

최영갑, 「유교의 상장례에 담긴 죽음의 의미」, 『양명학』 19, 한국양명학회, 2007.

하성란, 「조선후기소설에 나타난 현실인식-특히 화폐경제인식을 중심으로」, 동국대 석사
　　학위논문, 2000.

한길연, 「〈유씨삼대록〉의 죽음의 형상화 방식과 의미」, 『한국문화』 39, 2007.

가정소설 속의 친자 살해, 〈장화홍련전〉·〈장씨정렬록〉 p.299

〈장화홍년젼〉(인천대 민족문화연구소 편, 『구활자본 고소설전집』 13, 은하출판사, 1983)

〈김인향전〉(동국대학교 한국학연구소 편, 『활자본고소설전집』 2, 아세아문화사, 1976)

〈김씨열행록〉(동국대학교 한국학연구소 편, 『활자본고소설전집』 2, 아세아문화사, 1976)

〈장씨정렬록〉(장서각 소장본)

〈趙生員傳〉(동국대학교 한국학연구소 편, 『활자본고소설전집』 10, 아세아문화사, 1976)

김기동, 『한국고전소설연구』, 교학사, 1983.

이원수, 「가정소설 작품세계의 시대적 변모」, 경북대 박사논문, 1991.

안미을, 「〈조생원전〉의 후대적 변모:〈김씨열행록〉·〈구의산〉과의 비교」, 경남대학교 교육
　　대학원 석사학위논문, 1992.

이승복, 「계모형 가정소설의 갈등양상과 의미」, 『관악어문연구』 20, 서울대 국어국문학과,
　　1995.

정약용 저, 박석무 외 역주, 『역주 欽欽新書』 1, 현대실학사, 1999.

＿＿＿＿＿＿＿＿＿＿＿＿＿, 『역주 欽欽新書』 3, 현대실학사, 1999.

何顯明 저, 현채련·리길산 옮김, 『죽음 앞에서 곡한 공자와 노래한 장자』, 예문서원, 1999.

김열규 외, 『한국인의 죽음과 삶』, 철학과현실사, 2001.

장시광, 「계모형 소설에 나타난 갈등의 양상과 작가의식」, 『국문학연구』 7, 국문학회, 2002.

최재천 외, 『살인의 진화심리학-조선후기의 가족 살해와 배우자 살해』, 서울대출판부, 2003.

거다 러너 저, 강세영 옮김, 『가부장제의 창조』, 당대, 2004.

이윤경, 「계모형 고소설 연구-계모설화와의 관련성을 중심으로」, 성신여대 박사학위논문, 2004.

데이비드 버스 저, 김교헌·권선중·이흥표 옮김, 『마음의 기원』, 나노미디어, 2005.

조희선, 『무슬림 여성』, 명지대학교 출판부, 2005.

데이비드 버스 저, 홍승효 옮김, 『이웃집 살인마』, 사이언스북스, 2006.

임형모, 「한국과 몽골설화에 나타난 '가족살해' 모티프-친부 및 자식 살해 모티프를 중심으로」, 『한성어문학』 26, 한성대학교 한성어문학회, 2007.

Margery Wolf, Uterine Families and the Women's Community, Women and the Family in Rural Taiwan, Standford: Standford University Press, 1972.

Gelles, R. J. & M. A. Straus, "Family experience and public support for the death penalty", Family Violence, Sage, 1979.

찾아보기

17세기　165, 186
18세기　165, 167, 186, 187
19세기　187

【ㄱ】

가련한 심청　219
가문　165, 186
가문 몰락　279
가문 복원　282, 290
가문소설　165
가부장제　26
가장권　330, 331
가정소설　23, 25, 67, 300, 301, 315, 331
간절함　139, 152
갈홍(葛洪)　87
감각적 존재화　53
감응　57
감자　26
강도몽유록　24, 28
개령동　36, 38, 39, 40, 41, 42, 44, 45, 46, 47, 49
거룩한 희생　234, 239
검승전　30, 31
결별　154
겸허함　78
겹노정　254

경계　34, 39, 40, 58, 60
경계 공간　40, 43, 45
경계성　57
경계 시간　35
경계적 성향　50
경계 존재　35, 38, 44, 48, 58
경직된 사고　155
경험　157
계급사회　131
계기적 경험　59
계백　19
계축일기(癸丑日記)　25
고대가요　18
고대신화　14
고려사 열전　20
고려시대 문학　20
고소설(古小說)　11, 22, 31
고심사단(故尋事端)　141
고유(告由)　284, 285, 286
공격성　156
공무도하가(公無渡河歌)　18
공양　148
공의존적(共依存的) 관계　229
공적인 무력함　314
곽거　240
곽씨 부인　223, 224, 225, 227
관창　19
광덕　19
광화사　26
교차된 욕망　253

구운몽 23

구토설화 245

국문장편 고전소설 165, 186, 187, 274

국문장편소설 166, 173

군담소설 23

굴원 16

궁녀 133

궁중생활 149

권력형 불로장생 247

권진인 94

귀신 55

귀신관 56, 58, 60

귀신론 56

귀의 성 26

귀환 18

그리스신화 15

그리움 139

금기(禁忌) 13

금령(禁令) 14

금반지 139

금삼의 피 27

금오신화 22, 33, 34, 54, 56

기(氣) 55

기년상(朞年喪) 281, 288

기방 192

기생 190, 207

기억 12

기제(忌祭) 281, 291

김동인 26

김삼불(金三不) 219, 235

김시습 35, 57, 58, 60

김씨열행록 300, 301, 323, 324, 325, 326, 327, 328, 329, 330, 331

김인향전 300, 301, 323, 324, 327, 328, 329, 330, 331

김 진사 25, 133, 140, 153

김현 20

김현감호(金現感虎) 20

까뮈 17

까투리 26

【ㄴ】

나도향 27

남경 장사 뱃사람 230

남궁두 23, 89

남궁선생전(南宮先生傳) 23, 85, 88

남염부주지 23, 33, 56

내단 수련 94

내성지 24

내세관 65

느낌 132, 159

니벨룽겐의 노래 15

【ㄷ】

단군 18

단심가(丹心歌) 20

단오제 16

단장소혼 143

단종 24

단종애사 27

단회지기 145

달아달아 밝은 달아 220

달천몽유록 24, 30

당태종 16

대명률(大明律) 314

대상(大祥) 42, 49

대신불약부(大信不約賦) 89

대중성 162

대화 158

도덕소설 220

도덕적 정당성 330

도선사상 88, 101

도스토예프스키 17

도의(道義) 142

도이장가(悼二將歌) 20

도척 16

독서자 157

독서행위 157

독주 190, 203, 207

동물보은설화 20

동물우화소설 26

동반자살 189, 211, 217

동생 177, 178, 179

동일화 157

두 부인 278

득병 246

득선 96, 98, 101, 105, 106

딸의 죽음 223

【ㄹ】

로미오와 줄리엣 17

롤랑의 노래 15

【ㅁ】

마음 132

만복사 36, 37, 38, 40, 42, 43, 45, 46

만복사저포기 22, 33, 34, 35, 40, 48

망모(亡母) 274, 286, 290

망부석 19

망자(亡者) 186

망자 276, 289

매개 인물 51, 53, 54, 58

매월 29

맥베스 17

멱라수 16

명도자탄사(命途自歎辭) 121, 123

명예살인 311, 312, 313

모족사회 252

모죽지랑가 19

몽운사 화주승 228

몽유록 23

몽유록계 작품 24

몽유자 160

몽환소설 23

묘제(墓祭) 282, 283, 292

묘지 정비 284

묘지(墓誌) 284

묘지명 21
무교 66
묵재일기 63
문석(紋石) 283
문학의 주제 14
문학적 포상 241
물리적 죽음 251
미혹함 57
민속 신앙 67
밀회 140

【ㅂ】
박생 56
박제상 19
박제상설화 19
박종화 27
배따라기 26
배알(拜謁) 285, 286
백락천 16
백수광부 18
백이 16
백일승천(白日昇天) 27
법흥왕 19
벙어리 삼룡이 27
베어울프 15
변강쇠 26
변강쇠전 26, 29
변증법적 결론 99
보련사 40, 42, 43, 45, 47, 49, 53
보은(報恩)의 희생 227

보은기우록(報恩奇遇錄) 273, 275,
    278, 286, 294, 296
부조리 77
부지소종 33, 161
부처 148
불멸 102
불멸성 105
불사(不死) 86
불사관념 85
불사약 246
불사의 방술 98
비갈(碑碣) 283
비극 131, 161
비명횡사 28
비석 282
비정함 149
비해당(匪懈堂) 140
빙의(憑依) 65
뺑덕어미 225

【ㅅ】
사건(event) 12
사기(史記) 16
사기(邪氣) 55, 56, 60
사당(祠堂) 285
사도세자 25
사마천 16
사모곡 20
사생관(死生觀) 14, 65, 88
사씨남정기 29, 300

사육신 24

사회적 죽음 251

사후의 세계 11

산후별증 227

삶 33

삶과 죽음 33, 34, 40, 48, 58

삶에 대한 성찰 82

삶에 대한 애착 63, 82

삶의 고난 75

삶의 그림자 267

삼국시대 19

삼국유사 20

삼년상(三年喪) 280, 288

삼대록 165

삼대록계 연작형 국문장편소설 165

삼시충(三尸蟲) 설화 14

삼열부전 120

삽화 17

상량문 140

상례(喪禮) 166, 279

상선벌악(賞善罰惡) 29, 241

상실 151

상실감 150

상처 132, 151, 157

상태(state) 12

생명 85

생명연장 101, 106

생사관 35

생사설(生死說) 54

생애진술 158

서궁 134, 149, 152

서모(庶母) 167, 168, 173, 186

석파 168

선사(仙史) 87

설공찬이 63

설공찬전 63

설화문학 19

성격적 결함 91

성소부부고(惺所覆瓿稿) 88

성의 25

성의백 178

성진 24

성해응 119, 120

세시의식요 74

섹스 203, 207

셰익스피어 16

소망 246

소무덤설화 22

소씨삼대록 165, 166, 186

소현성 169, 170

소현성록 25, 165, 169, 170, 172, 173

속열선전(續列仙傳) 88

속죄 행위 241

수륙노정기 253

수성궁 133, 150, 160

숙영낭자전 25, 29

숙제 16

숙향전 29

순장물 49

술 197, 207

시경 16, 41

시묘살이 182

시신 23

신광수 30

신귀설(神鬼說) 55, 56, 60

신립 30

신비성 19

신선 85, 86, 87

신선관념 88, 102

신선 동경 87

신선사상 86

신선수련 98, 106

신선전 87, 88, 105

신성성 18

신소설 26

신열부 이씨전(申烈婦李氏傳) 114

신오위장 연구 220, 235

신원(伸寃) 16

신이(神異) 64

신주 281

신통기(神統記) 15

실망 153

실용주의 21

실존 59

실종 59

실현 246

심리 131, 159

심리 상태 131

심리적 기제 132

심봉사 221

심상(心喪) 281, 288

심생전 30

심청가 219

심청-연꽃의 길 220

심청의 죽음 219, 221, 222, 227, 234, 241

심청이는 왜 두 번 인당수에 몸을 던 졌는가 220

심청전 29, 219, 220

【ㅇ】

아내 168, 173, 177, 186

아우 186

안연 16

안평대군 25, 133, 135, 140, 151, 156

애정소설 25, 131

애종용(哀從容) 123

액자구성 158

양귀비 16

양 부인 275, 276

양생 22

양소유 24

어머니의 죽음 223

어부사 16

어족사회 247

언변대결 263

엄장 19

업장 96

엔트로피의 법칙 85

여막살이 280

여사서 112, 113

여성 차별 26

역사소설 27

역학 186

연민 159

연서 152

연암 29

연작 165

연화도량 24

열녀 21

열녀 박씨전 115

열녀전 110, 163

열녀함양박씨전 24, 29

열부 상산 박씨전 118

열부 유인 이씨전 120

열부 이유인전 117

열전(列傳) 16

염왕 56

영매 58

영웅서사시 15

영창대군 25

영창서관 162

오구굿 58

오태석 220

온달 19

옹녀 26

왕건 20

왕상 240

외로움 151

외상 후 스트레스 장애 326

욕망 89, 91, 94, 98, 214, 215, 217

욕망의 거울 267

용궁 226

용궁부연록 33

우울 139, 150, 155, 163

우울증 156, 162

우화등선(羽化登仙) 27

운명 139

운수좋은 날 27

운영 25, 131, 140

운영전 25, 30, 131, 155, 161

원귀 설화 66

원망 153

원생몽유록 24, 28

원왕생가 19

원혼 58

위안 75, 157

유가적 입신 91

유광억 24

유광억전 24, 30

유교적 합리주의 14

유씨삼대록 165, 166, 174, 176, 178, 179, 180, 181, 186

유연 24

유연전 24

유영 160, 161

유한성 40

유향(劉向) 87

육체의 갱신 86, 88
육체적 수련 103
육체적인 불멸 102
육체적인 수련 86, 102
육체적인 죽음 86
윤계선 30
윤리 교과서 222
윤리소설 220
윤회 14
윤회화복(輪廻禍福) 63
은유(analogy) 12
을해옥사 199
음주침색(飮酒沈色) 197
의견설화 22
의례 279
의로운 죽음 28
의마총설화 22
의식지향 50
의협 189
이광수 27
이념화된 죽음 67
이덕무 156
이방인 17
이별 131
이상사(異常死) 58
이상향 23, 256
이상화 186
이생규장전 22, 33, 34, 35, 40, 48
이승 50, 51
이야순 114

이옥(李鈺) 30, 189
이용휴 117
이적(異蹟) 19, 23
이차돈 19
이차돈설화 19
이해조 219
인간의 운명 27
인과론 14
인과응보 76
인목대비 25
인신공희(人身供犧) 240
인신공희설화 230
일리아스 15
일상사 17
일상적 존재화 54
임경주 116
임시무덤 36, 37, 40, 45
임씨삼대록 166
임진왜란 104
임헌회 120
입신 89
입신양명 137
입체적 구조 220

【ㅈ】
자궁가족 315, 316, 317, 318, 319, 320, 322, 328, 329, 330
자기 소외 경향 155
자기록(自己錄) 121, 124
자란 134, 141, 153

자살 24, 131, 134, 150, 158
자살 성향 156
자살 심리 132
자선행위 105
자유연애 132
자유의지 131
자유종 219
자유토구사(自由討究社) 162
자존감 151, 153
자타카 본생경 245
자탄가 224
장끼 26
장끼전 26
장산인 23
장산인전(張山人傳) 23, 88
장생 23
장생전(蔣生傳) 23, 88
장승상 부인 226
장씨정렬록 299, 300, 301, 306,
  309, 312, 314, 315, 316, 318, 320,
  321, 322, 323, 324, 326, 327,
  328, 329, 330, 331
장제(葬祭)의식 74
장학사전 300
장한가 16
장화홍련전 29, 299, 300, 301, 303,
  305, 310, 312, 313, 314, 315, 316,
  317, 319, 320, 322, 323, 324,
  327, 329, 330, 331
재생(再生) 241

재현(再現) 12
저승체험 70
저포 내기 43
적성의전 25
전(傳) 191
전기(傳記) 22
전기소설 33
전별물 49
전병순 118
전복적 상상 75
전환점 12
절대신 86
절망 159
절망감 131, 150
절명사(絕命辭) 121, 122
절부 변부인전 119
절의 24
젊은 베르테르의 슬픔 17
정기(正氣) 55
정몽주 20
정신적 수련 102, 103
정약용 313
정욕 149
정진사전 300
제망매가 18
제문(祭文) 21, 166, 167, 170, 172,
  174, 180, 185, 187
제물 231
조선시대의 문학 21
조선통속문고 162

조씨삼대록 165, 166, 173, 183, 184, 185, 186
조유선 115
종사(從死) 115
종착점 12
좌절 139
죄와 벌 17
죄의식(罪意識) 227
죄책감 154
주몽 18
주역 60
죽음 11, 12, 13, 33, 66, 131, 140, 149, 165, 166, 182, 186, 187, 189
죽음 이야기 241
죽음 인식 31
죽음의 공포 221
죽음의 권위 78
죽음의 문제 85
죽음의 문학 11
죽음의 양면성 234
죽음의 양상 31
죽음의 유래 14
죽음의 인식 11, 22
지기(知己) 186
지상선 98, 100, 103, 106
진공 174, 178, 183
진양공주 167, 174, 186
진왕 183
진화심리학 316
징벌 29

【ㅊ】

차별적인 양육 결정 318, 320
찬기파랑가 19
참선 수련 96
참혹한 비극 234, 235
창기(娼妓) 207
창세기 14
창세신화(創世神話) 14
채수(蔡壽) 63, 73, 80
처량 교과서 222
천도(天道) 29
천명 142
천명사상(天命思想) 27
천상선 98, 100, 103, 106
천선(天仙) 98
천수 16
청성잡기 196
체험적 독서 132
초사(招辭) 136
최인훈 220
최치원(崔致遠) 87
추모 186, 273, 276, 278, 279, 290
추모제 232
축귀(逐鬼) 66
축문 21
축복 27
출생담 22
출천효녀 230
충신 21
취유부벽정기 23, 33

치술령 신모(神母) 19
치유 156
치유서 157
친자 살인 300
친자 살해 300, 301, 313, 314, 329

【ㅋ·ㅌ·ㅍ】
카타르시스 157
타루비(墮淚碑) 233, 241
탈해 18
탐냄 253
텍스트 160
토끼전 243
토끼전 스토리 246
통찰 157, 158, 161
퇴행적 행태 156
특 133, 150
판소리계 소설 23
평면적 구조 220
피생명몽록 24
필화(筆禍) 사건 63, 64

【ㅎ】
하씨녀전(何氏女傳) 116
한국문학 전통 18
한국문학사 18
한중록(閑中錄) 25
해동이적(海東異蹟) 88
햄릿 17
행세 91, 94, 98

행위지표 40, 45
행장(行狀) 21, 180, 182
향가(鄕歌) 18
향의 25
허균(許筠) 23, 87, 88, 99
혁거세 18
현대소설 26
현세 중심적 사생관 79
현실의 반영 81
현실적 상상 43
현실적 시공(時空) 12
현진건 27
협창기문(俠娼奇聞) 189, 192
혜경궁 홍씨 25
혼령 48, 49, 53, 57
혼백 57
홍건적 48, 57
홍길동전 29
홍만종(洪萬宗) 87, 88
홍순언설화 230
홍안박명(紅顔薄命) 138
화주(火酒) 207
화파 173
환상적 상상 43
황석영 220
황중윤 30
회고록 25
효녀지은설화(孝女知恩說話) 230
효용성 19
효자 21

효행 221
흠흠신서 311, 313
희생양 19
희생의 극치 239
희생적 죽음 234
희생제의 228

[집필진]

정하영 : 이화여대 국문학과 명예교수. 저서로 『춘향전의 탐구』, 『역주 심청전』, 역서로 『한국고 전여성문학의 세계』(공역), 『심양장계』(공역) 등이 있음.

신선희 : 장안대학 디지털문예창작과 교수. 저서로 『우리고전 다시쓰기』, 역서로 『어우야담』, 논문으로 「古小說에 나타난 富의 具現樣相과 그 意味」, 「구비 설화 다시쓰기와 새로운 상상력」, 「디지털스토리텔링과 고전문학」, 「고전 서사문학과 게임 시나리오」 등이 있음.

김경미 : 이화여대 한국문화연구원 HK연구교수. 저서로 『소설의 매혹』, 『조선의 여성들』(공 저), 역서로 『19세기 서울의 사랑』(공역), 『18세기 여성생활사 자료집』(공역) 등이 있음.

조혜란 : 이화여대 국문학과 강사. 저서로 『옛소설에 빠지다』, 『조선의 여성들』(공저), 논문으로 「삼대록계 국문장편소설에 나타난 추모 연구」, 「여성, 전쟁, 기억 그리고 박씨전」 등 외 다수 및 역서로 「삼한습유 역주」, 「19세기 서울의 사랑」(공역) 등이 있음.

정선희 : 이화여대 한국문화연구원 학술연구교수. 저서로 『19세기 소설작가 목태림 문학 연구』, 『17·18세기 조선의 외국서적 수용과 독서 문화』(공저), 역서로 『소현성록』(공역), 『조 씨삼대록』(공역), 논문으로는 「조선후기 소설비평론과 문예미학의 발전」, 「17세기 후 반 국문장편소설의 딸 형상화와 의미」 등이 있음.

전진아 : 이화여대 국어문화원 연구원. 논문으로 「청백운 연구」, 역서로 『역주 매천야록』(공역), 『조씨삼대록 4』, 『금오신화 전등신화』(공역) 등이 있음.

탁원정 : 이화여대 교양국어 강의전담교수. 논문으로 「고전문학과 공간적 상상력: 〈장화홍련 전〉의 서사공간 연구」, 「〈옥수기〉에 형상화된 異國, 中國」, 역서로 『금오신화 전등신 화』(공역) 등이 있음.

김수연 : 이화여대 국문학과 강사. 논문으로 「〈화씨충효록〉의 문학적 성격과 연작 양상」, 「〈취 유부벽정기〉의 경계성에 대하여」, 역서로 『역주 매천야록』(공역), 『금오신화 전등신화』 (공역), 『중국 고소설 목록학 원론』 등이 있음.

서경희 : 이화여대 한국문화연구원 연구원. 논문으로 「18·19세기 학풍의 변화와 소설의 동향」, 「〈소현성록〉의 '석파' 연구」, 「김씨 부인 상언을 통해 본 여성의 정치성과 글쓰기」, 역서로 『18세기 여성생활사 자료집』(공역) 등이 있음.

허순우 : 이화여대 국문학과 강사. 논문으로 「현몽쌍룡기 연작 연구」, 역서로 『소현성록 3』(공 역), 『소현성록 4』(공역), 『조씨삼대록 5』(공역) 등이 있음.

최수현 : 이화여대 국문학과 강사. 논문으로 「임씨삼대록 여성인물 연구」, 「현몽쌍룡기에 나타난 친정/처가의 형상화 방식」, 역서로 『소현성록』(공역), 『임씨삼대록』(공역) 등이 있음.